페어리랜드 4

페어리랜드 4 트롤 소년과 마법의 그림 숲

초판 1쇄 2017년 11월 01일
지은이 캐서린 M. 밸런트 | 일러스트 아나 후안 | 옮긴이 김승욱
펴낸이 박진숙 | 펴낸곳 작가정신
편집 김종숙 황민지 | 디자인 정인호 | 마케팅 김미숙 | 홍보 박중혁
디지털콘텐츠 김영란 | 관리 윤선미 | 인쇄 및 제본 한영문화사

주소 10881 경기도 파주시 문발로 207
전화 031-955-6230 | 팩스 031-944-2858 | 이메일 editor@jakka.co.kr
블로그 blog.naver.com/jakkapub | 홈페이지 www.jakka.co.kr
페이스북 facebook.com/jakkajungsin | 인스타그램 instagram.com/jakkajungsin
출판등록 제406-2012-000021호

ISBN 979-11-6026-061-8
세트 978-89-7288-566-5 04840

이 도서의 국립중앙도서관 출판시도서목록(CIP)은 서지정보유통지원시스템 홈페이지(http:seoji.nl.go.kr)와
국가자료공동목록시스템(http:www.nl.go.kr/kolisnet)에서 이용하실 수 있습니다.
(CIP제어번호 : CIP2017026359)

트롤 소년과 마법의 그림 숲

FAIRYLAND

페어리랜드 4

캐서린 M. 밸런트 장편소설 × 아나 후안 일러스트 × 김승욱 옮김

작가
정신

어린 나와 함께였던
내 모든 형제들에게,
그리고 아직 어린 모든 이에게.

등장인물

호손 트롤	**빨간 바람** 거친 바람	**이아고** 흑표범	**벤저민 프랭클린** 여자 우체국장
쎕템버 소녀	**토머스 루드** 소년	**그웬돌린 루드** 소년의 어머니	**니컬러스 루드** 소년의 아버지
야구공	**맥스** 남학생	**험프리!** 책상	**윌킨슨 선생님** 학교 교사
윌코트 선생님 임시 교사	**그랜베리 선생님** 체육 교사	**탬벌레인** 아마도 소녀, 하지만 아닐 수도	**나팔총** 웜뱃
스크래치 축음기	**찰스 크런치크랩** 페어리랜드의 왕	**스핀스터** 스트레가	**비스포크 에스파드릴** 해마 겸 구두장이

페니 파딩

바꿔친 아이

허버트

역시 바꿔친 아이

쎄이디 스플린워트

심술궂은 소녀

관청

마담 타나퀼

총리

**사악한 알비노
큰사슴 네 마리**

쌔터데이

바다 요정

에이부터 엘까지

비도

오버진

나이트 도도새

씽권 경

레드캡

후작

페어리랜드의 전(前) 지배자

**그래츨링 구어드본
골드마우스**

클루리콘이자
페어리랜드의 전(前) 국왕

수전 제인

기계공

오언

수전의 남편

마거릿

이모

차례

~⊱ 1장 ⊰~

흑표범을 타고 입장

호손이라는 소년이 흑표범에게 감쪽같이 채여 가 세상의 법칙들을
배우고, 믿기 어려운 원예술을 선보인다.

옛날 옛적에 호손이라는 트롤*이 어머니의 집에서 아주 행복하게
살았다. 소년은 초록색과 보라색 보석들과 거기에 어울리는 여왕의
왕관들로 매일 저글링을 하고, 비바람에 시달린 돌 위에서 자고, 거대

---

* 북유럽 신화에 등장하는 심술쟁이 거인 또는 장난꾸러기 난쟁이.

하고 심술궂은 두꺼비와 함께 놀았다. 소년은 9월에 태어났기 때문에, 오른쪽 뺨에 흉터가 있기 때문에, 트롤치고는 손이 아주 작고 섬세했기 때문에, 소년의 첫 번째 생일이 지난 직후 어느 날 저녁에 빨간 바람이 못된 장난을 쳐 지하에 있는 소년의 집 굴뚝 역할을 하는 낡아빠진 우물로 날아갔다. 빨간 바람은 빨간색 흉갑, 빨간색 사냥 부츠, 빨간색 드레스, 빨간색 복면 차림이었다. 빨간 바람이 자신의 비밀을 숨겨놓은 압운 정글의 바나나 나무들 아래는 몹시 위험하다.

"넌 아주 귀엽고 온순한 아이인 것 같구나." 빨간 바람이 말했다. "나랑 같이 가서 거친 폭풍우의 흑표범을 타고 낯설고 먼 나라의 한복판에 있는 대사막으로 가는 게 어떻겠니? 난 거기에 오래 있기는 힘들어. 바짝 마른 날씨는 나랑 잘 맞지 않으니까 말이야. 하지만 널 '거칠고 광활한 황무지'에 데려다놓으면 정말 기쁠 것 같다."

"싫어요, 싫어요." 호손이 외쳤다. 초록색과 보라색 보석은 물론 거대하고 심술궂은 두꺼비도 깊이 사랑하기 때문이었다. 소년은 고래의 두개골로 만든 요람 안에서 울어대기 시작했다.

"뭐, 그럼, 나랑 같이 가서 그냥 착하게 살아라. 너무 버둥거리지도 말고, 내 흑표범의 털을 너무 세게 잡아당기지도 말고. 개한테 물릴 수도 있거든."

빨간 바람은 빨간 장갑을 낀 채 은은하게 빛나는 양팔을 내밀었고, 호손은 순간적으로 넋을 잃었다. 어쩔 수 없는 일이었다. 무엇이든 빨간색으로 된 것이라면 사족을 못 쓰는 소년이었으므로. 이파리들, 몇몇 달들, 루비, 격정 백합, 피, 포도주, 사과(독이 든 것과 들지 않은 것 모두), 독버섯, 승마 모자 등등. 빨간색은 어둡고 매혹적이었다. 빨간 것은 거부할 수 없다. 예전에 소년은 아름다운 독 열매들이 잔뜩 얽혀 있는 황무지에서 춤추는 레드캡*을 본 적이 있었는데, 평생을 통틀어 그때만큼 욕심이 난 적이 없었다. 그 레드캡을 데려왔다면 월터라고 이름 짓고 신선한 흰쥐를 먹이로 주었을 텐데. 어머니는 레드캡이 쥐를 먹는 것만으로 만족할 리 없으며, 식구들이 잘 때를 노려서 기회가 생기자마자 모두를 죽여버릴 것이라고 말했다. 호손은 갖고 싶은 마음에 한숨을 내쉬었다. 그리고는 만일의 경우를 대비해서 그 뒤로 줄곧 어머니의 침대 옆에 생쥐 몇 마리가 든 버드나무 우리를 놓아두었다.

호손의 눈이 빨간 바람으로 가득해져서 다른 것이 하나도 보이지 않았다. 그래서 호손은 그러면 안 된다는 것을 알면서도 손을 내밀어 빨간 바람의 아름다운 진홍빛 손과 아주 깊은 숨결을 붙잡았다.

거친 폭풍우의 흑표범이 부드러운 입으로 호손을 집어 들었다. 고양잇과 동물이 장난꾸러기 새끼를 집어 들 때와 똑같은 동작이었다. 커다란 흑표범은 호손을 고래 두개골 요람에서 들어 올렸다. 속눈썹이 길고 커다란 푸른 눈들과 석류석으로 된 벽지가 발린 사랑스럽고 친숙한 아기 방에서, 지하에 있는 집에서 그를 들어 올렸다. 초록색과 보라색의 어수선한 여왕 왕관들만이 거실에 한가득 남았다. 뾰족뾰족한 왕관 끄트머리에는 마법이 간신히 매달려 있었다.

그중의 한 마법은 호손의 아버지가 건 것이었다. 아버지는 향료와 노른자 등을 넣고 데운 포도주 색깔의 긴 마법사 망토를 입고 잠들

* 잉글랜드와 스코틀랜드 국경지대에 출몰하는 사악한 요정. 여행자들을 죽여 그 피로 자신의 모자를 물들인다고 해서 레드캡이라는 이름을 얻었다.

어 있었다. 그가 코를 골 때마다 초록색 나비들로 이루어진 잠자리에 연기 고리가 생겨났다. 그는 마법 지팡이를 테디베어처럼 품에 꼭 안고, 반짝이는 것들이 붙은 수면용 모자를 쓰고 있었다. 아버지가 마법을 걸어둔 것은 해적들의 약탈에서 아들을 안전하게 지키기 위해서였다. 그는 해적들을 이상할 정도로 두려워했다.

또 다른 마법 하나는 호손의 어머니가 건 것이었다. 어머니는 멀리 있는 한밤중의 초원에서 뒤집힌 교회 종 위로 허리를 숙이고 있었다. 종 안에는 레프리콘의 이빨이 가득했고, 어머니의 팔에는 근육이 울룩불룩했다. 어머니의 마법은 아들이 실망감에 습격당하지 않게 지키기 위한 것이었다. 어머니는 혼자서 감당하기에는 지나치게 많은 실망을 경험한 트롤이었다.

또 다른 마법 하나는 백 년 전 어떤 양배추 땅속 요정이 건 것으로, 그 요정의 생일을 잊은 자들의 이파리를 시들게 하는 마법이었다. 이 세 가지 마법 중에 하나는 목표물을 놓쳤고, 다른 하나는 때를 기다린답시고 미적거렸으며, 마지막 하나는 아예 아무런 효과도 없었다. 트롤들에게는 이파리가 거의 없었으므로.

"자." 빨간 바람이 호손을 반짝이는 루비 안장 위에 앉혀 확실히 손에 넣은 뒤 말했다. "너의 새로운 집에는 중요한 규칙들이 있어. 내게는 완전히 면제된 규칙들이지. 뜨거운 바람은 모든 관료제의 친구니까 말이야. 네가 그 규칙들을 짓밟는다면, 미안하지만 나는 널 도와줄 수 없다. 그때그때 유행에 따라 딱지를 떼이거나 처형을 당할 수도 있고, 아니면 고위직에 선출되어 화려한 퍼레이드를 하게 될 수도 있을 거야."

트롤들은 빨리 배우고 그보다 더 빨리 자란다. 갓 태어난 기린이 걷기 시작하는 속도만큼이나 빠르게 말을 배우고, 핼러윈이 일찍 올 것이라는 소식을 들은 호박처럼 쑥쑥 자란다. 호손은 아직 아기인데도 키가 벌써 탁자와 맞먹었다. 그는 온갖 종류의 단어들을 사귀었는데, 그중에는 엄청나게 좋은 단어들도 있었다. 하지만 지금 이 순간, 이 가엾은 아기는 너무 무서워서, 트롤 아기가 상점에 진열된 아주 훌륭한 모자에 지나지 않는 것처럼, 혹은 자신의 살쾡이에 지나지 않는 것처럼 자신을 강탈해 온 이 빨간 뺨의 숙녀에게 좋은 단어를 쓸 수 없었다. 사방에서 휭휭 사납게 불어대는 바람 속에서 아직 잠기운이 다 가시지 않은 트롤의 파란 혀가 할 수 있는 말은 이것뿐이었다.

"거기가 그렇게 무서워요?"

빨간 바람은 어두운 진홍색 머리카락을 향해 눈썹을 치뜨며 인상을 찌푸렸다. "어느 나라든 다 무섭지." 결국 그녀가 시인했다. "하지만 이 나라에는 적어도 아름다운 풍경이 몇 군데 있어."

"규칙 정도는 말해줄 수 있죠?" 호손이 불안하게 물었다. 그가 아주 어렸을 때 아버지는 이렇게 가르쳤다. 혹시 해적들에게 잡힌다면, 건방진 말대꾸보다 예의 바른 태도가 더 나은 결과를 낳을 거라고. 호손은 지금 상황이 해적들에게 잡히는 상황과 형님 아우 할 수 있을 것 같다는 느낌이 들기 시작했다.

"첫째, 마법은 전혀 허용되지 않아. 이 부분에 대해서는 아주 엄격하지. 혹시 네가 부적, 마법이 걸린 콩, 마법서 같은 것을 몸에 지니고 있다면 압수되어서 크리스마스 장식품으로 팔려 나갈 거야. 둘째, 높은 학위를 지닌 젊은 숙녀들과 신사들을 제외하고는 모두에게 물리학·행위가 금지되어 있어."

"난 물리학을 좋아해요!"

"네가 학위를 따는 거야 얼마든지 가능하겠지." 빨간 바람이 한쪽 눈을 찡긋했다. "하지만 학위의 둥지가 어디에 있는지 나도 몰라서 미안하구나. 셋째, 공중 여행은 오로지 기구나 허가받은 비행기로만 가능해. 네가 이런 도구들을 갖고 있지 않다면, 땅에만 붙어 있는 게 좋을 거다. 넷째, 모든 교통수단은 오른쪽으로 다녀. 안 그럴 때도 있지만 어쩔 수 없고. 어쨌든 이 사실을 알려주는 표지판 같은 건 없어. 다섯째, 변신과 마법은 매년 10월 31일에만 가능해. 여섯째, 모든 아이들은 반드시 학교에 다녀야 해. 학교는 모든 사람이 펀치나 모자나 바이올린을 깜박하고 가져오지 않은 파티 같은 거야. 게임에 좋은 상품이 걸려 있는 법도 없지. 일곱째, 이게 가장 중요한 규칙인데, 넌 네 몸에 지극히 위험한 것들이 여러 가지 있다는 걸 알게 될 거야. 다시 말해서 쇠, 달걀 껍질, 불, 결혼 같은 것들이지. 무슨 일이 있어도 네 어머니가 지어준 네 이름을 인간이 부르게 하면 안 돼. 요리 카운티의 경계선을 넘어가게 해서도 안 되고. 조심하지 않으면 네가 아주 고통스럽게 죽게 되거나, 두꺼운 안경을 쓴 의사들에게 지루하기 짝이 없는 상담을 받게 될 거다. 이 규칙들은 신성불가침이야. 손님으로 온 반신(半身)들이나 은행가들만 빼고. 알겠니?"

내가 분명히 말하지만, 호손은 정말 열심히 들으려고 애썼다. 그가 개암 두 개를 한꺼번에 후려칠 수 있게 되자마자 어머니가 브라우니 백개면*을 가르쳐주었는데도, 그는 언제 상대방을 너구리로 만들어 버릴 수 있는지 항상 잊어버렸다. 그러니 이렇게 꼴사납고 낯선 규칙을 기억한다는 건 얼토당토않은 일이었다. 횡횡 부는 바람이 귀를 막고, 은녹색 머리카락을 얼굴로 날려 보냈다. 머리카락들이 털목도리처럼 그의 턱을 감쌌다.

"확실히 인간의 음식을 먹고 마시는 것은 유한한 생명을 지닌 존재가 되어 다시는 돌아가지 않겠다는 공식적인 동의의 표현이야. 그로써 페어리랜드와 거기에 딸린 모든 부차적인 것들, 소유물들, 그리고 특히, 에헴, 페어리랜드의 '대표들'은 경계 너머의 땅에서 네가 하는 행동에 대한 모든 책임으로부터 자유로워지는 거야."

"네? 그게 무슨 소리예요?" 호손은 이 우스꽝스러운 표범이 자신을 내려놓은 그 순간부터 몸이 아프지 않은 한 얼마든지 먹고 마실 생각이었다. 상당한 크기의 큰사슴 정도면 좋을 것이다. 어쩌면 북극곰도. 거기에 바실리스크 한 마리를 곁들여서. 삶지 않고 구운 거로.

빨간 바람은 복면을 더 단단하게 죄었다. "그건 이런 소리지. 그냥 가서 자라. 저녁은 없어, 못된 바꿔친 아이야!" 그녀는 폭풍이 불기 전에 지글지글, 직직 불어오는 뜨겁고 묵직한 여름 바람처럼 웃어댔다. "심술궂은 털북숭이, 셰리주처럼 튼튼, 내 별빛 하늘의 어둠!"

거친 폭풍우의 흑표범이 하품을 하고는 음유시인 마을의 조약돌 굴뚝과 페어리랜드의 초록 산들로부터 더욱 멀어졌다. 호손은 페어리랜드를 향해 작별인사로 손을 흔들 수조차 없었다. 빨간 바람이 아

* 주사위 놀이의 일종.

주 꽉 그를 끌어안고 있었기 때문에 그는 엄지손가락 하나도 움직일 수 없었다. 다행한 일이었다! 아기들은 언제나 침대와 오토만*과 변신 테이블과 흑표범 위에서 굴러떨어지기 마련이니까. 어머니들이 잘 보살피지 않는다면, 아기들은 계속 구르고 굴러서 나중에는 바다까지 굴러가 배 만드는 기술과 해마들의 언어를 어쩔 수 없이 배워야 하는 처지가 될 것이다. 아기들은 대체로 잘 까불어대는 편이지만 순항고도에서 모험을 하는 것은 이득이 되지 않는다.

그래서 호손은 자기 집을 향해, 어머니의 믿음직한 교회 종을 향해, 저 아래에서 부풀어 오르는 행운의 구름을 향해 작별인사를 할 수 없었다. 으슥한 구석마다 재빠르고 조용하고 영리한 해적들이 숨어 있는 꿈을 꾸는 아버지에게도 손을 흔들어 작별인사를 할 수 없었다. 여러분과 나는 이런 식으로 시작되어 모두가 놀라울 정도로 훌륭한 결말을 맞는 이야기들을 아주 많이 읽었으므로 이 모든 것이 즐겁게 보일지도 모른다(물론 이야기책 속에서 뜨겁게 달아오른 신발을 벗지 못하거나 궤짝에 갇혀 바다 밑바닥으로 가라앉는 사람들은 예외다). 하지만 호손은 아직 그림이 없는 책을 읽어볼 기회가 없었다. 그래서 정글에 사는 고양잇과 동물에게 납치당한 사람은 모험에 또 모험을 겪게 될 것을, 대담한 업적의 그릇에 몸을 담그게 될 것을, 기발한 우연들이 이 모든 일의 뒷마무리를 맡을 것을 각오해야 한다는 사실을 알지 못했다. 트롤 어머니와 트롤 아버지는 어린 모험가 자녀가 평판 나쁘고 설계도 형편없는 다리 근처를 뛰어다닐 때만 걱정한다는 사실

---

* 팔걸이와 등받이가 없고 위에 쿠션을 댄 의자.

도 알지 못했다. 트롤 부모들은 자녀가 인간들의 일에 심술궂게 끼어들어 장난치고 있었음을 일단 알고 나면 모든 것을 용서하는 법이다. 호손은 또한 자신이 민담 속에서처럼 아찔한 속도로 '상점들이 일요일에 문을 닫는 나라', '유턴이 없는 왕국', '조용한 도서관의 땅', '설계가 형편없는 다리의 지역'으로 향하고 있음을 알지 못했다. 앞으로 자신에게 무슨 일이 벌어질지도 알지 못했다.

하지만 자신이 어떤 이야기가 시작되는 지점에 있는 건지도 모른다는 짐작은 했다.

호손은 점점 색이 짙어지는 석양 구름을 올려다보았다. '나도 내 두꺼비만큼 용감해질 거야.' 그는 속으로 생각했다. '내 두꺼비는 번개나 박쥐 때문에 무서울 때도 절대 침대 밑으로 숨지 않아. 혀를 내밀어 무서운 것을 먹어버리지.' 호손은 빨갛게 빛나면서 채찍처럼 허공을 후려치는 바람을 향해 혀를 내밀었다. 거친 폭풍우의 흑표범에게 주먹질도 했다. 표범의 검은 털은 부드러웠다. 호손은 표범의 거대한 심장이 천둥처럼 크게 박동하는 소리에 귀를 기울였다.

"제가 이런 걸 물어도 되는지 잘 모르겠는데요, 바람 누나." 호손이 말했다. "지금 어디로 가는 거예요? 조금 있으면 틀림없이 팬더모니엄과 가을 지역과 심술궂고 위험한 바다를 지나 우리 집으로 다시 돌아가게 될 거예요."

빨간 바람은 쿡쿡 웃었다. "그래, 그렇겠지. 내가 지리에 대해 너보다 훨씬 더 많은 걸 알고 있지 않았다면 말이야."

"물론 누나는 모든 걸 저보다 많이 알고 있겠죠. 예를 들어 한밤중에 가엾은 트롤을 납치해도 전혀 문제가 없다는 사실을 알고 계시는 것 같아요. 그건 누구한테 배운 거예요? 누나의 어머니는 틀림없이 아주 나빴을 것 같아요."

빨간 바람이 코웃음을 치자 콧구멍에서 빨간 구름들이 나왔다. "내 어머니가 한쪽 콧구멍으로 코를 풀면 허리케인이 나왔어. 우리 어머니는 카드놀이와 권투, 그리고 온갖 어머니 경기에서 네 어머니를 때려눕힐 수 있는 사람이야! 진짜 화려한 글씨로 작성된 영수증이 나한테 있는데 말이야, 그게 나한테 바꿔친 아이 한 명을 찾아내서 지역 보존법에 따라 안전하게 목적지까지 데려다주는 자격을 줬어. 아니, 나한테 명령을 했지. 넌 영광인 줄 알아! 내가 널 선택했으니까! 음유시인 마을의 모든 트롤들 중에서, 스플린워트* 시의 모든 홉고블린 중에서, 터스크터그의 모든 사티로스 중에서 널 선택했다고. 바꿔친 아이의 삶을 살 아이로. 내 흑표범과 내가 장담하는데, 넌 그 삶이 마음에 들 거야. 고양잇과 동물의 장담은…… 음, 오래된 우유 같아. 진짜야. 오래된 우유로 끝내주는 요구르트를 만들 수 있다고! 안 그래? 바람이 너한테 신나는 시간을 보내게 될 거라고 장담할 때는 치맛자락과 모자와 기타 흔들리는 것들을 꽉 잡아야 돼! 그러니까 지금도 꽉 잡아. 중력 인터체인지를 피해가야 하니까. 안 그러면 정말로 너희 집으로 다시 돌아가게 될 거야. 그러면 우리 모두 얼마나 민망하겠니."

거친 폭풍우에 흑표범의 포효 소리가 주위를 뒤흔들었다. 짙은 안

---

* 옛날에 우울증약으로 쓰이던 양치식물의 일종.

개 덩어리들 여럿이 언짢은 표정으로 앞에서 살금살금 물러났다.

"제가 보기에는 누나가 해적보다 나을 것이 없는데요. 아버지가 그러시는데, 해적은 세상에서 왕과 지네 다음으로 나쁜 거래요."

"네가 뭘 알아? 우리가 매년 함께 휴가를 가고 같은 날뛰기 모임에 나가는 사이라면 내가 그런 말을 듣고 속이 상할지도 모르지만 우린 이제 막 만난 사이야! 모욕을 당하더라도 상대가 낯선 사람이라면 별로 신경 쓸 필요 없지. 그거야 밀려오는 파도를 보고 우는 거나 마찬가지니까! 게다가 해적이 없으면 바다는 지독하게 지루한 곳이 되어버릴걸. 내가 해적이라면 나한테 럼주나 줘! 멍청이 같으니. 네가 나한테 조금 기분이 상해서 내 머리를 후려치고 싶어 하는 건 괜찮아. 원래 바뀌친 아이들이 그런 법이니까."

"그게 뭔데요?" 어린 트롤이 물었다.

"바뀌친 아이들은 말이야, 얘야, 거칠어. 조금 제정신이 아니라고나 할까. 조금 수수께끼 같기도 하고, 폭탄 같기도 하고. 한마디로 누가 자기 털을 잘못 쓰다듬었다면서 미친 듯 날뛴다는 뜻이야. 그런데 그게 항상 그래! 네가 일종의 교환학생 프로그램 같은 것에 참여하게 됐다고 생각하렴, 이 호전적인 벨라도나야. 네가 막 태어났을 때 너희 삼촌 몽크스후드가 고용한 반시* 도제랑 똑같아."

"누나가 몽키 삼촌을 어떻게 알아요?" 호손이 소리쳤다. 구름이 그의 외침을 게걸스레 삼켜버렸다.

"내가 그때 마침 여름 목욕재계를 하고 있었거든. 반시는 자작나

---

* 아일랜드 민화에서 구슬픈 울음소리로 가족의 죽음을 미리 알려준다는 여자 요정.

무 껍질 갑옷을 입고 있었고, 넌 불도마뱀 가죽에 폭 싸여 있었어. 반시와 너의 부지런한 삼촌이 그날 상당히 튼튼한 풍차를 지었단다." 빨간 바람은 어두운 표정으로 인상을 구겼다. "거친 바람들은 자기를 사로잡으려고 한 것들을 아주 잘 기억해."

호손은 흑표범이 그를 데려갈 예정인 '다른 땅'과 페어리랜드 사이의 하늘에 떠 있는 눈부신 루비색 구름들을 바라보았다.

"페어리랜드도 네 요람과 다르지 않단다." 빨간 바람이 상냥하게 말했다. 복면 뒤에서 적갈색 눈이 번득였다. "우린 아무도 몰래 난간을 올라갈 거야. 우리가 난간의 창살 사이를 살짝 통과해서 아기 방 문 밖으로 살금살금 나가면 완전히 다른 땅, 그러니까 인간 세계에 발을 들이게 돼. 멀지 않았어."

"인간이 뭐예요? 두꺼비 같은 건가요? 내가 타고 다녀도 돼요?"

빨간 바람은 잠시 생각해보았다. "인간은 모든 걸 다 아는 척하는 유인원이고, 마법 솜씨가 좋아. 그런데 그 솜씨가 너무 좋아지는 바람에 별로 특별한 게 아니라고 생각해버리고는 애당초 마법이 존재했다는 사실 자체를 잊어버렸지. 넌 인간 하나를 잡아서 안장을 얹는 걸 꼭 한번 시도해봐."

"내가 집으로 돌아가고 싶다면요?"

"걱정하지 마, 어린 돌덩이야. 선택의 기회는 누구에게나 있어. 그렇지 않으면 아이러니라는 말이 어디서 나왔겠니?"

과연, 모든 것 위에서 잔물결처럼 출렁이는 빨간 구름들 속에서 수많은 나무 꼭대기들이 삐죽삐죽 모습을 드러내기 시작했다. 모두 키가 아주 크고 이파리가 아주 무성했다. 반들거리는 이파리들로 이루어진 거대한 우산, 레이스처럼 한데 구불구불 얽혀 있는 가지들, 오렌지와 푸크시아 꽃으로 만들어진 둥근 지붕, 머리를 땋듯이 엮인 콩줄기들의 오벨리스크, 호손이 팬더모니엄에 관한 그림책에서 본 것과 같은 거대한 둥근 지붕, 하지만 이 지붕은 가시덤불 속에 굴러떨어졌을 때조차 터지지 않으며 무지갯빛을 띤 청록색 거품과 늘어진 바나나와 덩굴을 타고 올라가는 장미로 이루어져 있었다. 바람이 잠잠해지고 점점 졸음이 몰려와서 나른하게 몇 바퀴 돌다가 자리를 잡고 햇볕을 받으며 낮잠을 자게 되는, 바로 그런 곳이었다. 모든 것이 뜨겁고 축축하고 생생해서 마치 여름의 빗방울 안에 들어와 있는 것 같았다.

"압운 정글에 온 것을 환영한다, 호손, 포도주와 진실만큼 귀한 아이야. 여긴 여섯 바람이 휴가를 보내는 곳이야."

호손은 자신의 두꺼비가 이곳을 아주 좋아했을 것 같다는 생각이 들었다. 호손 자신도 이곳이 마음에 들었지만, 빨간 바람에게는 말해 주지 않기로 했다.

빨간 바람과 호손은 압운 정글에 스윽 들어갔다. 거친 폭풍우의 흑표범은 착륙을 위해 특별히 주의를 기울였다. 그들은 날개가 널찍한 하이쿠 매들이 쏜살같이 날아다니며 노래하는 세스티나 션파이크*를 따라 쑥 내려갔다. 떨리듯 지저귀는 음이 다섯 개에서 일곱 개가 되었다가 다시 다섯 개가 되었다. 거친 폭풍우의 흑표범은 기분 좋게 목을 울리며 매들을 향해 턱을 딱딱거렸다. 햇빛이 숲의 오솔길들을 따

---

* sestina는 '6행 6연체 시'를 뜻하고 shunpike는 '유료 고속도로를 피하기 위해 사용하는 도로'를 뜻한다.

라 잔물결을 일으키며 내달리는 것이, 여러분과 내가 이미 본 도시들에 강이 흐르는 모습과 같았다.

"여길 왜 압운 정글이라고 부르는 거예요? 정글은 압운을 맞추지 못해요." 호손은 이곳을 보고 감탄한 기색을 빨간 바람에게 드러내지 않으려고 뚱하니 말했다.

"주위를 둘러봐, 이 눈먼 생쥐야! 모든 게 운을 맞추고 있잖아! 라바 코브 가장자리에 구아바 그로브가 있고, 바나나의 사바나가 있어. 복숭아가 가득한 해변, 저녁에 자라는 밤메꽃도 있지. 그리고 저길봐! 등이 분홍색인 뱀이 잉크처럼 새까만 맨드레이크 그늘에서 뒹굴거리고, 대나무 숲에는 뻐꾸기가 있고, 바닷가 습지에는 입 큰 개구리가 있고, 접시꽃 섬에서는 악어가 자고 있고, 살구나무들 사이에 스라소니가 있고, 피스타치오 가지들을 타고 겨우살이가 구불구불 올라가고, 서양자두 나무들이 고무질을 분비하는 나무들과 수다를 떨고, 나무 요정들은 망고들 사이에서 탱고를 춰. 그러다 밤이 내리면 과일박쥐와 사향뒤쥐와 살쾡이와 웜뱃이 가시 지구라트 위에서 광란의집회를 열어! 세상을 자세히 보면, 모든 것이 서로 맞물린 시구로 이루어져 있다는 걸 알게 될 거야. 세상 모든 것에는 거울처럼 똑같은 것과 어울리는 짝이 있고, 압운과 리듬이 있어. 그러니 운을 맞추지 않는 게 뭐냐고 물어봐야지. 그편이 대답하기 쉬울 테니까."

호손은 발아래에서 들끓는 시를 내려다보았다. "하지만…… 하지만 코끼리 떼가 캐슈 이파리를 먹고 있어요. 캐피바라들은 뺨이 미어터질 정도로 사르사 뿌리를 먹고 있고요. 육계나무 옆에는 금귤이 있고, 모기들이 있는 아보카도 숲과 코코넛과 맥과 난초가 섞여 있어요.

이런 건 전혀 압운이 맞지 않아요."

"정글도 때로는 자유시를 즐기는 법이야. 너무 시시콜콜 따지지 마. 그런 건 진짜 매력 없으니까."

흑표범은 부드러운 발걸음으로 커피 열매와 장밋빛 버찌가 있는 덤불 속으로 종종걸음을 쳤다. 그들은 션파이크 끝에서 희미하게 어른거리는 공터로 향하는 중이었다. 양치류와 자주색 야생화들이 어찌나 무성한지 호손은 발밑의 땅이 초록색이 아니라 대담하고 유쾌한 파란색임을 금방 알아차리지 못했다. 목적지가 점점 가까워지는 동안 호손은 땅에 낯설지만 사랑스럽게 그려진 그림을 내려다보았다. 풀과 덩굴과 떨어진 열매와 오래된 낙엽과 울퉁불퉁한 뿌리와 젖은 진흙 같은 흙이 수많은 색채를 띤 채 위로 자라기도 하고, 나선형으로 배배 꼬이기도 하고, 흩어지기도 하고, 쓰러지기도 하고, 비틀리기도 하고, 짜부라지기도 했다. 세상 그 자체로 만들어진 세계지도 같았다. 푸른 풀들은 물결치는 바다가 되었고, 나지막하게 쌓인 파파야와 귤은 한데 모여 대륙을 이루었고, 크고 빨간 나무뿌리들은 안전한 항로를 표시해주었고, 헤아릴 수 없이 많은 눈부신 꽃들은 바다에 떠 있는 섬처럼 풀밭 위에 떠 있었다. 그 한복판에 반짝이는 흑요석으로 이루어진, 완벽하게 고르고 평탄한 길이 뻗어 있었다. 까만 유리 같은 길바닥의 흑요석 십여 개에 호손의 얼굴이 각각 비쳤다.

"이건 뭐예요?" 그는 바닥에 깔린 돌들과 그 안에 사로잡힌 소년의 모습에 넋을 잃었다. 대륙들은 집에 있는 지도책에서 보던 것과 완전히 달랐다. 그의 책은 엄청나게 크고 빨간색이라서 그가 가장 좋아하는 장난감 중 하나였다. 무엇보다 좋은 점은, 페이지 위에 올라서서 정해진 단어를 말하면 지도에 그려진 말하는 사막이나 막대사탕 탑으로 곧장 갈 수 있다는 것이었다. 어머니는 아직 그 정해진 단어를 알려주지 않았지만, 호손은 자신의 손이 닿지 않는 부엌의 높은 수납장 안, 베이킹소다와 벨라도나 뒤에 어머니가 그 단어를 숨겨놓았을 것이라고 확신했다. 조금만 있으면 거기에 손이 닿을 만큼 키가 자랄 것이다. 하지만 이런 지도라니! 이렇게 바다가 많다니! 게다가 육지는 모두 흐트러진 커다란 퍼즐처럼 보였다. 한 손에 조각들을 잡고 꼭 쥐면, 그들이 정확한 제자리를 찾아 들어가 뭔가 다른 그림을 그려낼 것 같았다.

"이건 적도야, 이 목소리 좋은 악마야. 적도가 없이는 우리가 멀리까지 나아갈 수 없단다. 그러니 이제 그 벌린 입을 닫지 그러니." 빨간 바람은 씩씩하게 다리를 휙 움직여 표범의 등에서 내린 뒤 어린 트롤을 안아 올려 파란색 진흙에 그의 발가락이 철썩하고 닿게 했다. 그러면서 그를 바라보았다. "머리 좀 정리해라. 이마에 지독하게 착 달라붙어 있어."

호손은 얼굴을 붉혔다. 트롤이 얼굴을 붉히면 아주 매혹적인 연두색이 된다. 그는 앞머리를 한 손으로 서둘러 짓눌렀다.

"그럴 리가 없어요. 적도가 온 세상을 휘감고 제 꼬리를 입으로 물어 우리 모두를 경선들의 약탈에서 지켜주는 크고 통통한 뱀이라는 건 누구나 아는 얘기예요." 그가 당황한 표정으로 입에서 침을 튀기며 마구 말을 쏟아냈다. 그는 옳은 말을 하는 것을 정말로 좋아했다. 불과 어머니 다음으로 세 번째로 좋아하는 일이었다.

"웃기지 마, 꼬마야. 적도는 지도에 표시된 점선이야. 북극과 남극 사이 중간쯤에 있는, 지구의 가장 넓은 부분을 표시하지. 뱀이라니! 세상에, 난 그런 소릴 지금 처음 듣는다!" 하지만 말과 달리 그녀의 눈은 반짝이고, 빨간 입술은 마음속 깊이 그를 비웃듯이 움직였다. 어쩌면 뱀도 정글 깊숙한 곳에 숨어서 들키지 않으려고 숨을 멈춘 채 능글맞게 웃어대고 있을지 모를 일이었다.

호손은 식물 지도 앞에서 상당히 수줍어졌다. 트롤인 그는 흙을 사랑했다. 트롤들이 흙을 사랑하는 것은 독특한 일이었다. 우리가 요람에 있을 때부터 가지고 놀던 토끼 인형과 부모님과 개와 가장 좋아하는 소설을 사랑하는 것과 비슷했다. 우리가 자신의 두 손으로 직접 한 것 중에 최고의 일들을 모두 하나로 뭉뚱그려서 행성만 한 크기의 거대하고 거친 감정 덩어리 속에 집어넣은 것과 비슷했다. 하지만 여기에 있는 것은 호손의 흙이 아니었다. 그는 지금 가장 친한 친구의 아름다운 사촌을 소개받은 것 같은 기분이었다. 온몸의 살갗이 상기되고 간질거렸다. 정신도 혼미해졌다. 어쩌면 어젯밤 저녁 식사 이후로 아무것도 먹지 못했고, 정글이 사악할 정도로 덥고 습하고 밀폐된 곳이기 때문인 것 같기도 했다. 바꿔친 아이가 되는 것은 지금까지의 상황으로 보건대 몹시 피곤한 일이었다.

"저것들이 살아나는 거예요?" 호손은 검은 돌들을 더 자세히 들여다보았다. "아니면 갑자기 다리가 생겨서 춤이라도 추나요? 아니면 공룡들이 살던 시대의 깊은 흙 속 창고에서 나온 무서운 비밀이라도 말해줄 건가요?"

"넌 이제부터 낡고 뒤처진 사고방식으로 바꿔야 할 것 같구나." 빨간 바람은 부끄러운 얼굴로 자기 소매를 못살게 굴었다. "모든 게 너나 나처럼 항상 살아 있지는 않을 거야. 모든 게 그 안에 춤이나 비밀이나 노래를 품고 있는 것도 아니고. 이제부터 네가 갈 곳에서 지도는 그냥 지도야. 설사 거기에 마법이 깃들어 있다 해도 아주 간단한 것일 뿐. 지도가 만일의 가능성을 보여준다는 마법 말이지. 어쩌면 네가 히말라야를 오르게 될지도 모른다거나 미시시피를 항해하게 될지도 모른다거나 파리 구경을 하게 될지도 모른다거나 시베리아에서 늑대 스튜를 먹게 될지도 모른다는 가능성. 지도는 모든 것으로 통하는 길을 보여줄 뿐이다. 그 이상도 그 이하도 아니지. 지도가 안나푸르나와 미주리 중에 하나를 선택해줄 수는 없어. 선택은 네 몫이니까. 물론 네가 그 일을 하고 싶어 한다면 그렇다는 말이지만."

빨간 바람은 사랑스러운 얼굴에 몹시 진지한 표정을 띠고 그를 돌아보았다. 그리고 몸을 웅크려 그와 눈을 맞췄다. 트롤과 바람이 서로의 눈을 똑바로 바라보았다. "넌 어떤 식으로 선택을 하지? 이 불평 많고 무뚝뚝하고 근사한 어린 양아, 네가 지금까지 짧은 생을 살면서 선택했던 것들을 전부 생각해봐. 아침 식사로 포리지*와 앵무새 파이 중 하나를 선택하는 일에서부터 굳이 걸음마를 배울지 말지 결정한 일까지 전부. 넌 어떤 방식을 통해서 파이를 선택하고, 쿵쿵거리며 다리 위를 걷는 일을 선택한 거지?"

호손은 꽃이 피어 있는 지도의 눈부신 파란색 풀밭에서 이끼로 뒤덮인 것 같은 커다란 맨발을 꼼지락거렸다. "음…… 처음에는 초조해서 안달이 나요." 그가 마침내 입을 열었다. "어떤 일이든 제대로 안

* 오트밀을 우유로 끓여낸 죽.

달하지 않으면, 좋은 결과가 나오지 않아요. 이건 내가 내 배로 직접 경험해봐서 알아요. 뭘 어떻게 해야 할지 모를 때는 항상 배가 아래로 떨어지는 것 같은 느낌이 들거든요. 그리고…… 음, 어머니는 세상 모든 일이 마음속에서 벌어지는 권투 경기 같은 거랬어요. 대담함과 대담하지 않음 사이에서 벌어지는 경기요. 그 둘이 마음속에서 서로 고함을 지르고 주먹질을 하면서 반대 주장을 펼치게 하는 거예요. 그러다가 우리가 한쪽의 손을 들어주면 싸움이 끝나고 결정이 내려지는 거죠." 호손은 잠시 더 생각해보았다. "아버지라면 대담하지 않음과 안전 쪽의 손을 들어줄 거예요. 머리 위에는 다리를 놓고 주머니 속에는 재미있고 옹골찬 수수께끼를 챙겨두겠죠. 어머니라면 대담함의 손을 들어줄 거예요. 엄마는 선택이란 항상 우리가 세상과 거는 내기와 같다고 말해요. 그리고 도박을 거는 사람은 씀씀이가 헤픈 사람보다 좋은 걸 마시게 마련이라고요. 그동안 내내 배가 아프긴 하겠지만요."

"그럼 넌 누굴 닮았니?"

호손은 자신이 있던 심홍색 아기 방과 자신의 두꺼비, 모자를 쓴 아버지, 어머니와 냄비, 두툼한 돌을 크림색 모르타르로 붙여서 만든 다리, 매년 새로 생겨나는 수수께끼를 돌이켜 생각해보았다. 자신이 태어난 뒤로 일어났던 모든 일을 생각해보았다. 사실 일이 많지는 않았지만, 호손에게는 그것들이 우주 전체였다.

"모르겠어요!" 그가 외쳤다. "내 두꺼비를 제일 많이 닮은 것 같아요."

빨간 바람은 빨간 복면 속의 빨간 입술을 말아 올리며 활짝 웃었다. 마치 자신만을 위해 특별히 마련된 선물, 온통 빨간색으로 포장된 선물을 받기라도 한 것 같았다. "아, 이 귀엽고 땅딸막한 버섯 동자 같으니! 과연! 두꺼비는 '모험'을 의미한단다. 두꺼비는 고약하고 축축하고 작은 존재로 시작해서 나중에 왕자가 되지. 두꺼비는 혀를 최대한 쭉 내밀어서 무엇이든 혀에 닿는 것을 꿀떡꿀떡 먹어치워. 두꺼비는 황금 공과 우물과 저주받은 공주와 활쏘기 시합과 부풀어 오르는 음악과 탑에서 떨어지는 꽃과 아름다운 아가씨들의 마법에 걸린 방을 뜻해! 선택해라, 두꺼비의 진정한 아들 호손. 계속 고향에 붙어서 평생 관광 일을 하며 널 해친 적이 없는 가없은 배낭여행객들을 짓밟을 건지, 아니면 낯선 땅을 멋대로 방랑하며 멋진 기계들을 다루고 대담한 행동을 하는 삶을 살 건지."

호손은 양발로 번갈아 깡충깡충 뛰면서 몸을 부르르 떨고 식은땀을 흘리고 이마에 주름을 잡았다. 심술궂은 초록색 풍선이 서서히 차오르는 것처럼 속에서 초조함과 안달이 시작된 것이 느껴졌다. 빨간 바람이 말한 멋진 나라가 마음 한구석에서 다채로운 색깔이 가득한 책처럼, 그의 지도책처럼 멋지고 새롭게 펼쳐지는 것이 보였다. 다른 한구석에서는 그가 사랑하는 고래 두개골 침대와 아버지가 목요일마다 아침에 끓여주는 오팔 포리지와 명절에 온통 환하게 불을 밝힌 음유시인 마을의 친숙하고 소중한 가게들이 보였다. 그의 발밑에서 적도가 반짝거렸다. 돌 하나하나가 바다처럼 깊고, 어두운 문이나 터널처럼 어두워 보였다. 호손은 그 터널 저편에서 또 다른 호손을 만날 수 있음을 알고 있었다. 지금으로써는 상상도 할 수 없는 호손, 모험과 탑과 꽃과 아가씨들의 방을 선택한 소년, 내기를 걸었다가 이긴 청

년처럼 눈을 반짝이는 소년이 거기 있을 터였다.

호손은 그 소년을 만나고 싶어서 견딜 수가 없었다.

빨간 바람이 그의 잠옷에 붙어 있던 이끼 같은 머리카락 한 가닥을 부드럽게 떼어냈다. "선택이란 조각그림 맞추기와 같아, 귀여운 트롤. 네 귀퉁이에 들어갈 조각들이 골칫거리지. 테두리에 들어갈 조각들은 희망이 되고. 호손, 누구보다 귀한 아이, 너는 한복판에 들어가는 조각이야. 이상한 모양으로 생겨서 고집을 부리는 조각 말이야. 하지만 밑그림은, 그 전체 그림은 처음부터 그 자리에서 널 기다리고 있단다. 네가 잘해내기를. 자, 저기 저 풀을 잡아봐. 그래, 거기 구아바 아래에 있는 것. 손톱을 아래쪽으로, 그래, 잘했다."

초조한 마음이 아직도 새된 소리를 지르며 부풀어 오르고 있는데도 호손은 시키는 대로 했다. 그의 두툼한 손가락이 정글의 흙을 누르고 들어갔다. 따뜻한 초콜릿처럼 부드럽고 달콤했다. 단단한 가장자리가 느껴지자 그는 그것을 잡아당겼다. 파란 풀의 가장자리, 지도의 가장자리가 그의 손안에 들어왔다. 빨간 바람은 캔틸루프 대륙을 한 움큼 뜯어냈고, 호손은 그녀가 그것을 머리 위로 힘겹게 계속, 계속 들어 올리는 것을 지켜보았다. 거친 폭풍우의 흑표범은 검은 입으로 창백한 밤메꽃 북극을 크게 물어뜯어냈다. 어린 트롤 역시 날카로운 이빨을 갈며 손에 힘을 주고 또 쥐어서 바다를 길게 찢어냈다. 셋 모두 발을 헛디뎌 서로를 향해 비틀거리는 바람에 풀과 꽃과 돌멩이가 망토처럼 늘어지며 질질 끌려갔다. 그러다 사방이 갑자기 캄캄해졌다. 이글이글 들끓던 해가 사라져버렸다. 셋은 가쁘게 숨을 쉬며, 담요로 만든 요새처럼 생긴 세상 한 다발 속에서 함께 몸을 웅크렸다. 꽃과 뿌리와 흙, 그리고 살아서 성장하며 압운을 맞추는 것들의 진한 냄새가 그림자들 속에서 소용돌이치며 춤을 추었다. 호손의 초조와 안달이 에메랄드색 거품처럼 톡 터졌다. 그는 아기 방의 석류석과 레드캡과 독사과처럼 밝은 진홍색을 띤 커다란 눈으로 빨간 바람과 흑표범을 바라보았다.

"선택의 여지는 별로 없는 거죠?" 그가 속삭였다. "모험은 사람을 잘 속여요. 안-모험보다 훨씬 더 번쩍거리고 소란스러우니까."

빨간 바람은 잠옷 차림의 어린 트롤을 향해 엄숙한 표정으로 자유로운 한 손을 내밀었다. 다른 손으로는 세상이 흩어지지 않게 잡고 있었다.

"너 정말 영리하구나." 그녀는 이렇게 말하고 나서 트롤을 자신의 진홍색 옆구리로, 흑표범에게로, 적도 쪽으로, 그리고 자신이 강한 빨간색 주먹으로 쥐고 있는 가능성들의 무한한 바다 쪽으로 가까이 끌어당겼다.

2장

트롤을 우편으로 보내는 법

호손은 다양하고 매력적인 선택 꾸러미들 중 하나를 택하고,
벤저민 프랭클린이라는 이를 만나고, 기념우표를 한 장 받는다.

세상은 집이라고 내가 여러분에게 세 번 말한 적이 있다. 그리고
사람이 세 번이나 말한 내용이 틀림없이 진실이라는 것은 누구나 아
는 사실이다. 하지만 이제부터 나는 세상이 어떻게 생겼는지 네 번째
로 여러분에게 들려주겠다.

넷은 좀 웃기는 숫자다. 커다란 놋쇠 커피 주전자 안에서 나온 요

정이 네 가지 소원을 허락해주는 일은 없다. 코뿔소의 마음을 얻으려면 네 가지 일을 수행해야 한다고 요구하는 사람도 없고, 우물 밑바닥에 사는 마녀가 수상쩍게 보일 만큼 열성적으로 네 가지 선물을 내미는 예도 없다. 우스갯소리도 세 번까지는 만족스럽지만, 네 번째 반복되면 인내심이 바닥나고 턱이 아파온다. 네 번째 눈먼 생쥐의 가죽이나 털이 나오는 이야기는 들은 적이 없고, 형님 돼지들이 집을 모두 지은 뒤 넷째 아기 돼지가 남은 것으로 집을 짓는다는 이야기도 들은 적이 없다. 네 번째 소원, 네 번째 선물, 네 번째 생쥐, 이들은 이야기 중의 이야기에 속하지 않는다. 규칙 외의 존재이다. 어둠 속에서 코를 들이미는 그 가엾은 하얀 눈의 생물이 무슨 일을 겪을지는 아무도 모른다. 드라이월 왕국의 여왕이 되어 철권통치를 하게 될 수도 있다. 우리는 그 생물에 대해 정말이지 아무것도 예상할 수 없다. 나도 마찬가지다. 이야기에 대해서뿐만 아니라 왕성의 쥐를 보살피는 일에 대해서도 상당히 많은 것을 알고 있는데도 그렇다.

하지만 우리는 경험 많은 여행자들이다. 여러분과 나 말이다. 우리는 함께 사방을 돌아다니며 우리가 살고 있는 이 귀한 행성의 전면 응접실에 들어가보았다. 다이아몬드와 공룡 뼈와 캐나다 기러기와 노트르담 성당과 볼펜이 그 안에 가득했다. 우리는 페어리랜드의 풀이 우거지고 색칠이 된 침실에 기어 들어가 깃털이 날릴 때까지 침대 위에서 뛰어본 적도 있다. 세상과 세상 사이에 있는 지저분한 벽장을 살짝 통과해 지하 세계의 어두운 지하실로 내려갔다가 지붕으로 올라가 잃어버린 야구공과 떨어진 별과 사방에 남겨진 우주비행사들을 본 적도 있다. 손에 손을 잡고 항해를 하고, 동굴 탐험을 하고, 하늘을 난 적도 있다. 심지어 달을 걸어 다닌 적도 있다. 그 덕분에 우리가 얼마나 굉장한 여행 전문가가 되었는지! 우리는 여행용 양말이 정확히 어디에 보관되어 있는지 잘 알고 있다. 책의 한 페이지가 넘어가면 우리는 여권을 반짝반짝 닦고, 외투를 챙기고, 다소 매력적인 짐가방의 깃을 세워 올린다. 우리는 함께 넷의 나라로 갈 것이다! 얼마나 재미있을까! 셋의 나라는 사실 너무나 안전한 곳이다. 늑대가 아무리 열심히 입김을 불어대도 세 번째 집은 항상 튼튼히 서 있을 것이라는 확신은 우리를 안심시킨다. 그럼 네 번째 집은? 누가 알겠는가?

이번에는 내가 앞장서서 여러분을 세상이라는 집의 새로운 구석으로 이끌지 않을 것이다. 이제 우리는 세상에 대해 아주 잘 알고 있다. 요정들이 어디에 사는지, 그림자가 떨어지는 곳은 어디인지, 누구든 시간을 내서 거미줄을 청소해야 하는 곳이 어디인지, 창문이 헐거운 곳이 어디인지, 문이 삐걱거리는 곳이 어디인지 알고 있다. 우리는 불이 붙지 않는 난로 때문에, 정원의 잡초 때문에, 지독하게 어질러진 벽장 때문에 짜증을 낸다. 지나치게 친숙해진 물건은 눈에 보이지 않게 된다.

그러니 이제 우리가 '밖으로 나갈' 때가 되었다.

하지만 두려워하지 마시길. 바깥 날씨가 생각보다 춥고, 봄이 또 무례하게 늑장을 부리고, 나무들은 맨 꼭대기에만 세련된 숙녀의 비취 반지 같은 초록색 숨결을 품고 있고, 해는 창백하게 높이 떠서 눈을 가늘게 떠야만 바라볼 수 있고, 언제나 존재하는 바람이 살을 에일 듯 깊숙이 파고들더라도. 가장 좋은 외투의 옷깃을 목까지 올리고, 가장 긴 목도리를 단단히 매길 바란다. 원한다면 내 손을 잡아도 좋다. 장담하건대, 세상이라는 집 밖으로 걸음을 내딛는 것이 여러분의 건

강에도 좋다. 어차피 멀리 갈 것도 아니니까.

우편함이 있는 곳까지만 갈 것이다.

흙이라는 담요로 몸을 감싼 사람은 당연히 지하 세계에 가게 될 것이라고 기대한다. 하지만 호손이 눈을 떠보니(그는 혹시 무시무시한 바람이 불어오거나, 폭발이나 섬광이 일거나, 그 밖에 적도를 건널 때, 아니 사실 적도 안으로 파고들어갈 때 겪을 수도 있는 온갖 종류의 충격에 대비해서 눈을 질끈 감고 있었다), 기분 좋게 잘 손질된 잔디밭 위에 서 있었다. 훌륭한 산울타리와 꽃밭도 주위에 여러 개 보였다. 구름 한 점 없는 하늘에서 해가 반짝거리고, 상쾌한 바람이 깔끔한 화단에 다채로운 색으로 줄지어 피어 있는 튤립들을 흔들고 지나갔다. 호손은 눈이 부셔서 눈 위에 그늘을 만들었다. 앞에는 지금껏 본 적이 없는 엄청 큰 건물이 솟아 있었다. 트롤들은 주로 언덕이나 늪에게 문과 창문과 실내 배관의 놀라운 이점을 한참 동안 이야기한 끝에 건물을 짓곤 한다. 하지만 이 건물은 궁궐이었다. 열두 개의 검은 기둥이 솟아 있고, 짙은 보라색 장미와 짙은 보라색 깃털 펜들이 망울을 팡팡 터뜨린 가시덤불과 황금색 이끼가 거기에 잔뜩 엉켜 있었다. 깃털 펜의 깃털들은 웅장한 계단을 향해 우아하게 늘어졌다. 기둥 꼭대기에는 거대한 삼각형 지붕이 있었다. 거기에서 춤추는 아름다운 조각들은 물불을 가리지 않는 씩씩한 사람들의 퍼레이드였다. 농부와 군주와 스프리건*과 불도마뱀, 요정과 불새와 목신, 갑주를 입은 처녀와 전차에

---

* 콘월의 전설에 등장하는 생물. 유적지나 고분에서 보물을 수호하고 요정의 경호원 역할을 하지만 도둑질도 활발하게 저지른다고 한다. 몹시 추한 외모로 묘사됨.

탄 처녀, 말쑥하게 차려입은 평범한 얼굴의 이상한 사람들과 필요 이상으로 단추가 달린 그들의 외투, 말과 개, 날카로운 펜을 쥔 사무원, 이들 모두가 함께 아주 훌륭한 우스갯소리를 듣기라도 한 것처럼 웃고 있었다. 그들 사이에는 온갖 소포와 편지가 오가고 있었는데, 개중에는 비밀스럽고 은밀한 것도 있고 기쁜 표정으로 공개적으로 주고받는 것도 있었다. 그리고 이 돌 조각 아래에 밝은 파란색 글자들이 있었다.

대 페어리랜드 우체국

1호점

거친 폭풍우도 신비한 마법도

화룡도 옷을 벗은

우울한 물의 요정도

이 전령들이 담당 구역을 신속하게 도는 것을

막지 못한다.

엄청나게 서두르는 사람들이 커다란 문을 바삐 드나들었다. 겨드랑이에 꾸러미를 낀 사람도 있고, 편지를 든 사람도 있고, 빈손인 사람도 있었다. 눈부신 오렌지색 날개가 있는 요정 소년이 가슴에 종이한 다발을 끌어안고 울었다. 맨티코어*는 태피 과자의 갈색 포장지를 계단에서 바로 기쁘게 찢었다. 빨간 바람과 흑표범은 마치 가족을 보

---

* 인간의 머리, 날카로운 이빨, 사자의 몸, 전갈의 꼬리를 지닌 괴물.

듯 애정 어린 표정으로 우체국을 올려다보았다.

"편지를 부칠 건가요?" 호손이 궁금한 표정으로 물었다. 그러다 갑자기 자신의 몰골이 초라하다는 생각이 들어서 잠옷 소매를 잡아 뜯었다. 우체국과 만나게 될 것이라는 사실을 미리 알았다면 옷을 갖춰 입었을 것이다.

"말하자면 그런 셈이지." 빨간 바람이 쿡쿡 웃더니 그를 데리고 풀밭 사이에서 반짝이는 긴 길을 타박타박 걸어갔다. 자갈 포장 대신 바닥에 깔려 있는 황동 판들은 발걸음에 닳아 대부분 흐릿하게 색이 바랜 상태였다. 호손은 아래를 내려다보았다. 황동 판들은 소인 표찰이었다. 어린 트롤이 한 번도 들어보지 못한 수십만 개의 도시와 친숙한 몇 곳의 소인. 코케인,* 브로셀리앙드,** 시애틀, 부얀,*** 팬더모니엄, 릴리풋, 시카고, 엘도라도, 파리, 노룸베가,**** 테인, 오데사, 멜버른, 올머낵, 런던, 요하네스버그, 아디스아바바, 오마하, 발흐보글, 그리고 여기! 음유시인 마을! 호손은 기뻐서 새된 목소리로 환성을 질렀다. 그는 여기에 남아 지명들을 하나씩 모두 읽어보고 싶었다. 멋진 이름들과 평범한 이름들, 고향에 있는 곳과 멀리 있는 곳의 이름들. 하지만 거친 폭풍우의 흑표범이 그의 발꿈치를 물어댔기 때문에 그는 덩달아 주위를 자세히 살펴볼 수 없을 만큼 빠른 속도로 뛰게 되었다. 멋진 우편 궁전이 가까워지자, 검은 기둥들과 벽들이 예상처럼 매끈한 돌로 이루어진 것이 아니라, 잉크가 찰랑찰랑한 잉크병 수억 개를 벽

---

* 중세 신화에 나오는 풍요와 향락의 섬.
** 프랑스에 있다는 전설의 숲.
*** 슬라브 신화에서 바다에 나타났다가 사라지곤 하는 신비의 섬 이름.
**** 초기 북아메리카 지도에 등장하는 전설적인 정착지.

돌처럼 쌓아 만든 것임을 알 수 있었다. 검은 잉크는 병 안에서 안전하게 잔물결을 일으키기도 하고, 방울방울 떨어지기도 하고, 둥근 유리병의 깨진 틈새로 스며 나오기도 했다. 일행이 현기증이 날 정도로 찬란한 계단 꼭대기에 이르렀을 때쯤 호손의 발은 검자주색 잉크에 꽤나 흠뻑 젖어 있었다. 빨간 바람이 소녀의 팔만큼이나 두꺼운 양피지로 된 문을 옆으로 돌렸다. 순간적으로 호손은 잉크 자국을 안까지 끌고 들어가게 될 것이 걱정스러웠지만, 일은 이미 저질러진 뒤였다. 우체국 바닥은 감긴 눈(眼)의 색깔이었다.

귀를 뚫어버릴 것 같은 밝은 종소리가 울리더니 깊고 유쾌한 목소리가 선언했다. "34번 고객님을 모시겠습니다." 머리 위에서 개똥벌레 유충 무리가 서로 자리를 바꾸며 늘어서서 허공에 반짝거리는 숫자 34를 만들어냈다.

손님들이 가득한 넓은 연회장의 머리 쪽에 자리 잡은 긴 카운터, 벨벳 금줄과 황동 난간, 하프와 손풍금을 연주하는 뜨내기 악사들, 화려한 조끼를 입고 신선한 과일을 파는 사람들처럼 손님을 부르는 우표 상인들. '빈티지 아욱이요, 키스 한 번에 열 개!', '세계의 반칙 항공우편 기념우표, 모두 다른 모양이랍니다!', '지하 페어리랜드에서 곧바로 가져온 협박 우표, 잘 익었습니다!' 반짝반짝 광이 나는 티크 나무로 된 카운터에서 밝은 파란색과 노란색이 섞인 무대용 가면이 환하게 웃으며 아래를 내려다보았다. 찰칵찰칵 숫자가 찍혀 나오는 긴 종이가 가면의 입에서 풍선의 리본 모양 꼬리처럼 천천히 흘러나왔다. 머리카락이 뾰족뾰족한 어린 땅속 요정이 깡총 뛰어올라서 종이를 찢어내더니, 거기에 34와는 상당히 거리가 있는 숫자가 찍혀 있느지 인상을 쓰며 줄을 섰다.

"내가 번호표를 가져올까요?" 호손이 수줍게 말했다.

"그러면 안 되지." 빨간 바람이 대답했다. "규칙은 더 나은 방법을 생각해내지 못하는 놈들이나 지키는 거야. 생각해봐! 바뀌친 아이가 줄을 서서 기다리다니!"

빨간 바람은 자신의 강렬한 루비색 겉옷 주머니를 뒤적여 마법사의 티켓 부채를 꺼냈다. 각각의 티켓에 유쾌하고 작은 숫자가 하나씩 적혀 있었다.

"어디 보자…… 12? 21? 122? 697? 아냐, 아냐, 틀림없이 사십 몇 번이 있는데."

"바람 누나." 흉갑과 부츠 아래쪽을 뒤지며 티켓을 찾고 있는 빨간 바람에게 호손이 말했다. "한 가지 물어보고 싶은데요, 진지하게 대답해주세요. 나를 아기 취급하거나 놀리지 말았으면 좋겠어요."

"응? 아, 그래, 물론, 우리…… 호손. 너는 날 레드라고 부르렴. 딱딱한 예의는 피부에도 안 좋고, 근시의 원인이 돼, 알지?"

"왜 날 음유시인 마을에서 데려왔어요? 원래 애들을 이렇게 많이 데리고 오나요? 전부 트롤 아이들이에요? 바뀌친 아이가 뭐예요?"

호손은 거친 폭풍우의 흑표범이 자신을 비웃고 있다고 확신했다.

"질문이 한 가지가 아닌걸. 그러니 나도 답을 하나 이상 내놓아야 공평하겠구나." 빨간 바람은 연극배우처럼 목을 가다듬었다. "첫째, 음유시인 마을은 수요일 밤에 할 일이 하나도 없는, 무서울 정도로 지루한 곳이야. 둘째, 세상에, 도무지 기억이 나지 않는구나. 바람들이 얼마나 심한 시차에 시달리는지 넌 상상도 못 할 거다. 셋째, 앞의 대답 참조. 넷째, 바꿔친 아이는 페어리랜드가 재미와 이득을 위해 인간 세계에 떨어뜨리는 작은 폭탄이다."

허공에서 개똥벌레 유충들이 38번을 부르자, 검은색의 짧은 어깨 망토를 두른 젊은 숙녀 무리가 우편물에게 잘 보이려고 머리 모양을 매만지며 부산스레 앞으로 나갔다.

"놀리지 말라고 했잖아요." 호손이 말했다.

"첫째, 난 지루했어. 둘째, 난 아이들 한두 명을 채 가는 거로 유명하지. 거짓말하지 않으마. 휙 들어가서 정원을 쑥대밭으로 만드는 건 내 타고난 천성이거든. 셋째, 트롤은 무게가 상당히 나가고 폭력을 즐기기 때문에 아주 훌륭한 바꿔친 아이가 되지. 넷째, 바꿔친 아이는 순전히 반짝이는 것을 보고 갖고 싶어졌다는 이유만으로 밤에 요람에서 기어 나오는 아이들을 말해. 넌 이미 바꿔친 아이야. 그렇지 않았다면 다리와 포리지와 아버지의 코 고는 소리가 좋으니까 그냥 가던 길로 가보시라고 나한테 정중하게 말했겠지."

그들은 줄을 선 사람들 뒤에 자리를 잡았다. 호손에 비하면 모든 사람이 탑처럼 키가 컸다. 하지만 걱정하지 마라, 사랑스러운 아이야! 네가 어른 트롤이 되면 모두들 기껏해야 네 왼쪽 팔꿈치까지밖에 오지 않을 테니.

"나더러 착하고 유순하다고 했잖아요! 그래서 날 선택한 거예요?"

"첫째, 인간 세계에는 현대가 찾아와서 물레가 뭔지 아무도 기억하지 못하게 되었을 때조차 특정한 종류의 이야기가 끊이지 않고 공급되도록 요정 세계에서 뽑아 온 어린 소년·소녀들을 받아들이는 일을 전담하는 부서가 있어. 둘째, 앞의 대답 참조. 셋째, 트롤은 주로 흙과 돌과 이끼에 피를 약간 섞어 만들어졌기 때문에 가장 유망한 후보들이지. 이건 페어리랜드의 조각 하나를 휴가 보내는 것과 같은 일이다. 비룡을 설득해서 하늘을 날아 흑표범에 올라타게 하는 일은 훨씬 더 어려워. 다들 자기 날개를 갖고 있으니까 말이지. 게다가 바꿔친 아이 옷이 비룡에게는 잘 맞지 않는단다. 숲의 화재를 핸드백 속에 쑤셔 넣으려고 애쓰는 것과 마찬가지거든." 빨간 바람은 몸을 웅크리고 호손의 얼굴을 아주 부드럽게 만졌다. 그녀의 눈이 점점 크고 부드럽게 변했다. 그녀의 겉옷에서 나온 티켓들이 주위 사방의 바닥으로 떨어졌다. "넷째, 페어리랜드의 질량은 항상 일정하게 유지되어야 한다. 바꿔친 아이는 열역학 제2 법칙과 맺은 거래의 결과야. 손바닥에 침을 뱉고 악수를 했지."

호손은 주먹을 둥글게 말고 울지 않으려고 안간힘을 썼다.

"레드! 그만해요! 난 그저……."

"첫째! 네가 태어난 곳이……."

"이제 난 어떻게 되는 건지 알고 싶었을 뿐이에요." 호손이 말을 마쳤다. 속삭이는 소리와 새된 비명의 중간쯤 되는 목소리였다. "이야기에서 누군가가 빨간 베일을 구름처럼 두르고 나타나 두 마법사의 아들에게 모험을 떠나자고 말하는 건 그 애가 그 일에 가장 잘 맞는 사람이기 때문이에요. 그 애가 사실은 왕자였거나, 기차 엔진 모양의 점이 몸에 있거나, 도저히 풀 수 없는 수수께끼를 만들어낼 수 있거나, 저 깊은 곳의 용암을 불러내 전기 산의 유니콘 여왕을 물리칠 수 있기 때문이라고요. 하지만 이 인간 세상에 사람들이 계속 떠들어 댈 만한 것들이 하나라도 있을 것 같지 않아요. 만약 거기서 살아남기 위해 착해질 필요가 있다 해도, 난 내가 그만큼 착한지 모르겠어요. 난 비열하거나 그렇지도 않아요. 신비한 기호와 변신에 대해 알고, 어머니가 레프리콘들과 바삐 일하고 있을 때는 굴뚝에게 애교 있게 말을 걸어서 굴뚝을 고치는 건 할 수 있어요. 하지만요, 내가 하고 싶은 말은, 내가 훌륭한 바꿔친 아이가 되지 못할지도 모른다는 거예요. 어쩌면 바꿔친 아이가 끔찍한 존재라서 레드가 나한테 말을 안 해주는 건지도 모르죠. 어차피 지금 내 몸무게는 반 톤밖에 안 되고요. 하지만 앞으로 더 클 거라고 아버지가 말씀하셨어요."

흑표범이 새까맣고 무거운 머리를 돌려 크고 엄숙한 노란색 눈으로 호손을 바라보았다.

"바꿔친 아이는……." 그가 으르렁거리듯이 말했다. "경계선 너머에서 데려와 아무도 알아차릴 수 없을 만큼 신속하고 비밀스럽게 인간 아이와 바꿔친 요정 아이를 말해. 유리그릇들을 그대로 둔 채로 식탁보만 휙 빼내는 것과 같지. 네가 그곳에 가면, 인간 아이가 여기로 올 거다. 너희 둘 사이에서 세상은 거의 기절할 만큼 즐거워질 거고."

"내가 거기서 뭘 해야 하는데요?"

흑표범은 주둥이에 주름을 잡았다. "바꿔친 아이한테 이래라저래라 말할 필요는 없어. 낮에 해가 움직이는 것처럼, 바꿔친 아이들도 알아서 움직이니까."

"찾았다!" 빨간 바람이 의기양양하게 말했다. "좋았어! 46번! 하지만 너무 티를 내면 안 된다, 알지? 최고의 속임수는 페어플레이처럼 보이는 법이야."

그러고는 눈 깜짝할 사이에 개똥벌레 유충들이 작은 불꽃놀이처럼 헤쳐 모여 크고 자랑스러운 숫자 46을 그려냈다.

"다음 손님!" 깊고 엄격한 목소리가 크게 울려 우체국 사방에 메아리쳤다. 호손 일행은 이 커다란 고함에 밀려 조용히 뒤에 늘어서 있던 사람들에게 곧장 부딪혔다. 앞에 줄을 서 있던 사람들은 모두 엄격하게 보이는 광대뼈와 우아한 사슴 다리를 지니고 있었는데, 빨간 바람이 흑표범과 어린 트롤을 데리고 어지럽게 흩어진 서류와 쩽강거리는 기계들에 반쯤 파묻힌 높은 카운터로 나아가자 항의를 해댔다.

탑처럼 우뚝 솟은 티크 책상은 카운터라기보다 법정의 판사석과 더 비슷했다. 그 책상 위에 거대하고 무서운 생명체가 솟아 있었다. 호손은 빨간 바람의 치마 뒤로 숨고 싶은 것을 참는 데 온 힘을 다 써야 했다. 그 생물의 머리가 하나뿐인 것은 다행이었다. 팔과 다리가 각각 두 개씩인 것도 호손의 경험상 대략 평균치였다. 하지만 저렇게 평범한 얼굴이라니! 입이 저렇게 작다니! 게다가 날개도 가지를 친 큰 뿔도, 살갗에 삐죽 나와 있는 보석 조각도 없었다. 이상하게 휘어진 코 대신 자리한 들창코는 얼굴 한복판에 박힌 단추 같았다. 그 생물은 여자였다. 긴 갈색 머리를 땋아서 얼굴을 감싸듯 묶고 있었으니까. 뺨에는 연지를 바른 자국도 있었다. 손은 박박 씻은 것처럼 깨끗했지만, 마법 지팡이나 칼이나 수정구를 잡아본 적이 없는 것 같았다. 만약 그런 적이 있다면, 호손은 자신의 심장이라도 씹어 먹을 수 있었다. 그런 물건들을 잡아봤다면 흔적이 남게 마련이었다. 호손의 엄지와 검지 사이에도 마법 지팡이(빨간 리본과 은종이 달린 뼈 딸랑이) 때문에 벌써 훌륭한 굳은살이 박여 있었다.

"소포?" 카운터에 앉은 생물이 천둥 같은 고함을 질렀다.

"저건 뭐예요?" 호손이 속삭이듯 물었다.

빨간 바람이 서서히 미소 짓자 사악한 기쁨이 얼굴에 가득해졌다. "아, 저건 말이지, 우리 다혈질 에메랄드 도련님, 인간이야. 나라면 익숙해지려고 애쓸걸. 아마 앞으로 인간을 더 많이 보게 될 테니까."

"만져봐도 돼요?"

인간이 험악한 표정을 지었다. "그런 소리를 하다니!" 그녀가 쏘아붙였다. "내가 너더러 만져봐도 되냐고 물으면 넌 어떨 것 같아?"

호손은 어깨를 으쓱했다. "만지고 싶으면 만져도 돼요." 그는 나직하게 말하고는 손을 위로 뻗었다.

인간은 눈을 가늘게 뜨더니 커다란 물고기처럼 뺨을 부풀렸다. 그러고는 서류에 도장을 찍듯이 짧고 강렬하게 한 번 웃은 뒤 손가락으로 호손의 손가락을 만졌다. 피부가 부드럽고 따뜻했다. 호손의 피부는 돌처럼 딱딱하고 차가웠지만, 트롤에게는 그것이 무엇보다 따스하고 무엇보다 굉장한 일이었다.

"만나서 반갑다." 인간이 말했다. "나는 영연방 오스트레일리아의 우체국장이다. 나를 벤저민 프랭클린 국장이라고 부르면 돼. 다들 그러니까."

"벤저민 씨처럼 생기지 않았는데요." 호손이 용기를 내서 말했다.

우체국장은 봉투 여러 장을 하나로 모으더니 끈으로 묶은 뒤 뒤에 있는 커다란 캔버스 주머니 안에 가볍게 던져 넣었다.

"오래전에……." 빨간 바람이 설명하듯 입을 열었다. "벤저민 프랭클린이라는 마도사가 번개의 마법 지팡이와 훌륭한 가발과 연 모양의 무서운 퍼밀리어*를 이용해서 아주 강력한 힘을 얻었지. 거대한 왕국의 우체국장이 될 정도로. 그 마도사와 연과 가발은 그의 괴물 같은 마법을 이용해서 황금 기수장(旗手長) 모임을 만들었어. 모든 우체국장들이 거기에 속해 있지. 그 사람들은 하나하나가 모두 모험 물리학의 위대한 대가들이야. 그렇지 않고서야 어떻게 어린 아기 왕이 우연히 호숫가에 오는 순간에 딱 맞춰서 마법의 검이 호수 바닥에 가라앉을 수 있겠니? 다양한 색위 외투가 양치기의 어깨에 걸쳐지는 것도 그렇고, 물레가 외딴 곳의 잠긴 방 안에 들어가 있는 것도 그렇고, 개암 열매 속에 들어 있는 소녀가 자식을 간절히 바라는 노부부 앞에 나타나는 것도 그래. 이야기의 결말이 이야기의 시작으로 무사히 부쳐질 수 있는 건 우편을 통해서야."

"레드는 할 수 없는 일이에요?" 호손이 수줍어하며 물었다. 빨간 바람은 인상을 썼다.

"물론 할 수 있지. 네가 원하는 게, 너의 예쁜 영국 검을 루이지애나의 늪에 있는 그루터기에 처박는 일이라거나, 거기에 서명을 한 가엾은 악어가 반짝이는 양복 천으로 만든 겉옷과 웨일즈어 사전을 들고 어리둥절한 표정을 짓는 일이라면." 우체국장이 쿡쿡 웃었다. "집배원만큼 동네를 속속들이 아는 사람은 없어. 요정들에게 배송 작업을 맡겨둔다면, 결국 온 세상이 '반송', '착불', '깨지기 쉬운 물건', '피라미드가 부서져서 죄송합니다', '개가 있었습니다' 같은 표시들로 가득 찰 거야. 그리고 넌 빨래집게를 주문한, 퍼스의 멍청한 악당의

---

* 고양이나 새의 모습으로 마귀와 함께 살며 심부름을 한다.

집 앞에 떨어지겠지. 페어리랜드는 인간들의 헛소리도 좋아한단다. 그러니 모든 게 재미없는 쓰레기 같다는 말에 넘어가지 마. 고작 부츠 한 켤레나 좋은 거울 한 개 때문에 널 바로 죽여버릴 수도 있는 자들이니까. 나도 그래서 이렇게 다리를 절게 된 거란다, 알겠니? 네가 영리한 소년이라면 하느님의 가호가 있기를! 네 머리카락 한 올을 얻기 위해 그들이 하늘을 찢어버릴지도 몰라. 그러니 우리가 직접 우편물을 처리하는 편이 낫단다. 우편물이 자유로이 흘러 다닐 수 있게 누군가는 확실히 일을 해줘야 하지 않겠니? 여기 바람 양은 숨이 막힐 만큼 역사를 잘 알고 있지만, 제대로 이해한 건 절반뿐이야. 어쩌면 3분의 1일 수도 있고. 인간 중에는 페어리랜드에 대해 아는 사람이 거의 없단다, 아이야. 지식과 무지에 관한 한 심장은 청결함을 추구하는 엔진과 같아. 그래서 자기들이 권위 있는 신문에서 읽거나 안경을 쓴 사람들에게서 들은 내용과 들어맞지 않는 것을 봄이 되면 모두 깨끗이 치워버리는 경향이 있지. 얼굴에 번개 한 방을 얻어맞는 것은 머릿속의 선반에서 먼지를 제대로 털어낼 능력이 둔기로 얻어맞는 것과 같단다. 하지만 창문은 반짝반짝 닦을 수 있어! 그래서 프랭클린 1세는 언어장애와 더불어 시공을 꿰뚫어 볼 수 있는 능력을 얻었지. 생각해 보면 그게 상당히 훌륭한 거래라는 걸 알 수 있을 거다. 프랭클린 1세는 갖가지 검들과 물레들과 아이들이 압운도 이유도 없이 이리저리 엉망진창으로 날아다니고 있다는 걸 알았지. 그래서 그걸 처리할 수 있는 시스템을 만들었고, 그게 바로 이거야. 모든 나라의 우체국장들은 교대근무를 하기 때문에 네가 오늘 날 만난 건 아주 행운이다. 내가 잘난 척을 하려는 게 아니야. 캐나다의 우체국장은 목요일에 나오는데, 커피를 마시기 전에는 곰 같은 사람이지. 우린 비밀을 지킨 단다. 우편번호는 신성하니까. 하지만 요정들은 행성만큼 수명이 길어서 우리를 잘 구분하지 못해. 그래서 그냥 우리 모두를 벤저민 프랭클린이라고 부르지. 그러면 내 이름이 애그니스 로빈슨이고, 나는 분을 바른 가발을 쓰거나 연으로 전기 실험을 하거나 종기 같은 것이 생긴 적이 없다는 사실을 기억하지 않아도 되니까. 너한테 많은 이야기를 했구나. 자, 여기 우편 자로 들어오겠니?"

호손은 우표들이 한바탕 날리면서 갑자기 앞에 나타난, 색칠이 되다 만 금속환을 보고 인상을 찌푸렸다. 녹슨 금속판이 어찌나 거대한지 카운터가 작아 보일 정도였다. 거기에는 다양한 크기의 홈이 여러 개 뚫려 있고, 그 위에 온갖 것들이 적혀 있었다. 글자들이 닳아서 새로 쓰고, 새 글자들이 또 닳아버린 흔적이 역력했다. 호손은 한 개의 홈을 통해 벤저민 프랭클린의 얼굴을 볼 수 있었다. 가장 얇은 홈위에는 다음과 같이 적혀 있었다.

문서 전용! 마법서/예언서/농담집! 계약서
(악마들은 올바른 양식을 이용하지 않으면
서류를 처리해줄 수 없습니다!)/저주

그 옆의 홈은 좀 더 길고 넓었다.

마법에 걸린 검/펜/옷(신발은 안 됨!)/
소설/고약/썩기 쉬운 음식

그 옆의 홈에 적힌 말은 다음과 같았다.

징조/늑대(중)/어린이(소/중)/
신발류/고블린/비극

홈들은 갈수록 점점 커져서 나중에는 용, 헨지(석조 또는 기타), 혁명 같은 단어들이 나왔다. 어린이(대)/말/실존적 위기/플라스틱/하늘을 나는 카펫/수생 짐승/생령이라고 적힌 홈 뒤에서 우체국장의 눈이 반짝거렸다.

"어서 들어와." 우체국장이 손짓했다. "우체국은 사람을 기다려주지 않는다. 우편 요금은 크기에 따라 결정돼."

호손은 입술을 깨물며 위로 올라가 옆으로 몸을 돌려서 어린이와 말이 통과하게 되어 있는 홈에 몸을 끼웠다. 하지만 홈이 그의 몸에 비해 너무 컸다. 그가 아직 그리 큰 트롤이 되지 못한 탓이었다. 그래서 호손은 징조/늑대라고 적힌 홈으로 들어갔다. 상당히 아늑한 느낌이 들었다. 그가 숨을 참으면, 홈이 그를 붙잡아주었다.

"일반 특급 항공우편 요금인가요?" 벤저민 프랭클린이 자기 앞에 놓인 종이에 뭔가를 적으며 물었다. 그녀가 사용하는 노란색 연필은 끝에 분홍색 덩어리가 매달린 아름다운 물건이었다. 어찌나 밝고 쾌활한 연필인지, 호손은 보자마자 그것을 훔치고 싶어졌다.

빨간 바람은 고개를 저었다. "특별 우편으로 해줘요. 깨지기 쉬운 물건: 과한 이야기 무게. 바꿔친 아이 타입: 살아 있는 트롤, 활성 교환."

"반송 요금도 미리 지불하겠어요?"

"그럴 리가요." 빨간 바람이 코웃음을 쳤다.

"특수 포장을 원해요?"

빨간 바람은 허공에서 손을 흔들었다. "그건 이 애가 직접 선택해도 돼요. 아이들이 스스로 모든 걸 선택하는 편이 언제나 더 재미있더라고요."

버터가 녹을 때처럼 우편 자가 허공으로 사라져버렸다. 벤저민 프랭클린 국장이 카운터 뒤에서 나와 호손의 손을 잡았다. 그녀의 손가락은 촉촉하고 부드러웠다. 호손은 자신이 자칫하면 국장이나 다른 인간들을 짜부라뜨릴지도 모른다는 생각에 갑자기 걱정스러워졌다. 인간들은 모두 이렇게 벨벳처럼 부드럽고 쉽게 짜부라질 수 있는 물질로 만들어진 걸까. 우체국장은 호손을 작고 예쁜 책상으로 데려갔다. 그 위에 포장지 두루마리 여러 개, 둥글게 감아놓은 리본들, 색색의 우표가 있는 멋진 책 한 권이 있었다. 흑표범이 호기심에 차서 수염을 움찔거리며 빨간 바람과 함께 그를 따라 타박타박 걸어왔다.

"여행할 때는 언제나 좋은 나들이옷을 입는 게 좋아." 프랭클린 국장이 상냥하게 말했다. 그녀의 연한 파란색 제복이 상큼하고 깨끗하게 반짝였다. "내 고향 사람들 중에는 단순히 비행기를 타러 갈 때도 좋은 옷을 차려입는 사람들이 있단다. 아마 비행기한테 잘 보이면 비행기가 자기들을 안전하게 실어다줄 거라고 생각하는 모양이야. 이제 널 포장하자꾸나!"

호손은 포장지를 바라보았다. 평범한 갈색 포장지, 반짝이는 금색 포장지, 명랑한 초록색 바탕에 반짝이는 관람차와 눈송이와 돛단배가 인쇄된 포장지, 장밋빛 바탕에 튀어 오르는 물고기와 야자나무와 우산이 인쇄된 포장지가 있었다. 호손은 이 이상한 곳에서 굳이 하나를 고른다면, 황금색 포장지가 마음에 들었다. 하지만 눈송이가 눈에 들어오자 음유시인 마을이 떠올랐다. 굴뚝이 있는 자신의 낡은 집에 눈이 떨어지던 소리도 생각났다. 우스운 바퀴처럼 생긴 물건이 무엇인지는 전혀 알 수 없었지만, 아주 멋지고 반짝거리고 마법처럼 보여서 그는 알아차리기도 전에 초록색 포장지를 향해 조심스레 손가락을 내밀고 말았다. 리본은 그가 생각할 수 있는 모든 색깔로 나와 있었으며, 이 우체국에서만 볼 수 있는 색깔도 세 개나 되었다. 소포들과 집배원들 외에는 아무도 보지 못한 색이었다. 그는 당연히 가장 좋아하는 색을 골랐다. 은은하게 빛나는 비단 같은 빨간색의 긴 끈은 레드캡의 모자를 만드는 실과 아주 비슷하게 보였다.

하지만 우표책 앞에 섰을 때는 가엾게도 수백 개의 아름다운 그림들에 압도되고 말았다. 잉크로 그린 것도 있고, 보석으로 그린 것도 있고, 다른 것도 아닌 향기로 그린 것도 있었다. 향기들은 소용돌이치며 그의 마음속으로 들어와 팝콘과 햇빛과 경주하는 켄타우로스들을 부드러운 직사각형 모양의 이미지로 그려냈다. 그는 도움을 청하는 심정으로 벤저민 프랭클린을 바라보았지만 소용이 없었다. 그는 한숨을 내쉬며, 어떤 것을 선택하든 별로 중요하지 않은 모양이라고 생각했다. 기껏해야 우표일 뿐이었다. 그는 가장 크고 강렬한 우표 중 하나를 떼어냈다. 기사들이 벌판에서 깃발을 휘날리고 있는 그림이었다. 기사들 앞에는 검은 머리를 길게 기르고 오렌지색 드레스 차림으로 춤을 추는 아름다운 소녀가 한 명 있었다. 기사들은 모두 홀린 듯 소녀를 바라보느라 앞으로 나서지 못했고, 그들의 등 뒤로 해가 졌다.

"그래, 잘했다!" 빨간 바람이 소리쳤다. 그러고는 종이의 가장자리를 쥐고 수레바퀴와 눈과 배가 그려진 커다란 돛을 펼칠 때처럼 펼친 뒤 호손의 몸을 감싸듯 한 바퀴 돌렸다. 호손은 미처 새된 비명도 지르지 못했다. 종이가 그를 죄어들면서 살갗을 눌러 그를 작게 만들었다. 트롤의 피부밑에서 비쳐 보이는 보석들에 종이가 격렬하게 쓸렸다. 빨간 바람은 그의 몸에 리본을 여러 겹 둘러 단단히 묶었다. 호손의 내장들이 하나로 눌려서 작고 기묘한 모양이 되었기 때문에, 그는 예전과 다른 새로운 존재, 호손이라고 하기 어려운 존재가 되었다. 손가락은 이제 예전처럼 두툼하고 튼튼하기보다는 가늘고 섬세한 분홍색을 띠었다. 호손은 머릿속이 하얗게 변했다. 리본이 목을 죄었다. 하지만 우체국장이 직접 우표책에서 조심스레 우표를 들어 그의 심장에 붙였다. 우표는 잠시 가만히 있다가 천천히 부드럽게 종이 속으로, 그의 피부 속으로 스며들었다. 우표가 그의 몸속으로 깊이 가라앉는 것 같았다. 뜨겁고 이상한 느낌이었지만 불쾌하지는 않았다. 마치 새로운 뼈가 자리를 잡는 것 같았다.

우체국에 거울이 있었다면, 우리의 호손은 거기에 작은 인간 아이의 모습이 비친 것을 보았을 것이다. 검은 머리, 회색 눈의 소년. 겁을 먹어 크게 뜬 눈은 오래된 우물 밑바닥에 깔린 자갈 같았다. 손톱 위의 초록색 그림자 비슷한 흔적과 얼굴에 비해 지나치게 큰 코만이 그가 예전에 오래된 우물 밑에 살며 두꺼비를 사랑하던 트롤이었음을 어렴풋이 알려줄 뿐이었다.

"날 어디로 데려갈 거예요?" 그가 겁에 질려 숨이 막힌 것 같은 소리로 물었다. 자신의 입에서 나오는 소리가 전혀 자신의 목소리 같지 않았다.

우체국장이 그의 머리를 정돈해주었다. "모든 소포 상자는 문이란다. 너도 곧 알게 될 거야. 소포 상자에 있던 물건들이 느닷없이 사라지기도 하고 없던 물건이 나타나기도 하지. 마도사의 모자처럼 성능이 좋아. 넌 딱 필요한 때에 가려던 곳에 도착할 거다. 우편물은 늦는 법이 없거든. 언제나 '정시'에 오거나 아니면 '유행을 따라 너의 다음 생에 일찍' 도착하지. 우체국장들은 모두 시간 여행자라고 내가 말하지 않았던가? 그렇지 않고서야 우리가 이 모든 일을 어떻게 해내겠니? 나는 2005년에 살고 있단다. 좋은 해야. 내 취향이라고 하기에는 좀 다혈질인 것 같지만."

"잠깐, 잠깐!" 빨간 바람이 소리쳤다. "하마터면 잊을 뻔했네! 너이걸 꼭 가져가서 반드시 옆에 둬야 해. 부적이거든."

호손은 숨을 고르려고 애썼다. 포장지가 거의 얼굴 위까지 기어 올라와 있었다. "하지만 부적은 허용되지 않는다면서요!"

"어머, 무슨 멍청한 소리니? 난 어린애가 아니란다. 엘프 셋과 국회의원 한 명을 매수해뒀어. 내가 널 무방비하게 놔둘 것 같니? 말 들어, 이게 필요할 거다. 인간 세계에서는 이게 엄청난 힘을 발휘하는 부적이야. 권태와 불한당이라는 두 가지 존재에 맞설 수 있는 힘과 남자다움을 주고, 널 보호해주거든. 가져가서 옆에 두고 잘 지키면서 사랑해주렴. 안 그러면 내가 너한테 아주 빈정 상할 거야. 서둘러. 이미 너무 빈둥거렸어. 우리가 이렇게 앉아서 수다를 떠는 동안 누군가가

요란스레 시스템을 통과하고 있어. 얼른 출발해야지."

빨간 바람은 빨간 무늬가 둥글게 수놓아진 창백하고 작은 물건을 호손의 허리에 둘린 단단한 리본 속에 밀어 넣었다. 그것이 무엇인지 호손은 몰랐지만, 만약 우리가 그의 트롤다운 두툼한 손가락 사이로 그것을 엿본다면 조금의 주저도 없이 금방 알아차릴 것이다.

그것이 야구공임을.

빨간 바람이 호손을 소포로 부치려고 어떤 값을 지불했는지 그는 결코 알지 못했다. 값을 지불하는 사람만이 소포의 무게와 값을 알 수 있기 때문이다. 다른 사람들이 치른 비용은 그들만이 오랫동안 깊이 간직해야 할 비밀이다. 호손은 갑자기 암흑이 휙 밀려오는 것을 깨달았을 뿐이었다. 그가 우편 가방에 들어갔기 때문임을 내가 여러분에게 알려주겠다. 배달 트럭이 부르릉거리며 달리는 소리, 바퀴가 땅을 짓누르는 소리, 이것들이 모두 우리의 트롤에게는 용이 내뿜는 불길처럼 무섭고 근사하고 이상했다. 정신없이 움직이는 와중에 딱 한 번 호손은 어둠이 아닌 다른 것을 볼 수 있었다. 아주 멀리서 아주 희미하게 보인 것이라 어쩌면 꿈인 것 같기도 했지만, 초록색 겉옷을 입은 소녀가 호손보다 훨씬 더 빠른 속도로 솟아오르는 걸 본 것 같았다. 그와 다른 방향을 향하고 있는 소녀는 머리카락을 등 뒤로 휘날리며 포효하는 밝은색 표범의 등에 타고 있었다.

여기 용이 있도다

사과를 간청하고, 설명이 제공된다.

참을성과 신뢰를 지닌 독자 여러분은 지금쯤 화자의 상태가 이상한 것은 아닌지 무척 걱정하고 있을 것이다. 내 집과 여러분의 집 사이에는 이루 표현할 수 없는 거리가 있지만, 나는 여러분의 소리를 들을 수 있다. 여러분이 엄지를 비틀면서 속삭이는 소리. '그래요, 아가씨, 트롤과 정글과 우체국장들은 다 좋지만, 당신 혹시 아주 단단한 것에 머리를 부딪치기라도 한 것 아닌가요? 우린 이런 이야기를 들으러 온 것이 아니에요! 셉템버가 그런 상태에 빠진 데서 이야기가 중단됐는데, 당신은 2장이 다 끝나도록 셉템버에 대해서는 한마디도 안했어요! 두 장 모두 상당히 길었는데도! 제발 부탁이니 셉템버를 다시 불러내면 안 될까요?' 이렇게 정중한 태도라니, 여러분 모두 얼마나 상냥한 분들인지 모르겠다. 책이 나를 애태울 때 나는 확실히 여러분의 절반만큼도 예의를 차리지 못한다. 여기서 한발 더 나아가기 전에 먼저 여러분에게 설명을 해야겠다.

이야기는 세상의 지도다. 화려하게 색칠된 멋진 지도. 화려한 의자와 스테인드글라스 램프가 가득한 서재의 벽에 액자로 걸려 있는 지도 말이다. 돌멩이 하나라도 빠뜨리지 않고 조사해서 공들여 글씨를 쓰고, 단숨에 뛰어난 재주로 그린 지도. 귀퉁이에는 구름 여신들이 있고, 바다에서는 거대 오징어가 꿈틀거리며 올라온다. 이런 지도를 만든 사람은 최대한 정확한 지도를 그리려고 애썼을 것이다. 사람들이 낯선 나라를 안전하게 여행하기 위해 이 지도에 의존하리라는 것을 알고 있었으니까. 하지만 지도 제작에는 많은 문제가 있다. 화산이 언제 폭발할지, 홍수로 인해 언제 해안선이 바뀔지, 어떤 이야기에서는 멍청한 게으름뱅이이던 왕자가 언제 다른 이야기로 갑자기 불려 나와 무시무시한 전투를 이끌게 될지 아무도 예측할 수 없기 때문이다. 그러니 취사선택을 할 수밖에 없다. 지도는 오로지 자신이 속한 찬란한 나라만 보여주어야 한다고. 똑같이 찬란하고, 똑같이 위험하고, 똑같이 신나는 나라가 바로 경계선 너머에 있다 하더라도 말이다.

이야기라는 지도에서 우리는 선원들이 혼란에 빠져 은유의 폭풍 속에서 길을 잃지 않도록 특정한 전통을 따라간다. 우선 영웅들은 크고 화려한 상징이 된다. 그들이야말로 이야기의 수도이기 때문이다. 그들은 이야기의 한가운데에서 별들이나 마법 검이나 보석이 잔뜩 박힌 왕관과 함께 원을 그리며 돈다. 악당들 역시 뚜렷한 표식을 지니고 있어야 한다. 제 꼬리를 씹어 먹는 뱀이나 검은 모자나 굵은 대문자로 된 'Terra Pericolosa'* 같은 글자들. 이것은 '틀린 길', '우회하시오.', '여기서 차를 마시면 안 됨'이라는 뜻을 아주 고풍스럽고 화려하게 표현한 말이다. '중요한 물건', '마법에 걸린 집', '이야기의 반전'에는 예쁜 도장과 함께 '흥미로운 요소'라는 꼬리표가 붙어 있을 것이다. 영웅이 반드시 해야 하는 일을 하는 동안 옆에 서 있는 용감한 존재들, 즉 친구들은 대개 '작은 마을'이나 '난파선' 같은 작은 점 하

---

* 위험한 땅.

나만 차지한다. 비록 그들이 수도 못지않게 매혹적이고, 구불구불한 골목들과 검은 탑이 가득하다 해도 마찬가지다. 실제로 지도를 만들 때도 역시 취사선택이 이루어진다. 파리는 아주 커다란 자리를 차지하는 반면, 사랑스럽고 가여운 칼레는 햇빛 아래에서 아주 짧은 한순간을 즐길 뿐이다.

하지만 사실을 말하자면, 세상에는 우리가 헤아릴 수 없을 정도로 많은 지도가 있다. 모든 사람이 자신을 중심에 놓은 지도를 그린다. 그렇다고 해서 다른 나라들이 존재하지 않는다는 뜻은 아니다. 대부분의 지도가 중앙에 유럽을 놓았다는 이유만으로 유럽이 중심이 되지는 않는 법이다. 한 지도에서는 수도로 그려진 곳이 다른 지도에서는 오지의 이름 없는 안개 마을이 될 수도 있다. 한 지도에서는 무시무시한 황무지로 그려진 곳이 다른 지도에서는 아늑한 고향이 될 수도 있다. 모든 것은 누가 지도를 그리는지, 그들의 시작점이 어딘지에 달렸다.

셉템버에게 도달하기 위해 우리는 중앙도로에서 조금 벗어나야 한다. 무서워할 필요는 없다. 무서운 숲과 미지의 섬들을 방랑해보자. 눈밭에서 이야깃주머니가 있는 곳으로 이어진 길을 찾아보자. 주인공이 어딘가에서 다른 일을 하고 있을 때 그런 주머니가 생겨나는 법이다. 잎이 무성하고 숨겨진 곳에서도 삶은 계속된다. 등장인물들이 자신의 정체를 숨긴 채 도망 다니는 아주 극적인 상황에 놓여 있다 해도. 사라진 어린 트롤을 아주 잠깐만 지켜보자. 지도에서 웅장하고 신비로운 글자로 'Hic Sunt Dracones'라고 적혀 있는 부분으로 곧장 걸어가보자. 아까 말한 고풍스럽고 화려한 어법에 따르면, 이 구절은

'여기 용이 있도다'라는 뜻이기 때문이다.

그리고 가끔은 인간도 있다.

〜•— 3장 —•〜

트롤에서 소년으로, 소년에서 트롤로

호손이라는 트롤이 토머스라는 소년이 되고, 부모를 만나고
(둘 중 한 명은 심리학자), 털이 수북한 야생의 단어를 사냥한다.

태어날 때를 기억하는가? 그렇다고 말하고도 곧바로 거짓말을 들키지 않을 수 있는 사람은 아주 소수에 불과하다. 그나마 그들 중 대부분은 마도사들이다. 물론 나는 그 순간을 완벽하게 기억한다. 화자들의 고용 조건에는 몇 가지 혜택이 포함되어 있다. 불규칙한 근무 시간과 안전하지 못한 작업 환경을 보상하기 위해서이다. 나는 여러분의 손이 책 표지에 닿던 순간, 여러분의 반짝이는 눈이 페이지를 빠르게 훑던 것, 독서용 램프의 불빛, 작은 웃음소리와 가끔 드러내던 당혹감을 똑똑히 기억하고 있다. 하지만 인간이 탄생의 순간을 기억하는 것은 규칙에 어긋나는 일이다. 만약 사람들이 그 순간을 정말로 기억한다면, 다시는 그런 일이 일어나지 못하게 할 것이다. 그런데 이 세상에 산다는 것은 곧 몇 번이고 다시 태어나는 것이며, 그때마다 심장은 새로운 일들을 경험한다. 그리고 그 경험은 매번 더 무섭고 더 짜릿해진다.

이제부터 나는 여러분에게 겨울밤에 시카고라는 도시에서 태어난 신기한 소년에 관해 이야기하겠다. 그 소년이 태어난 순간을 곧 잊어버릴 테니까 상관없다. 시카고는 런던에서 육천사백 킬로미터 떨어져 있다. 이것은 일백만 해리에 일 야생 펄롱, 다리를 한 번 흔드는 길이, 페어리랜드에서 돌을 던지면 닿는 거리를 합한 것만큼 먼 거리다. 하지만 네브래스카주 오마하에서는 그리 멀지 않다. 당시 시카고는 바다만 한 크기의 호수, 여러 개의 광고 회사, 약탈하는 범죄자들의 부족 적어도 여섯 개, 자유로이 돌아다니는 뱃사람들의 건전한 무리들, 세계 최초의 관람차, 감당할 수 없는 바람을 소유하고 있었다. 소년의 이름은 토머스 루드였다. 아니 적어도 곧 그런 이름으로 불리게 될 것이다. 눈을 가늘게 뜨고 살펴보면, 그 소년이 이야기의 속도로 눈발 날리는 바람 속을 마구 날아오는 것이 보일 것이다. 지금 현재 그의 이름은 아직 호손이다. 여러분이 빨리 움직일수록 더 똑똑히 보일 것이다. 호손이 어찌나 뜨겁게 달아올랐는지 그의 몸에 닿은 구름들이 연기가 되어 사라질 정도였다.

별똥별을 본 적이 있다면, 그건 곧 바꿔친 아이가 도착하는 모습을 보았다는 뜻이다.

라신 애비뉴 3번지에 있는 그웬돌린 루드와 니컬러스 루드의 집 앞 소포 상자에 트롤 하나가 도착했다. 봉투를 봉인할 때처럼 가벼운 소리를 내며 등장한 그는 불에 살짝 그슬린 모양이었다. 루드 부부는 아침에 어린 아들이 머리에 눈을 묻힌 채 현관 계단에 앉아 있는 것을 발견하고 대경실색했다. 아이는 생전 처음 보는 사람을 보듯이 두 사람을 향해 눈을 깜박거렸다. 물론 그는 이 두 사람을 처음 본 것이 맞았다. 조금 전까지만 해도 호손이라는 트롤이었으니까. 만약 두 사람이 조금 나중에 나와 보았다면 이 아이를 만나지 못했을지도 모른다. 그는 비좁은 상자 안에 있는 것을 한시도 참을 수 없어서 서둘러 탈출한 참이었다.

그웬도 니키도 자신들이 현관 계단에서 입을 벌린 채 걱정하고 있는 이 순간, 자신들의 아이가 소포처럼 포장된 채 누군가의 빨간색 품에 안겨 다른 세상으로 향하는 중이며 이 이야기가 한참 더 진행된 뒤에야 나올 예정이라는 사실을 짐작도 하지 못했다. 그들이 어떻게 그런 것을 짐작할 수 있겠는가? 머리에 눈을 묻히고 현관 계단에 앉아 있는 소년은 그들의 아들 토머스와 똑같이 생겼는데. 아이는 토머스와 똑같이 목을 울리는 소리를 냈으며, 똑같은 위치에 점이 있고, 자신 없어 보이는 둥근 회색 눈도 똑같았다. 사실 루드 부부는 의심은커녕 내심 조금 뿌듯함을 느끼고 있었다. 아이들이 엄청 위험하지만 동시에 엄청 영리하기도 한 일을 해냈을 때 대개의 부모가 그러는 것처럼. 이제 겨우 한 살인데 벌써 현관문을 열 줄 알다니! 우리 토미는 꿍

장해! 너 거기엔 왜 나갔니? 야구공 때문이구나! 나중에 최고의 운동
선수가 되겠어! 역시 우리 아들이야!

하지만 이 아이는 자신이 토머스가 아니라 호손이며, 알맹이는 인
간 아기가 아니라 트롤임을 아주 잘 알고 있었다. 다만 그 사실을 아
무에게도 말할 수 없을 뿐이었다. 인간의 입이란 어찌나 작고 부드러
운지! 도무지 입으로 말을 만들어낼 수가 없었다. 간신히 만들어낸
말이라고 해봤자 아주 간단하고 평범하기 그지없는 단어들뿐이라서
그의 트롤다움을 표현하기에는 역부족이었다. 한때 거대한 흑표범과
이야기를 나눈 적이 있다거나 구름 속을 뚫고 놀랍고도 무섭게 불타
는 여행을 했다는 이야기도 물론 할 수 없었다. 누군가에게 무엇을 물
어볼 수도 없었으며, 주위의 괴상한 물체들이 무엇인지도 전혀 이해
할 수 없었다. 그저 그 물건들을 부여잡고 흔들어대거나, 입에 넣고
맛을 볼 수 있을 뿐이었다. 그웬돌린이 "토머스! 토머스, 어디로 가버
린 거니, 아가?"하고 소리쳐도 그는 고개를 돌리지 않았다. 자신이
이제 토머스라는 이름으로 불린다는 사실을 기억하지 못하기 때문이
었다.

호손은 나무 블록이나 숟가락이나 공을 집어 들 때마다 곧바로 떨
어뜨렸다. 무엇도 제대로 잡을 수가 없었다. 트롤들의 악력은 무서울
정도라서, 무엇을 잡든 조심하지 않으면 물건이 곧장 가루가 되어버
린다. 호손의 손은 지금도 돌을 향해 반갑다고 손을 흔들기만 해도 돌
이 산산이 부서질 거라고 생각했다. 그래서 세상을 최대한 부드럽게
대할 생각이었다. 하지만 호손의 새로운 손은 담요 귀퉁이조차 가루
로 만들 수 없었다. 그가 트롤답게 조심스레 물건을 집으면, 물건들은

곧바로 미끄러져 시끄러운 소리를 내며 바닥으로 떨어져버렸다.

그의 부모는 아들이 현관문 밖으로 모험을 나갔을 때 어딘가 부상을 입은 것이 아닌지 걱정하기 시작했다. 옛날에는 잠만 자던 토머스가 갑자기 엄청난 속도로 집 안을 돌아다니며 벽과 의자에 퍽퍽 부딪히거나 샹들리에를 향해 횡설수설 말을 걸었다. 그들은 호손이 아주 설득력 있는 바람에게서 모험을 약속받았으므로 정말로 모험을 할 작정이라는 것을 알지 못했다. 아이는 식당 벽에 쾅 하고 부딪혔을 때, 은색 페이즐리 무늬가 있는 벽지의 감촉이 마음에 들었다. 유리가 깨지는 소리도 마음에 들었다. 식기도 마음에 들고, 그 식기들이 다룰 수 있는 모든 것도 마음에 들었다. 샹들리에 안에서 불빛이 도깨비불처럼 펄쩍거리면서 챙챙 울리는 것도 마음에 들었다. 그는 절대로 샹들리에를 향해 '횡설수설'하지 않았다. 그는 크리스털 오두막에서 나와 아래로 내려와서 함께 놀자고 도깨비불들을 구슬리는 데 집중하고 있었다. 그는 작고 부드러우며 웃기게 생긴 분홍색 입이 아직 인간의 말을 할 수는 없지만 트롤의 말은 조금 할 수 있다는 사실을 알아냈다. 트롤 언어는 강바닥의 자갈들처럼 둥글둥글하고, 눈이 녹을 때처럼 질척거리고, 열린 문처럼 따뜻했다. 아침마다 그는 샹들리에 밑에 서서 틀림없이 그 안에 있을 도깨비불을 불렀다. 도깨비불이 아니라면, 그 놀라운 불빛들이 전부 어디에서 왔겠는가? 그는 트롤의 말로 그들을 불렀다.

"도깨비불아! 오늘 나랑 놀아주면 내가 아침에 먹을 팬케이크를 전부 줄게!"

"도깨비불아! 오늘 나랑 놀아주면 자주색 줄무늬가 있는 새 나무

자동차를 줄게!"

"도깨비불아! 오늘 나랑 놀아주면 어머니의 결혼반지를 줄게!"

하지만 샹들리에는 아무 말도 하지 않았다. 도깨비불도 밖으로 나오지 않았다. 그래도 상관없었다. 호손은 도깨비불이 나올 것을 알고 있었다. 언젠가는 꼭.

어쩌면 여러분이 읽은 이야기 속에서는 트롤들이 둔하고 어리석었는지도 모르겠다. 몸이 인도에 깔린 것과 같은 돌덩이로 만들어진 존재였는지도 모르겠다. 트롤과 돌의 차이란 인간과 오랑우탄의 차이와 비슷한 것이 사실이긴 해도, 돌은 멍청하지 않다. 수백만 년이나 나이를 먹었으므로, 아주 나이가 많은 할아버지 할머니보다도 더 많은 기억과 의견과 한없는 이야기를 갖고 있다. 게다가 레모네이드를 마시며 잠시 쉰 적은 오히려 더 적다. 따라서 트롤이 말을 배우는 것은 아기를 껴안고 귀여워하는 것만큼이나 자연스러운 일이다. 트롤은 페어리랜드에서 말을 가장 잘하는 생물이다. 그들은 구두장이가 구두를 만들듯이 단어와 문장과 말을 만들어내며, 정신 나간 구두장이조차 꿈도 꾸지 못할 만큼 많은 종과 리본과 레이스와 가죽으로 그것들을 장식한다.

하지만 호손은 이제 트롤이 아니었다. 적어도 귀와 입은 트롤의 귀나 트롤의 입이 아니었다. 그는 말을 되찾기 위해 트롤이 할 수 있는 모든 일을 해보았다. 영어 옆으로 가만가만 다가가서 귀여워해주고, 좋은 언어 예쁜 언어라고 칭찬도 해줬다. 그러니까 나랑 같이 놀지 않을래? 하지만 영어는 트롤이 아니었다. 영어는 밤새 다른 언어들과 어울려 춤추고 노는 것을 좋아한다. 반짝반짝 빛나는 전치사들과 불

규칙 동사들로 화려하게 치장하고서. 영어는 제멋대로 구는 편이라 말을 듣지 않는다. 마침내 영어를 손에 넣었는가 싶으면, 영어는 수백 가지의 말도 안 되는 예외 규칙들을 꺼내 보인다.

호손은 인간 아이가 '말'을 손에 넣으려면 반드시 '모험'을 떠나야 하는 모양이라는 결론을 내렸다. 분홍색 뿔이 달린 사향소를 잡듯이 언어를 사냥해야 하는 모양이라고. 그러려면 덤불 속에 숨어 네 발로 살금살금 기어 다니며 어린 단어들을 찾아야 한다. 약한 것들을 찾아 무리에서 떨어뜨린 다음 확! 아주 재빨리 달려들어야 한다. 단어들은 재빠른 미꾸라지 같아서 상대가 방심하면 금방 도망치기 때문이다. '엄마'와 '아빠'라는 단어는 쉬웠다. 턱으로 쉽게 씹을 수 있는 연하고 어린 생물 같았다. 하지만 그웬돌린과 니컬러스는 그의 엄마와 아빠가 아니었다. 이름이 어떻게 바뀌었든 그는 아직 그 사실을 알고 있었다. 그래서 그는 어둠 속에서 '엄마'와 '아빠'를 조용히 삼켜버리고는 아무에게도 그 사실을 말하지 않은 채 더 좋은 사냥감이 나타나기를 기다렸다.

그것은 중요한 결심이었다. 트롤 아이가 가장 먼저 배우는 단어는 그의 평생을 지배할 마법의 주문과 같기 때문이다. 부모들은 갓 태어난 아이 옆을 어른거리며 반짝이는 작은 단어가 자유로이 튀어나오는 순간 바로 포획할 준비를 한다. 다른 어떤 단어보다 먼저 '책'이라는 단어를 말한 남자아이는 틀림없이 위대한 학자나 수도사나 기자가 될 것이다. '새'라는 단어를 가장 먼저 말한 여자아이는 비행선 조종사나 도도새 기수가 될 것이다. 어쩌면 오페라 가수가 될 수도 있다. 트롤 호손의 첫 번째 단어는 '가!'였다. 두 번째와 세 번째 단어도 마찬가지였다. '가! 가! 가!' 하지만 이제 그는 처음부터 다시 시작해야 하는 처지였다.

호손은 넓은 아파트에서 항상 그웬돌린을 졸졸 쫓아다니며 그녀가 사용하는 단어들을 꼬리나 귀로 낚아채려고 했다. 그웬돌린은 예쁜 목소리로 항상 그에게 말을 걸었다. 그의 귀에는 암소나 용이 새끼를 달랠 때 내는 소리와 비슷하게 들렸다. 그것은 어머니의 소리였다. 그웬돌린이 아주 다정한 목소리로 워낙 많은 말을 했기 때문에 모든 단어들이 하나로 모여서 말이라기보다는 노래와 비슷해지는 것 같았다. 호손은 그웬돌린의 말을 잘 알아들었지만, 그녀처럼 입을 움직일 수가 없었다. 자신이 붙들려버린 이 낯선 세계에 대해 지극히 중요하다고 여겨지는 질문들을 그녀에게 던지고 싶어 죽을 지경이었다. 위는 왜 위고, 아래는 왜 아래예요? 아버지는 왜 목에 체크무늬 뱀을 감고 있어요? 풀밭에 나가 놀고 싶어서 모두들 비가 그치기를 바라는데 왜 계속 비가 와요? 일요일에 교회 종이 울릴 때, 왜 종 속에서 레프리콘이 나오지 않아요? 왜 일요일에만 종이 울려요? 왜 아무도 날지 못해요? 수학을 좋아하는 사람이 하나도 없는데 왜 수학이 있는 거예요? 하늘은 왜 파란색이에요? 왜 화덕이 나한테 말을 안 하려고 하는 거예요? 왜 찻주전자가 나한테 말을 안 하려고 하는 거예요? 왜 옷장이 나한테 말을 안 하려고 하는 거예요? 초에 불을 붙일 때 왜 성냥을 써요? 불이 켜지는 게 훨씬 좋다고 양초한테 그냥 설명하면 안 돼요? 왜 나한테 마법을 안 가르쳐줘요? 난 왜 잠을 자야 해요? 세상에 수많은 색깔이 있는데 왜 나무들은 전부 초록색이에요? 그가 트롤 언어로 이런 질문을 던지려고 하자 그웬돌린은 숨이 꼴깍 넘어가는 소리를 내며 그에게 앞뒤가 맞지 않는 말을 지껄였다. 그가 진심으로 한 말을 그런 소음으로 흉내 낸 것이다. 호손은 그녀가 그럴 때마다 인상을 찌푸렸다. 그녀의 발음은 정말 끔찍했다.

그가 홀딱 반한 것은 그웬돌린의 말뿐만이 아니었다. 그녀는 그가 영원히 잃어버렸다고 확신해서 이제 슬피 울 일만 남았다고 생각하던 물건들을 찾아내는 재주가 있었다. 응접실에 있는 커다란 놋쇠 물건에서 음악이 나오게 할 수도 있었다. 그 물건은 풍요의 뿔과 비슷하게 생겼지만 진짜 풍요의 뿔은 아니었다. 그웬돌린은 언제든 부엌 화덕에서 파란 불길이 일어나게 만들 수도 있었다. 은색 소스팬 안에 뜨거운 우유나 코코아나 캐러멜이나 죽이 나타나게 할 수도 있었다. 호손은 그곳에 무엇이 나타날지 한 번도 예측하지 못했다. 트롤 어머니는 죽을 먹고 싶으면 그냥 밭으로 나가 귀리들에게 말을 걸었다. 그웬돌린은 그러지 않았다. 호손은 혹시 그녀가 마녀인가 싶은 생각이 들어서 몹시 마음이 들떴다. 그녀가 어딜 가든 놀라운 일들이 일어나는 것 같았다. 옷도 예쁘고 적갈색 머리카락도 예뻤다. 호손은 마녀를 만난 적이 딱 한 번밖에 없었지만, 모든 마녀가 그렇듯이 그 마녀도 아름다웠다.

어느 날 저녁, 그웬돌린이 커다란 구리 냄비(그녀는 엄청나게 많은 냄비를 갖고 있었다. 호손은 세상에 냄비가 이렇게 많은 줄 처음 알았다.)에 쇠고기와 리크*를 가득 넣고 스튜를 끓이며 그에게 예쁜 목소리로 재잘거렸다. 그가 튼튼하고 잘생긴 아이로 자라날 것이며, 학교에서

* 큰 부추처럼 생긴 채소.

는 야구를 하고, 엄마 아빠가 다녔던 대학을 나온 뒤 아버지의 일을 물려받을 것이고, 어여쁜 아가씨를 만나 아주아주 행복해질 것이라는 내용이었다.

호손은 그녀를 빤히 바라보았다. 그녀가 지금 냄비 안에서 젓고 있는 것은 그의 미래였다. 그거야말로 마녀가 하는 일인데! 하지만 마녀와 냄비와 미래가 왜 그렇게 손에 손을 잡고 함께 걸어가는지 갑자기 알 수 없게 되었다. 머릿속에서 그런 생각들이 마구 돌아다니는 게 얼마나 웃기는 일인지! 게다가 그웬돌린은 모자도 거의 쓰지 않았다. 토머스는 그녀의 말을 모두 빨아들였다. 마녀가 앞으로 해야 할 일을 제시할 때는 반드시 주의를 기울여야 한다. 그래, 그래, 그는 튼튼하게 자라날 것이다! 애당초 트롤이니까. 이것은 그도 어쩔 수 없는 일이었다. 하지만 그는 또한 의뭉스럽고 재빠른 사람이 될 것이다. 항상 가까이에 두는 자신의 공이 야구공이라고 불린다는 건 알고 있었지만, 그것을 가지고 무엇이든 할 생각은 없었다. 그 공이 어쨌든 중요한 존재라는 건 알겠는데, 정확히 왜 중요하며 어디에서 그 공을 손에 넣었는지는 기억나지 않았다. 공은 때로 혼자서 굴러다녔다. 다른 장난감들처럼 그냥 가만히 앉아 있는 것만으로는 만족하지 못하는 모양이었다. 호손은 그것이 도대체 무슨 의미인지 알 수 없었다. 혹시 그것도 마녀가 제시한 과제의 일부일까! 루비색 바늘땀이 있는 하얀 공의 운명을 찾아내서 보호하는 과제! 어린 호손은 그웬돌린의 축복을 받으려고 토실토실한 인간의 팔이 된 자신의 팔을 들어 올렸다. 그렇게 할게요, 나의 레이디. 그는 그녀를 향해 손을 뻗으며 열심히 종알거렸다. 그녀가 자신의 말을 이해해주기를 간절히 바랐다. 대학 왕국에도 가고, 어여쁜이라는 이름의 아가씨도 만날 거고, 아버지처럼 심리학 일도 할게요! 레이디의 예언이라는 최고의 영예를 겸허하게 받아들입니다! 저를 위해 준비하신 훌륭한 무기가 있나요? 그 무기로 저를 레이디의 진정한 기사로 만들어주실 건가요?

그웬돌린은 스튜 냄비에서 시선을 들더니 단조롭게 주문을 외는 것 같은 소리로 웃음을 터뜨렸다. 그리고 단단히 묶은 머리의 매듭 속에서 연필을 꺼내 주었다. 그녀는 그 매듭 속에 항상 물건들을 끼워두었다. 연필이나 뜨개바늘이나 옷핀 같은 것들. 그녀의 머리카락은 그가 원하는 것이 무엇이든 숨겨져 있는 마법의 지갑 같았다. 어린 트롤은 엄숙한 표정으로 그것을 받아 곧바로 캐비닛 문을 정복했다. 문을 길고 검게 긁어놓았다는 뜻이다.

그의 새로운 어머니는 마녀였다. 직감으로 알 수 있었다. 하지만 최후의 증거는 따로 있었다.

갑자기 나무로 된 기차를 발견했을 때, 트럼펫 연주자도 없는데 풍요의 뿔에서 트럼펫 소리가 터져 나올 때, 그녀가 설탕 조금과 크림을 냄비에 넣었을 뿐인데 거기에서 황금색 캐러멜이 쏟아져 나올 때 그가 깜짝 놀란 표정을 지으면, 그웬돌린은 자신의 코 옆에 손가락 하나를 댔다가 그의 코를 톡톡 두드리며 이렇게 말했다.

"마법이야!"

그러고 나서 그녀는 웃음을 터뜨리며 그의 머리를 헝클어뜨리곤 했다.

그웬돌린은 새로운 장난감을 꺼낼 때도 그런 말을 했다. 그는 산처럼 열심히 그녀를 지켜보았는데도, 그녀가 그런 것을 만드는 줄은 전혀 알지 못했다. 그녀는 벽에 새끼손가락 하나만 가져다 대서 모든 불빛이 켜지게 할 때도 역시 같은 말을 했다. 누가 건드리거나 무서운 말을 하거나 원을 그리며 빠르게 도는 것을 좋아했던 다른 기차들의 이야기를 트롤 언어로 들려주며 꾀지도 않았는데 나무 기차가 나무 철로를 따라 빙빙 돌 때도 역시 같은 말을 했다. 그에게 양말과 목도리와 모자를 떠줄 때도, 그와 숨바꼭질 놀이를 할 때도 그녀는 같은 말을 했다. 아무리 살펴봐도 그녀를 찾을 수 없을 때, 그녀는 느닷없이 나타나 이렇게 외쳤다. "마법이야!"

호손은 그 단어를 이로 낚아채려고 했다. 거친 카펫 위에 웅크리고 입을 꾹 다문 채 마법(magic)의 M을 깨물려고 했다. 하지만 그 단어는 식식거리고 꿈틀거리며 춤추듯 도망쳐버렸다.

그러던 어느 날 그웬돌린이 초콜릿을 한 잔 앞에 놓아주고 그의 머리에 입을 맞춰주었다. 호손은 신이 나서 활짝 웃으며 바로 마무리에 들어갔다.

"마법!" 그가 외쳤다.

그웬돌린은 기뻐서 웃음을 터뜨렸다. 손뼉도 쳤다.

마녀의 아들에게 잘 어울리는 첫 단어라고 그는 생각했다.

그날 호손은 자신의 이름을 잊었다. 그날 밤 이름이 그에게서 살그머니 빠져나갔다. 그가 '마법'을 향해 살금살금 다가갈 때처럼 소리 없이. 아침에 깨어났을 때 그는 토머스 루드였다. 그가 아는 호손은 자신의 방 창문 밖에 구불구불 비틀려 있는 늙은 나무뿐이었다.

4장

시카고의 웜뱃 왕자

토머스라는 소년이 가구에게 말을 걸고, 결혼의 본질에 대해 묻고,
웜뱃 한 마리를 얻고, 아주 많은 가정 물품들을 부순다.

토머스 루드의 어린 시절은 부서진 물건들로 가득했다. 램프, 목걸
이, 의자, 촛대, 컵, 접시, 소스 그릇, 꽃병. 그는 책에서 페이지를 찢어
내고, 벽지를 벗겨내고, 그림을 가위로 자르고, 안경의 렌즈를 박살내
거나 쿡쿡 찔러서 테에서 빼내거나 금이 가게 하거나 신나는 물건들
을 태워 구멍을 내는 데 사용했다. 토머스의 방에서는 어느 장난감도

오랫동안 버티지 못했다. 곰 인형이든 토끼 인형이든 공룡 인형이든 가릴 것 없이 그는 미친 듯이 찢어발겼다. 마치 자신만이 아는 모종의 비밀을 그 안에서 찾으려는 것 같았다. 커튼을 닫아놓으면 그가 손톱으로 할퀴듯이 커튼을 붙들고 끌어내렸다. 커튼이 열려 있을 때는 커튼으로 자기 몸을 휘감은 뒤 빙글빙글 돌고 또 돌아서 마침내 아주 단단히 꼬이고 비틀린 천이 커튼 봉에서 터지듯 떨어져 나오게 했다. 그러면 그는 페이즐리무늬가 있는 천을 고치처럼 휘감고 거실에 서서 갑갑한 마음에 발작처럼 울음을 터뜨렸다. 심지어 한 번은 부모와 함께 살고 있는 아파트 건물 밖의 정원으로 망치를 들고 나가 판석을 마구 두드려서 못된 달 표면처럼 여기저기 구덩이를 만들어놓은 적도 있었다.

그래도 그에 대해 함부로 왈가왈부하면 안 된다. 바꿔친 아이들은 온몸이 심장으로 이루어진 것이나 마찬가지이기 때문이다. 그들의 심장이 너무 커서 다른 것이 들어갈 여유 공간이 없다. 그들은 심장을 밖에 두르고 있다. 여러분이나 내가 피부를 밖에 두르고 있는 것처럼. 그러니 모든 용감함, 고집, 다정함, 사나움, 거침, 두려움, 사랑 등의 감정이 세상과 직접 닿는다. 그래서 그들이 세상의 손길을 잘 견디지 못하는 것이다. 여러분이 넘어져서 다소 심하게 살이 찢어졌는데, 어떤 못된 인간이 아침마다 토스트와 차를 가지고 와서 상처 속에 손가락을 집어넣는다고 상상해보라. 바꿔친 아이들의 삶이 바로 그런 식이다. 자신이 원하든 원하지 않든, 모든 것이 그들의 가장 깊숙한 부분을 건드리는 것이다. 인간 아이들은 몇 년에 걸쳐 심장을 키우며 그 심장과 함께 살아가는 법을 배운다. 그리고 그동안에는 심장이 끌고 올 수 있는 모든 문제로부터 안전할 수 있다. 하지만 바꿔친 아이들은 처음부터 벌건 속살이 전부 드러난 채 갈망으로 가득 차 있다. 어떤 아이들은 심장을 숨기기 위해 험악한 표정이라는 문장(紋章)이나 우스갯소리라는 스카프를 꿰매 붙이는 법을 배운다. 어떤 아이들은 심장을 보호하기 위해 책으로 뚝딱뚝딱 요새를 지어 올린다. 어떤 아이들은 그저 알몸을 드러낸 채 돌아다닌다. 비록 여러분과 나 외에는 아무도 그 사실을 알아차리지 못하지만.

토머스 루드의 심장은 알몸을 드러내고 있었다. 그의 몸이 모자와 장갑으로 단단히 가려져 있는 한겨울에도 마찬가지였다. 그의 벌거 벗은 심장은 모든 것에, 그러니까 램프와 장난감과 판석과 커튼을 향해 온몸을 내던졌다. 토머스도 어쩔 수 없었다. 그는 처음부터 뭔가가 잘못되었음을 알고 있었다. 다만 무엇이 잘못되었는지를 알지 못할 뿐이었다. 항상 자신 안에 다른 소년이 있는 것 같았다. 자신보다 덩치도 크고, 힘도 세고, 도저히 있을 수 없는 일들을 알고 있는 소년. 보석에게 말을 걸고 불과 친구가 될 수 있는 굉장한 소년. 하지만 그 소년을 밖으로 꺼내놓으려고 아무리 애를 써도 그는 그저 토머스일 뿐이었다. 빨갛게 달아오른 얼굴로 주먹을 꼭 쥐고 빠르게 지껄여대는 호리호리한 토머스.

토머스가 확실히 아는 것이 하나 있었다. 여러분과 내가 중력이나 설탕의 맛에 대해 알고 있는 것처럼, 그도 이 점에 대해서는 확신이 있었다.

세상이 그에게 말을 걸어야 하는데 그러지 않는다는 것.

어머니와 아버지와 라디오뿐만 아니라 모든 것이 그에게 말을 걸어야 했다. 마당의 판석들을 보았을 때 그는 확신했다. 그들이 그 돌 얼굴을 열어 입을 드러내야 한다고. 뿌리가 뒤엉긴 비옥한 흙 속까지 이어진 그 입이 그에게 자기들의 비밀과 질투와 은밀한 농담을 들려 줘야 한다고. 램프와 찻잔과 복도에 걸린 그림도 마찬가지였다. 그들 도 그와 마찬가지로 생생하게 살아서 툴툴거려야 했다! 토머스는 그 물건들을 부수면서 정말로 마음이 좋지 않았다. 그림 중에는 어머니 가 가장 좋아하는 작품도 있었다. 별빛이 반짝이는 검은 숲 한복판에 서 열광적인 파란색과 빨간색 비단옷을 입고 양손에 난초 가지를 든 채 춤추는 소녀의 그림. 그는 그 그림을 향해 고함을 질러댔다. 그림 속의 소녀가 왜 저렇게 꼼짝도 안 하는 거야! 살아 있는 존재처럼 춤 을 추며 그림 밖으로 나오기를 바라는 그의 말을 왜 못 듣는 거야! 세 상이 잘못된 것이 아니라면, 세상이 고장 난 것이 아니라면, 소녀는 그의 생각대로 움직일 것이다. 그는 바라는 마음만으로 원하는 일을 일으킬 수 있어야 했다.

하지만 그럴 수 없었다.

장난감들은 그중에서도 최악이었다. 그가 아직 아기였을 때 어떤 삼촌이 좋은 마음으로 개구리 인형을 준 적이 있었다. 솜털이 달린 밝은색 인형이었다. 토머스는 이가 어느 정도 나자마자 인형의 머리 를 물어서 뜯어버렸다. 인형이 싫어서가 아니었다. 오히려 아주 좋아 해서 가슴에 꼭 끌어안곤 했다. 그 가엾은 인형이 살아 있는 존재라 면 아마 상당히 숨이 막혔을 것이다. 토머스는 그 인형에게 슬픈 일, 몹시 바라지만 잘 기억나지 않는 일, 잘 기억하는 일을 모두 말해주 었다. 바람 중에는 빨간 바람이 있고, 어떤 고양잇과 동물은 말처럼 커다란 몸집인 데다가 말도 할 줄 알고, 어떤 우물은 사실 우물이 아니라 굴뚝이라고. 그런데 개구리는 아무 말도 하지 않았다. 분홍색 혀를 멍청하게 늘어뜨린 채 유리 눈으로 그를 빤히 바라보기만 할 뿐 아무 말도 하지 않았다. 개구리는 말을 할 수 있는 생물이었다. 두꺼비도 말을 했다. 그래, 맞아! 개구리와 두꺼비는 말을 할 줄 알았다. 깡충깡충 쿵쿵 웃기는 춤을 추고 저녁 식사로는 부야베스*를 좋아했다. 그건 '양손의 손가락이 각각 다섯 개'라거나 '화덕은 아이들을 싫어해서 항상 까맣게 태워버리고 싶어 한다'는 말만큼이나 확실한 사실이었다. 하지만 개구리가 계속 침묵을 지켰기 때문에 토머스는 배에 화살이 꽂힌 것처럼 아팠다. 참을 수가 없었다. 뭔가가 잘못되었다. 잘못되었다. 모두 잘못되었다.

토머스가 집에서 자행한 파괴 행위의 엄청난 규모를 생각하면, 그가 불행한 아이로 보일 수도 있을 것이다. 하지만 그런 것은 전혀 아니었다. 몇몇 물건들이 그에게 말을 걸었기 때문이다. 그는 그것들을 물이나 레드벨벳 케이크보다 더 격렬하게 좋아했다. 그의 어머니와 아버지, 나팔 모양의 멋진 놋쇠 입이 달린 복도의 예쁜 축음기, 가끔 저자가 그에게 직접 말을 거는 것처럼 보이는 몇몇 책들, 다른 아이들, 작은 거실에서 지직거리는 소리와 함께 으르렁거리는 놀라운 라디오, 천둥이 가득할 때의 하늘, 그가 침실에서 펄쩍펄쩍 뛸 때면 쏙독새처럼 삐걱삐걱 울어대는 마룻바닥. 그 밖에 토머스가 특히 소중히 여기는 책이 한 권 있었다. 너무 소중해서 작게 박동하는 심장 가

---

* 마르세유의 생선 스튜.

까이에 꼭 끌어안고 잠자리에 들 정도였다. 그것은 환상적이고 화려한 색이 들어간 그림이 있다는 이유로 어머니가 사주신 책이었다. 어머니가 처음 그 책을 손에 쥐여주고 그의 손가락을 움직여 첫 번째 페이지에 놓아주었을 때 그는 아직 글도 읽지 못하는 상태였다. 하지만 그림만으로 충분했다. 토머스는 몇 시간 동안이나 그림들을 빤히 바라보았다. 아침 식탁에서도, 아기 방에서도, 다른 아이들이 그네를 타며 놀고 있는 공원에서도, 밤에 자려고 담요를 덮고 누워 있을 때도. 어둠 속에서도 그는 까맣게 어두워진 페이지들을 보며 그 안에서 춤추는 생생한 색깔들을 볼 수 있었다.

그것은 트롤에 대한 책이었다.

토머스 루드는 트롤들에게 넋을 잃었다. 그 멋지고 커다란 몸, 크고 튼튼한 삽처럼 생긴 손, 얼굴에 위풍당당하게 자리 잡고 입을 거의 덮다시피 한 코. 그들의 입은 세상의 무엇이든 먹을 수 있을 것처럼 보였다. 아니, 무엇이든 먹어치우고 싶어 하는 것 같았다. 토머스는 트롤들의 산 같은 어깨 위로 드리워진 보석 꽃줄들, 길고 긴 귀에 달린 황금 귀걸이, 장미가 뒤엉켜 있는 이끼 같은 머리카락, 커다랗고 사나운 눈, 자작나무 껍질 같은 피부, 관절 부위에 내비치는 보석 조각들에 경탄을 금치 못했다. 마치 트롤의 몸이 루비와 자수정과 에메랄드와 사파이어로 이루어진 눈부신 미로라도 되는 것 같았다.

토머스는 자신의 몸도 에메랄드로 이루어진 미로라면 좋겠다고 생각했다. 어떤 트롤들은 속이 빈 다리(橋) 안에 살면서 작은 황금색 창문으로 무단 침입자들을 내다보았다. 묵직한 근육질 팔을 하늘로 들어 올리고 번개가 노래를 부르게 만드는 마법사 트롤도 있었다. 생쥐나 개나 코끼리 같은 다른 생물로 변할 수 있는 트롤도 있었다. 토머스는 홀린 듯이 넋을 잃었다. 어쩔 수 없었다. 집에 혼자 있을 때마다 그는 어머니의 벽장 안으로 들어가 어머니의 보석 장신구와 모피, 팔꿈치에 판석처럼 가죽을 덧댄 아버지의 고급 갈색 가죽 코트를 꺼냈다. 그리고 그것들을 모두 한꺼번에 몸에 걸쳤다. 토머스가 양복 윗도리를 입으면 소매가 손목을 지나 늘어져서 크고 튼튼한 손처럼 보였다. 그가 그 위에 모피를 걸치자 그의 몸이 거칠고 힘세고 커다란 덩어리처럼 보였다. 그는 어깨에, 목에 그웬돌린의 장신구들을 걸쳤다. 일부는 옷깃에 붙이기도 했다. 펜던트와 귀걸이와 금목걸이와 팔찌가 반짝거리며 소매까지 늘어져서 그는 책에 나오는 트롤들과 아주 조금 비슷해졌다. 토머스는 책을 자신과 거울 사이의 바닥에 내려놓고 책 속의 트롤과 자신을 번갈아 바라보았다. 그의 심장이 꿈틀꿈틀 몸부림쳤다. 그가 그림들을 들여다보는데, 심장에서 작은 목소리가 속삭였다. '저게 나야, 저게 나야!'

토머스의 심장 속에서 들려온 그 작은 목소리가 내 것이었음을 여러분에게 밝히는 일이 부끄럽지 않다. 아니, 어쩌면 여러분의 목소리였을 수도 있다. 우리는 토머스를 가볍게 한 대 때리면서 이렇게 말해주고 싶다. '이 어리석은 것아, 넌 트롤이야. 처음부터 트롤이었어. 어떻게 그런 걸 잊을 수 있어? 그럴 바에야 재채기하는 법을 잊는 편이 빠르겠다!' 자신이 누구인지를 항상 아는 것은 그리 쉬운 일이 아니다. 이미 말했듯이, 자신이 태어나는 순간을 기억하는 사람은 없다. 태어나는 것이 우리가 겪을 수 있는 가장 짜릿한 일임이 분명한데도! 하지만 그 일은 빛과 소리와 새로움의 흐릿한 회상 속으로 스르르 섞여 들어갔다가 완전히 녹아서 사라져버린다. 트롤 시절에 대한 토머스 루드의 기억도 그러했다. 자신이 바꿔친 아이라는 기억 또한 마찬가지였다. 그의 사고방식은 다른 사람들의 것과 완전히 달라서 마치 예쁘고 똑바른 직사각형들 사이에서 이리저리 구르는 사다리꼴 같았다. 그는 침묵을 몹시 싫어했으며, 보석과 황금과 말하는 개구리들을 향한 다급하고 엄청난 갈망에 시달렸다. 잠들기 직전 부드럽게 번득 스치고 지나가는 감각을 통해 그는 두꺼비의 따스한 살갗에서 나는 냄새, 미나리아재비를 위에 얹은 오팔 포리지의 맛, 깊게 우르릉거리는 천둥과 비슷하지만 안전하게 느껴지는 트롤 어머니의 목소리, 모든 것이 어떻게든 압운을 따르는 정글의 열기를 느꼈다.

토머스는 자신이 트롤이었음을 또렷이 기억하지 못했지만, 자신의 새로운 정체를 아주 빠르게 알아차렸다.

그의 새로운 정체란 바로 아버지가 그를 가리키며 하는 말속에 숨어 있었다.

니컬러스 루드는 이마에 주름을 잡고, 안경을 위로 밀어 올리고, 목덜미를 긁으며 그 말을 했다. 토머스가 또 커튼을 엉망으로 만들거나, 아기 방의 벽에 머리를 정확히 마흔아홉 번 쿵쿵 부딪히거나(마법 주문의 효과를 제대로 발휘하고 싶다면 반드시 7 곱하기 7이라는 숫자가 들어가야 하고, 마법사가 어느 정도의 불편을 감수해야 했다), 공룡의 비밀스러운 심장을 찾아내서 먹어버리기라도 할 것처럼 공룡 인형을 찢어놓았을 때 아버지는 그 말을 했다. 그가 그 말을 워낙 자주 했기 때문에 그 자체가 하나의 호칭처럼 보일 정도였다.

아버지는 토머스가 '비정상'이라고 말했다.

토머스가 다섯 살 때 어느 날 저녁, 세 식구는 저녁을 먹으려고 벚나무 식탁에 둘러앉았다. 그런데 토머스는 아무도 몰래 식탁을 핥고 싶은 것을 참을 수가 없었다. 그런 이름을 지니고 있으니 틀림없이 버찌 맛이 날 것 같았다. 하지만 실제로는 과거에 엎지른 머스터드의 유령들과 표면에 칠한 니스의 맛이 날 뿐이었다. 그래도 그는 희망을 버리지 않고 계속 핥았다. 저녁 메뉴는 미트로프와 완두콩과 붉은 감자와 구운 양파였다. 토머스는 이 메뉴를 가장 좋아했다. 감자와 양파는 황금과 루비 덩어리처럼 보였고, 완두콩은 작은 비취처럼 보였기 때문이다. 트롤 두뇌의 먼지 쌓인 구석 어딘가에서 보기에 미트로프는 맨티코어의 풍부하고 알싸한 맛을 연상시켰다. 그는 눈을 감고 바삭바삭하고 뜨겁게 구운 긴 양파 조각들을 쩝쩝 씹으며 산에서 황금을 쩝쩝 먹어치우는 상상을 했다. 그렇게 눈을 계속 감은 채로 토머스가 불쑥 물었다.

"왜 니컬러스랑 같이 살아요?"

그웬돌린의 한쪽 눈썹이 움찔했다. 그녀는 아들의 이상한 질문이나 부모를 그냥 이름으로 불러대는 묘한 고집에 놀랄 단계는 이미 오래전에 초월한 뒤였다. 하지만 니컬러스 루드는 날카로운 시선으로 아들을 노려보았다.

"톰, 아들이 식탁에서 그런 질문을 던지는 건 '비정상'이지, 안 그러니?"

"저는 그냥 아무 데서나 살아도 될 것 같아서 물은 거예요. 베두인 야영지나, 설산 아래나, 달에서 살아도 되잖아요. 북극곰을 올가미로 잡아서 타고 거친 유콘강을 건너 그웬돌린에게 편지를 써도 되고요. 그웬돌린은 캥거루 무리에게 입양돼서 앞치마에 새끼 캥거루를 담고 다니게 될 수도 있어요."

"맙소사, 그웬! 저 애가 이번엔 무슨 책을 읽은 거요?"

그웬돌린은 어깨를 으쓱했다. 그건 '아무것도 읽지 않았다'는 뜻일 수도 있고 '내가 잠가두지 못한 책을 모두 읽었다'는 뜻일 수도 있었다. 니컬러스는 둘 중 어느 쪽인지 한 번도 알아내지 못했다.

"맙소사가 누구예요?" 토머스가 재잘거렸다.

"우리가 결혼했기 때문에 같이 사는 거란다, 톰." 그웬이 머리카락을 목의 한쪽 편으로 끌어당기며 말했다. 토머스가 호기심이 발동해서 맛좋은 뼈를 입에 문 개처럼 궁금증을 물고 흔들어댈 때 그녀가 자주 취하는 동작이었다.

"결혼이 뭔데요?"

"멍청하게 굴지 마, 톰." 아버지가 한숨을 내쉬었다. "결혼이 뭔지는 너도 알잖아. 우리가 사랑에 빠져서……."

"땅이 갈라진 틈이나 계곡이나 구멍 속에 빠지는 거랑 비슷한 거예요?"

"아니. 우리는 사랑에 빠져서 널 만들고 싶었기 때문에……."

"저를 뭘로 만드셨어요? 틀림없이 양파랑 감자랑 그웬돌린의 목걸이랑 럼주로 만들었죠? 그러니까 내가 그것들을 그렇게 좋아하는 거죠?" 토머스는 환하게 웃으며 맨티코어 로프 한 조각을 포크로 찍어 입에 넣었다.

"네가 럼주를 좋아한다니? 누가 너한테 럼주를 줬어?"

"캐비닛 안에 있는 갈색 물이잖아요. 불붙은 케이크 같은 맛이 나는 물. 제가 그걸 축음기한테 조금 췄더니 축음기가 전부 마셔버렸어요. 그러니까 틀림없이 맛이 좋을 거예요."

니컬러스 루드의 목과 얼굴이 모두 시뻘겋게 달아올랐다.

"괜찮아요, 닉." 그웬돌린이 그를 진정시켰다. "빌 브룬지의 레코드가 틀어졌을 뿐이에요. 요새 당신은 그 판을 잘 듣지도 않잖아요."

루드 박사는 심호흡을 하며 브룬지를 잃어버린 아쉬움을 꿀꺽 삼켜버리고는 힘겹게 말을 이었다. "우리는 사랑에 빠져서 널 만들고 싶었다. 그럴 때 '정상적'인 행동은 결혼하는 것이니까 우리는 성당에 가서……."

"와! 그건 마도사의 궁전인가요?"

"뭐? 그건 또 무슨 소리냐?"

"마도사의 궁전이요!" 토머스가 의자에 앉은 채 들떠서 몸부림을 치며 외쳤다. "워버시 애비뉴에 있는!"

"홀리 네임 성당을 말하는 거예요." 그웬돌린이 완두콩 접시를 향해 쿡쿡 웃어대면서 말했다. "그 건물이 조금 화려해 보이는 건 사실이잖아요. 내가 마도사라면 부동산 중개인한테 당장 전화를 걸었을 거예요."

"그래, 뭐, 그렇다면야. 거기가 맞다. 네 어머니는 하얀 드레스를 입었고……."

"마녀의 망토군요." 토머스가 홀린 듯이 말했다.

"아니야! 젠장, 대체 무슨 생각을 하는 거냐? 네 어머니는 마녀가 아니고, 홀리 네임 성당은 마도사의 궁전이 아니야. 넌 목걸이와 럼주로 만들어진 아이도 아니고! 우리가 간 곳은 '성당'이고, 로런스 신부님이 주례를 보셨고, 우리는 별빛을 받으며 밤새 춤을 추고 케이크를 먹었어. 얼마나 아름다웠는데. 이제 입 다물고 완두콩이나 먹어!"

토머스는 숨을 죽였다. 그리고 손가락으로 완두콩을 하나 집어 으깨버렸다. 얼마나 힘을 줬는지 손끝이 빨갛게 변할 정도였다. 그러고는 단숨에 말을 내뱉기 시작했다.

"니컬러스와 그웬돌린은 갈라진 틈에 빠져서 토머스를 만들고 싶었기 때문에 마도사의 궁전으로 가서 마법의 옷을 입었고 마도사가 마법의 말을 해준 뒤에 별들에게서 최고의 사랑을 받으려고 둘이서 신비로운 원을 그리며 춤을 추었고 결혼 왕국의 마법 케이크를 먹었는데 그게 모두 아름다웠고 지금은 북극곰이 아니라 완두콩을 먹고 있다는 거죠?"

니컬러스 루드는 아들을 빤히 바라보다가 안경을 코 위로 밀어 올렸다.

"하지만 결혼하더라도 북극곰을 타고 거친 유콘강을 건널 수 있어요." 토머스는 계속 완두콩을 하나씩 으깨며 즐거워했다. "레드캡들에게 살해 아내들이 각각 아홉 명씩 있다는 걸 아세요? 그 아내들은 집에 피가 흐를 때만 나타나요. 그런 얘기를 읽은 적이 있어요. 그웬이 거친 유콘강을 정복했다면 살해 아내를 하나 얻을 수 있었을 테니 외롭지 않았을 거예요. 그러면 걱정할 필요가 없었을 텐데. 저도 유모보다는 살해 아내가 더 좋을 것 같아요. 사티로스들은 짝을 원할 때 거대한 야생 염소로 변해요. 거대한 야생 염소가 되는 것이 흰 드레스가 되는 것보다 나을 것 같아요. 그리고 트롤도요!"

"이제부터 트롤 얘기는 한마디도 하지 마라, 토머스 루드. 거친 유 콘강이나 끔찍한 살해 아내 이야기도. 도대체 왜 '정상적'인 아이처럼 굴지 않는 거냐? 틀림없이 날 닮아서 이러는 건 아니야. 루드 가문에 음침한 사람은 없으니까. 이제 그만 떠들고 똑바로 앉아라. 아니면 그 냥 방에 가서 잠이나 자든지." 니컬러스는 산을 베어 물듯이 자신의 말을 잘라냈다.

"그러기 싫어요." 토머스가 중얼거리더니 완두콩을 또 으깼다. 니 컬러스가 '정상적'이라는 말을 하는 것이 싫었다. 그 말이 유난히 크 게 들리는 것 같았다. 그럴 때면 살갗이 타는 듯이 뜨거워지고 눈이 따끔거렸다. 이건 울음을 터뜨리기 전에 항상 나타나는 증세였다. "트롤은 똑바로 앉지 않아요. 낙타처럼 멋진 혹을 갖고 있는데, 그 혹 안에는 진주조개 속의 진주 같은 보석들이 들어 있어요. 등에 난 혹이 결혼식보다 더 아름다워요. 그래서 나도 혹을 하나 갖고 싶어요. 나는 절대, 절대, 절대 똑바로 앉지 않을 거니까요!"

니컬러스는 크게 한숨을 내쉬고는 슬픈 얼굴로 아내를 바라보 았다.

"그웬, 우리 톰은 비정상이야. 아무래도 저 애를 멀로리 박사한테 데리고 가봐야 할 것 같아. 아동 전문가잖아."

"맞아요, 난 비정상이에요!" 토머스는 이렇게 외치고 나서 의자 위 로 펄쩍 뛰어 올라갔다. 그는 항상 남들보다 커 보이려고 사물들 위 로 뛰어 올라갔다. 트롤을 비롯해서 모든 가치 있는 것들은 항상 키가 크기 때문이었다. "나는 비정상 토머스 경이에요! 그러니까 모두 나 한테 절을 해야 돼요! 멀로리 경이 냄새나는 담뱃대를 물고 곁눈질을

하면서 내게 다가온다면, 내가 마법의 연필로 멀로리 경을 두꺼비로
만들어버릴 거예요!"

토머스 루드의 삶은 이렇게 계속 이어졌다. '그 아이는 왠지 "비정
상" 같아. 토머스, "정상적인 아이들"은 그러지 않는단다. 소란은 그
만 피워, 토미, 그건 "비정상"이야!'

토머스는 '정상'이 무엇인지 잘 알지 못했다. 다만 그웬돌린과 니
컬러스가 정상이며, 이름과 정체를 알 수 없는 다른 아이들 또한 정
상이라는 사실을 알 뿐이었다. 어쩌면 식품점 주인과 선생님들과 거
리 청소부들도 정상일 것 같았지만, 토머스는 정상이 아니었다. 속
살이 드러난 토머스의 심장은 그 무서운 말에 끔찍한 상처를 입었지
만, 토머스는 아직 어린 소년이었기 때문에 아버지의 기분이 나빠지
는 것을 원하지 않았다. 그래서 그는 눈으로 보고 '정상'이 무엇인지
알아볼 수 있게 '정상'을 수집하기 시작했다. 멀로리 박사의 한심하
고 갑갑하고 연기 자욱한 진찰실에 가지 않을 수만 있다면 무엇이든
좋았다. 그 방에서는 심지어 책꽂이들조차 인상을 찡그린 것처럼 보
였다.

저녁을 모두 먹어치우고 정해진 시간에 침대에 누워 양을 헤아리
며 잠드는 것은 '정상'이었다. 저녁 식사를 한꺼번에 입에 집어넣으
려고 하는 것은 '비정상'이었다. 트롤들은 입이 워낙 커서 바실리스
크를 한입에 꿀꺽하고는 찬장 위로 뛰어올라 '취침시간이라는 사악
한 나라'가 자신에게는 전혀 힘을 쓰지 못한다고 있는 힘껏 소리칠 수
있었다. 그리고 그 나라를 다스리는 사악한 양인간들이 가까이 다가
온다면, 버터나이프로 놈들을 베어 조각낸 뒤 성가퀴에서 놈들의 머

리 위로 뜨거운 우유를 부어줄 수도 있었다. 날이 추울 때나 차를 끓일 뜨거운 물이 필요할 때 화덕에 장작을 더 집어넣는 것은 '정상'이었다. 하지만 불과 팬케이크의 왕인 요툰의 불타는 빨간 입 속에 미쳐 날뛰는 떡갈나무 골렘의 뼈를 집어넣는 것은 '비정상'이었다. 어머니가 떠주신 훌륭한 물건들을 받아 들고 "고맙습니다. 정말 좋아요"라고 말하는 것은 정상이었다. 특히 어머니가 스웨터와 벙어리장갑과 스카프, 그리고 파란색과 오렌지색과 빨간색과 초록색으로 북극곰들과 캥거루들이 줄지어 늘어서고 끝에 방울과 긴 꼬리가 달린 길고 커다란 모자를 한 세트로 떠주었을 때는 반드시 그렇게 말해야 했다. 그런 것은 몹시 정성이 들어간 물건이니까. 하지만 그 모자를 크게 늘려서 목까지 뒤집어쓰고는 자신이 토머스가 아니라 까맣게 탄 토스트 일만 개의 지니*인 호러스이며 모든 소망을 거둬가려고 왔다고 고래고래 고함을 질러대며 계단에서 떨어지는 것은 정상이 아니었다. 어머니가 갖가지 알록달록한 색깔의 자투리 실로 무엇이든 네가 좋아하는 동물 인형을 떠주겠다고 제의했을 때, 큰사슴이나 곰이나 사자나 개를 떠달라고 부탁하고는 고마움을 표시하는 것은 정상이었다. 이미 수많은 장난감을 망가뜨린 탓에 다시는 다른 장난감을 얻을 수 없는 신세가 되었으니까. 하지만 큰사슴과 사자와 개는 못생긴 말과 야옹이와 게으름뱅이 늑대일 뿐이라며 어머니가 알지도 못하는 웜뱃을 떠달라고 고집을 부리는 것은 비정상이었다. 웜뱃은 근육질이고 튼튼하고 사납게 화를 내는 동물이며 사각형 똥을 싸고 엉

---

* 이슬람 신화에 등장하는 정령인 드지니의 또 다른 호칭.

덩이는 뼈가 앙상하고 이빨은 날카롭고 얼굴은 감상적이고 모든 보물을 숨길 수 있는 주머니가 있기 때문에 최고의 동물이라는 사실은 누구라도 뻔히 알 수 있는 것인데…… 웜뱃이 세상의 왕이라면, 모든 것이 지금보다 훨씬 더 나아질 것이다. 어머니가 큰사슴 역시 사납게 화를 내며 웜뱃보다 훨씬 몸집이 크고 사실상 위스콘신주의 바로 옆에서 살고 있다고 말했을 때, "웜뱃! 웜뱃! 웜뱃! 난 시카고의 웜뱃 왕자예요!"라고 천장을 향해 집이 떠나가도록 고함을 질러대서 결국 어머니가 두 손을 들게 만드는 것은 특히나 '비정상'이었다.

하지만 토머스는 점차 요령을 터득했다. '정상'을 모자처럼 쓰는 법을 배웠다. 그웬돌린이 생각할 수 있는 모든 색의 실, 두꺼운 실, 얇은 실, 낡은 실, 머리를 땋듯이 꼰 실, 리본처럼 만든 실을 모아 웜뱃을 떠서 그에게 내밀었을 때, 한쪽 눈은 빨간 단추고 다른 한쪽은 놋쇠 단추이며 이빨 대신 은색 외투 죔쇠가 달린 그 인형을 보고 그는 이렇게 속삭였다.

"이걸 어떻게 만드셨어요?"

그러자 그녀가 말했다. "마법으로 만들었지."

토머스는 그녀의 목을 양팔로 끌어안았다. 그리고 그녀를 그웬돌린이 아니라 어머니라고 불렀다. 그것이 '정상'이었으므로. 자투리 실을 모아 모자이크처럼 만든 그의 웜뱃, 세인트버나드처럼 목에 복슬복슬한 실로 된 작은 코코아 통을 걸고 있는 그 웜뱃이 모든 것을 맛있게 먹을 수 있는 놀라운 웜의 나라에 관해 이야기해달라는 부탁에 대답하지 않았을 때도 그는 괴로워하며 웜뱃의 머리를 뜯어버리지 않았다. 그렇게 하고 싶은 마음이 정말 간절했는데도. 대신 그는 그녀에게 나팔총이라는 이름을 지어주고, 살아서 따뜻하게 꿈틀거리는 그녀를 앞에 들고 있는 꿈을 꾸었다. 그녀는 그의 적들을 향해 입으로 시계꽃 열매와 말굽과 위스키병을 쏘아댔다. 그러다 그는 죄책감을 느끼며 깜짝 놀라서 깨어났다. 정상적인 웜뱃들은 그런 일을 할 수 없으니까. 토머스는 착한 아이가 되기 위해서 다른 꿈을 꾸려고 애썼다.

매일 토머스 루드는 그것이 '비정상'이라는 것을 알면서도 샹들리에 밑에 서서 속삭였다.

"도깨비불아! 오늘 나타나면, 내가 뽀뽀해줄게!" 잠시 뒤 그는 말을 덧붙였다. "제발, 제발 나한테 말을 걸어줘."

하지만 샹들리에는 뽀뽀를 원하지 않았고, 그렇게 세월이 흘렀다. 그리고 토머스 루드의 심장은 우리 세계의 조용하고 정적인 물건들을 향해 자신을 내던지며 제발 살아나라고 애원하고 간청했다.

5장

풍선 경감의 모험

토머스는 책, 책상, 진흙 웅덩이, 소녀를 만나고,
헤이스팅스 전투를 다시 겪는다.

토머스 루드는 옷이 들어 있는 서랍장의 왼쪽 아래 구석에 빨간 표
지의 공책 한 권을 숨겨두었다. 줄이 없는 백지를 엮은 공책이었다.
서랍장의 이름은 브루노였고, 공책의 이름은 풍선 경감이었다. 표지
에 확대경처럼 그려진 커다란 흰색 달과 밝은색 풍선 여섯 개에서 따
온 이름이었다.

토머스는 자신의 손이 닿는 모든 물건에 이름을 지어주었다. 이름이 없는 물건은 결코 실제로 존재할 수 없다고 생각했기 때문이다. 만약 그에게 이름이 없어서 식구들이 저녁을 먹으러 오라고 그를 부를 때 "아무도 아닌 아이야!"라고 불러야 한다면 얼마나 끔찍하겠는가. 그는 자신의 머리와 책에서 나온 기묘하고 뾰족뾰족한 이름들이 좋았기 때문에 매일 토머스처럼 평범한 이름으로 불리는 것에 남몰래 화를 내고 있었다. 그는 집에 있는 심술궂은 오븐에 헤파이스토스*라는 이름을 붙여주었고, 빨래 대야와 빨래판은 각각 비어트리스와 베네딕이라고 불렀다. 샹들리에는 시트린, 서 있는 라디오는 셰에라자드였다. 그의 침대는 확실히 아말테아**였고, 칫솔은 상아 기사라는 이름에만 반응했다. 그는 이웃집 고양이들에게 굳이 헨리 1세부터 8세까지의 이름을 붙여주었다. 그들에게 이미 익숙해진 다른 이름이 있는데도 막무가내였다. 토머스는 그들이 헝겊 조각이나 콧수염 같은 것이 아니라 긍지 높은 여덟 왕이라는 사실을 알고 있었으므로 꿈쩍도 하지 않았다. 이름은 절대 잘못 지으면 안 되는 중요한 문제였다. 상대의 이름도 불러주지 않으면서 상대가 말을 걸어주기를 기대할 수는 없다.

토머스는 상점 진열창에서 그 공책을 봤을 때 내심 그대로 굳어버렸다. 자신의 손을 보면 금방 알 수 있듯이, 그 공책도 금방 알아볼 수 있었다. 그는 가끔 어떤 물건들에 대해 그런 기분을 느끼곤 했다. 그것이 이미 자신의 것이라는 느낌. 그들은 우주의 기록에 발생한 모종

* 그리스 신화에서 불과 대장장이의 신.
** 갓 난 제우스를 염소젖을 먹여 키웠다는 님프.

의 실수 때문에 잠시 당황스럽게 그와 떨어져 있을 뿐이었다. 그는 그 공책이 어떤 물건이며, 자라서 무엇이 되고 싶어 하는지 곧장 알아차렸다. 그 공책은 '어떤 소년의 진짜 살아 있는 공책'이 되기를 바라고 있었다. 그웬돌린은 그가 이렇게 작고 '정상적'인 물건을 원한다는 사실에 잔뜩 들떠서 대단히 사무적으로 보이는 은색 뚜껑의 펜도 사주었다. 파란 잉크를 뱉어내기 때문에 미스터 인디고로 명명된 그 펜은 공책과 달리 우주적인 차원에서 원래 그의 물건이 아니었지만, 괜찮을 것 같았다. 토머스는 집에 돌아오자마자 자신의 방으로 뛰어가 아말테아에게 몸을 던지고는 풍선 경감의 아름다운 첫 번째 백지 페이지를 펼쳤다. 유리 우유병 안의 크림처럼 새롭고 완벽했다. 미스터 인디고의 잉크가 자줏빛이 도는 파란색의 굵은 강줄기를 종이 위에 그려 종이를 물이 풍부하고 비옥한 시골 풍경으로 나눴다. 하얀 종이 구석구석 한 치의 빈틈도 없이 그 진하고 풍부한 물이 공급되었다.

토머스 루드는 글씨를 아주 잘 썼다. 트롤들은 모두 필법이라는 어둠의 기술에 뛰어났다. 태고의 트롤 세 명 중 하나인 투파*의 영웅적인 업적 덕분이었다. 투파는 다리[橋]들과 친구 되기와 두 발로 걷기라는 수수께끼를 해결한 직후 야생 알파벳 하나를 사냥해서 애완동물로 삼았다. 알파벳들은 이 웅대한 우주 전체를 통틀어 가장 수명이 긴 생물들 중 하나다. 트롤 알파벳은 지금도 혼자서 투덜거리며 헬리오트로프산에 살고 있다. 그는 지나가는 속어들을 잡아먹고, 세상이 아직 어렸을 때 자신을 길들인 사람들에게 알파벳 나름의 작은 축복

---

* 石灰華. 탄산칼슘으로 이루어진 화학적 퇴적암.

을 내려준다.

토머스는 존 핸콕*도 울고 갈 것 같은 솜씨로 자신의 이름을 적었다.

하지만 그는 끝을 둥글게 구부려서 화려하게 멋을 낸 자신의 필체를 어른들이 불편하게 생각한다는 사실을 금방 알아차렸다. 여섯 살짜리 아이가 중세 수도사들과 아주 흡사한 필체를 쓸 수 있다는 사실을 어른들은 믿지 못했다. 그래서 그는 동화책에서 본 '어머니의 날을 축하합니다'라는 글귀를 따라서 쓰는 연습을 했다고 즉시 털어놓았다. 물론 사실과는 다른 이야기였다. 그 뒤로 토머스는 지나치게 크고 떨리는 필체로 철자법도 틀리고 구두점도 없는 글만 썼다.

하지만 풍선 경감은 그의 것이라서 아무도 볼 수 없었으므로, 그는 마음 놓고 그림처럼 아름다운 단어들을 쓸 수 있었다. 고대의 그 야생 트롤 알파벳이 보았다면 대견해서 가슴이 부풀었을 만큼 아름다운 필체였다.

토머스는 공책에 '세상의 규칙들'을 적었다. 그 규칙들을 이해할 수 없기 때문이었다. 다른 아이들, 정상적인 아이들은 그것들을 쉽게 이해했다. 정상적인 아이들은 잠자리에 들 시간, 어른이 말을 걸기 전에 먼저 말하지 않는 법, 조용히 앉아 있기 싫을 때도 조용히 앉아 있는 법, 확실히 독처럼 보이는 시금치 먹는 법, 부모님이 저녁 메뉴로 독을 내놓는 이유와 그 독의 효과를 이해하는 법 같은 당황스러운 마법들을 잘 이해했다. 정상적인 아이들에게 이런 것은 저녁 식사 후에

---

* 미국 독립선언문에 서명한 사람 중 하나. 서명이 크고 멋있어서 미국에서는 그의 이름이 '서명'과 동의어로 쓰인다.

먹는 디저트처럼 쉬운 문제였다. 토머스의 아버지는 몇 번이나 이렇게 말했다. "이런 건 그냥 상식이야."

하지만 토머스에게는 그런 상식이 없었다. 그래도 누구나 다 아는 것이 상식이라면, 그도 반드시 그 상식을 얻고 싶었다. 그래서 자신이 발을 헛디뎌 규칙을 어길 때마다 그 규칙을 글로 적었다. 자신이 이해할 수 있는 방식으로 그 규칙들을 적는다면, 배울 수 있을 것 같았다. '화덕은 말을 하지 않는다'든가 '우리가 쓰는 접시들보다 도자기 그릇이 예쁘고 우리 집에는 손님이 오는 법이 없다 해도 도자기는 손님들에게만 내놓는 그릇'이라는 식의 규칙들을 기억할 수 있을 것 같았다.

토머스가 공책에 적은 규칙 중 일부를 예로 들면 다음과 같다.

리어몬트 암즈 아파트(7호) 나라의 명예로운(그렇게 짐작되는) 법칙들

뭔가를 깨뜨리면, 반드시 그것을 버려야 한다. 부서진 조각이 마음에 들어도 어쩔 수 없다.

칼과 가위는 날카롭지만 검과는 다르다. 칼과 가위는 오이나 양파나 소포와 싸울 때만 사용해야지, 시간 너머의 오랜 원수에게 쓰면 안 된다.

시간 너머의 오랜 원수 같은 것은 존재하지 않는다.

뜨거운 것도 아프고 차가운 것도 아프지만 뜨거운 것이 기분 좋을 때도 있고 차가운 것이 기분 좋을 때도 있다. 더 자세한 조사가 반드시 필요하다.

내가 미소를 지으면 다른 사람들도 마주 미소를 지으며 대개 나를 좋아하게 된다. 내가 험한 표정을 지으면 그들도 험한 표정을 지으며 나를 싫어하게 된다. 날카로운 이를 드러내기 위해 지은 미소라도, 분노나 슬픔을 느끼면서 짓는 미소라도 마찬가지다. 그래서 나는 사람들이 왜 내게서 그토록 미소를 원하는지 잘 모르겠지만, 어쨌든 그들은 미소를 원한다.

미소는 아주 복잡하다. 험한 표정이 더 낫지만, 그런 표정이 허용되는 것은 혼자 있을 때뿐이다.

어머니들과 아버지들은 거역할 수 없는 '힘'을 지닌 말들을 갖고 있다. 지금까지 내가 수집한 그런 말들은 다음과 같다. '가서 자!', '나가 놀아!', '목욕해!', '채소를 먹어!' 아마 다른 말들도 있을 것이다.

나는 트롤이 아니다.

나는 웜뱃도 아니다.

나는 검치 호랑이도, 오거도, 마도사도 아니다.

나는 검치 오거 트롤 웜뱃 마도사 '그래 거기'다.

어른이 되면 모든 것을 이해할 수 있을 것이다. 어른은 나보다 키가 큰 사람이다.

전축은 접근 금지다.

아버지의 사무실은 접근 금지다.

캐비닛은 접근 금지다. 그 안에 사탕이 있는데도.

좋은 것은 접근 금지다.

나는 말을 잘 들어야 한다.

마법 같은 것은 존재하지 않는다.

세상에는 살아 있는 것도 있고 아닌 것도 있지만 보자마자 구분하기 힘들 때가 간혹 있다.

남자애들은 바지를 입고 여자애들은 원피스를 입기 때문에 나는 바지를 입으면 가렵고 바지의 색깔이 다양하지 않아도 원피스를 입을 수 없다.

리어몬트 암즈 아파트(7호) 나라에서 아이들은 여섯 살 때 부모 곁을 떠나 언덕 위의 성으로 보내진다. 학교 왕국이라고 불리는 곳인데, 내가 이 일에 대해 계속 소리를 질러대면 저녁을 굶게 될 것이다.

마지막 법칙을 적을 때 토머스의 손이 조금 떨렸다. 그는 어두워진 창밖을 내다보았다. 풍선 경감의 표지에 그려진 달만큼이나 커다란 달이 아래를 내려다보며 크고 하얀 형사의 확대경으로 그를 살피듯 바라보았다.

그렇게 해서 토머스 루드는 풍선 경감에게 속을 털어놓기 시작한 지 얼마 되지 않아 꾀바르고 어둡고 마법에 걸린 나라의 철문 앞에 서있게 되었다. 그는 잔뜩 무장을 하고 용감하게 섰다. 발에는 훌륭하고 강력한 황금 덧신을 신었고, 머리에는 긴 꼬리 모자를 썼다. 발과 이빨로 그를 지켜줄 캥거루들과 북극곰들이 꿰매어져 있는 모자였다. 그는 호랑이의 앞발처럼 줄무늬가 있는, 귀한 육식동물 벙어리장갑으로 손을 감쌌다. 심지어 검은 털실로 짠 발톱까지 갖춰져 있었다.

어깨에는 트롤 망토를 둘렀다. 원래 아버지가 입던 낡은 가죽 재킷은 어린 토머스에게는 너무 커서 나이트가운처럼 길게 굽이치며 늘어졌다. 그 밑에는 무서운 사냥개 이빨 양복을 입었는데, 필요한 경우에는 이 양복이 그의 적들을 물어뜯고 찢어발길 터였다. 무기로는 야구공과 마법 연필이 있었다. 아주 오래전 어머니가 준 이 연필은 비밀 책가방의 고색창연한 깊은 곳에 잘 모셔져 있었다.

토머스는 각오를 다졌지만, 가슴속의 심장은 주춤거렸다. 집의 화덕 앞에서 수프를 먹으며 노래를 듣고 싶은 마음이 간절했지만, 집은 너무나 멀고 멀었다! 그가 한때 무시했던 집의 쾌적함이 지금은 세상 그 무엇보다 달콤하게 보였다. 하지만 이제는 모두 지난 일이었다. 그는 지금 집에서 추방당해 낯설고 위험한 나라의 국경에 서 있는 고독한 생물이었다.

주위 사방에서 일그러진 문을 통해 사람들이 줄줄 들어왔다. 곰보 얼굴의 거인들, 반짝거리는 머리카락을 지니고 째지는 소리를 질러대는 아가씨들, 그리고 토머스와 그리 다르지 않은 많은 아이들. 그들은 훌쩍훌쩍 울거나 이를 갈거나 육식동물이 아니어서 발톱이 없는 한심한 벙어리장갑으로 얼굴을 가렸다. 토머스는 그들이 안쓰러웠다. '우리 모두 불쌍한 추방자들이야.' 그는 속으로 생각했다. 하지만 이번에도 그는 자신이 왜 이런 이상한 생각을 하는지, 자신이 추방자라는 생각이 왜 이렇게 편안하게 느껴지는지, 이 단어를 도대체 어디서 배웠는지 알 수 없었다. '할 수 있다면 내가 널 지켜줄게.'

토머스는 이 야만적인 도시에 들어가기 위해 최선을 다해 각오를 다졌다. 이런 각오만으로 충분하기를 바라는 수밖에 없었다. 그는 채

찍처럼 공기를 후려치는 가을바람과 허공에서 빙글빙글 돌며 거친 폭포처럼 쏟아지는 검은 피 색깔의 이파리들 틈으로 위를 올려다보았다. 그리고 문에 적힌 글자를 읽었다(도대체 어떤 무시무시한 고대의 손이 저걸 썼을까?).

공립학교 348

"학교를 좋아하게 될 거야, 토머스." 그웬돌린이 북극곰과 캥거루가 있는 모자의 꼬리를 외투 속으로 넣어주면서 다정하게 말했다.

"아뇨, 안 그럴 거예요." 토머스는 코를 훌쩍거렸다.

"여기에는 너처럼 착한 아이들이 많을 거야. 너 혼자서만 쓸 수 있는 책상도 있고, 그림을 그릴 수 있는 도구들과 읽을 수 있는 책들도 있어. 그리고 월킨슨 선생님은 정말 훌륭한 선생님이셔. 그러니까 너는 눈을 반짝거리면서 하고 싶은 이야기로 가득 차서 집에 돌아오게 될걸."

"안 그럴 거예요." 토머스는 같은 말을 반복했다. 그의 눈빛이 어두워지고, 눈썹이 흔들렸다. 그는 앞으로 몸을 기울이며 주먹을 꼭 쥐었다. 이것은 토머스 루드가 끝내주는 일을 하려고 할 때의 자세였다. '끝내주는 일'이란 그웬돌린이 그의 길고 격한 말을 부르는 이름이었다. 그가 항상 '끝내주게 중요한 일', '끝내주게 웃기는 일', '끝내주게 좋은 일,' '끝내주게 못된 일'을 당장 어머니에게 이야기해야 한다고 고집을 부리기 때문이었다. 토머스는 무엇이든 평범하거나 참을성 있게 이야기하는 법이 없었다.

그웬돌린은 그의 자세를 알아차리고는 아들이 수백 개의 풍선 같은 생각들에 입김을 불어넣기 전에 아들의 목도리를 끌어올려 입을 덮어버렸다. 그리고 아이를 언덕 위의 무시무시한 성으로 보내버렸다. 그곳에서는 가시덤불에서 장미가 자라듯 창문과 굴뚝과 문이 자라났다.

아이는 떨리는 숨결로 얼어붙을 듯이 차가운 공기를 들이마시고, 육식동물 벙어리장갑 속에 안전하게 들어 있는 주먹을 꼭 쥐고 성 안에 발을 들여놓았다.

348 왕국이 여러 개의 작은 구역으로 나뉘어 있음을 토머스는 금방 알아차렸다. 그의 새로운 집이 될 곳은 저학년 건물 4번 교실이었다. 자그마한 빨간색 꽃무늬로 장식된 두툼한 카펫이 바닥을 덮고 있었다. 토머스는 꽃들을 향해 인상을 구기며 몸을 웅크렸다. 하얀 페인트처럼 밝고 강렬한 빛이 사방에서 철썩거렸다. 꽃들, 그리고 그 꽃잎을 뜯어먹고 있는 앙상한 다리의 매끈한 갈색 책상 무리, 그의 외투 어깨, 작은 무리를 이루어 밀치락달치락하는 다른 아이들의 머리를 모두 물들이면서. 부서진 연필과 크레용과 머리핀과 단추와 동전과 인형 눈알과 아주 오래전 누군가가 점심으로 먹은 음식 조각들이 발밑에서 바삭바삭 부서졌다. 글자와 숫자의 그림들이 조상들의 초상화처럼 벽마다 붙어 있었다. 태양계의 종이 모형이 교실 한쪽 구석에서 빙글빙글 돌았다. 철사로 보강되고 번쩍번쩍 화려한 모습이었지만 쭈글쭈글했다.

정말로 토머스에게 자기만의 책상이 생기기는 했다. 머리가 곱슬거리고 작은 비취들을 엮은 목걸이를 한 윌킨슨 선생님이 그에게 책상을 소개해주었다. 내가 친척들의 이름을 알듯이 토머스는 보석들의 이름을 잘 알고 있었으므로 선생님의 목걸이가 비취라는 것도 알수 있었다. 그는 나무로 만든 자신의 책상과 의자를 내려다보았다. 붉은 꽃밭에 앙상한 다리의 매끈한 갈색 책상이 서 있었다. 여기저기 나무가 닳아서 벗겨진 부분에는 속살이 드러나 있고, 누군가가 왼쪽 아래 구석에 번개 모양과 함께 '험프리!'라고 새겨놓은 것이 보였다.

"안녕, 책상아." 토머스가 부드럽게 말했다. 책상을 만난 것이 기뻤다. 오로지 자신만의 물건이 생기면 반드시 잘 대해주어야 한다. 말이나 개를 아끼듯이 귀여워하고, 먹이를 주고, 산책도 시켜야 한다. 아니, 하다못해 험프리보다는 잘 보살펴주어야 한다. "너 몇 살이니, 책상아? 전투를 많이 구경했어? 아이들이 다 가버린 밤에는 무슨 꿈을 꿔? 책상 말고 다른 것이 됐으면 좋겠다고 바라기도 해? 너한테 뭘써주는 게 제일 좋아?"

"윌킨슨 선생님! 토미 R이 책상하고 이야기해요!" 다른 아이들 중한 명이 소리 질렀다. 토머스는 다른 아이들이 무서웠다. 아버지는 항상 그가 다른 아이들처럼 되기를 바랐다. 정상적인 아이들. 착한 아이들. 다른 아이들. 방금 말한 '다른 아이'는 머리가 노랗고, 안경을 쓰고, 뺨에 펜 자국이 있는 남자아이였다. 몸집이 토머스보다 훨씬 더컸다. 목소리는 깃털이 들어 있는 모자처럼 이죽거렸다. 하지만 토머스는 학교 안으로 들어오기 전에 그 아이가 제 어머니의 치마폭에서울고 있는 걸 보았다. 펜 자국 꼬마가 손가락으로 다급히 토머스를 가리키는 동안 다른 아이들은 그를 빤히 바라보며 불안한 목소리로 키득거렸다.

"윌킨슨 선생님! 제가 들었어요! 진짜로 책상이랑 이야기했어요! 저 애한테 벌을 주세요!"

다른 아이들은 그의 처벌이 어떤 모양과 색깔을 띨지 상상하면서 조금 짜릿해졌다. 하지만 윌킨슨 선생님은 스테이플러에 머리카락이 낀 여자아이한테 정신이 팔렸는지 토머스와 펜 자국 소년에게는 별로 주의를 기울이지 않았다. 학교에 온 첫날 자신이 적어도 다른 아이 한 명보다는 나은 아이라는 점을 분명히 밝힐 기회를 빼앗긴 펜 자국 꼬마는 분해서 얼굴이 벌겋게 달아올랐다. 하지만 당황한 표정은 곧 미소로 바뀌었다. 날카로운 이가 드러나는 미소였다.

"좋아." 그가 기쁨에 들떠서 말했다. "그럼 내가 직접 너한테 벌을 줘야지. 방과 후에. 두고 봐, 이 괴물아. 내가 콱 때려줄 테니까."

윌킨슨 선생님은 아이들이 지나치게 조용해졌음을 갑자기 깨닫고, 앞으로도 계속 전투를 시작할 때마다 지르게 될 소리를 질렀다.

"제자리에 앉아, 모두, 제자리에 앉아!"

하지만 아이들은 이미 모두 제자리에 앉아 있었다. 펜 자국 꼬마만 빼고.

토머스는 그날 수업에 별로 주의를 기울이지 않았다. 수업은 별로 중요하지 않았다. 윌킨슨 선생님이 A를 그리는 법과 자홍색에 대한 설명과 1과 1을 더하는 법에만 관심이 있는 것처럼 보였기 때문이다. 모두 토머스가 아는 것들이었다. 그날 아침만 해도 그는 영국의 위대한 전투들을 크고 강렬한 그림으로 잔뜩 그려놓은 책을 읽었는데, 그 그림들에는 자홍색이 아주 많았다. 그는 헤이스팅스 전투를 떠올렸다(이 전투를 그린 그림의 한쪽 구석에서 황소 한 마리가 갈색 얼굴에 당황한 표정을 띠고 있었기 때문에 그는 이 전투가 가장 마음에 들었다. 정복자 윌리엄보다는 그 황소가 훨씬 더 좋았다). 학교도 영국이나 프랑스 같은 왕국인지 궁금했다. 수업들이 축소판 헤이스팅스나 워털루인지도 궁금했다. 아이들은 가장 좋은 옷을 차려입고 행군해 나아가서 자기보다 덩치도 크고 장비도 좋은 기사들의 고함과 폭력에 하루 종일 시달린다. 기사들이 성난 목소리로 거칠게 내뱉는 언어는 아이들이 쓰는 것과 상당히 다르다. 아이들이 아주 착하게 굴지 않으면, 매를 맞고 프랑스 군대를 깨우게 될 것이다. 토머스는 이런 것을 알지 못했다. 아직 이 왕국을 충분히 보지 못했기 때문이다. 하지만 아주 착하게 굴어야 한다는 것은 알고 있었다. 유일한 의문은, 이 괴상한 나라에서 착하다는 것이 어떤 의미인가 하는 점이었다. 윌킨슨 선생님이 덧셈을 설명하면서 버찌 몇 개가 어쩌고 우유 컵 몇 개가 어쩌고 하는 이야기를 시작했을 때, 토머스는 누군가가 자신을 빤히 바라보고 있음을 알아차렸다. 어떤 여자애가 토머스와 똑같이 양손을 포갠 자세로 자기 책상에 앉아 그를 바라보고 있었다. 크고 검은 눈이 약간 흥미를 띠고 있어서, 마치 방금 헤이스팅스 전투를 목격하고는 그럭저럭 재미있다고 생각한 황소 같았다.

토머스는 책상 밑에서 풍선 경감에 조용히 메모를 적었다. 지금까지 배운 것을 잊지 않기 위해서였다. 펜 자국이 있는 소년이 '방과 후에'라고 말하는 것을 보니, 그 나라도 나름대로 야만적인 무법천지인 모양이었다. 그 미지의 나라에서 사람들이 흔히 아는 '상식'이 무엇일지 누가 알겠는가? 어차피 모든 나라에는 나름의 규칙이 있게 마련이다. 오랜 세월 동안 제헌의회와 혁명을 거치고 매일 밤 잠자리에 들기 전에 백 번씩 머리에 빗질을 해서 깔끔하고 단정하게 잘 다듬어진 규칙이 있는가 하면, 나무딸기 덤불처럼 저절로 솟아나서 물도 양분도 필리버스터도 없이 뿌리를 내린 무례하고 무모한 방랑자 같은 규칙도 있다. 잘 다듬어진 법은 아주 훌륭한 종이에 글로 적혀 있다. 여기에 깃털 펜이 쓰였다면 더 좋다. 인간들의 세상에서는 깃털이 달린 펜이 아무 장식도 없는 볼펜과 달리 모종의 특징을 지니고 있기 때문이다. 깃털 펜으로 적은 글은 무엇이든 곧바로 멋지고, 공식적이고, 영원한 것이 된다. 그래서 영리한 상원의원들, 결혼식을 집전하는 사제들, 극작가들이 항상 깃털 펜을 가까이에 두는 것이다. 무례한 방랑자 같은 규칙은 누가 일부러 만든 것이 아니다. 석판에 새겨지지도 않는다. 그저 모두들 자신의 이득을 위해 서둘러 그 규칙을 배우고 터득할 뿐이다.

학교라는 왕국과 '방과 후'라는 왕국은 길들여지지 않고, 이름도 없고, 마음이 굶주린 규칙들로 가득했다. 그리고 그 규칙들은 아무것도 모르고 있는 아이들에게 달려들려고 벼르고 있었다. 그러니 풍선 경감에게 상황을 알려두는 것이 그 어느 때보다 중요했다.

펜 자국 소년, 그리고 저학년 건물 4번 교실의 아이들 모두와 3번 교실 아이들 일부가 섞인 것 같다고 짐작되는 다른 아이들이 정글짐 옆에서 토머스를 기다리고 있었다. 운동장의 회색 돌 위에 금속 막대들을 비틀어지게 쌓아서 거인의 턱처럼 만들어놓은 것이 정글짐이었다. 펜 자국 소년은 벌써 양 주먹을 들어 올리고 있었는데, 그 주먹으로 무엇을 해야 할지 아주 잘 아는 것처럼 보였기 때문에 토머스도 그를 흉내 냈다. '괜찮을 거야. 트롤 망토와 육식동물 벙어리장갑이 날 지켜줄 거야.' 그는 속으로 생각했다. 아침에 그웬돌린이 머리카락을 귀 뒤로 넘겨주며 부드럽게 했던 말은 생각하지 않으려고 애썼다.

"토머스, 이게 진짜로 호랑이 앞발이 아닌 건 너도 알지? 정말로 아는 거지?"

그웬돌린이 무엇을 원하는지는 그도 알고 있었지만, 그 대답을 내놓을 수 없었다. 장갑은 물론 실뭉치에 불과했다. 그웬돌린이 여름에 장갑을 짜는 것을 그가 직접 보았다. 하지만 토머스는 자신이 강하게 원해도, 그것들이 정말로 필요한 순간이 와도, 장갑이 진짜 발톱과 털과 힘줄로 변하지 않을 것이라는 사실을 차마 입 밖에 낼 수 없었다.

"내 말 잘 들어." 토머스가 북슬북슬한 오렌지색 주먹을 휘두르며 정글짐에게 속삭였다. 용기가 없어서 몰려 있는 아이들에게 직접 말할 수는 없었다. "내 앞발은 수마트라 정글에도 갔다 왔어."

"수마트라가 도대체 뭔데?" 펜 자국 꼬마가 멈칫하며 말했다.

"바다 건너 아주 먼 데야. 호랑이랑 커피랑……."

"시끄러워! 이제 내가 한 방 먹일 거니까, 너, 꼼짝 마!"

토머스의 인간적인 면, 그러니까 영역을 중시하는 오랑우탄과 헤이스팅스와 수마트라 커피와 기타 여러 가지 호전적인 것들의 특징을 이어받은 부분은 절대 그 말을 따르고 싶지 않았다. 오히려 자신이 한 대 맞기 전에 먼저 상대의 코를 때려주고 싶었다. 하지만 그에게 남아 있는 트롤의 특징, 그러니까 털이 수북한 매머드(그들은 모든 트롤의 아주 멀고 먼 조상들이다. 화성암도 마찬가지다)와 누구보다 인내심이 강한 산들의 후손인 부분은 그 무엇보다도 잘하는 일이 한 가지 있었다. 말을 듣지 않으려 하는 상대에게 말을 거는 일.

토머스는 엄숙한 시선을 펜 자국 소년에게 고정했다. 그리고 주먹을 조금 내렸다. 완전히 내리지는 않았다. 바보가 아니었으니까. 그는 눈을 깊고 한없는 연못처럼 만들었다. 그 연못 바닥의 진흙 속에는 부드러운 별들이 떠 있었다. 요즘 들어 자신이 이런 재주를 부릴 수 있게 된 이유는 알 수 없었다. 자투리 실로 만든 웜뱃의, 깜박거릴 줄 모르는 유리 단추 같은 눈에서 배운 것 같다고 생각할 뿐이었다. 어쨌든 그가 이런 표정을 지으면 사람들은 말을 더듬었고, 그는 그것이 마음에 들었다. 마치 마법의 주문 같았다. '내 눈을 들여다봐. 내가 네 말을 가져갈게.' 토머스는 최선을 다해 눈으로 표정을 짓고는, 그 어느 때보다 부드럽고 상냥하고 유혹적인 목소리로 말했다.

"너 이름이 뭐야?"

"뭐? 아무것도 아냐. 맥스."

"왜 나한테 그렇게 화가 난 거니, 맥스?"

소년은 눈을 깜박이고는 토머스에게서 시선을 떼려고 애썼지만, 겨우 그의 턱으로 시선을 내릴 수 있을 뿐이었다.

"그…… 그건 네가 괴물처럼 책상한테 말을 걸었으니까 그렇지. 괴물이랑 부랑자들은 쓰레기라고 아빠가 그랬어."

토머스는 눈을 더 크게 떴다. 정글짐 위에 뜬 비구름이 굴러와 그 눈에 비쳤다.

"맥스! 그럼 넌 네 책상한테 말 안 걸어?"

"그…… 그래. 그런 사람이 어디 있어? 멍청하게." 맥스가 이죽거렸다.

토머스가 천천히 눈을 깜박거리자 그의 눈이 반짝였다. "그게 왜 멍청해, 맥스?"

맥스의 목소리가 흔들리기 시작했다. "그건…… 그건 책상이 대답을 안 해주니까 그렇지, 멍청이야."

"확실해? 네 책상은 대답을 안 해줄지도 모르지. 걔만 불량품인지도 몰라. 그래서 말을 못할 수도 있어. 그렇다고 해서 네가 걔한테 인사를 안 해도 걔가 외로움과 슬픔을 느끼지 못하는 건 아니잖아. 내 사촌은 어렸을 때 이하선염에 걸려서 이제 말을 하나도 못해. 하지만 농담을 들으면 웃기도 하고, 수화도 하기 때문에 우리는 모두 걔가 무슨 생각을 하는지 알 수 있어. 그러니까 말을 사용하지 않는다고 해서 말을 못하는 건 아니야. 말에는 여러 종류가 있다고. 말은 온 세상에서 제일 좋은 일 같아. 말은 끝내주는 마법이야. 그때그때 딱 맞는 말을, 딱 맞는 순서로, 딱 맞는 크기로 하기만 하면 이런저런 일들이 벌어지잖아. 아침 식사 때 어머니한테 토마토 대신 달걀을 달라고 말할 수도 있고, 집에서 일찍 잠자리에 드는 대신 부두에 가서 불빛들을 구경하고 싶다고 말할 수도 있어. 품 안에 장난감이 나타나게 할 수도 있고, 컵에 초콜릿이 나타나게 할 수도 있다고."

맥스는 느리고 무겁게 숨을 쉬고 있었다. 다른 아이들은 입을 헤벌리고 몸을 앞으로 기울여 정신없이 귀를 기울이고 있었다.

"혹시 내가 딱 맞는 말을 생각해낼 수 있다면, 날 때리고 싶어 하는 너를 막을 수 있을지도 몰라. 우리 내기하자, 어때?"

"좋아." 맥스가 숨을 내쉬며 말했다.

"우리가 이 학교에서 나갈 때까지 내 책상이 말을 하지 않으면, 네가 날 때려도 돼. 두 번. 그러고 나면 네 주먹이 지금보다 커지겠지. 하지만 책상이 말을 하면……."

"네가 날 때린다고?"

"응. 그렇게 해서 네가 기분이 좋아진다면 내가 널 때릴 거야. 어때? 공평해?"

토머스가 생각했던 것보다 일이 잘 풀렸다. 그의 부모는 이제 이런 일쯤에는 꿈쩍도 하지 않았다. 맥스는 고개를 끄덕였다. 울 것 같은 표정이었다. 토머스는 다행히 주먹질을 당하기 전에 빠져나가는 것이 최선이라는 생각이 들었다. 그래서 거의 까치발로 걷듯이 살금살금 몸을 돌렸다. 아이들 모두의 눈을 속이고 만화책에 나오는 스파이처럼 사라져버릴 수 있을 것 같았다. 하지만 실제로는 불가능한 일이었다. 맥스가 다가와 발을 마구 휘둘러댔다. 잘은 모르지만 자신이 망신을 당했음을 그는 알아차렸다. 맥스 같은 어린 영장류는 그런 일을 일 분 이상 참아낼 수 없는 법이다. 맥스의 발길질에 맞은 토머스가 바닥에 쓰러져 쫙 뻗었다. 그 바람에 비밀 책가방이 허공을 날며 뚜껑이 열려 그의 야구공과 연필과 풍선 경감이 날카로운 이빨이 달린 정글짐의 입 아래로 스치듯 들어가버렸다. 벙어리장갑이 진짜 앞발로 변신하는 일은 일어나지 않았다. 장갑은 반쯤 물이 마르고 살얼음이 낀 진흙 웅덩이에 떨어졌다. 그리고 토머스가 바닥에 쓰러지는 순간 황금 덧신 한 짝이 발에서 벗겨졌다. 다른 아이 한 명이 그것을 낚아챘다. 양말을 신은 토머스의 발은 순식간에 더럽고 질척거리는 물에 흠뻑 젖어버렸다.

잘 가, 신발아.

"저건 뭐야?" 맥스의 친구 한 명이 소리를 질렀다. "네 일기냐, 토머스?"

다른 아이들은 이렇게 맛있는 신선한 고기 조각이 자기들 앞에 던져진 것을 보고 다 같이 숨을 집어삼켰다. 토머스는 풍선 경감을 향해 다급히 달려들었지만 맥스가 더 빨랐다. 그는 풍선 경감을 잡아 높이 들어 올렸다. 자신이 정복한 사자의 머리를 자랑하는 사냥꾼 같았다. 그러다 비로소 자신의 계획에 한 가지 문제가 있음을 알아차린 모양이었다.

"뭐야, 못 읽는 단어잖아."

토머스는 안도의 한숨을 내쉬었다. 윌킨슨 선생님이 오늘 L까지만 진도를 나간 것이 다행이었다. 아니, 다행이 아니었다. 아이들 무리의 뒤편에서 어떤 여자아이가 재잘거렸다.

"쟤보고 읽으라고 해!" 아주 작은 목소리였다. 이상할 정도로 단조롭고 작은 목소리. 하지만 모든 아이들의 머리를 넘어 맥스의 귀에까지 닿았다.

맥스는 의기양양한 표정으로 풍선 경감을 토머스의 진흙투성이 손에 떠안기듯 다시 넘겼다. "네 엄마가 알아보지도 못할 만큼 맞고 싶지 않으면 읽어." 그가 사납게 말했다. "또박또박 큰 소리로. 바비는 한쪽 귀가 안 들리거든."

토머스는 공책에 묻은 빗물을 손으로 닦아냈다. 그리고 육식동물 벙어리장갑을 주머니에 쑤셔 넣은 뒤 코를 훌쩍거렸다. 만약 그가 공책에 적어둔 규칙들을 읽는다면, 아이들은 영원히 그를 미워할 터였다. 아버지가 그러는 것처럼 그를 노려보며 입 닥쳐 닥쳐 닥쳐, 라고 말할 터였다. 그가 '정상'이 아님을, 그에게 '상식'이 없음을, 그들과는 다른 생각을 지니고 있음을 알아차릴 터였다. 그는 학교 왕국에서 영원히 따돌림을 당할 것이다. 토머스 루드는 처음으로 집이 그립다는 생각을 했다. 집에는 제발 살아나달라는 그의 소망을 고집스레 거부하는 물건들만 가득했지만 상관없었다. 진짜로 살아 있는 존재들이 너무 무서웠다. 그들은 누군가에게 실망하면, 그 사람한테 아주 혼쭐을 내줄 수 있었다. 하지만 그가 읽은, 영국의 위대한 전투들에 관한 글에는 그냥 집에 가서 혼자 토라진 채 우유를 좀 마시고 싶을 때 어떻게 해야 하는지 한마디도 적혀 있지 않았다.

토머스는 눈을 한없이 깊은 연못처럼 만들려고 해보았다. 바닥의 진흙에 부드러운 별들이 떠 있는 연못. 하지만 눈물이 너무 많이 나오고 콧물이 줄줄 흘러서 그의 눈은 그냥 빨갛게 충혈된 어린 소년의 눈으로 보일 뿐이었다. 그는 상냥하고 조용하고 유혹적인 목소리도 내보려고 했지만, 바람을 맞은 앙상한 잔가지처럼 흔들리며 갈라지는 목소리가 나올 뿐이었다.

"학교 왕국의 법칙들." 그가 새된 목소리로 읽었다. "첫째, 선생님은 여황제와 같다. 선생님이 치마를 입고, 황제의 홀 대신 자를 이용한다는 점이 다를 뿐이다. 둘째, 여덟 시 정각에 학교에 와 있지 않으면 지각한 아이로 찍힐 것이다. 지각을 많이 하면 방과 후 나라로 추방되어 학교에 붙들린다. 그곳에는 먹을 것도 즐거운 일도 살지 못한다. 셋째, 어떤 일을 하지 않겠다고 글로 오백 번 쓰면, 평생 다시는 그 일을 할 수 없게 된다. 선생님들만이 이런 마법을 부릴 수 있다. 어머니와 아버지는 이런 마법을 한 번도 시도한 적이 없기 때문이다. 넷째, 학교 왕국에는 거인 종족이 살고 있다. 고학년 건물에 사는 '형들'이다. 그들은 용과 같은 존재이므로 절대 귀찮게 굴면 안 된다. 잘못했다가는 그들 손에 죽을 것이다. 그들은 자동차를 운전하는 법뿐만 아니라 무시무시한 마법도 알고 있기 때문이다. 다섯째, 시계가 오후 세 시를 치면 선생님의 힘이 종소리와 함께 깨어지고 모두 자유로워진다. 여섯째, 선생님은 종이 울린 뒤에도 자신의 힘을 유지하고 싶을 때 '숙제'라는 저주를 내릴 수 있다……."

토머스는 읽기를 멈췄다. 스무 명의 아이들이 그를 빤히 바라보고 있었다. 비에 젖은 회색 운동장에서 스무 명의 아이들이 '비정상'적인 아이 토머스를 멍청한 표정으로 바라보았다. 마침내 맥스가 쿨럭쿨럭 기침을 했다.

"더 있냐?" 그가 속삭였다.

그웬돌린 루드는 처음으로 학교에 간 아들을 데리러 왔다가 여러 아이들에게 둘러싸인 아들을 보고 깜짝 놀랐다. 모두들 방글방글 웃고 재잘거리며 "내일 또 보자, 톰!", "잘 가, 톰!", "엄마가 널 데리고 집에 와서 케이크를 먹어도 된댔어, 토머스!" 하고 말을 건넸다. 토머스는 그웬돌린이 멀리서 손을 흔드는 것을 보고 깜짝 놀랐다. 자신의 추방이 영원하고 절대적인 것이 아닐 수도 있다는 생각을 한 번도 해보지 못했기 때문이다. 자신이 집에 손님을 데려갈 수 있을 것이라는 생각도, 다시 집에 돌아가서 꿀을 바른 토스트를 먹고 학교라는 언덕 위의 성이 아예 존재하지도 않는 것처럼 장난감을 가지고 놀 수 있을 것이라는 생각도 해보지 못했다. 그는 공립학교 348이라는 무서운 나라에 대해 알게 된 다른 사실들과 함께 이 생각을 착착 접어서 치워둔 뒤, 머릿속에 있는 일종의 지도 같은 곳에 표시해두었다. 교실과 운동장과 윌킨슨 선생님과 험프리!와 맥스와 스테이플러와 작은 빨간색 꽃들이 그려진 카펫이 표시된 지도였다.

따뜻한 손이 그의 어깨에 내려앉았다. 처음에 토머스는 선생님의 손인 줄 알았다. 아냐, 혹시, 혹시…… 누구의 손인지 기억날 것 같은데 기억나지 않았다. 빨간 장갑을 낀 다른 사람의 손이었다. 검은 모피 위에서 움직이던 손…… 하지만 그 손은 빨간 바람의 것이 아니었다. 윌킨슨 선생님의 것도 아니었다. 같은 또래 여자아이의 손이었다. 정확히 말하자면, 헤이스팅스 전투 그림 속의 황소처럼 생긴 여자아이였다.

토머스가 고개를 돌리자 히커리 나무처럼 갈색을 띤 두 눈이 호기심을 담고 춤추고 있었다. 여자아이는 아주 흥미진진한 눈으로 그를 빤히 바라보았다. 세상에 있을 법하지 않은 기린이 길게 자란 풀밭을 뚫고 도망칠 준비를 한 것처럼 서 있는 자세가 어색했다. 여자아이는 풍성한 검은색 머리카락 끝을 손가락으로 배배 꼬았다. 여자아이의 피부색은 토머스보다 더 어두웠고, 팔다리 여기저기에 뱀처럼 흉터가 나 있었다. 아랫단 올이 해진 치마를 입은 여자아이는 물에 빠진 사람이 지푸라기에 매달리듯이 가방을 꽉 움켜쥐고 있었다.

"네 한쪽 신발은 어쨌어?" 여자아이가 작고 밝은 목소리로 말했다. 전에 들어본 적이 있는 소리였다. "쟤보고 읽으라고 해"라고 말하던 목소리. 토머스는 입을 열었다가 다시 다물고, 양말이 물에 흠뻑 젖은 발을 들어 올렸다.

"잃어버렸어." 그가 말했다.

여자아이가 방긋 웃었다. 비누상자 레이서*처럼 작고 울퉁불퉁하고 비뚤어진 미소였다. 여자아이가 방금 자기 집 지하실에서 제조해 생전 처음으로 시도해보는 신상 미소 같았다.

"잃어버린 게 아니지." 여자아이의 비누상자 레이서 같은 미소가 제멋대로 내달려서 얼굴 전체로 퍼져 나갔다. "네가 그냥 놓아둔 거잖아."

여자아이는 그의 황금 덧신 한 짝을 들어 올렸다. 깨끗하게 씻어서 반짝반짝 빛나고 있었다.

"난 탬벌레인이야." 여자아이가 먼저 말했다.

"이름이 웃기다." 토머스는 말을 하자마자 곧바로 후회했다.

"웃기지 않아. 성이 말로인걸." 여자아이는 한숨을 내쉬었다. "우리 아버지는 사서야." 여자아이는 이것으로 설명이 되었다고 생각하는 모양이었다.

여자아이가 자리를 뜬 뒤, 신발과 어머니와 함께 뒤에 남은 토머스는 갑자기 말로가 누구인지 알고 싶어서 참을 수가 없었다.**

* * *

* 비누상자 레이싱은 엔진 없이 중력의 힘만으로 내리막길을 내려가며 속도를 겨루는 자동차 레이싱을 말한다.
** 세익스피어와 같은 시기에 활약한 영국의 극작가 크리스토퍼 말로의 작품 중에 『탬벌레인 대왕』이 있다. 탬벌레인 대왕은 중앙아시아 티무르 제국을 건국한 티무르를 가리킨다.

학교 왕국을 지키는 경비병은 '성적표'라고 부르는 독특한 종류의 초자연적인 존재다. 나는 토머스 루드의 모든 소지품, 특히 비밀 소지품에 대해 특별한 특권을 지니고 있으므로 손가락을 딱 하고 튕겨서 그 잔인한 짐승 한 마리를 소환해보겠다. 그 짐승이 우리를 왕국의 문 밖으로 인도해줄 것이다.

성적표: 토머스 루드, 1학년

수학: 우

언어능력: 수

필체: 양

역사: 미

과학: 수

품행: 가

친애하는 루드 씨와 루드 부인께

두 분의 아드님 토머스에 대한 제 염려를 전하고자 이 편지를 씁니다.

토머스는 똑똑한 아이지만, 그 아이와 힘든 하루를 보내고 나면 아이가 조금만 덜 똑똑했으면 좋았을지도 모르겠다는 생각을 하게 됩니다. 아드님이 장차 반드시 성공할 것이라고 우리 모두 생각하고 있습니다! 하지만 교실에서 보이는 행동은 조금 걱정스럽습니다. 두 분도 틀림없이 아시겠지만, 토머스는 대단히 수다스럽고 호기심이 많아서 다른 아이들에게 방해가 될 정도입니다. 지난주 수업시간에 3+1의 답이 무엇이냐고 물었더니, 두 분의 아드님은 다음과 같이 대답했습니다. "디퍼 트롤들의 황제인 카벙클*이 굴리언 요새에서 추방당할 때 매틀워스트의 엘크 왕이 허락한 소원 세 개와 자신의 돌 활에 쓸 화살 딱 한 개를 함께 가져갔어요. 그래서 그녀의 보물은 네 개가 되었지만, 영혼은 헐벗게 되었죠."

토머스는 여섯 살입니다! 이 아이가 어디서 이런 소리를 들었는지 정말 모르겠어요. 제가다 저는 1학년 아이들의 철자법 시험에 '헐벗은'이나 '카벙클' 같은 단어를 출제할 만큼 못된 교사가 아닙니다. 토머스는 아주 간단한 질문에는 답하지 못하면서, 미리 손을 들지도 않고 그 우스꽝스러운 트롤 이야기들을 불쑥불쑥 해댑니다.

그보다 더 중요한 건 토머스가 같은 학급의 아이들에게 대단히 거슬리는 영향을 미치고 있다는 점입니다. 학교에 온 첫날, 제가 실수를 했습니다. 낙서 흔적이 있는 책상을 토머스에게 배정한 겁니다. 물론 비속어 같은 것이 적혀 있었던 것은 아닙니다. 사내아이들이나 학교 위원회의 행동에 대해서는 두 분도 잘 아시지요? 학교위원회는 녹슨 못과 기도만 있으면 아직 충분히 쓸 수 있는 물건을 절대 교체해주지 않습니다. 어쨌든 아이들은 무엇이든 놓치는 법이 없으니, 토머스가 자기 책상을 향해 곧바로 속삭이기 시작한 걸 알아차렸습니다. 토머스는 책상을 험프리라고 불렀습니다.

* 여드름, 뾰루지.

전체적으로 차림새도 독특했죠. 등교하는 첫날 입기에는 조금 그런 옷이었다는 것을 두 분도 물론 아실 겁니다.

저는 아이가 가엾어졌습니다. 모든 학급에는 예민한 아이가 있게 마련입니다. 지나친 상상력과 상냥함이 오히려 자신에게 독이 되는 경우죠. 그래서 어린 토미가 올해의 가엾은 어린 양이 될 것이라고 생각했습니다.

그런데 전혀 그렇지 않았어요! 그다음 주가 되자 모든 아이들이 저마다 책상에 이름을 새겨놓았습니다. 하지만 자기 이름을 새긴 아이는 하나도 없었어요! 지금 우리 반에는 쥬느비에브니 빅터니 유향이니 서기니 하는 이름을 지닌 책상들이 가득합니다. 심지어 조용히 독서하는 시간에 애너벨 보슈가 자기 책상을 향해 속삭이는 모습까지 봤어요! 그뿐만이 아닙니다. 아이들은 이제 모두 저를 윌킨슨 여왕님이라고 부릅니다. 저로서는 그 호칭이 마음에 든다고 할 수 없을 것 같네요. 또한 토머스는 뭔가 뜻대로 되지 않는 일이 있을 때 학교 물품들에 대해 파괴적인 태도를 취합니다(교실 행성의[儀] 수리 비용 청구서를 동봉했습니다). 교사에게는 버릇없이 굴고요.

토머스의 아버님과 어머님, 이런 것이 어린 소년의 정상적인 행동은 아니라는 점에 두 분도 동의하실 겁니다. 저희는 '미쳤다' 같은 단어를 쓰고 싶지 않지만, 여섯 살짜리 아이가 도서관이 살아 있다고 고집을 부릴 때 뭐라고 해야 할까요? 토머스가 얌전한 다른 아이들에게 바람이 빨간색이라고 주장하면, 아이들은 진심으로 그 말을 믿어버립니다. 그래서 폭우로 수업이 중단되는 바람에 온통 빗물에 흠뻑 젖은 더러운 모습으로 안에 들어올 때면, 학급 아이들 전원이 얼마나 진한 '빨간색'으로 젖었는지를 놓고 떠들어댑니다. 만약 이런 일이 계속된다면, 토머스에게 특수학교를 추천하고 싶습니다. 아이의 존재가 다른 학생들의 발전을 방해하고 있으니까요. 아이들은 지금 기하학보다는 클루리콘인 골드마우스 왕의 계보를 더 환히 알고 있습니다.

저는 학급을 잘 운영하려고 애쓰고 있습니다만, 학급이 급속도로 난장판이 되어가고 있습니다. 아드님께 신경을 좀 써주세요! 부탁입니다.

메이 윌킨슨
1학년 담임

~ 6장 ~

탬벌레인

야구공이 운명적인 결정을 내리고, 소년이 완벽하게 공을 던지고,
소녀의 다리가 부러지고, 토머스는 마땅히 보아야 하는 것을 본다.

결국 모든 것이 야구공과 연필 한 자루 때문에 벌어진 일이었다.
이 둘이 없었다면, 여러분과 나는 옆집의 좋은 집에 사는 루드 노인에
대해 기분 좋은 수다를 떨고 있을 것이다. 그의 손주들은 시끄럽기 짝
이 없지만, 그 집의 제라늄 꽃들은 세 번의 일출과 새끼 잉꼬보다 더
예쁘다고.

우리가 야구공과 연필에게 감사 인사를 해야 할지, 아니면 그들을 꾸짖어야 할지는 아직 두고 볼 일이다.

그러니 함께 가자! 우리 소년의 이야기를 따라잡으려면 조금 빨리 뛰어야 한다. 아이가 2학년, 3학년, 4학년을 지나 5학년과 6학년을 거칠 때까지 뒤를 쫓아야 한다. 획획 지나가는 초등학교 시절은 일반적인 시공의 규칙을 따르지 않는다. 어느 어머니를 붙들고 물어봐도 같은 대답이 나올 것이다. 학교의 시간은 일반적인 시간과 별도로 흐른다. 적도 저편의 다른 나라, 또는 꿈 저편의 다른 나라 같다. 학교의 시간은 빙글빙글 돌고 푸덕거리고 회오리바람처럼 휘몰아친다. 그러면서 내내 급히 서두르며 통통 뛴다. 여름이 다시 와야만, 모험을 즐기고 규칙을 어기고 햇빛 속에서 누구의 감시도 거칠 것도 없이 길고 긴 낮을 즐기는 여름이 와야만, 시간은 제가 가장 좋아하는 속도를 되찾아 황금빛을 띠고 느리고 따스하게 흐른다. 하지만 다른 계절들처럼 여름도 때가 되면 사라져 이리저리 방랑하며 춘분과 추분을 이용하기도 하고 사랑에 빠지기도 한다.

빨리 뛰어가자. 여러 해의 여름과 가을을 향해, 크게 자란 키를 향해 멀리까지 빠르게 뛰어가자. 열두 살이 된 토머스 루드를 따라잡을 때까지.

토머스는 아직 특별히 덩치가 크거나 튼튼해 보이지 않았다. 그는 마르고 어두운 아이였으며, 항상 모종의 비밀스럽고 쓰라린 상처가 방금 생긴 것처럼 보였다. 미소를 짓지 않을 때면 그랬다. 하지만 그의 표정이 달라지면, 세상의 모든 것이 한꺼번에 괜찮아진 것 같았다.

다만 그가 미소를 자주 짓지 않을 뿐이었다. 그런 미소를 뒷주머니에 가지고 있는 사람이라면, 그것을 작은 칼처럼 사용하는 법을 배우게 마련이다. 딱 알맞은 순간에 느닷없이 칼을 꺼내 치명적인 결과를 초래하는 법 말이다.

토머스는 학교 왕국의 복도를 껑충한 키로 걸어 다녔다. 여전히 입고 있는 트롤 망토가 이제는 몸에 거의 맞았다. 하지만 아이가 처음 학교 왕국의 철문을 통과했을 때와는 많이 달라진 모습이었다. 토머스는 자신이 생각해낼 수 있는 온갖 자잘한 일들을 애원하고 간청하고 제안한 덕분에 낡은 목걸이와 팔찌와 귀걸이 수십 개를 어머니에게서 살살 받아낼 수 있었다. 낡고 변색되고 고장이 나서 어머니가 더 이상 원하지 않는 물건들이었다. 고장 난 고리, 부서진 펜던트, 부서진 줄. 그는 이제 낡고 갈라져서 책장들이 하나하나 떨어져 나올 지경인 트롤들의 책을 앞에 펼쳐놓고 낡아빠진 가죽 재킷의 어깨에 어머니의 망가진 장신구들을 꿰매어 붙였다. 그래서 금줄과 보석과 돌을 새김 조각과 고리와 알이 빠져서 작고 날카로운 왕관처럼 변한 장신구 틀 등이 양팔과 등에 늘어져 그가 진짜 트롤처럼 보였다. 카벙클이나 투파나 자군이나 포르피라*처럼 그의 책에 나오는 모든 전설적인 트롤 영주들 같았다.

학교 왕국의 복도를 걸을 때 토머스는 혼자가 아니었다. 이제 '다른 아이들'은 존재하지 않았다. 오로지 맥스, 프리다, 올리브, 로널드, 폴리, 윌리엄, 프랭코, 수전이 존재할 뿐이었다.

* 김.

그리고 탬벌레인이 있었다.

주로 탬벌레인이 곁에 있었다.

여덟 살 때 아이들은 토머스를 정글짐의 왕으로 앉히고 줄넘기 줄로 만든 티아라를 머리에 씌워주었다. 그는 이 대관식에서 아이들에게 다음과 같은 규칙을 읽어주었다. '학교 왕국은 셔우드 숲과 같으며, 셔우드 숲에서는 월코트처럼 불의한 대용품 왕보다 도적이 되는 편이 낫다. 월코트는 맥더모트 부인이 십자군전쟁에 나갔을 때 옥좌를 훔쳐서, 그녀가 산부인과 병동에서 시들어가는 동안 사악하게 나라를 다스렸다. 군주 월코트는 좋은 것을 모두 차지하고는 그것들을 불쾌하거나 지겹게 만들어버린다! 우리는 반드시 몰래 숨어들어 가 기습해서 놀라운 시나 깔끔한 기하학 증거들, 또는 소다와 식초로 만든 화산들을 하나도 남김없이 쟁취해야 한다!'

다들 어찌나 환성을 질렀는지! 못된 군주 월코트가 지켜보고 있을 때 그들은 『피터 래빗』을 힘겹게 읽는 척했고, 학교 뒤의 숲에서 『한여름 밤의 꿈』을 자랑했다! 고학년 '형들'은 체육관 뒤에서 담배를 피웠고, 토머스의 아이들은 서로를 겨자씨나 거미줄 같은 이름으로 부르면서 『요정 여왕』을 몰래 흘깃거렸다. 탬벌레인이 집에서 몰래 빼내 온 책이었다. 탬벌레인은 좀 더 나이를 먹은 소녀가 아버지의 장식장에서 훔쳐 온 술병을 보여주려고 가방을 열 때처럼 책을 꺼내 보여주었다. 그 금박 표지를 본 아이들 사이에서 갈망의 한숨이 노래처럼 피어올랐다. 탬벌레인은 아이들이 모두 차례로 책을 만져볼 수 있게 해주었다. 새끼고양이와 함께 놀 때처럼 책을 품에 안게 해주었다. 다만 그 어린 것이 겁을 먹지 않게 조심하기만 하면 되었다.

토머스는 한때 그녀를 태미라고 부르려고 했다. 그러다 맥스와의 첫날 이후 처음으로 턱을 한 대 맞을지도 모른다는 생각을 하게 됐다.

"그럼 탬은 어때?" 그는 다시 시도해보았다.

묘하게 그늘진 표정이 그녀의 얼굴에 떠올랐다. 그녀는 냉정하게 고개를 저었다.

"탬도 안 돼. 태미는 물론 안 되고. 내 이름은 태미가 아니야. 탬벌레인이야. 전체를 부르든지, 아니면 아예 부르지 마. 말을 줄이면 재미만 떨어질 뿐이야."

그 뒤로 야구공의 날이 올 때까지 탬벌레인은 토머스에게 학교 선생님들이나 오베론이나 스펜서*와 상관없는 이야기는 한마디도 하지 않았다. 그날은 숙명적이라고 불러야 마땅했다. 그날 그런 일이 벌어진 것이 운명이 아니었으므로, 그리고 원래대로라면 오래된 커피가 담긴 잔 밑에 계속 깔렸었을 여러 일이 그날의 그 일로 인해 운명의 분류 시스템 속으로 떨어지게 되었으므로.

토머스는 항상 외야수를 했다. 전혀 경기를 할 마음이 없을 때 가장 좋은 장소가 외야이기 때문이었다. 그는 다른 아이들이 타석에 들어서거나 마운드에서 공을 던지거나 3루를 훔치는 동안 좌익수로 아주, 아주 먼 곳에 서 있었다. 그는 자신이 얼마나 오랫동안 태양을 바라볼 수 있는지, 머릿속으로 외울 수 있는 요정 왕들의 이름이 몇 개나 되는지 시험해보면서 즐거워했다. 타석에 설 때의 자세를 연습하

---

* 1552~1599. 영국의 시인. 미완의 대작 서사시 「요정 여왕(Faerie Queene)」을 남겼다.

기도 했다. 이 연습을 할 때는 외야의 잔디밭에서 유연체조를 하듯이 움직였다. 대담한 자세, 싸울 것 같은 자세, 영웅적인 자세, 애원하는 자세, 겸손한 자세, 결투 자세, 무서운 자세, 연인의 자세 등 그가 어디선가 읽은 모든 자세와 직접 만들어낸 자세 몇 가지를 연습했다. 탬벌레인도 외야를 좋아했다. 그녀는 자신이 얼마나 '먼 곳'까지 수비할 수 있는지 실험하다가 그랜베리 선생님에게 큰소리로 꾸중을 들었다. "슬금슬금 움직이지 마! 너희는 무슨 수를 써도 그렇게 멀리까지 공을 보낼 수 없어! 그리고 너, 루드! 왜 그렇게 팔다리를 허우적거려? 네가 무슨 쇼걸이야?" 그러면 토머스와 탬벌레인은 서로에게 한쪽 눈을 찡긋하고는 뚱한 표정으로 내야를 향해 몇 걸음 다가갔다. 하지만 곧 다시 경기를 회피하는 자기들만의 시합을 시작했다.

그날은 봄이었다. 날씨가 막 따뜻해지기 시작한 무렵의 어느 날, 해가 여름을 두고 이리저리 겨누어보고 재어보는 것 같은 날이었다. 해는 얼굴을 붉히고 에헴거리고 에에거리며 순전히 용감한 척하려고 맨 위의 단추를 풀었다. 이슬에 젖은 풀이 촉촉하게 반짝였다. 주위의 나무들은 진짜 이파리들이 위험을 무릅쓰고 목을 내밀기 전에 상황을 살피려고 초록색 싹 몇 개만 내놓은 참이었다. 날씨가 화창했다. 토머스도 기분이 좋았다. 그의 뼈들은 열기와 생기와 몸을 움직일 때의 즐거움을 기억하고 있었다. 눈이 사방에 온몸을 던지고 가슴을 무겁게 누를 때는 그런 것들을 생각하기만 해도 우울해졌는데…….

학교에는 체육시간에 방망이로 마구 칠 수 있는 아주 좋은 야구공이 있었지만, 토머스는 자신의 공을 주머니에 가지고 있었다. 자주 있는 일이었지만 토머스 자신도 이유는 알 수 없었다. 그냥 공을 가까이에 두고 그 존재를 느끼는 것이 좋았다. 자신의 외투 속이나 바지 주머니 안에 야구공의 무게를 느끼면 마음이 든든해졌다. 그는 수업시간이나 걸어서 집으로 돌아갈 때, 또는 밤에 잠들기 전에 야구공의 빨간 실밥을 손가락으로 만져보곤 했다. 딱히 이렇다 할 이유도 없이 실밥을 몇 번이나 세어보기도 했다. 하나부터 백삼십육 개까지. 백삼십육에 도달할 무렵이면, 항상 마음이 차분해지고 자신이 만족스러워졌다.

토머스가 학교의 야구공, 그러니까 지금 맥스 배리의 손에서 홈베이스를 향해 날아올 준비를 하는 그 공의 실밥을 세어봤다면, 실밥의 개수가 백팔 개밖에 되지 않는다는 사실을 알아차렸을 것이다. 하지만 세어본 적이 없으므로 그 사실도 알아차리지 못했다. 이렇게 작고 하찮은 일들은 알다시피 그냥 넘겨버리기 쉽다.

맥스가 공을 던졌다. 그가 평생 던진 것 중에 가장 좋은 공이었다. 아니, 사실 시간이 끝나고 야외 스포츠가 끝날 때까지 모든 운동장에서 사람이 던질 수 있는 모든 공을 통틀어 가장 좋은 공이었다. 놀랍게도 갑자기 그의 투구 자세가 완전히 완벽해졌고, 폴로스루 동작은 발레리나만큼 우아했으며, 공의 속도는 아직 세워지지도 않은 기록을 깰 정도였다. 바로 그 순간 보스턴의 야구장에서 수비를 하고 있던 어떤 통통한 신사의 머리부터 발끝까지 전율이 일었다. 시카고에서 지난번 수학 쪽지시험 성적이 그리 좋지 않았던 열두 살짜리 소년이 그를 앞질렀음을 그의 머릿속 아주 작은 구석이 알아차렸기 때문이다.

야구공은 고함처럼 맥스의 손을 떠나 깜짝 놀란 프랭코 모레티를 향해 쓩 날아갔다. 프랭코는 도대체 무슨 일이 벌어지고 있는 건지 짐작도 하지 못한 채 당황해서 눈을 꾹 감고는 아무렇게나 배트를 휘둘렀다. 그 완벽한 공에 미간을 맞는 일만은 피하자는 심정이었다. 맥스는 기진맥진했다. 그런 완벽한 공이 어디에서 와서 어떻게 자신을 찾아냈는지, 자신이 무엇을 했기에 그런 공과 친구가 되었는지 알 수 없었다.

가끔 마법은 그렇게 일어난다. 피아노처럼, 멍청하고 재미없는 구식 농담처럼 머리에 내려앉는 것이다. 그러면 우리는 머리카락에 붙은 반음 올림표와 반음 내림표를 떼어내며 남은 평생을 보낸다.

프랭코가 팔랑개비처럼 휘두른 방망이는 환상적인 소리를 내며 공을 때렸다. 나무와 가죽이 공모해서 코르크 덩어리를 하늘로 날려 보낼 때 나는 소리였다. 공은 높이, 높이 솟아올라 화들짝 놀란 해 속으로 들어가 잠시 시야에서 사라졌다가 쏜살같이 쑥쑥 내려오며 탬벌레인을 향했다. 탬벌레인은 멈칫멈칫 글러브를 들었지만 조금 절망스러운 심정이었다. 그녀는 팔을 쭉 편 채 뒷걸음질을 쳤다. 비틀비틀 넘어질 듯 뒷걸음질을 치며 맥스의 엄청난 공이 떨어질 자리로 가려고 애썼다.

바로 그때 토머스의 주머니에 있던 공이 잔디밭으로 굴러 나왔다. 자신도 야구공인데 이렇게 계속 경기에서 제외되는 상황을 더 이상 참을 수 없어진 모양이었다. 공은 고의적인 걸음걸이로 탬벌레인을 향해 굴러갔다. 공에게도 '걸음걸이'라는 말을 쓸 수 있다면 그랬다는 뜻이다. 새로 돋아난 촉촉한 풀밭을 굴러가는 하얀 가죽 공에 초록색 줄무늬가 생겨났다. 공은 주인을 발견한 개처럼 단호하게 움직였다.

그러고는 아주 흡족한 자세로 탬벌레인 바로 뒤에 멈췄다. 탬벌레인은 프랭코가 친 홈런의 무모한 비행이 끝나감에 따라 한 번 더 뒷걸음질을 쳤다. 그러다가 그녀의 발꿈치가 토머스의 공을 파삭 밟고 말았다. 그녀는 갑자기 발이 꼬여서 옆으로 쓰러지며 땅에 심하게 부딪혔다. '뚝' 하고 뭔가 부러지는 것 같은 무서운 소리가 났다.

"탬벌레인!" 토머스는 비명처럼 소리를 지르고는 그녀를 향해 뛰었다. 터무니없이 긴 그녀의 이름을 입에서 전부 내뱉기도 전에 그의 다리가 먼저 움직이고 있었다.

내야수들도 탬벌레인이 쓰러지는 것을 보았지만, 그들이 원하는 것은 오로지 쓰러진 그녀의 글러브 안에 공이 있는지 없는지 확인하는 일뿐이었다. 토머스는 그녀의 옆에 털썩 주저앉았다. 탬벌레인의 커다란 갈색 눈이 두려움으로 반짝이고 있었다. 그녀는 힘들게 숨을 몰아쉬며 토머스를 올려다보았다. 누가 봐도 분명한 '애원하는 자세'였다.

그랜베리 선생님이 벌써 두 사람을 향해 경기장을 성큼성큼 걸어오고 있었다. "루드! 그 아이는 괜찮아? 간호사가 필요하니? 태미, 얘야, 용감하게 이겨내라. 그래야 착한 아이지."

"톰." 그녀가 속삭이듯 말했다. "톰, 난 괜찮아. 괜찮다고 말해줘. 선생님한테 내가 괜찮다고 해. 그쪽을 보지는 말고. 그냥 선생님한테 괜찮다고 말해줘."

하지만 토머스는 보았다. 어쩔 수 없었다. 누가 보지 말라고 말하면, 반드시 보게 되는 법이니까.

탬벌레인의 다리가 부러져 있었다. 거의 절반으로 뚝 부러져 있었다. 하지만 피도 나지 않았고, 뼈가 살을 뚫고 나오지도 않았으며, 탬벌레인이 상처 때문에 엉망이 되어 있지도 않았다. 사실 다리가 아예 없는 거나 마찬가지였다. 그녀의 피부밑에는 끔찍한 물처럼 제멋대로 흐르는 수액(樹液)이 있을 뿐이었다. 칼에 베이고 갈기갈기 찢긴 나무껍질이 있었다. 그것은 길고 곧게 뻗은 가지였다. 옹이는 한두 군데뿐이고, 초록색 이끼가 살짝 낀 가지가 거의 두 쪽으로 부러져 있었다.

탬벌레인의 피부 아래는 순전히 나무였다.

"이게 뭐가 괜찮아!" 토머스가 숨죽인 소리로 외쳤다. "이게 뭐야? 너 어떻게 된 거야? 뭐야? 뭐냐고?" 토머스의 머리는 눈으로 본 것을 말로 내놓지 않으려고 했다. '이건 도저히 이해할 수 없는 일이니까 안에 들여놓을 수 없어.' 그의 머리가 고집을 부렸다. '그랬다가는 사방에 어이없는 자국이 남을 거야.' 하지만 그의 심장은 엄청 빠르게 뛰기 시작했다. 그것도 무서울 정도로 밝게 기뻐하면서.

"닥쳐, 닥쳐, 닥쳐!" 탬벌레인이 그에게 이렇게 고함을 지른 것은 이번이 처음이었다. 그녀의 상냥한 입술이 비틀려 찡그린 표정을 지었다. "이건 아무것도 아냐, 아무것도 아냐."

예전에 그에게 황금 덧신 한 짝을 돌려주었던 여자아이가 자신의 다친 정강이를 양손으로 가렸다. 호박색 수액이 그녀의 손가락 사이로 스며 나왔다. 그녀는 뾰족뾰족하게 부러진 나무 같은 뼈의 양끝을 잡아당겨 퍼즐조각을 맞추듯이 맞췄다. 그리고 겨울에 담요를 덮듯이 찢어진 피부 가장자리를 끌어 올려 무릎뼈 아래로 접어 넣었다. 손으로 모기를 때려잡을 때처럼 신속하게 이루어진 일이었다. 그녀의 손가락이 다리에서 떨어졌을 때 다리는 무릎을 가로지르듯 새로 생겨난 가느다란 선 외에는 아무런 자국도 없이 완전히 멀쩡해져 있었다. 무릎의 그 선은 토머스가 처음 그녀를 보았을 때 그녀의 몸에서 본 많은 선과 비슷했다.

그녀가 쇠사슬 같은 눈으로 그를 얽어매었다. "난 괜찮아. 알겠어? 괜찮다고. 그냥 좀 약할 뿐이야. 그게 다야. 정신 차려, 토머스. 넌 내 친구잖아. 친구들은 원래 서로의 비밀을 지켜주는 법이야. 나도 네 비밀을 지켜줬으니, 넌 내게 빚이 있어. 그랜베리 선생님한테 빨리 말해. 그래야 선생님이 더그아웃으로 돌아갈 것 아니야. 선생님이 이걸 못 보게 해. 제발, 토머스. 선생님이 이걸 못 보게 해줘."

토머스는 이제야 비로소 목소리를 낼 수 있었다.

"여긴…… 어…… 여긴 괜찮아요!" 그가 운동장 저편을 향해 소리쳤다. 그의 눈은 박살 난 나무 같은 그녀의 다리에서 움직이지 않았다. "괜찮아요! 탬벌레인이 공을 잡았어요!" 그는 근처 풀밭에 떨어져 있던 공을 잡아 신나게 과시하듯이 공중으로 들어 올렸다. 같은 팀 아이들이 환호했다. 탬벌레인은 두 다리로 폴짝 일어나서 씩 웃으며 아무런 문제도 없다는 듯 펄쩍펄쩍 뛰었다. '저 애가 내 비밀을 지켜줬다고 말했는데, 그게 무슨 뜻이지?'

토머스가 멍하니 풀밭에 앉아 있는 동안 그의 심장은 미친 듯이 키득거리며 가슴속에서 몇 번이나 공중제비를 넘었다. 그로서는 도저히 그 이유를 알 수 없었다. 그의 야구공은 일을 잘 마쳤다는 따스한 감각을 몰래 간직한 채 조용히 그의 주머니 속으로 다시 굴러 들어갔다.

～～ 7장 ～～

침대 위의 괴물

토머스는 여자애와 단둘이 있게 되고, 옷을 입지 않은 여자애의
모습을 보고, 흡혈귀 법칙을 따르고, 축음기와 맞대면하고,
아주 중요한 단어를 말한다.

템벌레인의 집은 어둡고 조용히 서 있었다. 토머스는 문을 두드리
려고 손을 들어 올렸으나 머뭇거렸다. 집에 아무도 없는 것 같았다. 그
는 템벌레인의 쪽지를 신사들의 명함처럼 꼭 쥐었다. 이미 그녀의 집
앞에 와 있으니 어리석은 짓이기는 했다. 템벌레인이 토머스에게 반

드시 증거를 보여줘야만 문을 열어주겠다고 할 리도 없는데. 쪽지에는 이렇게 적혀 있었다. '방과 후 우리 집에서 만나자. 진저 로드 5번지야.' 그녀는 그가 와주기를 바라고 있었다. 화가 난 것도 아니었다. 그랬다면 '방과 후'를 대문자로 쓰지도 않았을 것이다. 아이들은 모두 수업 중에 쪽지를 쓸 때 이런 방법을 썼다. 자신이 세상의 진실을 아는 비밀 엘리트 집단의 일부임을 보여주기 위해서였다. 모든 나라들은 고유명사였다. 그래서 커다란 글자들을 가슴에 메달처럼 걸고 있었다.

탬벌레인이 그에게 집으로 오라고 말했다. 그러니 그가 여기에 온 것은 당연한 일이었다. 하지만 집은 키가 크고 마른 모습이었으며, 숨을 죽이고 있는 것 같았다. 똑같이 생긴 모습으로 길게 줄지어 늘어선 자작나무들 중 한 그루 같은 모습. 다만 이 나무에 그가 반드시 이야기를 나눠야 하는 다람쥐 한 마리가 살고 있다는 점이 다를 뿐이었다.

토머스 루드도 숨을 죽였다. 끝내주게 큰일이 곧 일어날 것 같았다. 늙은 어부가 내일의 폭풍을 무릎으로 느끼듯이 그도 감이 왔다. 그는 문을 두드렸다.

문이 삐걱 열리자 탬벌레인의 모습이 보였다. 커다란 눈, 긴 머리, 불안하게 서 있는 모습. '도망치는 자세'였다. 집 안 깊숙한 곳에서 음악소리가 들려왔다. 그가 아는 레코드였다. 부모님도 그 레코드를 갖고 있기 때문이었다. 라임색 원피스를 입고 라임색 다이아몬드 장신구를 한 아줌마가 손에 쥔 파랑새를 향해 노래를 부르는 사진이 레코드 커버에 있었다. 그 라임색 아줌마는 래그타임* 비슷한 옛 노래들을

---

* 재즈 음악의 시초.

틀림없이 아주 좋아하는 모양이었다. 지금 그 아줌마는 갈색이 섞인 황금색의 따뜻한 그림자들 속, 바싹 다가드는 것 같은 그 깊은 곳에서 사과 꽃에 대한 노래를 부르고 있었다.

"안녕." 토머스가 말했다.

"안녕." 탬벌레인이 대답했다.

그녀가 손을 뻗어 그를 안쪽으로 잡아당겼다. 딸꾹질처럼 재빠른 동작이었다. 혹시 누가 그를 볼까 봐 걱정하는 건가? 탬벌레인이 남자애랑 단둘이 있는 것을 부모님한테 들키면 많이 혼나려나?

집의 그림자들이 두 사람을 향해 조여들었다. 탬벌레인은 불을 모두 꺼두었지만, 늦은 오후의 햇빛이 창문 아래에서 먼지와 함께 춤을 추었다. 집 안에서 좋은 냄새가 났다. 종이와 새로 짠 우유와 나무가 가까이에서 함께 자라는 것 같았다. 눈의 동공이 벌어지며 어스름하고 부드러운 집 안의 모습이 차츰 눈에 들어오자, 토머스는 탬벌레인의 집이 곧 책들의 집임을 알 수 있었다.

'책을 좋아하는' 사람의 집은 아니었다. '책이 잘 갖춰진 서재'는 여기에 없었다. 심지어 '책이 잔뜩 들어차' 있지도 않았다. 하지만 대부분 책으로 뒤덮이지 않은 부분을 집 안 어디에서도 찾아보기 어려웠다. 책이 제멋대로 쌓인 탑들이 바닥에서 천장까지 휘청휘청 솟아 있었다. 탁자와 의자를 떠받치는 것도 책이었다. 의자 위에도, 탁자 위에도 책이 있었다. 금방이라도 저녁을 차릴 준비가 되어 있는 것 같다. 물론 저녁 메뉴가 책일 때의 얘기지만. 책들은 수많은 색채의 향연처럼 식탁에 잔뜩 널려 있었다. 책이 계단을 올라가고, 복도를 이리저리 뛰어다니고, 벽난로 앞에서 몸을 웅크리고, 찬장 안에서 컵과 접시 사이에 쐐기처럼 꽂혀 있고, 문을 열기도 하고 꽉 잠가버리기도 했다. 책 때문에 소파에는 앉을 자리가 없고, 부엌에는 설 자리가 없고, 바닥에는 누울 자리가 없었다. 책이 벌써 모든 영역을 차지하고 있었다. 이들보다 꿈이 소박한 친척 책들처럼 책꽂이에 만족스럽게 꽂혀 있는 책들도 너무 좁은 공간에 짜부라질 정도로 많이 몰려 있는 바람에 책등이 불룩 튀어나오고, 위에 차곡차곡 쌓인 책의 무게로 인해 활처럼 둥글게 휘어 있었다. 벽돌과 나무는 책의 틈새로 간신히 드러나 있을 뿐이었는데, 아무리 봐도 당황해서 '누가 『도리언 그레이의 초상』을 빌려가는 바람에 여기가 비었을 뿐이야' 하고 사과하는 것 같았다. '『아라비안나이트』는 포도주스가 쏟아지는 사고를 당해서 제본소에 잠깐 갔어. 누가 이 공간을 일부러 비워둔 게 아니야. 절대 그렇지 않아!'

"엄마 집에 계시니?" 토머스는 말문이 막혀서 이렇게 물었다. 자기가 듣기에도 자기 목소리가 너무 큰 것 같았다. 물론 토머스에게도, 그의 부모님에게도 책은 있었다. 하지만 그 책들은…… 그 책들은 얌전했다. 멋대로 자라나거나, 널브러지거나, 공중으로 솟아오르지 않았다. 배가 고프다는 듯이 집을 집어삼키지도 않았다.

"엄마는 여성 보조회 모임에 갔어." 탬벌레인이 중얼거렸다. "두어 시간쯤 뒤에 오실 거야. 네가 여기서 저녁을 먹고 가도 되고."

무슨 이유에서인지 탬벌레인은 이 말이 그냥 웃기게 들렸다. 그래서 힘없이 푸슬푸슬 웃었다. 탄산수 병에서 거품이 올라오듯이 웃음소리가 자유로이 터져 나왔다. 그녀는 배를 움켜쥐고 한참을 웃어댔다. 토머스는 기다렸다. 이제부터 일어날 일을 조금이라도 뒤로 미루고 싶어서 저렇게 웃어대는 건지도 모른다는 생각이 들었다. 하지만 웃음은 아무리 꼭 필요하고 좋은 웃음일지라도 자연스러운 수명이 있는 법이라서, 탬벌레인의 웃음 역시 그녀의 불안한 신경들이 전투를 벌이는 전장에서 죽어갔다. 이제 그날 야구장에서 벌어진 일을 설명해야 하는 의무와 그녀 사이를 가로막는 것은 하나도 없었다. 그래서 그녀는 그냥 한숨을 내쉬고, 고민거리를 향해 곧장 걸어가 케이크를 함께 먹자고 초대했다.

"어렸을 때 말이야." 탬벌레인이 조심스레 말했다. "침대 밑에 괴물이 있을까 봐 무서웠던 적 있어?"

"당연하지." 토머스가 말했다. "누구나 다 그래. 그게 '정상'이야."

탬벌레인은 눈을 가늘게 떴다. "그렇지, 고마워. 하지만…… 너 정말로 무서웠어? 정말로 괴물이 어둠 속에서 널 붙잡아 먹어치울 거라고 생각했어?"

토머스의 귀 뒤에 식은땀이 맺혔다. 책들의 집 안에는 바람 한 점 없었다. 공기도 모자랐다. 축음기 위에서 돌아가는 라임색 아줌마도 사과 꽃에 대해 도무지 입을 다물 줄 몰랐다. 그웬돌린이 잠자리에 들기 전에 그 예쁜 손을 들어 불을 끄는 모습이 생각났다. 자신이 제발 그러지 말라고 애원하던 모습도. '제발요, 엄마! 불 끄지 마세요!'

"아니." 그가 속삭이듯 말했다. "정말로 그렇지는 않았어."

"왜?"

토머스는 어머니가 목구멍 안쪽에서부터 나오는 소리로 따뜻하게 응원하듯 웃던 것을 떠올렸다. 그가 '정상적인' 아이가 할 법한 말을 하는 아주 드문 일이 일어났을 때만 보여주는 웃음이었다. '어머, 귀여워라, 어둠이 무서워요? 침대 밑에 괴물이 있는지 엄마가 봐줄까? 그러면 좀 덜 무섭겠어?' 그가 대답했을 때 그웬돌린의 표정이란, 마치 그가 그녀 앞에서 자기 피부의 지퍼를 찍 열기라도 한 것 같았다. 그는 탬벌레인의 얼굴이 그렇게 일그러지는 것을 생각조차 하기 싫었다.

"토머스, 왜 안 무서웠는데? 괴물이 있다는 걸 안 믿은 거야?"

"아니, 믿었어."

탬벌레인은 뼈가 나무로 되어 있었다. 그가 눈으로 직접 보았다. 그녀의 피가 끈적거리는 수액처럼 스며 나오는 것도 보았다.

"그럼 왜 안 무서웠는데? 네 말처럼 다들 괴물을 무서워하잖아. 그게 정상이야."

그가 진실을 말해줄 수도 있었다. 그녀는 그에게서 한 번도 무서워한 적이 없다는 말을 듣고 싶어 했다. 어머니한테 불을 끄지 말라고 한 건 순전히 책을 읽기 위해서였다는 말을 듣고 싶어 했다.

'침대 밑에 무슨 괴물이 있다고 그래요, 엄마. 웃기는 소리 하지 마세요. 침대 밑은 더러워요.'

그는 깊이 숨을 들이쉬었다.

'아유, 영리하기도 하지. 그럼 괴물은 어디에 사니?'

토머스는 눈을 들어 탬벌레인과 시선을 맞추며 탐색하듯 바라보았다. 탬벌레인이 원하는 것이 무엇일까? 그는 그녀가 다쳤을 때 상처를 보았다. 그녀도 그의 몸 안이 어떻게 생겼는지 보고 싶은 걸까? 이 복도에 서서 침대 밑에 무엇이 사는지를 놓고 이야기하는 이 상황이 오늘 일어난 일 중에서 가장 이상한 일인 것 같다는 생각이 문득

들었다. 피 대신 수액이 몸에 흐르는 여자애는 상대도 되지 않았다. 그는 말해주기로 마음먹었다. 말해주기로.

"난 침대 밑의 괴물이 무섭지 않았어. 내가 침대 위의 괴물이었으니까." 토머스가 진실을 고백했다. 집 안으로 들어오는 어스름한 햇빛 속에서 그의 얼굴이 화끈거렸다.

탬벌레인은 안도의 한숨을 내쉬었다. 비누상자 레이서 같은 미소가 얼굴 전체로 질주하듯 퍼져 나갔다. 그녀는 두 번 고개를 끄덕였다. "좋았어. 좋았어. 내 방 보여줄까?"

학교 왕국에서 다른 아이가 방을 보여주겠다고 말하는 것은 자신의 심장 속으로 들어와도 좋다는 초대와 같았다. 토머스는 그것을 알고 있었다. 풍선 경감의 규칙 309호가 바로 이것이었다. 방은 자신의 모든 것이 보관된 곳이다. 아니, 적어도 겉으로 드러난 모든 부분이 여기에 보관되어 있다. 방은 어둑한 굴이며, 가장 좋아하는 물건들과 그림들과 책들을 모아둔 곳이다. 이미 자신이 너무 커버려서 가지고 놀면 안 되는 장난감들도 여기에 있다. 오로지 나를 사랑하고 내게 사랑받기만을 위해 만들어진 존재를 나이가 들었다는 이유로 저버리는 것이 애초에 가능하기나 한 일인지. 비밀스러운 물건들, 그러니까 일기장이나 책상 밑으로 주고받았던 쪽지나 여름에 갔던 바닷가에서 모은 보물처럼 부모님이 모르는 물건들, 아직 너무 어려서 읽을 수 없는 소설책, 작년 가을 구멍가게에서 몰래 훔친 껌 한 통, 그냥 버리자니 아깝고 꺼내서 씹자니 창피한 그 껌 한 통 같은 것들도 여기에 있다. 아이의 방은 비룡의 둥지와 다를 것이 없다. 음악과 독서와 꿈이라는 고기를 게걸스레 집어삼키고 남은 뼈 트로피와 천이 가득하다는 점에서 그렇다. 이 모든 것이 '어른 짐승'이 되기를 기다리는, 열정과 기쁨과 비밀의 알을 따뜻하게 데워준다.

토머스는 누구도 자신의 방에 초대한 적이 없었다. 맥스와 프랑코와 윌리엄의 방에서 논 적은 있지만, 그 아이들은 장난감 병정만 잔뜩 가지고 있을 뿐 다른 것들은 모두 부족했다. 여자아이의 방은 다를까? 여자아이의 방에서 노는 건 더한 일일까? 적어도 그는 탬벌레인의 방에 장난감 병정들보다 책이 더 많을 것이라고 상당히 확신했다.

탬벌레인이 토머스를 데리고 복도를 걸어갔다. 복도가 온통 책에 둘러싸여 있어서 그는 몸을 옆으로 돌려 책들 사이를 간신히 빠져나갔다. 하마터면 방해해서 미안하다고 책들에게 사과를 할 뻔했지만, 너무 늦기 전에 마음을 다잡았다. 탬벌레인의 집은 사람이 책을 보관하는 곳이라기보다는 책이 사람을 보관하는 곳 같았다.

복도 끝에 깔끔한 검은 문이 닫혀 있었다. 토머스는 설명도 듣기 전에 흡혈귀 법칙이 이곳을 지배하고 있음을 깨달았다. 즉, 누군가가 초대해주어야만 그가 문 안으로 들어갈 수 있다는 뜻이었다. 탬벌레인은 토머스가 그것을 '볼 수' 있을 것이라고만 말했을 뿐, 토머스를 '안으로' 초대한 적은 없었다. 갑자기 토머스의 심장이 아주 빠르게 뛰기 시작했다. 불안해질 이유가 없는데…… 여기는 낯선 사람의 방이 아니니까! 토머스와 탬벌레인은 아주 자그마한 아이 시절부터 아는 사이였다. 하지만 탬벌레인과 단둘이서만 있었던 적은 없었다. 어른들은 걱정스러운 목소리로 사내아이와 여자아이 단둘이 함께 있게 내버려두면 안 된다고 조용히 말하곤 했다. 사내아이와 여자아이가 방패와 검 없이 너무 가까워지면 아주 무서운 일이 일어나기라도 하는 것처럼. 사내아이와 여자아이가 베이킹소다와 식초라서 반드시 다른 사람들이 함께 있어야만 둘이 만나 화산이 폭발하는 일을 막을 수 있는 것처럼.

그런데 지금 이곳에는 토머스와 탬벌레인 단둘뿐인데도 아무 일 없었다. 책이 빽빽한 복도의 공기가 텁텁하고 뜨거웠다. 토머스는 책들이 그를 향해 입김을 뿜어 자신의 목덜미로 수천 개의 단어를 날려보내는 것 같다는 생각을 하며 긴장했다.

탬벌레인이 웃으며 고개를 저었다. 그러자 여름의 폭풍처럼 텁텁하고 뜨거운 느낌이 사라졌다.

"가자, 토머스. 애가 널 물지는 않을 거야."

아니, 물었다.

탬벌레인의 방에는 침대 하나, 책상 하나, 램프 하나, 서랍장 하나, 그리고 침실을 부엌이 아니라 침실로 만들어주는 온갖 평범한 물건들이 있었다. 침대와 책상은 문제 될 것이 없었지만, 그 밖의 것들은 모두 마음에 걸렸다. 탬벌레인의 방에는 책이 한 권도 없었다. 집의 나머지 부분들과 탬벌레인이 모종의 조약을 맺은 모양이었다. 온 집 안을 습격하고 있는 책들이 이 방만은 식민지로 삼지 않고 내버려두었다. 하기야 이 방에는 책이 들어갈 공간이 전혀 없으니까. 토머스는 이렇게 생각했다. 책이 있으면 방해만 될 거야. 공기가 다시 텁텁하고 뜨거워졌다. 갈증과 불안감도 느껴졌다. 토머스는 앉고 싶었지만 앉을 곳이 없었다.

벽 전체에, 온 바닥에, 온 천장에, 온 창문에, 옷장 문 전체에 탬벌레인이 그려놓은 숲이 있었다.

그녀가 그린 그림임을 그는 알 수 있었다. 숲은 침실 문 뒤편에서부터 시작되었다. 침실 문 뒤편의 숲은 그리 훌륭하지 않았다. 그냥 아이가 생각하는 숲의 모습이 그려져 있을 뿐이었다. 막대기 같은 나무에 꼬불꼬불한 선으로 그린 커다란 이파리들이 악을 쓰는 것처럼 쏟아부은 밝은 초록색으로 그려져 있고, 딱히 둥근 모양이 아닌 노란 태양이 있고, 작은 손가락들을 분홍색 파란색 보라색 물감에 담갔다가 찍어낸 꽃들이 있었다. 하지만 숲이 방 안을 둥글게 돌아 바닥으로 내려갈 즈음에는 탬벌레인의 늘어난 지식 덕분에 더 깊고 무성해져 있었다. 색깔과 모양은 매끈해져서 더 우아했다. 더 노련해진 솜씨 덕분에 탬벌레인의 침대 주위 수풀은 그 안으로 뛰어들어도 될 것처럼 진짜 같았다.

하지만 이 숲은 토머스가 들어본 적이 없는 곳이었다. 셔우드 숲도, 아든 숲도, 쇼니 국유림도 아니었다. 토머스의 머릿속에 떠오르는 생각은 딱 하나였다. '헨젤과 그레텔의 숲 같아. 아니면 백설공주의 숲이거나. 이게 진짜라면 말이지. 진짜보다 더 나아.' 짙은 사파이어색 이파리들이 있는 일부 나무들에는 연한 파란색 등불처럼 빛나는 열매들이 매달려 있었다. 뿌리에서부터 이파리 끝까지 깜짝 놀랄 만큼 하얀 나무들도 있었지만, 거기에는 피처럼 빨갛고 피처럼 자주색인 나비들이 잔뜩 몰려 있었다. 그들의 날개 등판에서 호기심 많은 커다란 초록색 눈이 빤히 상대를 바라보는 모습이 잔잔한 연못과 개울에 비쳤다. 아름다운 진홍색 불길에 휩싸인 나무들도 있었다. 그 화염의 나무에서 화염의 새들이 깜짝 놀라 불꽃놀이 속으로 뛰어드는 공작새처럼 푸드덕 튀어나왔다. 섬세하게 장식된 단검들이 솔잎 대신 빽빽하게 매달린 소나무도 한 그루 있었다. 이탈리아 귀족들이 못된 짓을 해야 할 필요가 있을 때 겉옷 속에 감췄던 단검과 비슷했다. 진짜 나무처럼 보이는 나무들도 초록색 이파리들 깊숙한 곳에 신기한 생물들을 감추고 있는 것 같았다. 빨간 꼬리들이 검은 나무줄기를 뱀처럼 휘감고, 못된 밝은색 눈이 그림자 속에서 반짝이고, 반짝이를 붙인 것 같은 발굽들이 시야 바로 바깥에서 춤을 추었다. 가느다란 연기 줄기들이 보이지 않는 굴뚝에서 솟아 나와 바람에 날리며 천장을 향해 구불구불 올라가고, 천장은 쪽빛과 하얀색으로 빛났다. 거기서 토머스가 알지 못하는 별자리들과 별들이 이글거리고 있었다. 그는 오리온자리, 마차부자리, 황소자리, 카시오페이아자리, 큰곰자리, 작은곰자리와 꽤 친한 사이였는데도 천장의 별자리들은 알 수 없었다. 숲의 바닥, 그러니까 침실 바닥에는 야생화들이 여기저기에 흘러넘칠 듯이 뭉쳐 있었다. 토머스는 모란과 로벨리아와 금어초를 내려다보다가 그 꽃잎들 속에 상상할 수도 없을 만큼 작은 도시들이 있는 것을 발견했다. 모든 도시에 봄꽃과 같은 색의 탑과 골목이 가득했다.

그는 이런 곳을 본 적이 없었다.

그런데도 그 반짝거리는 모습이 무서울 정도로, 아플 정도로, 파르르 떨릴 정도로 친숙했다! 탬벌레인의 숲을 바라보는 것은 부모님의 젊은 시절 사진을 보는 것과 같았다. 이 낯선 사람들은 누구지? 정말로 존재하는 사람들이야?

토머스는 친구의 얼굴을 보고 싶었다. 그녀에게 그림 솜씨가 엄청나게 좋다고 말해주고 싶었다. 온 세상에서 최고로 멋진 방이라고 말해주고 싶었다. 하지만 그는 아무렇게나 구불구불 뻗은 숲속의 길에서 눈을 뗄 수 없었다. 그 길들이 어디로 향하는지 들여다보고 싶은 마음을 멈출 수 없었다. 라임색 아줌마의 목소리가 아까보다 더 크고, 더 고집스럽고, 더 가까워진 것 같았다. 그 아줌마는 이제 사과 꽃 노래를 끝내고 초록색과 노란색 바구니 이야기를 하고 있었다.

"네가 그랬구나." 마침내 그가 말했다. 올이 걸린 털실처럼 신경질적이고 부드러운 목소리였다. 이건 질문이 아니었다.

"응." 탬벌레인이 속삭였다. 지금은 반드시 속삭여야 할 것 같았다.

"너 혼자서."

"응."

"어떻게?"

"깊이와 그림자가 실제로 있는 것처럼 그리는 법을 묻는 거야, 아니면 이렇게 커다란 그림을 그리는 법을 묻는 거야? 아빠가 물감이랑 붓을 사주셨어. 부활절에 물감이 든 바구니들을 여러 개 받았지. 가장 밝은색과 가장 어두운색이 여러 개 있었어. 나는 네 살 때부터 크리스마스나 생일에 선물을 달라고 말한 적이 없었어. 그냥 미술 공부를 시켜달라고 했을 뿐이야. 아직 사람을 그리는 법을 배워야 돼. 잘못 그리거든. 엄마가 나중에 헛간을 치워준다고 했어. 여기에는 남은 자리가 별로 없어서. 옷장 안쪽만 남아 있을 뿐이야. 난 잘못 그린 부분도 절대 덧칠하지 않아. 그러니까 내가 제대로 그리지 못한 부분들이 보일 거야. 맞아, 여기랑 여기에 내가 산을 그렸는데……." 그녀는 위아래로 길게 뻗은 창문 주위의 벽을 가리켰다. 섬세한 얼음 이파리들이 달린 단풍나무 한 그루가 거기에 있었다. 그 나무의 줄기에 수많은 작은 문들이 열려 있었다. 그중 몇 개의 문에서 장갑을 낀 우아한 손들이 손바닥에 시럽이 든 도자기 단지를 올린 채 뻗어 나와 있었다. "커다란 교회 창문이 있는 산이었어. 하지만 어울리지 않더라. 바로 알았어. 너무 안 어울려서 가슴이 아플 정도였어. 잠도 안 오고. 그래서 달걀껍데기 하얀색을 그 위에 바르고 침대로 기어들어 가 꼬박 이틀 동안 잤어. 그 뒤로는 더 주의를 기울이게 됐지. 제대로 그리려고."

"뭐가 어울리는지 어떻게 알아?"

탬벌레인은 백열등처럼 빛나는 꽃들이 그려진 바닥을 내려다보았다. 그리고 긴 머리를 손가락으로 꼬았다.

"토머스⋯⋯."

토머스는 숨을 쉴 수 없었다. 자신의 머리가 슝 떨어져 나가 풍선처럼 태양을 향해 날아가버릴 것 같았다. 탬벌레인이 무슨 말을 할지 알 것 같았다. 그냥 알 것 같았다. 정작 탬벌레인 본인은 그 말을 할 것인지 말 것인지 아직 결정하지 않았는데도. 그 말은 '끝내주게 굉장한 것'이 될 것 같았다.

"어떻게 알아?" 그가 다시 물었다. 그러고는 그림으로 그려놓은 숲에서 시선을 돌려, 초조하게 떨고 있는 그녀의 히커리색과 개암색 눈을 바라보았다. '그건 비밀이야.' 그 눈이 애원했다. '비밀을 입 밖에 내면, 그 비밀이 살아나기 때문에 다시는 집에 안전하게 보관해둘 수 없어.' 탬벌레인의 뺨에서 눈물이 반짝였다. 그녀의 얼굴이 점점 빨갛게 달아올랐다. 그녀는 양 옆구리에서 주먹을 꽉 쥐고 자기만의 밤하늘을 무기력하게 올려다보았다.

"내가 기억하거든." 탬벌레인이 말했다. 조용한 목소리가 아니었다. 토머스에게 웃을 테면 웃어보라는 듯이, 미쳤다고 놀리거나 다른 아이들처럼 수천 가지 잔인한 말을 할 테면 해보라는 듯이, 크고 선명한 목소리였다. 하지만 곧 도서관에 있을 때처럼 목소리를 한껏 낮춰 말을 이었다. "토머스, 난 모든 것이 살아 있는 곳을 알아."

토머스의 심장 속에서 아주 오랫동안 잠들어 있던 트롤이 화들짝 놀라서 퍼뜩 깨어났다. 그리고 펄쩍 일어나 제 머리카락을 잡아당기며 뒤로 재주를 넘었다. 트롤은 웃음을 터뜨리고 라임색 아줌마를 따라 노래를 부르며 제 가슴을 때렸다. 토머스의 심장에서 기어 나와 그의 목구멍으로, 입 속으로, 머릿속으로 들어가려고 했다. 하지만 힘이 모자랐다. 토머스는 아주 오랫동안 인간으로 살았기 때문에, 쿵쿵 가슴을 두드리고 소리를 질러대고 으쓱으쓱 걷는 트롤 자아가 그저 끔찍할 뿐이었다. 배가 아픈데 배가 고파 죽을 것 같은, 그런 느낌이었다. 그의 인간 몸은 계속 인간으로 있고 싶었기 때문에 트롤 자아가 깨어나려고 할 때마다 벌을 주었다.

"정확히 말해서 기억한다고 할 수는 없어." 탬벌레인이 천천히 말하면서 그의 눈빛에 이해의 감정이 내비치는지 아니면 당황스러움이 드러나는지 살펴보았다. 어디까지 말하는 편이 안전할지 가늠하기 위해서였다. "아니, 정확한 기억이 없다고 해야 하나. 마치…… 마치 꿈속에서 또 꿈을 꾸는 것 같은 기분이야. 열병을 앓을 때 읽었던 책을 기억하려고 애쓰는 것 같기도 하고. 그런데 그 책도 열병에 걸렸다는 게 문제지. 드문드문 조금씩밖에 기억이 안 나. 그 기억의 뒤를 좇아 머릿속을 뒤지고 다녀도 그 기억이 항상 나보다 빠르거든. 어떤 때는 아침 식사로 달걀을 먹다가 갑자기 맛을 모르게 되기도 해. 대신 사르사랑 커피랑 녹인 황금이랑 설탕을 뿌린 뜨거운 라임을 전부 섞은 것 같은 맛이 느껴져. 그 맛이 입 안에 가득해서 그 음식이 내 턱을 타고 뚝뚝 떨어질 것만 같은데 사실은 안 그래. 내가 먹고 있는 건 달걀일 뿐이니까. 겨우 달걀을 먹으면서 나는 '그곳'의 뭔가를 떠올리는 거야. 사르사랑 커피랑 녹인 황금이랑 설탕을 뿌린 뜨거운 라임을 모두 섞은 것 같은 맛을 내면서 크림 벨벳처럼 내 목구멍을 타고 넘어가는 음식을. 그렇게 되면 달걀은 망해버리는 거지. 완전히. 어떻게 먹어도 실망스러운 맛이 날 뿐이니까. 난 이제 먹을 수 있는 음식이 거의 없어. 오트밀, 튀긴 빵, 계피 사탕, 감, 송어만으로 견디는 중이야. 다른 건 모두 날 놀리는 것 같은 맛이야. 달빛이랑 휘핑크림이랑 양갓냉이랑 눈물 같은 맛을 낼 수 있다며 날 놀리는 것 같다고. 그런데 실제로는 그런 맛을 내지 않아. 그냥 나한테 심술을 부릴 뿐이지. 어떤 때는 자다가 깨어나서 열매 대신 시계가 달린 나무들이 있다는 걸 그냥 알게 될 때가 있어. 그 시계 하나를 따 먹으면 나이를 옆으로 먹을 거라는 것도 알게 되지. 그 말이 도대체 무슨 뜻인지는 눈곱만큼도 알수 없지만. 어쨌든 그런 나무는 여기에 없어. 여기에서 나무 열매는 그냥 열매일 뿐이야. '그곳', 거기가 진짜야. 난 '그곳'에서 왔어. 자세히는 모르겠지만 내 출발점은 '그곳'이야. 그런데 있잖아, 어쩌면…… 어쩌면 내 생각이 진짜 틀렸을지도 모르지만…… 너도 나랑 같은 것 같아."

토머스의 안에서 트롤이 기뻐 날뛰며 빙글빙글 돌았다. 토머스는 머리가 어지러웠다. 축음기의 음악이 그의 머리를 쾅쾅 두드려댔다. 끔찍하게 커다란 소리가 아주 가까이에서 들려왔다. "난…… 난 모르겠어." 그는 말을 더듬었다. "난 너랑 달라. 네 살 때 샹들리에로 올라가려다가 팔이 부러진 적이 있기 때문에 잘 알아. 내가 다쳐도 재미 있는 일은 하나도 일어나지 않아. 빨간 피가 흐르고 울음이 나올 뿐이야. 난 그냥 남자애야. '정상'이란 말이야."

"누구든 다치면 재미있어져." 탬벌레인이 묘한 목소리로 말하고는 목 뒤편을 손으로 긁었다. "여기 있어. 너한테 보여줄 것이 있어."

탬벌레인이 벌떡 일어나서 자신이 그린 놀라운 숲을 빠져나갔다. 그녀가 물건을 이리저리 넘어뜨리기도 하고 다시 쌓기도 하면서 어딘가를 뒤지는 소리가 들려왔다. 그러다가 얼마 뒤 숨이 턱에 차서 양팔 가득 책을 안고 돌아왔다. 그림이 들어간 크고 널찍한 책이었다. 곳곳에 리본 모양으로 표시가 되어 있고, 페이지 가장자리에는 색이 들어가 있었다. 탬벌레인이 그 책들을 선물처럼 한 권씩 토머스 앞에 내려놓았다. 『시인 토머스』, 『엘프랜드의 왕의 딸』, 『완전한 어린이 이야기집』, 『탬 린』.

"이게 우리야." 그녀가 긴 손가락으로 책들을 가리키며 부드럽게 말했다. "그 사람들이 왜 이 세상에 이 책들의 존재를 허락했는지는 하늘만이 아실 거야. 자물쇠도 걸어두지 않고 거짓말을 하는 꼴이지. 누구든 어디서나 이 책들을 집어 들 수 있게! 이건 마치 버스 정류장에 토네이도 만드는 법을 적어두는 것과 같아!"

토머스는 고개를 저었다. 그도 이런 책을 읽은 적이 있었다(모두 읽은 것은 아니었다. 이런 이야기집을 모두 읽기에는 너무 많았다). 어쩌면 이 책들 속에 탬벌레인이 나오는지도 모른다. 피노키오처럼 속이 나무로 되어 있는 여자애들 이야기, 그래. 하지만 토머스 자신과는 상관없는 이야기였다. 그는 고개를 저으면서 울기 시작했다. 탬벌레인의 말이 옳다면 좋을 텐데. 자신이 그냥 비정상적인 토머스, 멜로리 박사님의 환자 토머스, 이번 주에 문제아 학교 세 곳에 가서 면접을 봐야 하는 토머스가 아니라 시인 토머스라면 좋을 텐데. 그는 탬 린이 되고 싶었다. 특별해지고 싶었다. 하지만 그는 아니었다. 특별한 것은 탬벌레인이었다. 탬! 심지어 이름마저 비슷했다!

그의 안에서 트롤이 자기 목소리를 들어달라고 외쳤다. '이건 우리 얘기야, 우리 얘기라고! 잘 들어봐!'

"날 봐, 토머스. 너한테 보여줄 것이 있어. 네가 아무한테도 말하지 않을 거라고 믿으니까." 그녀는 고개를 숙여 그와 눈을 맞추고는 부드러운 손끝으로 그의 턱을 들어 올렸다. "잘 봐. 무서운 거 아니야. 약속해."

탬벌레인은 귀 뒤로 손을 뻗어 뭔가를 잡았다. 그리고 코를 찡그리며 머리핀 하나를 꺼냈다. 하나, 둘, 세 개의 머리핀이 연달아 바닥으로 챙 하고 떨어졌다. 그러자 토머스가 육 년 동안 교실에서 빤히 바라보았던 그 아름다운 머리카락, 길고 풍성한 검은 머리카락이 그녀의 손에 떨어져 나왔다. 그녀는 가발을 무릎 위에서 아주 조심스레 접어 더러워지지 않게 양쪽 끝을 접어 넣었다.

탬벌레인의 머리에서 꽃들이 굴러떨어졌다. 땋은 머리처럼 길고 굵은 밝은 자주색 꽃줄들이 자유로이 풀려나 마침내 숨을 쉴 수 있게 되었다. 창문을 통해 쏟아지는 햇빛이 탬벌레인의 가지들 속에 고여 장난치며 그녀를 보라색, 남색, 진한 꽃분홍색, 장미색으로 물들였다. 토머스가 보기에는 서양자두 꽃 같았다. 탬벌레인이 오싹한 추위를 느낀 사람처럼 거칠게 양팔을 문지르기 시작했다. 손바닥으로 뺨도

비볐다. 그러자 뺨이 비누처럼 씻겨 나왔다. 그녀에게 항상 끊이지 않던 가느다란 흉터들, 그 묘한 선들은 흉터가 아니라 나뭇결이었다. 그녀는 광택이 나는 좋은 나무로 만들어진 소녀였다. 진하고 어두운색의 값비싼 나무로 몸을 만들고 팔꿈치와 목 관절은 나사못으로 고정한 인형 같았다. 탬벌레인이 짜릿한 흥분과 두려움에 가득 차서 짧고 빠르게 숨을 쉬며 계속 미소를 지었다. 그 덕분에 초록색 새싹 이들이 보였다.

탬벌레인은 자신이 사방에 자기만의 밝은색으로 그려놓은 숲의 일부였다.

"항상 이런 건 아니야." 그녀가 불안하게 웃었다. "봄에만 이래. 아, 토머스! 내가 얼마나 오랫동안 입을 다물고 있었는지 몰라! 난 처음 널 봤을 때부터 너도 나랑 같다는 걸 알았어. 네가 책상한테 말을 걸었을 때. 그리고 정글짐 아래에서 네가 반 아이들 모두에게 마법을 걸었을 때 확신했지. 네가 몇 마디 했을 뿐인데 애들은 피리 부는 사나이를 따라가듯이 널 무조건 따라다녔잖아. 넌 어깨에 온갖 보물이 꿰매진 겉옷을 입고 학교에 왔지. 이제는 고등학생들도 겉옷에 자기 할머니의 브로치를 달고 다녀. 토머스, 토머스, 모르겠니? 너랑 네 가족들이 별로 어울리지 않는다는 생각을 항상, 항상 하지 않았어? 넌 뭔가 다르다는 걸, 어딘가가 어긋난 것 같다는 걸 항상 알고 있지 않았어? 그래서 그 공책에 규칙들을 쓰는 거잖아. 이 세상에서 살기가 너무 힘드니까. 안 그래? 여긴 도무지 이해할 수 없는 곳이야. 모든 것이 항상 거꾸로 뒤집히거나 옆으로 쓰러져 있어. 넌 세상에서 가장 이상한 아이가 된 것 같은 기분을 항상 느끼지 않았어? 너의 마음속 모든 것이 바깥세상과 어울리지 않는 것 같지 않아?"

토머스 루드의 눈앞이 빙빙 돌았다. 머리카락 속에서 땀이 삐질삐질 흘렀다. '이런 게 죽는 건가.' 이런 생각이 아무렇게나 떠올랐다. 하지만 그가 미처 생각을 정리하기도 전에 그의 입에서 말이 흘러나왔다. 마치 혀가 죽음을 앞지를 수 있는 것 같았다.

"어렸을 때 시력검사를 하러 갔는데, 내가 의자에 앉았더니 의사 선생님이 얼굴에 검은 가면을 씌우고 거기에 렌즈를 넣었다 뺐다 했어. 그러면서 매번 잘 보이느냐고 나한테 물었지. 어느 렌즈가 더 잘 보이느냐고. 하지만 난 앞이 전혀 보이지 않았어. 진찰실 안의 모습도, 부모님도, 의사 선생님도. 렌즈를 통해 앞을 보면 황금과 보석과 동전으로 뒤덮인 바닷가가 보이는 거야. '지금은 어떠니?' 의사 선생님이 묻기에 난 비명을 질렀지. 그랬더니 의사 선생님이 렌즈를 바꿨어. '지금은 어때?' 이번에는 털실과 비단으로 짠 도시가 보이는 거야. 차(茶)가 강물처럼 그 도시를 돌아 흘렀어. 난 울기 시작했어. '지금은 어떠니?' 이번에는 거대한 자전거 무리가 나를 향해 초원을 무섭게 달려왔어. '지금은 어떠니?' 내 눈에 보이는 거라고는 커다란 연보라색 뱀장어가 기차처럼 사람들을 태우고 수많은 별 아래를 씽씽 달리는 모습뿐이었어. 나는 비명을 지르고 또 지르면서 손으로 가면을 잡아 뜯으려고 했지. 사람들은 내가 그걸 벗고 싶어 하는 줄 알았겠지만, 사실은 그곳으로 들어가고 싶었어. 그런 것들이 살아 있는 그곳으로 가려고 한 거야." 토머스는 숨이 찼다. 머리카락은 땀에 흠뻑 젖어 있었다. "난 이런 얘기를 아무한테도 안 했어. 단 한 번도. 안경도 절대 안 썼어. 아주 가까이 있는 물건만 볼 수 있는데도. 멀리 있는 건 전혀 안 보여.”

탬벌레인이 열심히 고개를 끄덕이더니 벽에 그려진 숲을 향해 양손을 내밀었다. 갖가지 색깔들이 숲에서 숨을 쉬고 있었다. “너도 봤구나. ‘그곳’을. 우린 같아. 너랑 나. 톰과 탬. 우리 같은 사람들한테 맞는 단어가 있어.” 그녀는 『탬 린』의 가장자리를 손가락으로 쓸었다. “너도 뭔지 알 거야. 말해봐. 어서. 한번 말해봐.”

“싫어. 난 ‘정상’이야.” 그는 애원하듯 말했다. 안경 아래 콧잔등을 문지르며 약 이름들을 마법의 주문처럼 말하는 아버지의 얼굴이 눈앞에 보이는 듯했다. “난 ‘정상’이 될 수 있어.”

라임색 아줌마의 목소리가 나팔 소리처럼 귓가에서 울려 퍼지는 바람에 귀가 멀 것 같았다. 그는 휙 돌아섰다. 그 아줌마가 바로 옆에 쪼그리고 앉아서 그의 머리를 향해 노래를 불러대고 있을 것 같았는데, 그런 아줌마는 없었다. 토머스는 끝이 널찍하게 벌어진 축음기의 놋쇠 입을 빤히 내려다보았다. 그리고 비명을 질렀지만 소리가 제대로 나오지 않아서 그냥 새된 소리가 되어버렸다.

축음기가 뚝 멈췄다. 그리고 스스로 바늘을 들어 올렸다. 직직거리는 소리와 함께 음악이 사라졌다. 토머스가 그 광경을 지켜보는 동안 그의 심장이 완전히 해체되어 눈앞의 광경을 중심으로 변신했다. 축음기의 나무 탁자에서 길고 휘어진 놋쇠 다리 네 개가 펼쳐졌다. 각각의 다리 끝은 토머스의 욕조 다리처럼 사자 발 모양으로 휘어져 있었다. 전에는 아주 아름다웠을 것 같았다. 칠이 벗겨지고 갈라졌는데도, 대담한 초록색과 파란색의 섬세한 무늬가 나팔 모양의 입 위에서 아직도 반짝였다. 축음기가 아기 새처럼 기우뚱거리며 일어나 뒷걸음질을 쳤다. 축음기는 얼굴이 없어서 붉게 상기되거나 주름을 잡거나 울음을 터뜨릴 수 없었지만, 토머스는 자신의 비명이 축음기에게 상처를 주었음을 깨달았다.

축음기는 '당황'하고 있었다.

축음기는 그림이 그려진 방의 구석으로 철컥철컥 걸어가서 입을 벽으로 향한 채 섰다. 토머스를 놀라게 한 죄로 스스로 벌을 서는 모양이었다. 얼마 뒤 축음기는 다시 바늘을 내려놓았다. 그러자 손잡이가 느리게 돌아갔다. 라임색 아줌마의 목소리가 울려 나왔다. 토머스는 그 아줌마의 노래를 몇 번이나 들었는데도, 이번에는 왠지 아줌마가 미안해하고 있는 것 같았다.

아침에도, 저녁에도

즐겁지 않아?

그러고 나서 축음기는 다시 바늘을 들어 올리고 조용해졌다.

탬벌레인이 일어나 축음기에게 가서 너무 큰 소리로 짖었다고 야단맞은 독일산 셰퍼드를 다루듯이 쓰다듬었다. 축음기의 입이 애정 어린 몸짓으로 그녀를 향했다. 탬벌레인은 어깨너머로 토머스를 뒤돌아보았다. 서양자두 꽃송이들이 그녀의 어깨를 따라 떨어져 내리고, 그녀가 그린 숲 너머 먼 도시의 뾰족탑들이 그녀의 얼굴을 에워쌌다. 화려한 색깔들이 넘치는 그 도시는 오로지 천으로만 만들어진 것처럼 보였다.

"말해봐, 토머스. 그건 나쁜 말이 아니야. 진짜야. 우리가 어떤 존재인지 말해봐."

토머스 루드의 안에서 트롤이 웃고 울며 그의 심장 벽에, 갈비뼈에, 눈꺼풀 안쪽에 그 단어를 자꾸만 썼다.

"제발." 탬벌레인이 간청했다. "내가 틀리지 않았다고 말해줘." 그녀는 초록색 눈물을 글썽거렸다. "나만 이런 게 아니라고 말해."

토머스는 손으로 얼굴을 덮었다. 그리고 속삭였다.

"바꿔친 아이."

"바꿔친 아이." 탬벌레인이 대답하자, 죽음기가 놋쇠 발을 움직이며 거듭거듭 노래했다.

즐겁지 않아?

8장

제발 마음대로 날뛰는 멋진 아이가 되어줘

토머스는 손님(과 그녀의 개)을 부르고, 나무 조각이 어떻게
딸로 변했는지 듣고, 웜뱃을 위한 조리법을 글로 쓰고,
한 유대류 동물의 법적인 소유물이 된다.

방과 후 제국에서는 시간이 다르게 흘렀다. 집에 가지만 않으면,
시간을 거의 영원히 늘일 수 있었다. 학교 왕국과는 달랐다. 방과 후
제국은 특정한 장소가 아니었다. 오후 세 시에 커다란 종소리가 울린
뒤 그네를 타고 놀거나 학교 벽돌담에 공을 던지며 놀아도 어떤 때는

방과 후 제국으로 가는 길을 찾을 수 없었다. 하지만 발을 질질 끌며 집으로 걸어가다가 소중하게 간직하던 10센트로 딸기 맛 하드를 사 먹고, 공원을 가로질러 가다가 솔방울을 발로 차며 하마로 변해서 나일강에서 목욕하면 어떤 기분일지 상상하다가 갑자기 자신이 방과 후 제국에 와 있음을 알게 될 때도 있다. 저녁 식사 전의 길고 긴 오렌지색 시간들. 수백 개의 놀이와 수천 개의 우스갯소리를 그 시간 속에 빼곡히 채워 넣을 수 있다.

토머스는 풍선 경감에게 그 시간을 길게 늘이는 요령을 충실하게 보고했다. 유쾌한 표지에 그동안 땜통 하나와 수많은 주름이 생거나서 풍선 경감은 늙은 학자 같았다. 토머스가 보고한 요령이란, 제국의 적, 그러니까 자신보다 덩치가 큰 사람들을 모두 피하는 것이었다. 선생님들을 만나면 집에 가라고 말할 것이다. 내일 깜짝 쪽지시험을 보겠다면서, 그 순간 생각해낼 수 있는 가장 긴 책을 읽으라는 말도 할 것이다. 상급생 형들, 특히 그들 사이에 유행하는 신비로운 슬픔 때문에 우울해진 형들을 만나면 십중팔구 얻어맞거나 형들이 일부러 내민 발에 걸려 납작하게 넘어질 것이다. 부모님들을 만나면 그들만의 마법에 걸려서, 정신을 차리고 보면 집에서 스파게티 면을 삶고 있거나 포치를 청소하거나 부엌 식탁에서 수학 문제를 풀고 있을 것이다. 아무리 몸부림치며 반항해도 소용없다.

하지만 방과 후 제국에서 가장 즐거운 순간은, 집이 텅 비었다는 것을 아는 상태에서 집으로 돌아올 때다. 부모님이 자기들만의 이국적인 나라들, 그러니까 '디너파티 공작령', '시간 외 근무 연방', '댄스홀 카운티' 같은 곳들, 또는 밤에 춤을 추며 사라지는 공주들처럼 어른들이 혼자 모험을 떠나는 신비로운 안개 속 나라들에 가 있다는 것을 아는 날.

오늘 저녁에 니컬러스 루드와 그웬돌린 루드는 정치 늪으로 탐험을 떠나 니컬러스 같은 사람들, 즉 전쟁에 참전한 적이 있으며 자기들이 전쟁터에서 돌아왔을 때 세상이 지금보다 더 좋은 모습을 하고 있었어야 마땅하다고 생각하는 사람들에게 도움이 되는 집회에 참석하고 있었다. 전쟁 카운티는 너무나 멀고 무서운 곳이라 토머스는 생각도 할 수 없었다. 풍선 경감 속에 전쟁이라는 별도의 난을 만들 엄두도 나지 않았다. 아버지는 전쟁 카운티에서 살았던 적이 있지만, 그때 일들을 이야기하려 하지 않았다. 토머스는 전쟁 카운티가 그곳을 떠나는 사람들에게 침묵의 마법을 걸어서 자신의 끔찍한 비밀을 영원히 지키는 모양이라고 생각했다. 토머스는 그런 집회에 가고 싶은 생각이 전혀 없었다. 그러니 딱히 오늘 평소의 생각을 바꿀 이유가 없었다. 탬벌레인이 집으로 오기로 했으므로, 이집트 하마 한 무리가 몰려온다 해도 그녀가 도착하기 전에 그를 집에서 끌어낼 수는 없을 터였다.

이제 그가 그녀를 자신의 집, 자신의 방, 리어몬트 암스 아파트 7호라는 자신의 작은 나라에 들여놓을 차례였다. 그는 집 안을 정신없이 뛰어다니며 어머니가 손님을 불렀을 때 항상 하던 일들을 떠올리려고 애썼다. 어머니는 바닥을 쓸고, 식탁 꽃병에 꽃을 꽂고, 불을 켜고, 주전자를 불에 올리고, 자그마한 샌드위치들을 만들었다. 토머스는 어머니의 친구들이 올 때면 항상 제 방으로 사라져버렸기 때문에 주전자가 곧 차를 의미한다는 사실을 몰랐다. 그저 주전자에 물을 채워 휘파람만 불게 하면 될 것 같았다. 오후가 되면 사람들이 항상 배가 고플 텐데 인형한테도 요기가 될 수 없을 만큼 작은 샌드위치를 만들어야 하는 이유도 그는 알 수 없었지만, 그래도 부엌칼로 치즈와 무를 조심스레 잘라서 작은 샌드위치들을 만들었다. 평생 정리하지 않던 침대도 정리했다. 원래 토머스는 침대를 둥지나 동굴 모양으로 남겨두는 편이 더 좋았다. 자기 방의 거미줄도 모두 빗자루로 쓸어냈고, 옷도 전부 서랍장에 쑤셔 넣었다. 나중에는 서랍들이 꽉 차서 신음을 내지를 정도였다. 탬벌레인이 들어오자마자 눈에 들어올 책꽂이에 트롤과 요정 이야기가 있는 책들이 모두 깔끔하게 꽂혀 있는지도 확인했다. 그리고 그는 기다렸다. 주전자가 비명을 질렀다. 그가 마련한 이 소환의식이 정말로 효과가 있었는지, 누군가가 문을 두드렸다.

탬벌레인은 다시 가발을 쓰고, 몸에 피부를 입고 있었다. 초콜릿 같은 따뜻한 눈을 지닌 빨간색의 커다란 아일랜드 사냥개 한 마리가 그녀의 뒤에 있었다. 탬벌레인의 집에 갔을 때 개 짖는 소리는 들리지 않았는데! 아마 집 밖에 개집이 있는 모양이었다. 탬벌레인의 원래 모습이 어떤지 이제는 알고 있으므로, 지금의 모습이 이상하게 보였다. 마치 이미 오래전에 작아져버린 어릴 때의 옷을 다시 입고 있는 것 같았다. 하지만 탬벌레인은 지난번처럼 피부를 벗어버리거나 머리카락을 털어내지 않았다. 예의 바르게 주위를 둘러보고, 샌드위치를 받으며 고맙다고 인사한 뒤 생각에 잠긴 표정으로 샌드위치 하나를 씹었다. 아일랜드 사냥개는 뒷발로 앉아 하품을 했다. 자기 집을 벗어난 탬벌레인은 세상 모든 것에 대해 전보다 훨씬 더 자신이 없는 것 같았다.

"너한테 개가 있는 줄 몰랐어." 토머스가 용기를 내어 말했다.

"개? 아! 내 정신 좀 봐."

탬벌레인이 한 손을 뻗어 토머스의 옆통수를 세게 때렸다. 조용한 가운데 찰싹하는 소리가 크게 울리고, 맞은 곳이 불에 덴 듯 아팠다.

"아야! 야!"

토머스의 눈이 조금 세모꼴이 되었다. 그 눈이 풀렸을 때, 아일랜드 사냥개는 사라지고 없었다. 대신 축음기가 탬벌레인의 뒤에 서서 나팔 모양 입을 이리저리 갸웃거리며 수줍은 듯 긴 놋쇠 다리를 꼼지락거렸다.

"얘도 오고 싶다고 해서." 탬벌레인이 설명했다. "얘가 널 좋아해. 토머스, 얘는 스크래치야. 내가 얘를 만들었는데, 진짜 세상에서 제일 굉장한 물건이야. 얘가 먹을 만한 게 있을까? 래그타임이랑 재즈랑 슬픈 사랑 노래를 좋아하는데…… 꼭 가사가 있어야 돼. 얘는 입이 없잖아. 그러니까 턴테이블에서 돌아가는 내용만 말할 수 있어."

스크래치가 기쁜 듯이 나팔의 목을 둥글게 휘었다. 그리고 제 손잡이를 돌리더니 바늘을 떨어뜨렸다. 라임색 아줌마의 목소리가 쏟아져 나왔다.

이제 막이 올라가고
출연자들이 인사하고 있어!

토머스는 다시 울어버릴까 생각했지만, 그의 얼굴은 씩 웃기로 마음을 정했다. 스크래치는 살아 있는 존재였다. 말도 할 수 있었다. 그가 항상 모든 물건들에게 원했던 그대로, 살아 움직이며 말을 할 수 있었다. 토머스는 부모님의 축음기로 다가갔다. 인제 보니 조금 초라하고 둔해 보였다. 그는 부모님이 레코드들을 보관해둔 수납장에서 레코드를 하나 꺼냈다. 하늘색 양복을 입은 뚱뚱한 미남이 커버에 있었다. 음악이 밖으로 나올 수 있게 입을 크게 벌린 모습이었다.

"개가…… 가끔 개가 되는 거야?" 토머스는 레코드를 넘겨주며 아무렇지도 않은 목소리를 내려고 애썼다. 마치 축음기가 가끔 개가 될 수 있다는 사실을 이미 알고 있었던 것처럼.

스크래치는 나팔 입을 흔들어대며 빙글빙글 돌아가는 검은 레코드 위에서 바늘을 다른 곳으로 옮겼다. 다시 노래가 울려 나왔다.

아뇨, 선생님, 아마도가 아니라……

"아냐, 아냐." 탬벌레인이 스크래치의 나팔 입을 어루만지며 웃었다. 그리고 토머스가 들고 있던 하늘색 남자의 레코드를 가져가 라임색 아줌마와 바꿨다.

스크래치가 조심스레 바늘을 놓았다.

말해줘, 말해줘, 당신이 내게 무엇을 했는지
이렇게 짜릿한 기분은 처음이야……

스크래치의 나팔 입이 즐거운 듯 통통 뛰었다. 이 레코드가 마음에 드는 모양이었다. 이 레코드 덕분에 새로운 것들, 신나는 것들을 말할 수 있을 테니까. 탬벌레인이 무척 부드럽고 행복한 미소를 지으며 스크래치를 바라보았다. 토머스가 한 번도 본 적이 없는 새로운 미소였다. 그 미소가 자신을 향했다면 좋았을 것이라는 생각이 들었다.

"이건 마법이야." 그녀가 말했다. "그래야 우리가 함께 거리를 걸어도 사람들이 우리를 빤히 바라보지 않을 테니까. 마법은…… 어떤 거냐면, 어떤 사람이 너무 서두르거나 조심성이 없어서 비밀 문 앞의 책꽂이를 옮기지도 않고 문을 열어버리는 바람에 벽에 구멍이 났을 때 그 위에 그림을 걸어 가리는 것과 같아. 구멍은 여전히 그 자리에 있잖아. 눈에 보이지 않을 뿐이지." 탬벌레인은 갑자기 수줍어진 것 같았다. "내가 보여줄 수도 있어…… 네가 원한다면."

토머스는 정말 보고 싶었다. 그 무엇보다도 보고 싶었다. "탬…… 이제 내가 널 탬이라고 불러도 돼? 네가 전에 그러지 말라고 하기는 했는데, 네가 왜 그 이름을 싫어하는지 이젠 나도 아니까. 우리 둘만의 비밀로 하자. 우리 둘만 있을 때 그 이름을 부를게. 탬…… 넌 나도 너랑 같다고 생각하지만, 사실은 그렇지 않다는 걸 너도 알아야 돼. 난 스크래치를 만들어내지 못해. 진짜야. 어렸을 때부터 열심히 노력했지만, 내가 원하는 것만으로는 어떤 물건도 살아나지 않았어. 내 몸속에서 꽃이 자라지도 않고. 너는…… 너는 정말 굉장해. 네 축음기도, 그림도……. 하지만 난 그런 일을 전혀 할 수 없어. 할 수 있으면 좋을 텐데. 넌 짐작도 못할 거야. 내가 지난번에 그런 말을 하기는 했지만…… 그래도 난 그냥 토머스야. 그냥 평범한 남자애라고." 내가 틀렸다고 말해줘. 그의 심장이 이렇게 간청했다. 내가 틀렸으면 좋겠어.

탬벌레인은 고개를 끄덕이고는 접시를 내려놓은 뒤 입을 닦았다.

"네가 평범한 남자애가 아니라는 걸 난 증명할 수 있어. 난······ 난 네가 내 말을 믿어주면 기분이 좋을 것 같다고 생각했던 것 같아. 엄밀히 말하면 난 너의 가장 오래된 친구니까. 네가 날 한 번 보는 것만으로도 마음속 깊은 곳에서 사실을 알아차린다면 기분이 좋아질 것 같다고 생각했던 것 같아. 네가 '바꿔친 아이'라는 단어를 알아낸 것처럼 말이야. 하지만 지금도 괜찮아. 이런 것도 재미있을 거야. 밀러 선생님 수업시간에 찰흙으로 머그잔을 만들었을 때와 비슷할 거야."

토머스는 바짝 마른 입술을 핥았다. 그는 그때 아름다운 머그잔을 만들었다. 코끼리 모양의 잔으로, 뚜껑은 작은 왕자가 탄 작은 가마 모양이었다. 하지만 토머스가 그것을 집으로 가져온 일주일 뒤 아버지가 떨어뜨리는 바람에 가엾은 왕자가 산산조각 나서 바닥에 흩어져버리고 말았다.

"우선 재료. 혹시 마법 지팡이처럼 쓸 수 있는 게 있어? 뭐든 좋으니까 네 물건이면 돼. 그렇다고 수학 문제지를 돌돌 말거나 하지는 말고, 네가 좋아하는 거로."

토머스는 고개를 저었다. 이렇게 고개를 흔들어서 다시 제정신으로 돌아가고 싶었다. 마법 지팡이라니. 마법 지팡이가 등장하는 대화를 여자애랑 하고 있다니.

"음······ 그래. 물론이지."

어떤 물건이 적당한지 알 것 같았다. 미처 생각을 해보기도 전에 그 물건이 수수께끼의 답처럼 머릿속에 불쑥 떠올랐다. 토머스는 자기 방을 향해 복도를 전속력으로 질주해 가서 책상 서랍을 획 열었다. 그리고 노란색의 긴 2번 연필을 꺼냈다. 마법의 연필이었다. 그가 돌아서자 탬벌레인이 그의 방 문간에 서 있었다. 스크래치가 그녀의 어깨 너머에서 신기한 듯 이쪽을 바라보았다. 탬벌레인도 뱀파이어의 법칙을 알고 있었다. 주인이 초대해야만 안으로 들어갈 수 있다는 법칙. 토머스는 연필을 그녀에게 내밀었다.

"이건 기억이 나기도 전부터 갖고 있던 거야. 엄마가 주셨어. 내가 아기였을 때. 엄마가 머리카락 속에서 이걸 빼내서 나한테 주셨는데, 난 그동안 이걸 다 써버리지 않으려고 진짜 조심했어. 왜냐하면……." 그는 자신이 쓸데없는 말을 조잘거리고 있음을 깨닫고 다음 내용이 서둘러 따라 나오기 전에 입을 합 다물어버렸다. '왜냐하면 내가 모험 중이거든. 엄마가 나한테 모험 과제를 주었어. 검을 검집에서 꺼내듯이 머리에서 연필을 꺼내는 것을 보고 나는 이것이 신성한 모험 과제라는 걸 알았어. 갤러해드*의 모험 같은 것 말이야. 엄마는 나한테 대학 왕국에 가서 어여쁜이라는 아가씨를 만나고 아버지처럼 심리학을 공부하는 임무를 맡겼어. 나도 그러고 싶어, 그러고 싶어. 하지만 시간이 너무 오래 걸려.' "……음, 별 이유가 있어서 준 건 아닐 거야. 괜찮…… 괜찮아. 안으로 들어와도."

탬벌레인이 가벼운 발걸음으로 들어와 그의 침대에 앉았다. 침대에 깔린 퀼트가 저렇게 평범하지 않으면 좋을 텐데. 치즈 샌드위치와 연필 외에 그녀에게 보여줄 굉장한 물건이 있으면 좋을 텐데. 탬벌레인은 눈을 가늘게 뜨고 연필을 지그시 바라보며 손으로 이리저리 돌려보기도 하고, 손톱으로 지우개를 찔러보기도 했다.

---

* 아서 왕의 기사 중 하나.

"좋았어." 그녀가 만족스럽게 고개를 끄덕이며 말했다. "자, 네가 좋아하는 걸 골라." 탬벌레인이 토머스를 향해 환하게 웃었다. 그녀는 신비롭게 구는 것을 즐거워하며, 무대 위의 마술사처럼 긴장의 순간을 길게 늘이고 있었다.

"무슨 소리야?"

"집 안에 있는 물건 중에서 좋아하는 걸 고르라고. 뭐든 네가 보기에 예쁘거나 흥미롭거나 좋은 거면 돼."

"왜 그래야 하는데?"

"그냥 고르기나 해, 멍청아. 밤새 이러고 있을 거야? 네가 좋아하는 물건이 아니면 소용없어. 이유는 나한테 묻지 마. 나도 이유 같은 건 모르니까. 난 그저 두어 가지를 알고 있을 뿐이야. 네가 모르는 걸 내가 아는 건 순전히 나도 모르게 그렇게 되었기 때문이고. 아무 문제도 없지만 어느 날 손바닥에서 서양자두가 자라는 상태로 간호학교에 가게 될 거라는 생각을 하면서 살아가는 게 얼마나 힘든 일인데."

토머스는 주위를 둘러보았다. 그의 방에는 물건이 별로 없었다. 대부분의 장난감을 그가 이미 오래전에 망가뜨린 탓이었다. 그의 야구공은 책상 위에 조용히 앉아 있고, 책들은 책꽂이에 있고, 자명종 시계, 침대 옆 램프…… 웜뱃. 오래전 어머니가 자투리 실로 떠준 웜뱃에 토머스의 시선이 머물렀다. 얼룩덜룩한 색깔은 서로 전혀 어울리지 않았고, 꼬리 근처에는 속을 채운 솜이 조금 밖으로 나와 있으며, 한쪽으로 기울어진 단추 눈은 긁힌 상처가 있고 탁했다. 탬벌레인이 그의 시선을 따라왔다.

"최고야." 그녀가 양손으로 베개에 놓인 자투리 실 웜뱃을 들어 올렸다. 사실 웜뱃은 장난감이라고 하기에는 너무 큰 편이었다. 탬벌레인이 그것을 토머스에게 건네며 말했다. "난 웜뱃을 좋아해. 이거 이름이 뭐야?"

토머스는 목덜미를 긁적이며 머뭇거렸다. 자기 물건의 이름을 남에게 말해준 적이 한 번도 없기 때문이었다. "걔는 여자야. 이름은 얼간이. 나는 물건에 이름을 지어주는 게 좋아. 멍청한 짓이라는 건 알지만."

"이름을 지어주는 걸 좋아하는 게 당연하지." 탬벌레인이 살짝 웃으며 말했다. "누구나 다 그래."

"탬, 만약에 말이야……. 네가 믿는 그 일을 내가 해내지 못하면 어쩌려고? 넌 계속 내가 너랑 같다고 말하는데 사실은 아니거든……. 난 나무가 아니야."

토머스의 안에서 트롤이 손뼉을 쳤다. 맞아 나무가 아니지. 트롤이 키득거렸다. 돌이야.

탬벌레인은 순간적으로 깜짝 놀란 표정이더니 곧 웃음을 터뜨렸다. 이상하기 짝이 없는 겉모습 밑에서 열두 살 소녀의 모습이 다시 드러났다.

"어머, 그건 나도 마찬가지야!"

토머스는 머리에 돋아난 꽃들을 감춘 그녀의 가발을 미심쩍은 시선으로 바라보았다.

탬벌레인이 손을 내저었다. "진짜야. 나도 나무가 아니야. 토머스, 우린 겉모습만 다를 뿐이야. 넌 남자애고 난 여자애인 것과 같아. 그렇다고 해서 뭐가 달라지는 건 아니잖아. 우린 둘 다 사람인걸." 탬벌레인은 한 손으로 찰싹 소리가 나도록 입을 막았다. 마치 방금 실수로 저주의 말을 내뱉기라도 한 것 같았다. 못된 설렘이 그녀의 눈을 가득 채웠다. "물론 우린 사람이 아니지만. 난 아니야. 너도 아니고. 나는⋯⋯." 그녀는 그가 그런 것처럼 말끝을 흐렸다. 그 순간 그는 그녀 역시 남에게 자신에 관해 말해본 적이 없다는 것을 퍼뜩 깨달았다.

상냥하게 굴어, 토머스. 처음은 언제나 힘든 법이야.

"난 생령이야." 탬이 말을 끝맺었다. 이 단어가 토머스의 머릿속에서 불이 들어오는 스위치를 켠 것 같았다. "적어도 난 그렇게 생각해. 그게 아니라면 무엇일지 모르겠어, 사실." 그녀는 자신의 손톱을 뜯었다. "우리 어머니는 정원사고 아버지는 사서야. 근사하지, 안 그래? 어머니는 어린나무들을 돌보고, 아버지는 늙은 나무들을 돌보는 거잖아. 두 분한테는 논리가 있어. 마치 마법 같아. 가끔 두 분은 나 같은 애가 태어나리라는 걸 처음부터 알았어야 한다고 농담을 해. 두 분이 숲에서 보낸 시간을 합치면 너무 많다나. 뭐, 아버지는 어머니와 사랑에 빠진 뒤에 책으로 만들어진 집을 지었어. 우편함 옆의 작은 텃밭에 장미와 무가 자라는 집. 그러다 딸을 낳았는데, 그때 내 이름을 가지고 두 분이 타협을 했지. 연극 제목과 꽃 이름을 따서 내 이름을 짓기로 한 거야. 그래서 내 미들네임은 바이올렛이야. 아기가 한 살 때 크게 아팠어. 귀도 빨갛고 얼굴도 빨갛고 배도 빨갛게 될 정도로 심하게 아팠지. 밤낮을 가리지 않고 열이 타는 듯이 올라서 온몸이 빨갛게 됐어. 그런데 어느 날 아침 일어나 보니 딸이 감쪽같이 사라진 거야. 아기 침대에는 나무와 나뭇가지와 초록색 이파리로 만든 작은 아이가 올빼미처럼 깩깩 울어대고 있었어. 아이들을 바꿔치는 일이 항상 공정하게 아이 대 아이로 이뤄지는 건 아니야. 어떤 때는 멍청한 인형이 대신 나타날 때도 있어. 소리를 꽥꽥 질러대고, 찻주전자를 방울뱀으로 바꿔버리고, 집을 태워버리는 인형. 반드시 이런 순서로 일이 벌어지는 건 아니지만 어쨌든 최대한 빨리 이렇게 되긴 하지."

"너도 집을 태웠어?"

"아니." 탬벌레인이 느리게 말했다. "하지만 태워버리고 싶어. 항상. 난 물건을 부수는 존재로 만들어졌어. 부수는 게 좋아. 뭔가를 부수기 직전의 그 순간만큼 좋은 게 없어. 매일 난 아무것도 부수지 않으려고 미친 듯이 애를 써. 얼마나 힘든지 몰라. 내가 그림을 그리게 된 건 물감이 하얀 벽을 망가뜨리기 때문이야. 그래서 좋아. 하지만 망가뜨리더라도 더 좋은 것으로 만들어주지. 그래서 부모님도 좋아해. 생령들은 원래 오래 살게 되어 있지 않아. 몇 달 뒤에 작은 다이너마이트 막대기처럼 터지게 되어 있다고. 그러면 끝이야. 알겠어? 우리는 '그곳'이 '여기'에 풀어놓은 장난 같은 거란 말이야. 두 세계가 악수를 하는 순간 징 하고 울리는 버저 같은 거. 그런데 우리 부모님은 이상해." 탬벌레인이 웃음을 터뜨렸다. "내가 장난 같은 존재라면, 우리 부모님은 유머 감각이 진짜 끝내줘. 책과 식물을 사랑하다 보면 그렇게 되나 봐. 살아 있지만 살아 있지 않은 것들이잖아. 아버지는 일이 어떻게 된 건지 꽤 확실히 알 것 같아. 세상의 거의 모든 일에 대해 책에서 읽은 적이 있는 분이니까. 부모님은 그 애를 생각하며 슬퍼해. 나 말고 다른 여자애. 부모님의 진짜 딸 말이야. 조용하고 어두운 곳에 있으면 내가 두 분의 소리를 들을 수 없는 줄 알고 그런 곳에서 슬퍼하지. 하지만 엄마는 나무를 진짜로 잘 돌보는 분이고, 아빠는 요정이 나오는 동화책을 진짜 잘 돌보는 분이야. 내가 계속 비명을 질러댔을 때 엄마는 비가 내리는 밖으로 날 데리고 나가서 내 이파리들이 펼쳐져서 하늘의 물을 다 마셔버릴 때까지 기다려줬어. 내가 장작 난로를 먹어버리려고 했을 때는 아빠가 레이피어와 지푸라기 그리핀*을 주면서 싸우라고 했어. 내가 부러졌을 때는…… 생령들은 원래 잘 부러져…… 엄마가 날 접붙여서 노끈으로 묶은 다음에 상처가 다 나을 때까지 햇빛이 잘 드는 곳에 놓아뒀어. 난 아주 약해. 십 년 동안 쓰고 나면 고장 나는 자동차랑 비슷해. 오십 년 동안 달릴 수 있는 차를 만들 수 없기 때문이 아니라, 포드 사장이 사람들한테 새 차를 많이 팔고 싶어서 차를 그렇게 만들잖아. 계획적인 구식(舊式)화라고 하지, 그런 걸. 그게 바로 나야. 네 부모님은 네가 진짜 아들이 아니라는 사실조차 모를걸. 그편이 좋을 것 같아. 더 편하잖아. 앞날이 창창하다고 믿으면서 자랄 수 있는 게."

"그렇지 않아." 토머스가 말했다. 지나치게 크고 지나치게 빠른 말씨였다. "나한테 뭔가 문제가 있는데 나도 부모님도 문제가 뭔지 모르겠지만 내가 더 착한 아들, 더 나은 남자가 되려면 그 문제를 바로잡을 수 있어야 해. 웃기는 일이지. 부모님은 항상 나보고 남자가 되어라, 사내답게 받아들여라, 남자답게 행동해라, 이렇게 말해. 계속 그런 말을 하지 않으면 내가 자라서 켄타우로스나 식탁이 되어버릴지도 모른다고 생각하는 것처럼. 내가 사람이 아니라는 걸 어떻게든 알고 있는 것처럼. 주문을 외듯이 그 말을 많이 하면 내가 그 주문에

---

* 그리스 신화에서 사자의 몸에 독수리의 머리와 날개가 달린 괴물.

속아서 영원히 사람이 되기라도 하는 것처럼." 그가 스스로 사람이 아니라는 말을 입 밖에 낸 것은 이번이 처음이었다. 이 말을 하고 나니, 이것이 사실임을 알 수 있었다. 그는 탬벌레인과 같은 존재가 아니었지만, 그렇다고 부모님과 같은 존재도 아니었다.

"맞아." 탬벌레인이 고개를 끄덕였다. "어른들은 항상 그런 말만 하지. 숙녀가 되어라, 숙녀다운 말을 해라, 숙녀다운 행동을 해라, 그건 숙녀답지 못한 행동이야."

"난 남자가 되지 않을 거야. 뭘 사내답게 받아들이지도 않을 거고, 남자답게 행동하지도 않을 거야!" 토머스의 안에서 트롤이 기쁨에 들떠 양손을 비비며 기대에 부풀었다.

"좋았어." 탬이 토머스의 책상에서 풍선 경감을 들어 금이 간 빨간 표지를 펼쳤다. 마침내 아무것도 적히지 않은 페이지가 나오자 그녀는 풍선 경감과 연필을 토머스의 손에 꼭 쥐여주었다. "우린 남자도 숙녀도 되지 않는 거야. 남자나 숙녀다운 행동도 하지 않을 거고, 그런 말투를 쓰지도 않을 거야."

"그럼 뭐가 되지? 넌 생령이라지만, 난 뭐야?"

탬벌레인이 고개를 저었다. "나도 정확히는 몰라. 난 백과사전이 아니라고. 어쩌면 넌 요정인지도 모르지. 아니면 미노타우르스거나. 스프리건이나 글래시틴*일 수도 있고. 크리스마스 당일이 될 때까지 열 수 없는 선물상자 같은 거야. 그런데 막상 그 상자를 열고 나면 손을 물릴 수도 있어. 우리 같이 조사해보자. 하지만 지금은 그냥 요정

* 맨 섬의 민담에 등장하는 고블린 또는 워터호스.

이라고 해두지 뭐. 못된 요정이라고." 탬벌레인의 눈이 새로 돋은 이파리에 맺힌 빗방울처럼 반짝였다. "네가 원하는 걸 적어. 편지를 쓰듯이. 너의 그 훌륭한 필체로. 진짜 필체 말이야. 짧고 아주 구체적으로 써야 돼. 마법은 네가 원하는 것에 난 틈새로 기어 들어가서 그 틈새를 골칫덩이로 메워버리거든."

"도롱뇽의 눈이나 개구리의 심장이나 벨라도나 같은 걸 쓰면 안돼?"

"만약 네가 국자나 그레이비소스 그릇이나 나무 숟가락을 선택한다면 될지도 모르지. 마법 지팡이는 원래 정해진 방식대로 써야 하니까. 마법에도 대수학처럼 논리가 있어. 그래서 일단 알고 나면 쉬워. 답이 정해져 있거든. 연필은 손에 쥐고 글을 쓰는 물건이지, 개구리 수프의 재료가 아니라는 식으로."

"하지만 난 지금까지 엄청 많은 것들을 글로 적었어도 아무 일도 없었어."

"그건 뭐랄까…… 먼저 준비가 좀 필요하기 때문이야. 연필을 쓸 때는…… 음…… 심을 날카롭게 간다든지, 그런 것? 그래, 그게 딱 맞는 말인 것 같다."

"그럼 네 건? 네 마법 지팡이는 뭐야?"

탬벌레인은 자신의 가방에서 아름다운 나무 붓을 꺼냈다. 끝에는 튼튼한 오소리 털이 달려 있고, 목 부위에 구리 띠가 감겨 있는 물건이었다. 당연한 물건이었다. '그곳'의 색깔이 온통 밝게 빛나는 그 방의 벽들을 생각하면.

"너 설마 연필깎이를 쓰라는 뜻은 아니지?" 토머스가 말했다.

"아니야. 마법은 네 몸으로 하는 거야." 스크래치가 탬벌레인의 팔 밑에 나팔 입을 턱 끼워 넣었다. 정말로 주인의 손길을 원하는 아일랜드 사냥개 같았다. 탬은 가볍게 웃으며 축음기를 옆으로 끌어당겨 안아주었다. "음악상자를 열면 작은 발레리나가 춤을 추는 것과 같아. 상자를 연 사람이 너니까, 발레리나가 춤추게 한 사람도 너야. 전에는 존재하지 않던 춤을 만들어낸 거라고. 하지만 네가 직접 춤을 추는 건 아니지. 마법은 항상 이렇게 네 몸으로 하는 거야. 그리고…… 뭐, 대개는 좀 역겨운 일이기도 해. 난 내 몸을 젖게 만들어야 한다는 걸 깨달았어. 수채화를 그릴 때는 원래 그렇잖아. 그래서 나는 내 팔을 칼로 그어서 상처를 낸 다음에 수액 속에 그걸 굴렸어."

물론 탬벌레인은 오로지 축축한 마법만이 이런 식으로 작동한다는 것을 알지 못했다. 세상에는 피를 흘리는 것과 같은 비위생적인 조건을 경멸하는 다른 마법들이 많이 존재한다. 주로 책과 모래폭풍에만 한정된 건조한 마법, 레이스가 없으면 아무것도 할 수 없는 부채 마법이 그런 종류다.

하지만 토머스는 감탄했다. 탬벌레인이 움찔거리면서도 강한 믿음을 바탕으로 페인트나이프로 자신의 이두박근을 긋는 모습이 머릿속에 떠올랐다. 그는 마법을 흉내 내려고 애썼다. 마법이 종일 잠도 자지 않고 라디오를 지나치게 크게 틀어놓거나 온 방에 책을 던지는 옆집의 꼬마라고 상상하며, 그 꼬마처럼 생각하려고 했다. 그러다가 실험적으로 연필 끝을 이로 물었다. 금속과 나무의 맛, 더럽고 끔찍한 맛이 났다. 아주 잠깐은 그것이 전부였다. 그런데 이내 어떤 느낌이 데굴데굴 구르며 가슴속에서 크게 부풀어 올랐다. 그의 트롤 자아가 배에서 팔을 길게 쭉 뻗자 그 자아의 쑤시던 관절들이 팡팡 소리를 냈다. 트롤 자아는 트롤이 아닌 모든 부분들을 옆으로 밀어버리고, 입을 벌린 채 연필을 향해 낑낑거리며 손을 뻗었다. 트롤은 이제 앞으로 나설 준비가 되어 있었다. 마침내 트롤의 차례가 돌아온 것이다. 토머스의 안에서 트롤이 자신의 날카로운 이빨 사이에 물려 있는 연필 끝을 움켜쥐고 씹어서 뾰족하게 만들었다. 마침내 할 일이 생긴 것이 너무 기뻐서 미칠 것 같았다. 25센트 동전 하나를 씹어 1센트 동전들을 뱉어내는 것 같은 기분이었다. 토머스는 콜록콜록, 캑캑거리다가 손가락으로 연필을 입에서 빼내려고 했지만 그래 봤자 목이 더 막혀서 심하게 캑캑거리는 소리가 날 뿐이었다. 그가 해낸 걸까? 그의 마법 연필이 정말로 마법이 된 걸까?

파란 줄이 쳐진 풍선 경감의 종이 위에 토머스와 그 안의 트롤이 함께 글을 썼다. 둥글게 휘어지고 껑충껑충 뛰는 것 같은, 크고 화려한 필체였다.

나팔총에게

지금 당장 깨어나서 스크래치처럼 살아나줘. 진짜 웜뱃이 되어서 말하고 걷고 깨물고 놀라운 일들을 할 수 있게 되는 거야. 적들을 향해 입으로 시계꽃 열매와 말굽과 위스키병을 쏘아대고, 웜 나라의 옛 노래들을 불러줘. 웜 나라는 지금껏 존재한 모든 땅 중에 가장 아름다운 곳이라는 걸 우리 둘 다 알고 있지. 제발 날 좋아해 줘(탬벌레인도. 탬벌레인은 아주 착한 애야. 비록 나무로 만들어져서 이빨로 물거나 함께 캐치볼을 하거나 애를 마당에 묻어버리면 안 되지만. 쉽게 쪼개질 수 있으니까 아주 조심해야 돼. 하지만 원한다면 날 조금 물어도 돼). 나처럼 진짜가 되어줘. 인형이나 로봇이나 꼭 두각시 인형처럼 내가 하라는 것만 할 수 있는 물건을 말하는 게 아니야. 네가 심술궂게 굴어도 난 괜찮아. 네가 아침에 일어나는 걸 좋아하지 않는다면, 내가 너한테 커피를 한 양동이 끓여줄게. 제발 마음대로 날뛰는 멋진 아이가 되어줘. 사납고 고집스러운 아이가 되어줘. 나도 그러니까. 우리 둘 다 사납고 고집스럽게 군다면, 다른 사람이 사납거나 고집스럽게 군다 해도 별로 신경 쓰이지 않을 거야.

고마워
토머스 마이클 루드

토머스는 몇 번 크고 다급하게 숨을 들이쉬었다. 이게 효과가 있을까? 없을 것 같았다. 그렇지? 있을 리가 없었다. 아니, 있을 수도. 절대로, 절대로. 아냐, 어쩌면?

탬벌레인이 종이를 고스란히 찢어내는 방법을 가르쳐주었다. 끝이 가지런한 직선이 되게 하고, 단어들이 갈라지지 않게 찢는 방법이었다. 탬벌레인은 그 종이를 최대한 작게 접어서 자투리 실로 짠 웜뱃의 입 안에 넣는 방법도 가르쳐주었다. 토머스는 종이가 털실들 틈새를 찔러가며 나팔총의 속을 채운 솜 속으로 파고들어 가는 것을 느낄 수 있었다. 종이는 계속, 계속 내려가서 솜털 심장으로 들어갔다. 마법은 효과가 없었다. 효과가 있었다면 그도 뭔가를 느꼈을 것이다. 어쩌면 마법은 글로만 가능한 것인지도 몰랐다. 이미 그의 몸 바깥에서, 그가 들을 수 없는 곳에서 주문을 속삭이고 있는 것인지도 몰랐다. 제발, 제발, 제발, 하고.

토머스의 안에서 트롤이 상점 진열창에 얼굴을 바짝 들이댄 아이처럼 토머스의 눈을 통해 밖을 내다보았다. 톰과 탬은 숨을 죽였다.

나팔총의 왼쪽 눈은 진줏빛이 도는 자홍색의 다이아몬드 모양 단추였다. 엉겅퀴가 조각된 그 단추는 예전에 그웬돌린의 봄 원피스에 달려 있었다. 오른쪽 눈은 돛단배 모양의 도장이 찍혀 있는, 두툼하고 둥근 놋쇠 단추였다(예전에 토머스의 피코트에 달려 있었다). 다시 말해서, 나팔총이 항상 뭔가 비밀스럽고 재미있는 것을 향해 윙크하는 것처럼 보인다는 뜻이었다. 지금도 그랬다. 그래서 토머스는 자기도 모르게 마주 윙크를 했다. 세상을 이해할 수가 없어서 크고 부드럽고 손에 쥘 수 있는 것이 있어야만 기분이 좀 나아질 것 같을 때 그가 자주 하는 행동이었다.

그런데 나팔총이 마주 윙크를 해주었다.

자홍색 눈 위의 초콜릿색 털실이 진짜 눈썹처럼 올라붙어서 뭉쳤다가 다시 펴진 것이다. 그다음에는 놋쇠 눈 위의 선명한 파란색 실도 같은 시도를 했다. 그리고 마지막으로 완두콩과 귤색의 양쪽 귀가 쫑긋거렸다. 밤색 주둥이도 쫑긋거렸다. 연보라색 꼬리가 흔들렸다. 황금색과 청록색 앞발이 침대를 쾅 치고, 하얀색과 검은색 뒷발이 그 뒤를 따랐다. 자투리 실 웜뱃은 앞으로 쓰러지듯 엎드려 알록달록한 엉덩이를 공중에서 흔들어댔다. 마지막으로 마음대로 날뛰는 멋진 웜뱃 나팔총은 버찌처럼 새빨간 입을 벌려 힘센 외투 쥠쇠를 길게 두 줄로 늘어놓은 이빨을 드러내더니 지저귀는 것 같은 소리를 냈다. 돼지와 새가 코웃음을 치면서 동시에 노래를 부르는 것 같은 소리였다.

나팔총이 크게 펄쩍 뛰었다. 웜뱃의 다리가 상당히 짧지만 정작 본인은 그 사실을 결코 기억하지 못하는 탓에 나팔총이 기대한 만큼 멀리 뛰지는 못했다. 나팔총이 토머스에게 달려들자 토머스가 바닥으로 쓰러졌다. 나팔총은 대포알 더미만큼 묵직하게 토머스의 가슴으로 떨어졌다. 나팔총의 단단한 근육질 가슴이 토머스를 짜부라뜨리고, 입에서는 젖은 털실 냄새가 났다. 마른 흙 위로 쨍쨍 내리쬐며 이글거리는 뜨거운 태양의 냄새와 수풀 속의 잔디 냄새도 조금, 아주 조금 나는 것 같았다.

"트롤! 트롤 트롤!" 자투리 실 웜뱃이 기분 좋게 큰 소리로 웃었다. 묵직하고 불퉁하게 울리는 갈라진 목소리가 완벽했다. 털실이 잔뜩 해져서 펠트처럼 변한 목소리 같았다. "응! 아니야! 응. 응. 아니야. 아니야. 어쩌면! 초록색. 파인애플. 진." 나팔총이 앞발로 토머스의 가슴을 쾅 하고 치는 바람에 그는 또 콜록거리기 시작했다. 나팔총이 환하게 웃으며 "짜잔!" 하고 소리쳤다. 그러고는 주점에서 날리는 다트처럼 빠르게 고개를 숙여 그의 목을 물었다. 토머스는 새된 비명을 질렀다.

"내가 이래도 된다며!" 나팔총이 툴툴거렸다. "내가 널 물어도 된다고 했잖아. 너 지금 화내면, 그건 약속을 깨는 거다. 게다가 웜의 나라에서는 상대를 좋아하는 마음을 표현하기 위해서 상대를 물어. 상대를 좋아하지 않을 때도, 상대가 맛있어 보일 때도, 상대가 자기 것 같을 때도! 우리가 무는 건 곧 우리 것이거든. 누가 봐도 뻔하잖아! 우리는 화가 났을 때, 배가 고플 때, 기쁠 때, 영화관에 가게 돼서 신이 났을 때, 마구 날뛰는 개들이 무서울 때도 상대를 물어. 화요일이라서, 일요일이라서 물 때도 있고, 특히 기쁘지만 불안할 때도 상대를 물어. 이빨로 상대를 무는 것만큼 내 감정을 표현하는 게 없다고! 내가 널 물었으니까 넌 내 거야, 톰 루드. 내가 네 주인이야. 웜뱃의 규칙이야. 내가 트롤의 주인이다!"

나팔총은 토머스의 몸 위에서 폭죽처럼 펄쩍 뛰어 일어나서 방을 두 바퀴 돌면서 털실 발톱으로 마룻널의 못들을 긁어댔다. 그녀는 자신이 캥거루가 아니라는 사실을 또 까맣게 잊어버리고 있는 힘껏 뛰어올랐으나, 역시 캥거루가 아니라서 책상 위에 제대로 올라서지 못하고 책상 모서리에 철썩하고 배를 걸치듯이 떨어져 뒷발을 허우적거리다가 간신히 기어 올라가 표지에 풍선이 그려진 빨간 공책 위로 쓰러졌다. 숨을 몰아쉬는 그녀의 눈은 생기로 촉촉하게 반짝였다.

"내가 트롤이야?" 토머스는 기겁했다.

에메랄드 열역학 하이퍼정글 법칙

톰과 탬은 아파트 7호에서 아주 시끄러운 파티를 열고,
빨간불과 초록불 게임을 하고, 이런 일에
적절한 숫자인 일곱 시간 동안 가지고 놀던 야구공에게 납치당한다.

새로운 세상을 만드는 데에는 적어도 일곱의 시간이 필요하다.

일곱 날, 일곱 시간, 아침을 아주 든든히 먹었을 때는 하다못해 일곱 분이라도. 그보다 짧은 시간은 소용이 없다. 첫 번째 시간은 천의 크기를 재고 조금 전까지 손에 쥐고 있던 망치를 찾으며 지나간다. 계속 이런 식으로 시간을 질질 끌면서 주말에 잠을 잔다면, 우리가 알아차리기도 전에 아주 작고 파란 피요르의 작은 소용돌이 장식 하나에 일 년을 쏟았음을 알게 되어 그만 흥미가 사라져버린다. 차라리 반짝반짝 빛나는 새 가스 거성을 가지고 처음부터 다시 시작하는 편이 낫다는 생각이 드는 것이다.

그렇게 수상쩍은 눈으로 나를 보지 말기 바란다. 여러분과 나도 새로운 세상들을 만들고 있으니까. 다만 우리 손이 너무 작아서 열일곱 개의 달을 한꺼번에 관리하지 못할 뿐이다. 수백 년 동안 계속 날뛰고 있는 커다란 빨간 폭풍도 관리할 수 없다. 우리는 아주 이상한 것들로 자신의 세상을 만든다. 신경에 거슬리지 않는 사람들, 풀이 자라는 곳이나 유리와 강철로 되어 있지만 우리의 형제자매들 못지않게 생기 있고 꼭 필요한 곳들, 모든 것이 제자리를 갖고 있는 집을 고른다. 그곳에서는 '아무도 없을 때가 아니면 네 것이 아닌 물건을 가져가면 안 된다'거나 '착한 사람들에게 좋은 일들이 일어난다'거나 '일 년은 삼백육십오 일'이라는 규칙들이 합의로 결정되어 있다. 심지어 사실과 어긋나는 규칙들조차, 아니 특히 그런 규칙들일수록 합의에 따라 지켜진다.

여러분과 나는 여기에 작은 세상 하나를 함께 만들었다. 오직 우리만이 아는 이 세상에는 사랑스러운 빨간 문이 있고, 제라늄 화분 밑에서 반짝거리는 눈들이 내다보고 있다. 누구나 아는 세상 속에 우리만의 비밀 세상이 있는 것이다. 그것도 아주 훌륭한 세상이다. 새로운 세상은 어떤 생물이 말하고 다른 생물이 귀를 기울일 때 항상 만들어진다. 여기에 중력은 없다. 오, 모든 것이 날아다니는 그 모습이란!

토머스 루드는 일곱 시간 만에 두 세계를 감당해냈다. 솔직히 그의 신기록을 축하해주어야 할 것이다. 첫 번째 세계는 생존의 문제였다. 그는 이런 일을 해낼 생각이 없었다. 사실 그건 누구나 마찬가지다. 모든 것이 자기 생각과는 달랐음을 알게 되었을 때, 우리 몸은 옛 세상이 터져 웜뱃으로 변하고 남은 잡동사니를 끌어모아 새로운 우주를 만들 수밖에 없다. 이제 확실한 것은 하나도 없다. 새로운 중력, 새로운 끓는 점, 새로운 E와 mc와 제곱이 필요해진다. 열역학 제2 법칙으로 만족할 이유가 무엇인가? 그것은 옛 세상의 노래다. 축음기가 춤을 추고 여자애의 몸에서 서양자두가 귀걸이처럼 자라나면, 에메랄드 열역학 하이퍼정글 법칙의 시대가 도래한 것이다. 모든 것이 살아서 자라고 살찌며, 어느 것도 부패하거나 색이 바래거나 끝나지 않는 시대다.

물론 토머스 혼자서 자신의 세상을 만든 것은 아니었다. 그러는 사람은 아무도 없다. 깊은 곳의 표면에서 혼자 움직이는 것은 끝내주게 지루한 일이다.

그러니 보라, 첫 번째 시간에 토머스와 탬벌레인은 조금 미친 사람들처럼 키득거리며 높은 수납장에서 초콜릿을 해방시키고, 서로를 부추기고, 아파트 7호에 여러 가지 범죄를 저질렀다. 토머스는 고대의 고고학 유적인 자신의 벽장을 발굴해서 반쯤 쓰다 말아서 끝이 치약처럼 돌돌 말려 있는 유화 물감 여러 개를 찾아냈다. 탬은 달걀을 조금 이용해서 색깔을 신선하게 되살리는 방법을 그에게 가르쳐주었다. 두 사람이 힘을 합쳐 높은 책꽂이를 한쪽으로 밀었더니, 쉽게 숨길 수 있는 벽 일부가 드러났다. 백지상태의 신선한 벽이었다. 탬벌레인이 손목부터 어깨까지 팔을 문질러대자 그녀의 진짜 몸인, 윤기 나는 검은 나무가 드러났다. 그녀는 코발트와 주홍색과 커스터드색과 올리브색을 자신의 팔에 길게 쭉 짠 뒤 그림을 그리기 시작했다. 그동안 토머스는 신문사 편집자에게 편지를 쓰는 할아버지처럼 열정적으로 가구에게 보내는 편지를 갈겨썼다.

안녕, 거트루드(초록색 갓이 있고, 유리 한 장이 빠져 있어서 그 틈으로 전선이 들여다보이는 내 침대 옆 램프).

당장 나팔총처럼 깨어나서 움직여줘. 말하고 걸을 수 있게 되어줘. 내가 어려서 네가 해처럼 크고 밝아 보이던 때부터 네가 내 어깨 너머로 읽은 모든 책들을 기억해줘. 탬벌레인과 나를 좋아해줘. 다시는 전구를 펑 터뜨리지 말고, 매일 밤 내가 잠자리에 들 때마다 너의 먼지를 털어줘야겠다고 생각하면서도 한 번도 해주지 않은 나를 용서해줘.

고마워.
토머스 마이클 루드
추신: 부탁이니 심술궂게 굴지는 마.

탬벌레인이 커스터드색을 묻힌 붓을 길고 우아하게 위로 쓸어 올렸다. 여러분이나 나나 토머스가 그렇게 붓을 움직였다면 고작해야 벽에 줄만 하나 그어놓고 마땅히 혼이 났겠지만, 탬이 그렇게 하자 확실히 나무 일부처럼 보이는 선이 생겨났다. 곧 나무의 몸통과 이파리가 생겨날 것 같았다. 그녀가 붓질을 하는 동안 나팔총은 코를 킁킁거리며 부엌을 돌아다니다가 마침내 빵 상자를 찾아내고는 털실 발을 기쁜 듯이 흔들어대면서 롤빵을 향해 무작정 달려들었다. "웜뱃은 배를 가득 채워야 돼! 그게 첫째야! 텅 빈 배는 화를 내거든. 넌 내가 생전 처음으로 먹는 롤빵이야! 널 영원히 잊지 않고 네 용기를 노래로 불러줄게!" 그녀가 외쳤다.

스크래치가 댄스홀의 아가씨처럼 긴 놋쇠 다리를 차올리고, 초록색 램프 거트루드가 찰칵 켜졌다가 꺼지기를 반복하며 납작하고 둥근 받침대 위에서 좌우로 몸을 흔들다가 바닥으로 훌쩍 뛰어내려 멋대로 통통 뛰면서 침대 주위를 돌았다. 거트루드의 불빛이 반짝반짝 꺼졌다 켜지는 속도가 점점 빨라지는 동안 스크래치는 노래를 불렀다.

어떻게 시골에 붙들어둘 수 있겠나
파리를 보고 온 사람들을

토머스는 집 안을 뛰어서 돌아다니며 벽에, 식탁 위에, 바닥에, 무릎에 종이를 놓고 편지를 썼다. '우그러진 화구가 하나 있는 나무 화덕 헤파이스토스에게.' '다섯 종류의 시든 붓꽃이 꽂힌 꽃병인 오필리아에게.' '시계 할아버지인 호레이쇼 할아버지에게.' 그러자 헤파이스토스가 불꽃과 어둠의 무늬를 그리며 포효했고, 오필리아는 꽃잎을 열었다 닫으며 거트루드와 함께 통통 폭스트롯을 추었다. 호레이쇼 할아버지는 뎅뎅 열일곱 시를 알렸다. 탬벌레인은 그림을 그리다 말고 시선을 들더니 한쪽으로 고개를 갸웃했다. 쿵쿵거리는 소리와 깍깍거리는 소리가 아파트를 뒤흔들었다.

"넌 재네한테 말하라고만 했지, 입을 주지 않았어. 그래서 스크래치처럼 자기한테 있는 걸 활용해서 말하고 있어. 그런데 거트루드는 모스부호를 알고 있는 모양이네."

초록색 유리 램프가 기쁨에 겨워 불을 반짝거렸다. 길게, 짧게, 길게, 길게.

탬벌레인의 손짓을 따라 연둣빛 나무 한 그루가 자라나고 있었다. 군청색 이파리들이 펼쳐지면서, 끓어오를 듯이 뜨거운 색깔들에서 빛이 뚝뚝 떨어졌다.

토머스는 거실 샹들리에를 올려다보았다.

"도깨비불아, 네가 오늘 나오면 내가 죽을 때까지 사랑해줄게."

토머스는 샹들리에에게 편지를 썼다. 그리고 언제나 그랬던 것처럼 시트린이라는 이름으로 그녀를 불렀다. 토머스가 편지에 뭐라고 썼는지 여러분에게 말해주지는 않겠다. 소년과 조명기구 사이에 오간 말들 중에는 비밀스럽고 이상한 내용이 포함되어 있기 때문이다. 토머스는 사다리를 타고 올라가 크리스털이 매달려 있는 화려한 은색 장식 중 한 곳에 편지를 둘둘 말았다. 그리고 기다렸다. 심장이 튀어나올 것 같다가 푸시시 가라앉았다가 다시 튀어나올 것처럼 뛰어댔다.

아무 일도 일어나지 않았다. 샹들리에의 전구들 속에서 도깨비불이 튀어나와 그의 어깨에 내려앉는 일은 일어나지 않았다. 토머스는 고개를 저었다. 이 새로운 세상에서 그가 처음으로 겪는 실망이었다. 그는 이성적으로 이해하려고 애썼다. 새로운 규칙을 만들어내려고 했다. 규칙이 있으면 실망스러운 일에 대해 왕의 권위와 비슷한 권위를 조금 세울 수 있으니까. 설사 그가 우주의 법칙에 어긋나는 짓을 저질렀다 해도 그것은 그의 잘못이 아니었다. 그 법칙이 어디에도 붙어 있지 않으니, 그는 그 법칙을 알지 못했다.

"난 새로운 것들을 만들어낼 수 없는 것 같아." 그가 탬벌레인에게 큰 소리로 말했다. 탬벌레인은 스테인드글라스 솔방울을 밤색으로 칠하는 중이었다. "그냥 물건을 깨울 줄만 알아. 넌 새로운 걸 만들어본 적 있어? 전에는 없던 걸 새로 만들어봤어?" 이 말을 하고 나서 그는 속으로 생각했다. '이것이 원래 트롤이 하는 일인가? 이게 트롤 마법이야?'

탬벌레인은 대답하지 않았다. 새로 생겨난 나무들에게 푹 빠져 있기 때문이었다.

'복도의 그림 속에서 난초들과 함께 춤추는 소녀 아라베스크에게……' 토머스는 편지를 쓰기 시작했다. 거기에 워낙 열심히 집중했기 때문에 수선화색 빛에 푹 잠긴 크리스털 다리 한 쌍이 천장에서 펼쳐져 발레리나처럼 빙글빙글 돌며 내려오는 것을 보지 못했다. 눈물방울 모양의 날씬한 크리스털들도, 샹들리에의 팔에서 곱슬거리는 은색 털도, 둥근 유리 전구들이 이글거리는 것도 보지 못했다. 복도의 그림 속 소녀에게 새로 쓴 편지를 가져다주려고 돌아선 뒤에야 이 모든 것을 발견한 토머스는 시트린을 빤히 바라보았다. 그녀도 그를 마주 바라보았다. 도깨비불은 아니었지만, 그래도 분명히 살아 있었다. 시트린이 반짝이는 유리 입으로 빙긋 웃는 토머스를 휙 품에 안아 들고 크리스털 폴카를 추며 아파트 안을 빙글빙글 돌았다. 그러다 침실을 지나갈 때 보석이 박힌 손가락으로 탬벌레인을 붙들고는 서투르게 통통 뛰면서 한쪽 구석에서 다른 쪽 구석까지, 또 다른 쪽 구석까지 멋진 3인조 스텝을 밟았다. 스크래치가 뒤에서 폴짝폴짝 따라오면서 노래를 불렀다. 스크래치의 바늘이 두 배나 빠른 속도로 레코드 위를 이리저리 가로질렀다.

어떻게 시골에 붙들어둘 수 있겠나
파리를 보고 온 사람들을

그러나 두 번째 시간이 되자 토머스는 이 새로운 세계의 주민들에게 놀이를 하나 가르쳐야 했다. 니컬러스와 그웬돌린이 집에 돌아올 때를 대비하기 위해서였다. 아파트 7호에서 멋대로 돌아다니던 물건들이 한데 모였다. 초록색 유리 램프와 붓꽃 꽃병이 안쪽으로 몸을 기울였고, 나무 화덕은 부엌에서 열심히 귀를 기울였으며, 커튼들은 휘리릭 열렸다가 닫혔고, 시계 할아버지는 바늘들을 움직여 가장 주의를 기울이는 자세를 잡았다. 그림 속 소녀는 난초들을 내려놓고 까치발로 섰다. 샹들리에는 거실 융단 위에 책상다리로 앉았다. 나팔총은 전혀 관심 없다는 듯이 꾸벅꾸벅 졸면서 털실 코를 쫑긋거렸다.

"다들 잘 들어. 진짜 중요한 거야!" 토머스가 외쳤다. "우리 다 같이 놀이를 하나 배워야 해. 아주 쉬워. 빨간불, 초록불이라는 놀이야."

초록색 램프가 기뻐하며 반짝거렸다.

"그래, 네가 아주 잘할 것 같아, 거트루드! 자, 내가 초록불이라고 말하면 우리 모두 하고 싶은 대로 해도 돼. 뒹굴뒹굴 구르든, 확 달려

들든, 크게 울부짖든 모두 괜찮아. 하지만 내가 빨간불이라고 말하면 모두 꼼짝도 하면 안 돼. 원래 있던 자리로 돌아가서 숨을 죽이고 절대 움직이지 마. 빨간불은 너희가 왜 갑자기 움직이게 됐는지 전혀 이해하지 못하는 사람이 오고 있다는 뜻이야. 그래서 그 사람한테 들키면 그 사람이 우리 모두를 쓰레기장에 버려버릴지도 몰라. 어디 한번 해보자. 빨간불!"

집이 순식간에 정돈되었다. 그들은 오후 내내 연습을 했다. 오직 나팔총만이 탬벌레인의 연두색 소나무 밑에서 파란색 솔잎들을 향해 코를 골아대며 몇 시간 동안이나 잠을 잤다. 멀고 먼 곳의 별빛을 받아 반짝이는 솔잎들은 하나하나가 아주 작은 레이피어* 같았다.

세 번째 시간에 나팔총은 토머스에게 학교로 데려가달라고 애원했다.

"웜의 나라에서 우리는 싸우면서 배워! 내가 모르는 걸 알 것처럼 생긴 웜뱃을 염탐하려면, 그 녀석이 먹을 만한 풀을 찾는 동안 뒤에서 몰래 따라다니는 거야. 그러다 그 녀석이 안심하고 있을 때 펄쩍 뛰어서 달려드는 거지! 목을 깨물고 궁둥이에 발톱을 박아야 해! 그렇게 잡아 누르고 있으면, 녀석이 아는 것들이 나의 분노를 피해 최소한 목숨이라도 건지려고 꿈틀꿈틀 나오려고 해. 녀석의 털투성이 주둥이에서 화씨를 섭씨로 바꾸는 공식이 적힌 눈덩이가 쑥 하고 튀어나올지도 몰라! 웜 나라의 역대 총리들 얼굴이 씨앗에 시대순으로 박혀 있는 파파야들이 튀어나올 수도 있어! 색칠한 달걀이 튀어나와서 깨

---

* 길고 가느다란 양날 칼.

보면 함무라비 법전이 입 안으로 빨려 들어올 수도 있고! 함무라비에게 웜뱃의 피가 섞여 있었다는 거 알아? 뭐, 요즘 애들은 무식하니까. 난 그 학교 왕국에 가서 인간들과 싸워 개들의 지식을 얻고 싶어! 내가 개들을 때려서 무엇을 알아낼지 누가 알겠어?"

"아무것도 알아낼 수 없어." 토머스가 간청하듯이 말했다. "여기서는 그러면 안 돼. 애들을 때리면 안 된단 말이야. 만약 내가 내일 널 학교에 데려간다면, 진짜 만약에 그렇게 한다면, 넌 기필코 조용히 있어야 돼. 빨간불 중에서도 제일 빨간불이야! 내 가방 속에 얌전히 있어야 한다고. 학교가 끝날 때까지 절대 나오지 마. 약속해, 나팔총. 아니면 거트루드랑 같이 그냥 집에 있든지. 거트루드가 불을 번쩍거리는 통에 머리가 지독하게 아플 거야."

나팔총은 땅딸막한 흑백 뒷다리로 서서 청록색 앞발 하나를 들어올렸다. "캥거루들에게 맞서서 한 수 가르쳐준 위대한 웜뱃 여황제 위틀의 영혼을 걸고 엄숙히 맹세합니다. 나는 토머스의 가방 속에서 나오지 않고, 코웃음 소리 하나 내지 않겠습니다."

네 번째 시간에 탬벌레인이 스테인드글라스 소나무 왼쪽에 새 나무를 그리기 시작했다. 극심한 보라색 버드나무였는데, 주머니 시계가 달린 가지들이 사방에서 돋아나 축축 늘어졌다. 토머스는 나팔총의 털실 귀에 아주 가까이 입을 대고 이렇게 말했다. "너, 나더러 트롤이라고 그랬지?"

"난 본 대로 말해. 내가 말한 대로 본 거야." 자투리 실로 짠 웜뱃이 고개를 끄덕였다.

"하지만 난 트롤처럼 생기지 않았잖아. 내가 트롤 그림을 산더미처럼 봤는데, 트롤은…… 트롤은 나보다 진짜, 진짜 더 예뻐."

"웜뱃은 코로도 세상을 봐. 이빨로도. 넌 트롤 냄새가 나고, 트롤 맛이 나. 걱정하지 마. 좋은 냄새니까. 이끼랑 진흙 냄새에 다이아몬드 냄새 조금. 웜의 나라에서 우리는 우표를 모으듯이 냄새를 모아. 난 애기였을 때 계사*의 냄새 열두 종류를 모은 공책을 갖고 있었어. 그 공책을 펼치기만 해도 넌 그냥 콱 쓰러져 죽었을걸."

토머스는 자신의 냄새를 맡아보았지만, 그냥 평소의 토머스 냄새가 날 뿐이었다. 나팔총의 말이 사실일까? 웜뱃이 자신에게 거짓말을 할 이유가 있나? 저 말이 사실이면 어쩌지?

다섯 번째 시간에 탬벌레인의 세 번째 나무가 솟아났다. 사과 브랜디 나무였다. 강렬한 사과술이 안에서 출렁거리는 초록색 유리 플라스크들이 열매로 매달려 있었다. 그림을 워낙 빨리 그렸기 때문에 탬벌레인은 숨을 몰아쉬며 땀을 흘리고 있었다. 자신이 벽에 그려놓은 숲을 바라보는 탬벌레인의 모습에 토머스는 부르르 떨었다. 아무것도 모르는 가엾은 벽 하나쯤 불을 질러버릴 수 있을 것 같은 시선이었다. 천둥처럼 소란스러운 아파트 안에서 그는 뒤로 물러나 앉았다. 생물들이 사방의 천장을 뛰어다니고, 웃어대고, 자기들만의 수많은 언어로 재잘거렸다. 그림 속 소녀가 그에게 손을 흔들었다. 그도 손을 흔들어주었다. 그는 알지 못했지만, 현재 아파트 7호는 페어리랜드의 주택과 아주 흡사한 모습이었다. 거의 페어리랜드의 전초기지라고 해도 될 만큼 마법이 우글거렸다.

* 鷄蛇. 눈길이나 손길이나 숨결로 사람을 죽일 수 있다는 생물. 용이나 뱀의 몸에 수탉의 머리를 한 모습으로 묘사된다.

여섯 번째 시간에 토머스 루드는 새로 마법을 걸 것이 없는지 찾아보았다. 아이스박스는 너무 컸다. 살아난 아이스박스는 예티와 너무 비슷해서 아파트 안에 묶어둘 수 없었다. 그가 좋아하는 외투의 보석 장식들은 훌륭한 후보처럼 보였지만, 어깨에 달린 목걸이들이 자기만의 마음을 갖게 된다면 그는 더 이상 그 외투의 주인 노릇을 할 수 없을 터였다.

그의 가방 속 깊은 곳에서 참을성 있게 때를 기다리던 토머스의 야구공이 살짝 움직였다.

야구공은 앞으로 굴러 나와 가방의 뚜껑을 밀어 열고 밖을 내다보았다. 빨간 실밥이 상대에게 손짓하듯이 반짝였다. 날 좀 봐줘, 톰. 야구공이 이렇게 속삭이는 것 같았다. 내가 얼마나 재미있는데! 하지만 톰은 일요일에 입는 양복이 살아나면 어떤 좋은 점이 있을지 생각하느라고 마땅히 시선을 돌려야 하는 곳에 주의를 기울이지 않았다. 하지만 야구공은 자부심이 상당히 높았으므로 무시당한 채 가만히 있을 수 없었다. 그래서 다시 조금씩 앞으로 나아가 방바닥으로 대담하게 굴러 나갔다. 그러니 당연히 주의를 끌었다.

"내 공!" 토머스가 외쳤다. "아, 맞다! 이게 딱이야! 이걸 마지막으로 해야겠다. 시간이 늦었어."

"맞아." 탬벌레인이 눈을 비비며 한숨을 내쉬었다. "그런데 난 아직 집에 가기 싫어, 톰! 조금만 더 있으면 안 돼? 내 방 벽에 나무 세 그루를 통째로 그릴 수 있는 공간이 있었던 게 언제인지 기억도 나지 않는단 말이야!"

토머스는 탬벌레인에게 달려가 꼭 안아주었다. 이것은 둘이서 만든 두 번째 세상이었다. 하지만 우리가 이 둘에게 가서 너희가 이것을 만들었다고 말해주더라도, 이 바뀌친 아이들은 우리가 하는 말을 조금도 알아듣지 못할 것이다. 어깨, 팔, 손이 딱딱하다는 것을 들킬까 봐 부모님 외에는 누구의 손길도 잘 허락하지 않는 탬벌레인이 당황해서 뻣뻣하게 굳더니 빙긋 미소를 지었다. 하지만 토머스는 그것을 보지 못했다.

"그럼 하나만 더." 그가 탬벌레인에게 귓속말을 하더니, 그녀의 등을 책상처럼 이용해서 급히 편지를 썼다. 솔직히 그는 이제 편지에 자신이 원하는 것을 대충대충 쓰고 있었다. 자신이 무슨 말을 쓰든 다들 제대로 살아나는 것처럼 보였기 때문이다. '어쨌든 요점만 간단히 쓰는 게 좋잖아. 월코트 선생님이 그렇게 하라고 하셨어.' 그는 속으로 생각했다.

내가 영원보다 더 오래 갖고 있는 야구공에게.

지금 당장 살아나서 걷고 말하고 생각할 수 있게 되어줘. 걷고 말하고 생각할 수 없는 그냥 야구공이었을 때보다 훨씬 더 멀리까지 날 수 있게 되어줘. 그리고 너랑 자주 놀아주지 못해서 미안해. 네가 책이 아니라서 내가 가장 좋아하는 물건이 되지 못한 건 네 잘못이 아니야. 이제 내가 가장 좋아하는 물건 중 하나가 되어줘! 고마워!

토머스 마이클 루드

야구공에는 편지를 붙이기에 좋은 곳이 없어서 토머스는 순간적으로 당황했다. 탬벌레인은 반쯤 완성된 네 번째 나무 곁에서 멀어졌다. 나무의 나머지 부분은 윤곽만 스케치된 상태였다. 공교롭게도 그것은 산사나무였다. 나무를 가득 채운 다채로운 색깔의 반짝이는 두꺼비들은 풍선처럼 부푼 목에 신비로운 기호가 새겨져 있었다. 두꺼비들이 모두 가지에 앉아 함께 노래를 불렀다. 탬벌레인은 톰이 들고 있는 편지를 가져다가 그것으로 야구공을 단단히 감쌌다. 그러니 토머스가 혼자 한 일이 아니므로 전적으로 그의 탓을 할 수 없음을 인정해야 한다. 아주 맛없는 점심 도시락을 나눠 먹듯이, 이 일의 책임도 둘이 나눠서 지면 될 것이다.

톰은 방 한복판에 공을 내려놓았다. 나팔총이 킁킁 공의 냄새를 맡았고, 스크래치는 공을 향해 몸을 기울이며 중얼거렸다.

우리 재미있지 않아?

처음에는 마법이 실패한 것 같았다. 야구공은 고집스럽게 앉아 있기만 할 뿐이었다. 편지에 주름도 가지 않았다. 그러다가 천천히 공이 앞뒤로 흔들흔들하면서 앞으로 흔들릴 때마다 부풀어 오르기 시작했다. 공책을 찢어낸 종이가 갈기갈기 찢어져 눈송이가 되었다. 공은 농구공 크기로, 비치볼 크기로, 무서운 시골 장에서 상을 받은 거대 호박 크기로 자라났다. 토머스와 탬벌레인은 서로의 손을 꼭 잡았다. 그 무엇도 이렇게 무서울 정도로 크게 자란 적이 없었다. 거트루드도 시카고 전체를 밝히겠다는 무서운 포부를 품지 않았다. 하지만 야구공은 계속 자라났다. 마침내 백서른여섯 개의 실밥이 하나씩 차례로 터지면서 구식 소총을 발사하는 것 같은 소리가 백서른여섯 번 났다.

그리고 야구공 가죽이 펼쳐지면서 야구공의 모습을 잃고, 불타는 자홍색 눈으로 톰과 탬벌레인을 이글이글 노려보는 커다란 생물이 되었다. 그의 옷은 야구공 가죽처럼 하얀색이었지만, 지금은 거칠고 창백한 색의 털이 되어 있었다. 반짝반짝 빛날 수 있는 모든 종류의 보석이 그의 옷에 붙어 있었다. 코는 술통처럼 크고 뭉툭하게 부풀어 입과 콧수염이 가려질 만큼 길게 늘어져 있었다. 그의 황금빛 입술은 황금빛의 날카로운 이빨과 황금빛 혀를 덮고 있었다. 텁수룩한 초록색 눈썹이 시선을 가려주었다. 대머리에는 점성술사들의 횡설수설, 수많은 궁정 점성술사들의 그라피티가 문신으로 새겨져 있었다. 주름진 피부는 온통 흉터와 구멍 난 상처투성이였다. 마치 오래전 누군가가 그를 바늘로 꿰매 지갑 모양으로 만들어버린 것 같았다.

그 생물이 숨을 몰아쉬었다. 두 눈이 타올랐다. 어두운 분홍색 홍채에서 실제로 불꽃이 너울거렸다. 황금색 엄니가 사악하게 드러났다. 탬벌레인도 엄니를 드러내며 천천히 조심스레 손을 뻗어 스크래치를 가까이 끌어당겼다. 토머스는 속으로 생각했다. '난 저것이 뭔지 알아. 난 저런 걸 본 적이 있어. 책에서. 저것이 내 책꽂이를 가리고 서 있지만 않다면 내가 찾아볼 수도 있는데…….'

하지만 그럴 기회가 오기도 전에 나팔총이 펄쩍 뛰어올라 아이들과 그 짐승 사이의 바닥으로 떨어졌다. 나팔총도 외투의 쥠쇠로 만든 이빨을 드러낸 채 으르렁거렸다. 라벤더색, 올리브색, 붉은 포도주색, 검은색 털실들이 파르르 일어섰다.

그 짐승이 포효했다. 난잡한 상징들이 온통 새겨진 고개를 뒤로 젖히고 황금 판으로 이루어진 영혼의 저 깊숙한 곳에서부터 나온 소리로 울부짖었다. 그리고 오른팔을 휘둘러 그 거대한 팔오금으로 나팔총과 토머스를 한꺼번에 붙잡더니, 그다음에는 왼팔을 휘둘러 탬벌레인과 스크래치를 붙잡았다. 토머스의 발이 바닥에서 떨어지며 책가방의 어깨끈에 걸렸다. 모두 다 같이 비명을 질러댔다, 스크래치는 판이 튈 때처럼 끽끽거리고, 탬은 짐승의 팔뚝을 두드려댔다. 나팔총은 웜의 언어로 저주를 퍼부었다. 토머스는 그 거대한 팔뚝 뒤편에 있는 자신의 놀라운 신세계, 라신 애비뉴 3번지의 아파트 7호를 향해 손을 뻗었다. 모든 것이 새로 살아나 춤을 추던 세계가 겁에 질려 얼어붙어 있었다. 그 속에서 보석 박힌 야구공 괴물이 야만적인 한 발을 훌쩍 떼서 토머스 루드의 방 벽에 그려진 숲속으로 뛰어들어 가 사라졌다.

"빨간불." 복도의 그림 속 소녀가 이렇게 속삭이고는, 들고 있던 난초를 바닥으로 떨어뜨렸다.

방정식은 항상 실현되는 예언이다

뭔가가 무섭기 짝이 없는 소리로 우르릉거린다.

페어리랜드의 톱니바퀴들이 떨고 있다.

멍든 것 같은 자주색 바다, 고독한 감옥의 폐허를 씻어 내리는 그 바다 밑 깊은 곳에서 커다란 돌 톱니들이 돌아가며 서로를 물어뜯고, 갈아대고, 덜컹거리고, 기묘한 방울들을 수면으로 보내고 있다. 톱니들은 천둥 같은 소리를 내며 서로 맞물려 돌아가고, 우리 세계의 톱니바퀴들이 페어리랜드의 톱니바퀴들 속으로 미끄러지듯 들어간다. 페어리랜드의 톱니바퀴들 또한 다른 세계들의 톱니바퀴들 속으로 완전히 맞물려 들어간다. 세 개의 혀나 펭귄의 부리나 분홍색과 검은색으로 번쩍이는 빛이 있어야만 발음할 수 있는 이름을 지닌 세상들이다. 톱니바퀴들은 영원의 세월 동안 돌고 있다. 별들이 불타기 시작했을 때부터, 수소와 산소가 서로를 사랑해서 아기 바다를 낳을 운명임을 알게 되었을 때부터. 페어리랜드의 톱니바퀴들은 그동안 내내 자기가 맡은 일을 했다. 이렇다 할 문제는 별로 없었고, 가끔 일어나는 지진이나 레슬링 경기만이 골치를 썩였을 뿐이다.

그런데 지금 이 톱니바퀴들이 동요하고 있다. 파르르 떨고 있다. 저녁 식사 시간에 닫혀버린 문 때문에 밖에서 안으로 들어가지 못하고 겁에 질린 새끼 고양이처럼. 그들은 팽이 꼭지처럼 앞뒤로 기우뚱거리며 물을 휘저어 하얀 거품을 일으킨다. 그들 위의 바다는 탈이 난 위장처럼 시큼한 고통 속에서 힘겹게 요동친다. 물결 위에서 부서지는 거품들 안에는 이제 속삭임이 갇혀 있다. 그 속삭임들은 펑 하고 터져 나오며 자유의 한숨을 내쉰다.

'살려줘.' 그들이 외친다.

어딘가에서 우리가 아주 잘 아는 소녀가 애쓰고 있다. 소녀의 책상은 아주 깔끔하다. 비록 손톱은 매일 매니큐어처럼 새로 묻는 잉크 얼룩 때문에 검은 초승달 모양을 하고 있지만. 소녀는 머리카락이 흘러내려 일을 방해하지 않게 잘 땋아서 머리에 둥글게 올렸다. 왼쪽 뺨에는 점이 하나 있고, 아주 커다란 발은 볼품없다. 톱니바퀴들이 우르릉 돌아가는 소리가 소녀의 귀에 들린다. 예전에 그녀가 그 톱니바퀴들 위에서 피를 흘린 적이 있기 때문이다. 흘러나온 피는 자신의 고향을 결코 잊는 법이 없다. 소녀는 수많은 방정식으로 수많은 페이지들을 망쳤다. 아홉 가지 색깔로 끼적이고, 또박또박 쓰고, 줄을 그어 지우고, 동그라미를 친 방정식들이다. 소녀는 요정들의 방정식이 숫자들과 지극히 미약한 친분이 있을 뿐이라는 사실을 그동안 알게 되었다. 요정들의 방정식은 그림과 더 비슷하다. 항상 실현되는 예언 같다. 이야기와 더 비슷하다. 아이는 페어리랜드의 질량에 행운의 속도 제곱을 곱한 것과 같다. 소녀는 이런 계산을 잘하게 되었다. 아니면 방정식이 그녀를 잘 다루게 되었든지. 소녀가 공책에 적은 것은 수학 공식이라기보다 만화책처럼 보인다. 어쩌다 한 번씩 변수들이 균형을 이루기도 하지만, 자주 있는 일은 아니다. 소녀는 애쓰고 있다. 자신의 삶을 위해서. 하지만 예전처럼 X가 모든 것과 동등해지게 만들지는 못한다.

ꜱ↝ 10장 ↜ꜱ

그림으로 그린 숲

토머스는 자신이 새로운 옷을 입었음을 알게 되고,
탬벌레인은 친숙한 나무 여러 그루를 만나고,
야구공은 성질을 부리고, 웜뱃은 개틀링 기관총 흉내를 낸다.

　침실 벽을 펄쩍 뛰어 통과하면 벽 너머에 착지한다기보다 철퍼덕
쏟아지게 된다는 사실은 잘 알려져 있지 않다. 그 화창한 날 침실 너
머로 철퍼덕 쏟아진 토머스의 일행 다섯은 정신을 차리고 보니 달리
고 있었다. 발바닥에 땅이 닿기도 전에, 심지어 달리는 것이 왜 이토

록 중요한지 미처 알아차리기도 전에 그들의 다리는 상점 판매대 위에서 헐떡거리는 물고기처럼 허공에서 움직이고 있었다. 그들이 달리면서 철퍼덕 쏟아진 숲은 색깔들이 너무 생생해서 눈이 아플 정도였다. 토머스와 탬벌레인이 이곳으로 오는 도중에 긁히고 까진 상처들, 벽 속의 자재들과 절연재 조각들이 묻어 더럽고 따끔거리는 그 상처들은 생생한 색깔들과 경쟁하듯이 좀 더 빨갛고 자유롭게 피를 흘렸다. 나무들이 진홍색, 귤색, 청록색, 반짝이는 황금색, 오팔의 검은색으로 두근두근 고동치며 위로 쭉 뻗어 있었다. 가지들이 머리 위에서 서로 얽혀 스테인드글라스 지붕이 되었고, 그 사이로 새어 들어온 햇빛은 프리즘과 은빛 다트가 되었다. 토머스 일행은 소용돌이치는 물감처럼 끈적거리고 사탕처럼 줄무늬가 있는 진흙 속을 뛰었다.

한쪽에서 나무 한 그루가 휭 하고 지나갔다. 하얀 장갑을 낀 수많은 손이 거기에서 뻗어 나와 시럽이 담긴 작은 질그릇들을 내밀고 있었다. 탬벌레인은 끽 하고 멈춰 섰다. 그런데 나팔총이 미처 멈추지 못하고 그녀와 냅다 부딪히는 바람에 그녀는 진흙 속에 납작하게 쓰러지고 말았다. 토머스와 스크래치는 획 돌아섰다. 애당초 자기들이 왜 이렇게 정신없이 뛰고 있는 건지 갑자기 기억이 나지 않았다. 토머스의 야구공이 변해서 된 그 커다란 '물건'도 벌 때문에 큰 곤경에 빠진 곰처럼 고개를 흔들어대며 멈춰 섰다.

"여긴 내 숲이야." 탬벌레인이 새된 소리로 말했다.

하지만 토머스는 듣고 있지 않았다. 달리기를 멈춘 순간 그는 자신의 모습을 내려다보았다. 튜바와 드럼과 관악기 폭탄으로만 이루어진 악단이 행진하며 그의 귓가에서 쾅쾅 연주를 해도 그의 귀에는 전혀 들리지 않았을 것이다.

눈보라 속에서 잔뜩 옷을 껴입은 적이 있는가? 스카프와 스웨터와 파카와 두툼한 바지와 벙어리장갑과 쿵쿵거리는 장화를 겹겹이 껴입는 바람에 움직이기도 힘들었던 적이 있는가? 갑자기 자기 몸이 엄청 커졌다는 느낌이 들 것이다! 그래서 난간과 수납장에 쾅쾅 부딪히고, 얼음처럼 차갑게 쌓인 눈 속을 구르게 된다. 어린 인간이 아니라 판다 곰이 된 것 같다.

이제 토머스의 기분을 여러분도 조금 짐작할 수 있을 것이다. 토머스는 예전의 몸에 두껍고 무거운 옷을 입은 것 같았다. 너무나 두껍고 무거워서 아무것도 예전처럼 느낄 수 없었고, 조심하지 않으면 눈에 띄는 모든 것에 쿵쿵 쾅쾅 부딪힐 것 같았다.

하지만 그는 방한복을 입은 것이 아니었다. 벙어리장갑조차 끼지 않아서 맨손이 그대로 드러나 있었다. 그런데 그 손이 아주 크고 강했다. 손마디의 크기는 능금만 했다. 토머스는 햇빛 때문에 눈을 가늘게 떴다. 시카고의 냄비 속에서 끓어오를 수 있는 햇빛이 아니었다. 늙은 호박의 황금색을 띤 따뜻한 햇볕이 뚝뚝 떨어지고, 콸콸 쏟아지고, 쉿쉿 거품이 일고, 맛이 느껴졌다. 정말로 맛이 느껴졌다. 고향의 맛이었다. 토머스의 눈이 그 햇빛을 꿀꺽꿀꺽 마시려고 점점 커졌다. 그런데 눈 말고 몸의 다른 부분들도 커져 있었다. 벽의 저편에 있을 때에 비하면 엄청나게 컸다. 보석이 달린 낡은 재킷을 입은 어깨가 거대하고 뼈가 불거지고 튼튼해진 것 같았다. 이제는 재킷이 불편할 정도로 꼭 죄었다. 다리는 다시 달리고 싶어 했다. 마치 한 번도 달려본 적이 없는 것처럼. '빨리 달리게 해줘.' 두 다리가 이렇게 고함을 질러대는 것 같았다. 바지의 솔기가 터질 듯했다. '우리는 네가 생각하는 일들을 전부 잘 해낼 자신이 있어!' 가슴은 챔피언처럼 꿀꺽꿀꺽 숨을 마셔댔다. 한 번에 마시는 공기의 양이 얼마나 많은지 우유 한 통을 단번에 마셔버리는 것 같았다. 토머스는 머리카락을 만져보았다. 코를 만져보았다. 턱을 만져보았다.

바닥에 발이 닿는 순간, 그는 알았다. 발이 무지갯빛으로 횡횡 돌아가는 진흙 속으로 철벅거리며 떨어지는 순간, 반짝거리는 알싸한 공기가 코를 가득 채우는 순간, 그는 알았다. 자신의 이름이 토머스가 아니라는 것을. 처음부터 토머스는 그의 이름이 아니었다. 그의 이름은 호손이고, 그는 트롤이었다.

"여긴 내 숲이야." 탬벌레인이 같은 말을 되풀이하며 저 먼 곳의 뭔가를 가리켰다. 그리고 엄지손가락에 조금 묻은 진흙의 맛을 봤다. 나무로 된 엄지손가락. 탬벌레인의 인간 피부와 가발은 사라져버렸다. 그녀는 나무를 깎아서 만든 소녀였으며, 어둡고 풍성하고 섬세한 나뭇결이 드러나 있었다. 머리카락도 이제는 꽃이 아니었다. 심지어 가지도 아니었다. 나무 두개골, 나무 목, 나무 어깨를 끌로 깊게 깎아서 단단하게 표현한 물결 모양이었다.

괴물 야구공이 은은히 빛나는 진흙 속에 널브러진 제 포로 넷을 내려다보았다. 그는 이 넷을 어떻게 해야 할지 몰라 갑자기 당황한 것처럼 보였다. 숨을 몰아쉬는 그의 자홍색 눈이 이글거리고, 입에서는 벨라도나와 맨드레이크와 절망과 기타 독이 있는 것들의 악취가 풍겼다. 트럭 엔진 같은 소리를 내는 가슴이 들썩거리고, 어깨는 아치 모양을 이루었다. 토머스의 배는 척추 뒤로 숨으려고 애썼다. 아무도 움직이지 않았다. 결국 가장 용감하게 나선 것은 스크래치였다. 그는 제 손잡이를 돌리고 바늘을 내려 크게 쾅쾅 울리는 남자의 목소리로 노래를 불렀다. 어쩌면 다시는 볼 수 없을지도 모르는 레코드 커버에서 하늘색 양복을 입고 있던 남자의 목소리였다.

날 야구장으로 데려가줘요
날 사람이 많은 곳으로 데려가……

"조용." 야구공 괴물이 고함을 질렀다. 두개골과 쇠못이 통 안에서 한꺼번에 덜걱거리는 것 같은 목소리였다. "이 괘씸한 벌레들이 감히 내게 말을 걸다니. 네놈들이 감히."

"죄송한데요……." 탬벌레인이 말했다. 장난감 비행기의 고무줄처럼 팽팽하고 가느다란 목소리였다. "누구세요? 우리가 감히 말을 걸지 못할 사람은 없는 것 같은데요. 교장 선생님이나 대통령이나 영화에 나오는 사람이라면 또 몰라도."

"저건 그중에 뭣도 아니야." 나팔총이 고개를 흔들어 털실 귀에서 잔가지들을 털어내며 불퉁하게 말했다. "야구공이 잘하는 건 하나밖에 없는데 그게 지루한 일이라서 내내 뒷마당에 버려진 채 잊힌 존재들의 대장이라면 또 모를까."

괴물이 황당한 표정으로 여러 번 눈을 깜박거렸다.

"게다가 여긴 내 숲이야. 굳이 따지자면, 저 괴물이 나한테 감히 말을 걸지 못하는 게 맞아!" 탬벌레인은 놀라울 정도로 으스대며 씩 웃었다. "봐, 톰. 이건 내 거야! 내 나무들이라고. 내가 그린 나무들. 저

길 봐!"그녀는 먼 곳을 다시 가리켰다. 반쯤 그리다 만 개구리 나무가 자그마한 언덕에 솟아 있었다. 가지들은 여전히 가늘고 희미한 스케치 선에 불과했으며, 이파리와 마디도 미완성이었다. 바람이 불어오자 반쪽 나무의 회색 윤곽선이 흔들렸다. 야구공 괴물은 토머스 일행을 다시 벌레라고 부르며 호통치려는 것처럼 황금 판으로 된 입을 벌렸지만 소리를 내지 못했다. 그는 입을 닫았다가 열었다가 다시 닫았다. 마침내 다시 입을 열었을 때는 그 무시무시한 목소리가 조금 떨리고 있었다. 마치 자신이 뭐라고 고함을 지르려고 했던 건지 잘 모르겠다는 듯이.

"그건 네 숲이 아니다."괴물이 말했다. 신비한 기호들로 뒤덮인 그의 하얀 목덜미에서부터 이마까지 빙글빙글 이어진 주름들이 출렁거렸다. "넌 이제 막 이곳에 왔으니까."

"저기 저건 내 나비 나무야! 저기 산 위에 있는 건 내 눈동자 나무고. 저건 내 불꽃놀이 나무, 저건 내 단검 나무, 전부 내 거야! 그냥 내 기억 속에만 있는 건 줄 알았는데 그런 게 아니야, 아니야! 기억만 하는 것보다 더 좋아! 내가 숲을 만들었어! 내가 숲의 엄마야! 더 많이 만들걸 그랬어!"탬벌레인은 미친 듯이 웃어대며 진흙 속으로 쓰러졌다. "그리고 너! 네 모습을 좀 봐, 톰! 진짜 끝내준다! 이렇게 멋진 사마귀가 난 트롤은 처음 봤어! 네 코도 끝내줘! 넌 뭘 할 수 있어? 생각의 냄새를 맡을 수 있어? 흙한테 말을 걸 수 있어? 머리가 어질어질해."그녀는 흙 속에 누운 채 다시 웃음을 터뜨렸다.

"지금 체육 시간이야?"커다랗고 창백한 괴물이 천천히 말했다. 마치 오후 내내 자다가 깨어난 것 같았다.

"맞아." 나팔총이 지저귀듯이 말했다. "몸을 구부려봐. 우리가 막대기로 후려쳐줄게."

"너 이름이 뭐야?" 토머스가 옛 야구공을 향해 손을 내밀며 부드럽게 말했다. "나는……." 그의 마음 반쪽은 호손이라는 이름을 있는 힘껏 소리치고 싶어 했다. 자신의 이름을 다시 느끼고, 다시 듣고 싶어서. 하지만 다른 반쪽은 토머스라는 이름에 상당히 익숙해져 있었기 때문에 조금 빠르게 그의 말이 이어졌다. "톰 손이야." 탬벌레인이 그를 빤히 바라보았다. "톰 손. 우선은 그걸로 좋아. 톰 손. 넌 오랫동안 내 야구공이었는데 지금은 아니네. 좋지 않아? 야구공이 아니게 된 게?"

거인 괴물의 자홍빛 눈에서 짙은 불꽃이 타올랐다. 그것은 말이나 이름이나 세세한 설명을 넘어서는 것이었다.

"배가 고프다." 괴물이 으르렁거렸다. "굶어 죽겠어."

"사방에 과일이 있잖아." 탬벌레인이 불안한 표정으로 말했다. "내가 어렸을 때 멋진 일요일 만찬 나무를 만든 적이 있는데. 솔방울은 돼지고기 구이, 몸통은 옥수수빵, 수액은 으깬 완두콩, 꽃은 서양자두 파이였어. 틀림없이 그게 여기 어디 있을 거야."

"일요일……." 거인이 신비로운 기호가 휘갈겨진 거대한 손으로 자신의 가슴을 덮으면서 속삭였다.

"그게 네 이름이야?" 나팔총이 소리쳤다. "요일 이름을 자기 이름으로 하는 사람이 어디 있어?"

거인 괴물이 넘어지는 것보다 더 빠른 속도로 토머스를 다시 움켜쥐고 번들거리는 황금빛 이빨을 향해 들어 올렸다. 그리고 천천히, 무시무시하게 톰의 입 안으로 손가락을 밀어 넣기 시작했다. 잔인한 치과의사 같았다. 톰은 정신없이 머리를 굴렸다. '뭘 하는 거지? 손가락이 너무 커. 내 입에는 절대 안 맞을 거야.' 그런데 맞았다. 톰은 예전과 달리 튼튼해진 턱이 엄청나게 늘어나는 것을 느꼈다. 입술과 이도 늘어나 무시무시한 하품을 하는 것 같은 표정이 되었다. 뼈가 부서질 것 같았다. 괴물의 거대하고 무서운 손가락이 톰의 목구멍 안으로 들어가 뭔가를 찾아 헤맸다. 목구멍 안을 헤집는 손가락 때문에 목이 너무 아파서 톰은 몸이 갈기갈기 찢어지는 것 같았다. 마치 칠면조 구이에서 다리 한 짝을 뜯어내는 것처럼……

괴물이 날카로운 비명을 내지르며 손가락을 홱 빼냈다. 톰이 그의 손가락을 태워버리기라도 한 것 같았다. 늘어났던 턱과 입술이 탁 제자리로 돌아가면서 몸이 반으로 쪼개지는 것 같은 통증이 느껴졌다. 톰은 젖은 물감 같은 진흙 바닥에 철퍼덕 넘어져 하늘을 향해 아무렇게나 드러누웠다. 혹시 트롤의 살이 야구공에게는, 아니 거인 괴물에게는 독이 되는 걸까.

하지만 그의 불운은 끝나지 않았다. 탬벌레인이 낙서가 휘갈겨진 괴물의 거대한 다리 옆에 쪼그리고 앉아서 섬세한 무늬로 장식된 단검을 양손에 하나씩 들고 휘둘렀다. 그녀가 아주 오래전에 그린 단검나무에서 따 온 단검이었다. 바람이 그녀의 등 뒤에서 단검나무의 가지들을 스치고 지나가자 칼들이 서로 챙강챙강 부딪히는 소리가 숲을 가득 채웠다. 탬벌레인은 괴물의 오금을 이미 두 번 찌르고 또다시 찌를 생각으로 무릎을 살짝 굽히고 나무 치아들을 드러낸 채 칼을 위로 치켜들고 있었다. 거인 괴물이 주먹을 휘둘러 그녀를 납작하게 쓰러뜨렸는데…… 유리가 그의 얼굴에 맞아 터져 나갔다. 토머스는 고개를 홱 돌려 나팔총을 바라보았다. 무지갯빛 털실이 무지갯빛 진흙으로 더러워진 나팔총은 전통적인 웜 전투 자세를 취하고 있었다. 뼈를 갑옷처럼 두른 궁둥이를 허공으로 치켜들고, 앞다리는 양쪽으로 쫙 펴고, 입은 엄청난 고함을 지르려는 듯 크게 벌린 채 위스키병과 시계꽃 열매와 말굽을 야구공의 축 늘어진 뺨을 향해 뱉어내고 있었다.

"난 너 안 무서워!" 웜뱃이 고함을 질렀다. "난 네가 세탁기에 갇혀 있는 걸 본 적이 있어. 너 그때 빙빙 돌았지! 헹굼 코스도 이기지 못하는 녀석을 누가 무서워해?"

이 말이 끝난 뒤 세상에서 가장 웃기는 일이 일어났다. 문신이 새겨진 거인 괴물이 얼굴을 붉힌 것이다. 그의 끔찍한 얼굴에 나타난 홍조를 보고 모두들 충격을 받은 나머지 순간적으로 아무 생각도 할 수 없게 되었다. 굶주림 때문에 선이 날카로워진 괴물의 광대뼈와 커다란 대머리에 붉은색이 번졌다. 그는 당황하고 있었다. 홍조는 금방 사라졌지만, 모두들 분명히 그 모습을 보았다. 괴물은 지독한 혼란 속에서 지독히 비참해하는 것 같았다. 백화점의 향수 계산대에 갑자기 놓인 해마 같았다.

"나도 옛날에는 이렇지 않았어." 그가 속삭였다.

"그건 나도 그래." 톰 손이 말했다.

거의 기억이 날 것 같았다. 우물이 굴뚝 역할을 하는 집. 다리. 교회 종. 언제나 사라지지 않는 해적들의 위협. 개구리인지…… 두꺼비인지 하여튼 어떤 양서류. "나도 그래. 하지만 네가 혹시 우리를 먹으려고 든다면, 나한테는 아직 연필과 공책이 있으니까 곧바로 쪽지를 써서 널 야구공으로 만들어버릴 거야. 네가 '삼진'을 외치는 속도만큼 빠르게. 아냐, 아예 골프공으로 만들어버릴 수도 있어! 아니면 작은 구슬로 만들어서 곧바로 배수구로 흘려버릴 수도 있고."

톰은 가방에서 연필을 꺼내 검처럼 앞으로 들었다. 연필심 끝이 부러져 있고, 여기서도 그런 마법이 통할지, 살아 있는 것을 다시 살아 있지 않은 것으로 되돌릴 수 있을지는 알 수 없었다. 하지만 자신이 정말로 그럴 수 있는 것처럼 보이는 것이 중요했다. 트롤이 되어 변한 눈이 마땅히 트롤답게 사납고 강인하기를 바랄 뿐이었다. "자, 일요일 씨, 네가 다시 정신을 차리고 네 이름이 뭔지 말해줄 때까지 우린 널 이렇게 부를 거야. 원한다면 우리랑 같이 가서……."

하지만 괴물 남자는 마음에 들지 않는 모양이었다. 그는 황금 엄니와 황금 목구멍을 드러내며 위협적인 소리를 내더니 눈동자 나무와 불꽃놀이 나무 사이를 펄쩍 뛰어 사라졌다. 불꽃놀이 나무들이 그의 뒤에서 펑펑 터졌다.

일요일 만찬 나무가 그들의 머리 위로 밤하늘을 향해 솟아 있었다. 돼지고기 솔방울은 캐러멜 같은 갈색으로 번들거리고, 옥수수빵 가지에서는 버터와 꿀과 으깬 완두콩이 스며 나오고, 서양자두 파이 꽃에서는 파이 껍질이 아래의 네 명을 향해 뚝뚝 떨어졌다. 톰 일행은 바닥에 떨어진 불꽃놀이 나무 가지들로 간신히 불을 피웠다. 불꽃은 처음에는 초록색, 그다음에는 파란색, 그다음에는 자주색, 그다음에는 다시 초록색으로 타오르며 특별히 축제 분위기를 내고 싶을 때마다 불꽃 소나기를 허공으로 쏘아 올렸다. 탬벌레인은 불길에 그슬리지 않으려고 친구들보다 조금 뒤편에 앉았다. 모두들 아주 만족스러운 기분으로 누워 있었다. 회색 괴물을 겁을 주어 쫓아버린 뒤 자신이 직접 만들어낸 나무로 저녁을 즐겼으니 그럴 만도 했다. 하늘의 별들은 생일처럼 화려한 색으로 반짝였다. 낯선 것 같으면서도 친숙한 모습이었다. 탬이 스크래치의 나팔을 쓰다듬었다. 언제 그랬는지, 나팔이 조금 쭈그러져 있었다. 스크래치는 손잡이를 돌리며 부드러운 목소리로 노래를 불렀다.

큰 바위 캔디 산에는
아름답고 밝은 땅이 있어
덤불에서 유인물이 자라고
우리는 매일 밖에서 잠을 자지……

"여긴 페어리랜드지, 탬?"

"그런 것 같아, 톰."

"그럼 여기가 시드니겠냐, 멍청이들." 나팔총이 하품을 하며 말했다. 옥수수빵과 완두콩 부스러기들이 그녀의 주둥이 위에 콧수염처럼 붙어 있었다. "내가 제일 좋아하는 멍청이들!" 그녀가 서둘러 말을 바꿨다. "세계 최고의 멍청이들."

탬벌레인은 만족스러운 식사를 한 뒤 으레 따라오게 마련인, 나른하고 얌전한 무념무상의 상태로 일요일 만찬 나무를 올려다보았다. "우리 엄마의 요리법대로 만든 거야. 박하와 타임으로 양념한 돼지고기 구이. 그걸 그리면서 입에 군침이 돌았어. 엄마의 일요일 요리가 땅에서 자라는 걸 봤다면 엄마는 아마 데굴데굴 구르며 웃어댔을걸. 가을에는 이게 어떤 모습이 될지 궁금해. 라틴어로 이름을 지어야겠어. 식물들은 전부 라틴어 이름을 갖고 있으니까. 동물들도 마찬가지고. 라틴어는 인간들의 마법 언어야. 무엇이든 라틴어로 점심에 초대해야만 비로소 공식적인 것이 돼. 진짜가 되는 거야. 포르키누스 델리시아 아멜리아 정도면 되겠어. 대충 라틴어처럼 들리잖아."

그림 숲 바깥의 긴 풀밭에서 뭔가가 움직였다. 거대하고 무겁고 신기한 것이었다. 우리의 즐거운 톰 일행은 아직 그것이 움직이는 소리를 듣지 못했다. 하지만 그것은 톰 일행의 냄새를 맡고, 별빛을 받으며 굶주린 짐승처럼 풀밭을 성큼성큼 가로질렀다.

탬벌레인이 몸을 굴려 배를 깔고 엎드려 양발을 들고 앞뒤로 흔들어댔다. 토머스는 그림자가 진 구운 사과 이파리들 사이로 커다란 만찬 접시 같은 달을 올려다보았다. 아니 만찬 접시와 빵 접시였다. 이곳의 하늘에는 달이 하나가 아니라 두 개였으니까. 하나는 거대하고, 다른 하나는 작았다.

"너 환상적인 모습이다." 탬벌레인이 키득거리자, 그녀의 나무 눈이 불꽃의 빛을 받아 반짝였다.

"그래?" 톰 손은 문득 수줍어졌다. "난 너무 커. 내가 이렇게 커질 수 있을 줄은 몰랐어. 이것저것 기억도 나기 시작했어. 누가 온몸을 핀과 바늘로 쑤셔대는 것 같아. 내가 태어난 뒤로 심장이 줄곧 짓눌린 채 잠들어 있었던 것 같은 기분이야."

"나도 그래." 탬벌레인이 들뜬 표정으로 고개를 끄덕였다. "커다란 나무 판을 깎아 나를 만들던 손이 기억나. 손 한 쌍은 빨간색이고, 다른 한 쌍은 노란색이었어. 내 몸의 길쭉한 부분, 그러니까 다리나 팔을 만들 때는 손가락이 크게 부풀었다가, 섬세한 부분을 만들 때는 다시 줄어들었지. 머리카락, 눈, 손톱 같은 것. 아마 스프리건들이 그럴 거야. 커졌다, 작아졌다 하는 것 말이야. 어쩌면 스프리건들이 날 만들었는지도 몰라!"

톰 손은 놀라운 나무 아래의 부드러운 냅킨 풀을 뜯었다. 부모님, 그러니까 진짜 부모님이 누군지는 아직도 기억나지 않았다. 트롤 부모님. 어머니와 아버지를 생각하면 여전히 니컬러스와 그웬돌린의 얼굴이 머릿속에서 풍선처럼 두둥실 떠올랐다. 스크래치의 우그러진 나팔이 두 사람 쪽을 향한 채 열심히 귀를 기울이고 있었다. 그러다 가끔 꾸벅꾸벅 졸기 시작했다. 축음기다운 괴상한 꿈을 향해 나팔이 살살 기울어졌다. 그 꿈속에서는 축음기에 손잡이가 전혀 필요하지 않았고, 모든 레코드는 긁힌 자국 하나 없이 피부처럼 매끈했다. 나팔총은 야행성이라서 일요일 만찬 나무의 뿌리 주위를 꽤나 바삐 돌아다니며 옥수수빵 부스러기를 찾느라 코를 킁킁거렸다.

"여기 최고인걸." 웜뱃이 콧방귀를 뀌며 말했다. "여기서 살아야겠다. 그래. 훨씬 낫네. 훨씬 최고야."

그동안 내내 씨앗이 뿌려지지 않은 황야, 나무들 너머의 황야에서 뭔가가 계속 슬금슬금 기어왔다. 사냥감들이 너무 일찍 놀라지 않게 숨을 죽인 채였다.

톰 손의 몸은 깨어 있기가 힘든 지경이었지만, 그의 심장은 뼈 주위를 빙글빙글 돌고 있었다. 그의 심장 속 트롤이 이제는 자유로이 움직였다. 안도 트롤이고, 바깥도 트롤이었다. 하지만 무엇을 어떻게 할 것인지 전혀 알 수 없었다.

한 가지 의문이 소원처럼 그의 뇌리를 태우며 지나갔다.

"탬…… 아, 탬! 우리 내일 뭘 할 거야? 모든 게 변했잖아. 온 세상의 모든 것뿐만 아니라 세상까지도. 학교도 없고, 방과 후도 없고, 집이나 책꽂이나 아파트도 없어. 우리 어디로 가지? 뭘 할 거야?"

하지만 탬벌레인은 이미 잠들어 있었다. 스크래치는 기운 빠진 강아지처럼 그녀의 어깨에 몸을 기댔다. 톰은 탬의 단검으로 마지막 불꽃을 이글거리는 땔감 속에 쑤셔 넣었다. 그리고 작은 북처럼 생긴 통나무에 기대앉았다. 일요일 만찬 나무 옆에서 초록색 튜바를 잔뜩 매달고 건강하게 자라고 있는 고적대 나무에서 떨어진 통나무였다. 탬은 정말이지 얼마나 이상한 여자아이인지! 지금 그가 아파트 7호를 어렴풋이 기억하듯이, 탬의 기억 속에 이곳 또한 어렴풋한 기억으로만 남아 있었다는 점을 생각하면 정말 이상했다. 그녀는 이 모든 것을 머리로 상상해서 그림으로 그려 살아나게 했다. 이 숲속에 있는 것은 그녀의 머릿속에서 걷고 말하고 잠자고 먹는 것과 같다.

톰은 잠들기 직전 마지막 남은 정신으로 나팔총의 완두콩 초록색과 귤색 털실 귀 뒤를 쓰다듬어주었다. 이 털실들은 그의 기억 속에 남아 있었다. 그웬돌린이 북극곰과 캥거루가 들어간 그의 모자를 만들 때 사용한 실이었다. 모자! 톰은 가방 속을 뒤졌다. 가방을 여기까지 끌고 온 것이 정말 다행이라는 생각이 들었다. 과연 가방 바닥에 모자가 있었다. 톰 손은 놀라운 솜씨로 만들어진 길쭉한 뜨개 모자를 꺼내 머리에 썼다. 다행히 모자가 늘어나서 트롤의 굵은 두개골이 들어갈 수 있었다. 톰은 곧바로 기분이 좋아졌다.

"나팔총아, 너 처음 깨어났을 때⋯⋯." 톰이 졸음에 겨워 뭉개진 발음으로 말했다. "진짜 엉터리 같은 소리들을 했어. '응'과 '아니야', 그리고 '응'과 '아니야' 각각 두 번, 그리고 '어쩌면' 한 번. 초록색. 파인애플. 진. 그거 누구한테 하는 말이었어?"

나팔총은 자신의 트롤 친구 옆으로 파고들어 와 그의 크고 마디진 손을 가볍게 깨물고는 서로 색깔이 다른 단추 눈으로 그를 올려다보았다.

"너한테 말한 거야, 이 깨물어주고 싶을 만큼 귀엽고 헛소리만 하는 나팔총아." 그녀가 부드럽게 으르렁거리듯이 말했다. "그웨니가 처음 날 만들었을 때 네가 나한테 온갖 것들을 물어봤잖아. 그래서 내가 대답할 수 있게 되자마자 대답해준 거야. 넌 그때 어렸어. 나한테 이런 걸 물었지. 나랑 제일 친한 친구가 돼줄 거야? 내 햄샌드위치 좀 줄까? 웜의 훌륭한 나라가 그리워? 너 못된 애야? 니컬러스가 나한테 한 번만 더 소리를 질러대면 네가 니컬러스를 먹어버릴래? 내가 창문을 열어둔 채로 잠들면 넌 밤사이 도망칠 거야? 절대 떠나지 않고 영원히 내 곁에 있을 거야? 네가 제일 좋아하는 색은 뭐야? 네가 제일 좋아하는 음식이 뭐야? 너의 그 작은 통 속에 뭐가 들어 있어?"

나팔총의 말이 끝날 때쯤, 톰 손은 트롤이 된 뒤 처음으로 코를 골고 있었다. 꽃처럼 피어나는 묵직한 바순 소리 같았다. 그 소리를 한참 듣다 보면, 그것이 그 나름의 묘한 멜로디를 갖게 될 것이다. 그것은 모든 트롤들이 잠들면 만들어내면서도 결코 듣지 못하는 비밀의 노래였다.

먼동이 틀 무렵, 우리의 작은 일행을 쫓아온 그 커다란 존재가 그림 숲의 가장자리에 이르렀다. 그 존재는 까치발로 서서 가지들 사이로 잠든 아이들과 차갑게 식어 재만 남은 모닥불을 바라보았다. 자투리 실 웜뱃조차 흙 속으로 파고들어 가 달을 베어 무는 꿈을 꾸고 있었다. 그 존재는 밤새 이 일행을 노리면서 아주 흡족해졌다. 몰래 상대를 노리는 자신의 솜씨가 워낙 뛰어나서 저 귀여운 것들이 아무것도 모른 채 스르르 잠든 것이 마음에 들었다.

색색의 빛이 그들의 얼굴 위로 쏟아져 춤을 추기도 하고, 훌쩍 날아가기도 하고, 뜨거운 나비들처럼 그들의 뺨을 두드리기도 했다. 길쭉한 그림자들은 숲 바닥에 검게 늘어졌다. 바스락거리는 소리가 사방을 가득 채웠다. 이 커다란 존재가 영원히 소리를 내지 않을 수는 없는 노릇이었다. 아침 공기 속에서 커튼들이 열리고, 커피가 컵으로 쪼르륵 떨어지고, 수많은 멋진 사람들이 어깨에서 기분 좋게 우지직 소리가 나도록 기지개를 켰다. 신문이 펼쳐지고, 새들이 가고일 조각상 밑에서 새로운 하루를 내다보고, 강물이 원을 그리며 빙글빙글 흐르고 또 흘렀다. 모직과 비단과 능직과 코르덴과 깅엄으로 만든 뾰족탑들이 깨끗하고 신선한 햇빛을 받아 반짝였다. 거대한 사냥꾼은 흡족한 기분으로 아침의 일상을 되풀이하며 토머스와 탬벌레인과 나팔총과 스크래치가 깨어나 자신들이 도시의 포로가 되었음을 알아차리기를 기다렸다.

팬더모니엄이 그들을 잡으려고 와 있었다.

알현

토머스와 탬벌레인은 도시를 불러내고, 불쾌하기 짝이 없는 왕과
어쩔 수 없이 아침 식사를 함께하고, 바꿔친 아이와 알과 군주제와
시카고의 대화재에 관해 중요한 사실들을 알게 된다.

톰 손은 다시 세어보았다.

탬벌레인, 나팔총, 스크래치. 모두 세 명. 거기에 자신을 더하면 네
명. 많아야 네 명이어야 하는데, 일천 톤 무게의 잠에 짓눌려(트롤들
은 돌처럼 잠을 자기 때문에 아주 중요한 장비가 없다면 빨리 안전하게

204 트롤 소년과 마법의 그림 숲

깨울 수 없다) 흐릿한 눈으로 아무리 세어봐도 차게 식은 불가에 흐릿한 얼룩 같은 형체가 네 개였다. 거기에 자신을 더하면 다섯이 되는 셈이었다. 이 때문에 머리가 아파왔으므로, 저 네 번째 얼룩이 무엇이든 그냥 다시 잠을 자는 편이 훨씬 더 나을 것 같았다. 스크래치가 조금 걱정스러운 목소리로 재즈처럼, 스윙처럼 노래를 불렀다.

아침 종이 울린다, 아침 종이 울린다,
딩동 딩동 딩동……

토머스는 묵직한 주먹으로 눈을 비볐다. 손에 세게 힘을 준다면, 눈구멍을 그대로 뚫고 나가 뒤통수까지 북북 문질러 뇌를 쓸모 있게 만들 수 있을 것 같았다. 온몸이 뻣뻣해서 목을 똑바로 펼 수 없었다. 일어나 앉았을 때는, 척추 여러 곳이 자갈 포장이 된 도로를 구르는 자갈들처럼 무서운 소리를 냈다.

"조심해." 탬이 소리쳤다. "넌 밤새 바위였어."

"뭐?"

"아마 공작석일걸. 넌 초록색이었어. 예뻤는데!" 나팔총이 쿡쿡 웃으며 말했다. "트롤이 된 것이 아직도 재미있어?"

토머스는 눈을 뜨고 아침 식사와 햇빛과 요정들의 왕을 한눈에 바라보았다. 그리고 곧바로 다시 눈을 감았다.

"저거 요정이야?" 그가 속삭이듯 물었다.

"응." 웜뱃이 크게 대답했다.

"왕관을 썼어."

"응." 탬벌레인이 한숨처럼 대답했다.

"우리 음식을 먹고 있어."

"엄밀히 말하자면……." 요정들의 왕이 음식을 먹는 도중에 말했다. "내가 너희에게 이 음식을 빌려준 거다. 제한적인 한입 기준으로 관대하게 지불을 연기해주었지. 너희가 요정 음식에 대해 이미 들은 줄 알았는데. 항상 대가를 내야 한단다, 아이야. 난 자선 음식점을 운영하는 게 아니니까."

토머스는 다시 한번 그를 바라보았다. 요정 왕은 확실히 나이가 아주 많고 품위 있어 보였다. 그는 손잡이에 금박 장식이 있는 분홍색과 노란색의 섬세한 찻잔 위로 몸을 웅크린 채, 껍질을 깔끔하게 잘라낸 빵에 겨자와 양갓냉이와 저민 악어 고기를 넣은 샌드위치를 오물오물 쏟듯이 먹었다. 반백의 머리는 따개비들이 붙어 있는 염소 뿔 두 개 주위에 여러 갈래로 아무렇게나 묶여 있었다. 눈에는 분비물이 고여 있고, 안경알은 맥주잔 바닥만큼 두꺼웠으며, 한쪽 귀에는 황금 고리 세 개가 걸려 있었다. 하얀 담비 모피로 만든 두툼한 외투 어깨에는 불꽃 같은 꿩 깃털이 걸려 있고, 외투 안에 부드럽게 흐르는 듯한 은색 셔츠와 더럽고 해진 두꺼운 삼베 바지를 입고 사파이어 허리띠를 맨 것이 보였다. 외투의 등에서 튀어나온 진줏빛 날개 한 쌍은 가장자리에 금색이 둘려 있어서 반짝거렸다. 날개 안쪽은 햇빛을 받아 빙빙 소용돌이치는 보라색 프리즘으로 변해 있었다. 머리 위에서는 황금색 게의 집게발들이 달린 왕관이 위태롭게 흔들거렸다. 각각의 집게발은 호두 크기만 한 파란색 진주를 붙들고 있었다. 얼굴은 세상에 실망하는 것을 직업으로 삼고 거기서 이득을 취하는 사람들 특유의 낙담한 표정이었다. 그는 특히 찻잔 안의 내용물에 불만이 많은 모양이었다.

"너희는 지금 페어리랜드와 그 안에 속한 모든 종족들의 왕인 찰스 크런치크랩 1세를 대면하고 있다. 운도 좋지. 내가 매혹적이지 않나? 나의 주름진 왼쪽 팔꿈치가 마법의 기운으로 반짝거리지 않나?"

"신발에 겨자가 묻었어." 나팔총이 지적했다.

"마법의 겨자야, 보면 알아야지!" 크런치크랩 왕이 소리쳤다. "한심하게 징징거리는 너희 둘과 딸린 놈들을 체포해야겠다! 네놈들은 어슬렁어슬렁 이리로 들어와서 나의 훌륭하고 깨끗한 나라에 온통 진흙과 때와 그 밖에 오로지 목신(牧神)만이 아실 이상한 것들을 묻혀놓았다. 이 크기만 하고 서투르기 짝이 없는 숲을 여기에 남겨두고 가도 될까 하고 걱정하는 마음은 조금도 없었어. 이 숲을 돌봐야 하는 사람은 나란 말이다! 이걸 먹이고, 산책시키고, 제대로 학교 교육을 받게 해서 사회에 소개시켜야 한다고! 그러면 다른 마법의 숲들이 뭐라고 하겠나? 벼락출세한 숲이 예의도 모르고 설치면 이 늙은 찰리만 욕을 먹을 것 아닌가! 게다가 너희가 한밤중에 내 수도를 잠자리에서 끌어내 즐거운 추격전에 나서게 했으니……. 아, 정말이지, 여기가 어디야?" 요정 왕은 몹시 기분이 나쁜 듯 얼굴을 찡그리며 주위를 둘러보았다. "보아하니 사우스 아발론 같은데. 최소한 너희의 지역 취향은 형편없군. 여긴 창문이 총에 맞아 전부 깨져 나가고, 카드 테이블에는 족제비 같은 놈들이 앉아 있고, 술집 여주인은 흙을 컵에 담아 내놓고는 위스키라고 고집을 부리는 이상한 주점 같은 데야."

톰 손은 미간에 주름을 잡았다. 머리가 쾅쾅 울리는 것처럼 욱신거려서 마치 뼈대에서 벗어나려고 몸부림을 치는 것 같았다. "아저씨의 도시라고요? 끌어내다니…… 뭘요? 우리는 도시 전체를 상대로 뭘 할 수 있는 재주가 없어요."

탬벌레인이 나무 머리를 앞뒤로 홱홱 움직이며 수줍은 미소를 지었다. 조금 자랑스러워하는 것 같았다. 토머스는 그녀의 손을 따라 시선을 옮기다가, 물방울무늬와 줄무늬가 있는 것들이 조각보처럼 모여 만들어진 것 같은 팬더모니엄의 커다란 탑들이 그림 숲의 거친 가지들 위로 솟아 있는 것을 보았다. 아무리 봐도 물고기를 잡으려고 안으로 들어와도 좋다는 허락만 기다리고 있는 고양이 같은 모습이었다. 분홍색 새들이 지붕에서 지붕으로 날개를 펄럭이며 날아다녔다.

"팬더모니엄, 가장 최근에 날 짜증 나게 한 것들을 소개해도 되겠나? 짜증 나는 놈들아, 팬더모니엄이다." 크런치크랩 왕이 찻잔을 달칵거리고 눈을 굴리며 고개를 숙였다. "아무래도 팬더모니엄은 홀리건 비슷한 냄새를 맡기만 하면 홀려서 뛰쳐나오는 것 같은데. 팬더모니엄, 네가 너에게 만족하며 살아가면 좋겠다. 좀처럼 가만히 있지를 못하지, 이 아가씨야. 이야기의 필요에 따라 옮겨 다니니까. 그게 얼마나 짜증스러운지 아나. 한 번 이야기 한 조각의 냄새를 맡으면 아무리 이야기를 해도 소용이 없으니. 그래서 이렇게 된 것 아닌가! 지금 우리 둘 다 몹시 지쳐서 고물이 되어버렸지. 너희가 장대높이뛰기처럼 펄쩍 뛰어서 내 일 속으로 들어왔으니, 나도 이리로 나와서 너희를 깔고 앉아버리기로 한 거다. 그러니까 얼른 말해. 너희는 누구냐? 원하는 게 뭐야?" 찰리 크런치크랩의 목소리가 확연히 기쁘고 즐거운 기색을 띠었다. "너희 양말 속에 과연 얼마나 사악하고, 고약하고, 혐오스러운 이야기가 기어 다니고 있는 거냐고."

톰과 탬은 불안한 표정으로 서로를 바라보았다.

"우리는 바꿔친 아이들이에요." 탬이 말했다. 이 호칭을, 그것도 생전 처음 보는 사람에게 하게 된 것이 신이 나서 떨리는 목소리가 나왔다.

"윽!" 왕이 오만상을 찌푸렸다. 그의 날개도 놀라서 퍼덕거렸다. "윽. 기분 나빠! 말을 가려서 해! 입이 너무 더럽잖아!"

"그게 사실인걸요." 톰 손은 충격을 받았다. 자신들은 지금까지 그호칭에 매달려서, 겨울에 따스한 불덩이를 주고받듯이 서로 주고받았는데. 이건 좋은 호칭인데! "우리는 여기서 태어났지만, 인간들의 세계로 끌려갔어요. 그리고 이제 고향으로 돌아왔다고요! 고향에 왔어요! 이제 전부 괜찮아요. 지금까지 살면서 겪은 일들이 전부 괜찮아요. 고향에 돌아왔으니까요. 우리가 있을 곳은 여기예요."

"아냐." 왕이 코웃음을 쳤다. "바꿔친 아이들은 돌아오지 않아! 무슨 헛소리야! 세상에는 '제도'라는 것이 있어. 그것도 아주 좋은 제도가! 우리는 그 제도에게 최고의 크림과 감초 사탕과 스프레드시트를 먹였지. 너희는 저쪽에 남아서 무서운 사기꾼으로 자라나야 해! 정치가, 배우, 은행가, 작가, 광고회사 중역 같은 것 말이야! 뿔이 달리고 향수를 뿌린 신화 속 짐승들! 게다가 인간 아이들이 여기에 남아 있어. 이건 공정한 교환이라고. 그게 가장 중요해. 그쪽이 얻는 만큼 우리도 얻는 거지. 내가 감히 말하건대, 만약 저쪽 정치가들이 모두 정직하고 점잖은 사람들이고 배우들이 얌전한 청교도들이라면, 은행가들이 진짜로 존재하는 돈만 거래하고 작가들이 정말로 일어날 수 있는 일들만 글로 쓰고 광고들이 '우리 면도날은 정말 훌륭하지만 다른 제품도 모두 마찬가지예요!'라고 말한다면 인간들은 어쩔 줄 모르고 우왕좌왕하게 될걸. 바뀌친 아이들이 돌아오기 시작한다면, 글쎄, 그건 쓰레기 같은 물건을 상점에 반품하는 것과 같아. 우리더러 너희를 어쩌라는 거냐? 돌아오는 금요일에 폐품이랑 같이 내놓을까?"

"난 쓰레기가 아니에요!" 탬벌레인이 경악해서 소리쳤다. 수액 눈물이 그녀의 검은 눈을 가득 채웠다.

찰리 왕이 두꺼운 안경 너머에서 그녀를 바라보았다. "그래, 너는 불길 속에 던져지기에는 너무 훌륭하다고 스스로 생각하는 불쏘시개 조각이지. 너처럼 오래된 생령은 처음 본다! 지금쯤이면 이미 터져서 두 번째 시카고 대화재를 일으켰어야 하는 것 아닌가? 그래, 그것이 생령이었지. 우리는 그 소식을 듣고, 그 생령을 기념하는 명절을 만들었다. 불타는 암소의 밤. 온통 불이 켜지고 꼬리가 달린 작은 단지들과 아교 통들이 나무 밑에 놓여 있는 걸 너도 봤을 거다. 그러니 부끄러운 줄 알아, 어린 아가씨. 너에게 임무를 맡겼는데 책임을 기피하다니."

"부끄러운 건 당신이에요!" 탬이 소리쳤다. "당신이야말로 부끄러운 줄 알아요. 당신은 쓰레기야. 쓰레기 왕관을 쓴 쓰레기 왕. 파렴치해, 파렴치해! 난 당신에게 샌드위치를 주고, 숲도 만들어줬는데, 어떻게 나더러 쓰레기라고 해요? 내가 아무것도 아닌 것처럼!" 그녀의 목소리가 속삭이는 소리처럼 확 잦아들고, 커다란 수액 눈물방울들이 무릎으로 첨벙첨벙 떨어졌다. "여전히 내가 아무것도 아닌 것처럼. 당신 정말 싫어. 정말 싫어요!"

스크래치가 서둘러 두 사람 사이에 끼어들어서 나팔을 성난 몸짓으로 움직여 찰리 크런치크랩을 겨눴다. 그리고 바늘을 내려놓은 뒤 손잡이를 빙빙 돌렸다. 어찌나 세게 돌렸는지 바늘이 분노에 차서 통통 튀더니 하늘색 양복을 입은 남자의 나른하고 편안한 목소리가 팽팽하고 가늘고 못되게 튀어나왔다.

아, 우리의 킹 콜과 그의 세 바이올린
거기에 비할 만큼 귀한 것은 없어

"아, 그만." 왕이 이죽거렸다. "넌 내게 망신을 줄 수 없어, 이 멍청하고 낡은 쓰레기 기계야." 스크래치는 움츠러들었다. 그의 놋쇠 나팔이 수치심 때문에 달아올랐다. 누구든 스크래치에게 저렇게 심한 말을 한 것은 처음이었다. 탬은 항상 그에게 부드러운 목소리로 말을 걸었다. 크런치크랩은 어린애처럼 혀를 쭉 내밀었다. "난 킹 콜과 아는 사이였어. 너희는 그의 시가 연기에 기침할 주제도 못 돼. 따지자면 나도 마찬가지지만. 이제 쓸데없는 짓은 그만두고 설명을 해봐. 그동안 외국에 있었으니 왕이 뭔지 잘 모를 수도 있겠지만, 페어리랜드에서는 내가 시키는 대로 해야 해. 안 그러면 내가 너희를 퍽 때릴 수도 있고, 추방할 수도 있고, 발톱이 평평한 동물로 바꿔버릴 수도 있으니까 말이지." 그는 손가락을 하나하나 접어가며 자신이 내릴 수 있는 처벌을 열거했다. "오늘은 내가 너그러운 날이니, 너희가 직접 고를 수 있게 해주마. 돼지, 사슴, 난쟁이하마 중에서 하나 골라봐. 내가 너희를 처형할 수도 있지만, 그랬다간 팬더모니엄이 한 달 동안 나랑 말을 안 할 거다. 어쨌든 너희들을 찾아 팬더모니엄이 여기까지 왔으니까. 그러니 말해봐라, 이 건방진 성냥개비 계집애야. 너랑 저 트롤이 어떻게 이리로 넘어온 거냐?"

"애한테 고함지르지 마세요." 톰이 쏘아붙였다. 그럴 생각은 아니었다. 그의 허기 아래, 코를 골며 잠든 원숭이처럼 그의 마음속에 여전히 매달린 트롤의 잠이라는 무거운 바위 아래의 내심은 어렴풋이 알고 있었다. 왕에게 쏘아붙이면 안 된다는 것을. 예전에 아버지가 무슨 상을 받을 때 아버지와 함께 하원의원을 만난 적이 있었다. 그의 눈에 하원의원은 왕처럼 보였다. 니컬러스 루드는 그때 아주 단호하고 확실한 목소리로 이렇게 말했다. "오늘은 절대 헛소리하지 마라. 콜린스 의원님은 정치가야. 정치가는 날 때부터 심술궂게 태어나서 남들을 소금물에 절이면서 평생을 보내는 사람들이다." 그가 톰의 작은 손을 워낙 세게 꼭 쥐었기 때문에, 톰은 멋대로 굴고 싶었다 해도 그럴 수 없었을 것이다. "우린 얘의 그림을 통해서 왔어요. 탬이 자기 방 벽에 이 숲을 그렸는데, 제 방에도 조금 그렸고요, 그러고 나서 저한테 마법을 가르쳐줬어요. 우리가 그림 속으로 뛰어들었다가 나와보니 여기였어요." 그는 자기들이 납치당했다는 말은 하고 싶지 않았다. 그래 봤자 일이 복잡해지기만 할 터였다. 그들이 있을 곳은 여기였다. 그들에게는 그럴 권리가 있었다. 게다가 만약 야구공이 가려는 곳이 여기임을 미리 알았다면, 그들은 자진해서 벽 속으로 뛰어들었을 터였다.

찰리 크런치크랩이 톰의 손가락을 낚아챘다. 숲 바닥에서 바위가 되어 하룻밤을 보낸 탓에 마른 진흙이 물감처럼 묻어 있는 더러운 손가락이었다. 요정 왕은 우윳빛 눈으로 손가락을 바싹 잡아당겼다.

"이건 알 때문이다." 왕이 아무 일도 아닌 것처럼 고개를 끄덕였다.

"알요?" 탬이 손을 꼼지락꼼지락 뒤로 물렸다.

"물감을 묽게 하고 멋지게 반짝이게 만들 때 알을 썼잖아. 그렇지?" 탬벌레언이 고개를 끄덕였다. "그래, 잘했다, 이 버릇없는 나팔 연주자! 엉망진창 학급의 1등아! 모든 나라들은 위험한 물질들로 가득하다. 화약, 독버섯, 야망, 그런 것들 말이야. 하지만 개중에 어떤 것들은 저쪽에 있을 때 철저히 예의 바르고 사교적이지. 이곳으로 돌아오면 훌리건처럼 사방을 뒤집어놓는데 말이야. 쇠가 그중 하나고, 알도 마찬가지다. 아, 프라이팬으로 프라이를 만들거나, 알을 마구 저어서 머랭을 만들 수도 있지. 전부 좋은 일이야. 하지만 요정들에게 알은 그저 골칫덩이일 뿐이다. 알은 '어쩌면'이라는 가능성 덩어리에 지나지 않아. 어쩌면 닭, 어쩌면 거위, 어쩌면 도도새, 어쩌면 비룡, 이런 식으로 무엇이든 될 수 있어! 바뀐 아이들도 마찬가지다. 그렇게 보쌈하듯 옮겨지지 않았다면 무엇이 되었을지, 그 '어쩌면'의 가능성들이 이글거리고 있으니까. 바뀐 아이와 알을 합치면 축축한 난장판이 만들어지지. 옛날에 콘월의 어떤 엄마가 바뀐 아이인 딸이 지켜보는 가운데 일천 개의 알을 부글부글 끓인 적이 있어. 그리고 맨 마지막에 그 못된 녀석이 냄비 속으로 펄쩍 뛰어들어 가자 진짜 딸이 튀어나왔지. 분홍색으로 달아오른 채 키득키득 웃어대면서 말이야. 물론 그 엄마는 기뻐했지. 하지만 우리한테는 정말 무섭도록 당황스러운 일이었다. 그 아이는 자기 자리를 몰랐어. 제도를 존중하지 않았다고. 오로지 알바트로스 한 마리, 페니 캔디 하나, 낡은 부츠 한 짝만으로 언실리를 왕좌에서 쫓아냈어. 그 아이가 어지르고 간 자리를 치우는 데 몇백 년이 걸렸다."

"나하고 성격이 아주 잘 맞을 것 같은 아이네." 나팔총이 끼어들었다. "제도는 주먹으로 패고, 이빨로 물고, 깔고 앉으라고 있는 거야. 제도가 두 손 두 발 다 들고 항복을 외칠 때까지."

찰리 크런치크랩은 느닷없이 나타난 생물을 보듯이 자투리 실 웜뱃을 빤히 바라보았다. 그리고 감히 배짱 좋게 자신에게 지껄여대는 털실 웜뱃에 대한 자기 생각을 말해주려고 입을 열었다. 그런데 나팔총이 더럽게 트림을 하더니 그의 손에서 샌드위치를 낚아채 단 한 입만에 게걸스레 먹어버렸다.

"소용없어, 무례한 코 찔찔이 왕. 당신도 나한테 망신을 줄 수 없어. 당신이 별로 알고 싶지 않은 내 몸 여기저기에 뜨개바늘이 있었거든. 내가 보기에는 그 콘월 계집이 생각을 잘했는걸. 우리도 낡은 부츠 한 짝쯤 휘리릭 구할 수 있을 거야."

왕의 얼굴에 생각에 잠긴 표정이 나타났다 사라졌다. 그의 주름살 하나하나가 자기만의 생각들을 부화시켜 서로 논쟁을 벌이는 것 같았다. 마침내 그가 봉두난발이 된 머리카락을 긁적이며 톰과 탬에게 가까이 와보라고 손짓했다. 둘이 몸을 기울이자 그가 갑자기 달라진 목소리로 입을 열었다. 거칠고 늙고 상냥한 목소리였다.

"내가 너희 삐약이들한테 처음부터 거칠게 굴었지? 내 탓은 아니야. 난 그저 시키는 대로 하는 사람이니까. 팬디는 너희가 나타났다는 소식을 듣자마자 달려왔단다. 그러니 너희에게 한두 가지 가치가 있는 거겠지. 나도 알 것 같고. 우리 이렇게 하자. 너희가 날 도우면, 난 너희가 잘 지낼 수 있게 해주마. 시내에 하숙집을 구해주고, 입을 옷을 마련해주고, 식탁은 절대 텅 비는 일이 없게 해주마. 너희들이 뛰쳐나온 그 볼품없는 세상의 중학교로 돌아갈 생각은 하지도 마. 너희가 취직을 해야 하는 나이가 되기 전에 그렇게 뛰쳐나오다니 정말 영리하기도 하지! 귀족이 되고 싶으냐? 그거야 식은 죽 먹기지. 너희 부모가 어느 트롤 굴에 사는지는 몰라도, 하여튼 부모를 찾고 싶으냐? 얘야, 내게는 페어리랜드 안의 모든 이름을 아는 염소가 있단다. 내가 보살펴준다면, 너희가 어렸을 때 외국에서 어리석은 여름을 보냈다는 걸 아무도 짐작조차 못 할 거야. 이 처크 아저씨가 비록 잘하는 일은 많지 않지만, 친구가 되면 아주 좋은 사람이란다."

톰과 탬은 서로 시선을 교환했다. 왕이 아닌 어른의 말을 거부하는 것도 쉬운 일은 아니었다. 스크래치는 요정 왕을 향해 잡음을 쉿쉿 내뿜었다. 그는 아직 요정 왕을 용서할 수 없었다.

"우리가 뭘 도와야 하는데요?" 톰이 말했다. 하지만 자신이나 웜뱃이 탬이 돕기에는 아주 크고, 아주 엄청나고, 감당하기 힘든 일이 될 것임을 이미 잘 알고 있었다. 자신이 그 일을 하게 되리라는 것도.

"쉬운 일이야, 강아지들아. 난 더 이상 왕 노릇을 하고 싶지 않아. 그뿐이란다."

~∘⌐ 12장 ⌐∘~

크런치크랩의 넋두리

톰 손은 아주 만족스럽게 배를 채우고,
페어리랜드의 현 시국에 대해 많은 이야기를 듣는다.

"그럼 그냥…… 왕을 안 하면 안 돼요? 그만두면요? 왕을 그만두
는 걸 양위라고 하잖아요. 양위하면 안 돼요?" 신문에서 읽은 적이 있
는 이야기가 나오자 탬벌레인은 눈물이 거의 멎었다. 그녀는 페어리
랜드와 그 안에 속한 모든 종족들의 왕을 예리하고 흥미로운 시선으
로 바라보았다.

"아이고, 이런, 내가 그 생각을 미처 못 했구나, 그렇지, 아이야? 아침 식탁에서 '왕 안 해'라고 고함을 지르고는 발을 척 올려놓으면 되는걸. 숨바꼭질에서 '못 찾겠다 꾀꼬리'를 외치는 것처럼, 그렇지? 이야, 너 같은 학자가 내게 자문을 해준다니, 내 직업이 정말 좋구나."

"그렇게 못되게 굴 필요는 없잖아요."

"난 못되게 구는 게 좋은걸." 크런치크랩이 뾰로통하게 말했다. "넌 아니냐?"

"나도 좋아!" 나팔총이 의기양양하게 외쳤다. 그러고는 뒷발로 한쪽 귀를 긁었다. 크런치크랩은 그녀를 무시했다. "너희가 살던 곳에서는 사람이 그냥 일어나서 더 이상 왕 노릇을 할 기분이 아니라고 마음의 결정을 내리기만 하면 되는 모양이지? 그럼 좋은 여자를 만나고, 열대지방으로 몰래 훌쩍 가버려도 되나? 여기는 그렇지 않단다, 내 오리들아. 놈들한테 일단 잡히고 나면, 문 앞에 날개를 벗어놓지 않는 이상 자유로워질 수가 없어. 요정 나라들은 한 번 짝을 지으면 평생을 가지. 페어리랜드는 일단 마음을 준 상대에게 누구보다도 진심을 다해. 상대를 땅에 묻을 때까지 절대 곁을 떠나지 않는다고. 진짜야. 알겠니? 페어리랜드의 왕이 되는 건, 정치적인 제도라기보다 결혼과 더 비슷하다. 여왕도 마찬가지고. 이 나라가…… 나라가 사람을 선택하는 거야. 왕관은 굶주린 짐승이다. 선택을 받은 사람은 이왕국과 춤을 춰야 해. 아, 젠장, 춤이 좋기는 하지. 한동안은! 하지만 항상 정신이 나가버린 상태로 끝난다고. 혁명, 암살, 우연한 사고, 천천히 독에 중독시키기, 뭐든. 늙어서 몸져누울 수만 있다면 좋기야 하지만, 그러면 이야기가 재미없어지니까 세상이 그걸 원하지 않아. 페어리랜드는 날 사랑한단다. 목신은 그 이유를 알지. 내가 페어리랜드를 제대로 실망시키려고 애썼거든. 전령을 보내 광장에서 이런저런 칙서를 읽게 하는 식으로 말이야. '나 CC 1세는 당장 꽁지 빠지게 도망갈 것이다. 그러니까 바이바이' 하는 식으로. 아무도 내게 신경을 쓰지 않더군. 그런데 결혼생활의 소소한 일들, 결혼 전에는 사람들이 대수롭지 않게 생각하는 일상의 사소한 일들이 사라지지 않았다. 난 여름이 오게 하기 위해 여전히 가시덤불 4층의 세 번째 화장실 꽃병에 장미를 꽂아야 했어. 내 두 번째 침실 바깥의 밤메꽃이 매일 밤 벌어지게 하는 것도, 꽃 한 송이, 한 송이를 내 눈으로 직접 지켜봐야 하는 것도 여전히 내 일이었다. 그렇게 하지 않으면 위프월로에 가뭄이 들 테니까. 내가 매일 아침 암갈색 암소의 우유, 군왕 라임 감로주, 최고 기장 핫케이크 몇 장을 먹지 않으면, 일천 년 동안 잠들어 있던 검은 소금 동굴의 그레이트 들쥐가 깨어난다는 걸 알고 있나? 내가 하는 일은 다른 누구도 못 해. 단 하루도. 그리고 의회, 그건 정말 행주로도 쓰고 싶지 않다. 난 지금 내 생활이 싫어. 있는 그대로 진실을 말하는 거야. 왕 노릇은 나 같은 사람에게 너무 별난 일이다. 옛날 별빛을 받으며 내 배에서 잘 때에 비하면 도통 잠을 잘 이루지 못해. 난 뱃사공으로 살면서 행복했다. 똑같은 물 위를 매일 오갔지. 훌륭하고, 깨끗하고, 소박한 일이었어. 앞으로 무슨 일이 벌어질지 예측할 수도 있었고. 그레이트든 아니든 들쥐 같은 것도 없었다고. 난 사람들을 실어나르는 일을 아주 잘한단다. 그 일을 잘했어." 크런치크랩 1세가 불쌍한 얼굴로 코를 훌쩍거렸다. "난 이제 왕 하기 싫어. 죽기도 싫어. 그러니 너희가 죽지 않고 왕을 그만두는 법을 찾아봐라. 너희는 규칙들의 틈새로 꾸물꾸물 빠져나가는 데 재주가 있는 것 같으니 말야.”

“싫어요.” 톰 손이 날카로운 목소리로 말했다. “싫어요, 싫어요, 싫어요. 안 해요. 절대로. 아침은 괜찮지만 당신은 싫어요. 이런 일도 싫어요. 아침은 괜찮지만. 어제 내게는 내 방과 깨끗한 바지와 기하학 쪽지시험과 아이스박스에 든 차가운 쇠고기 샌드위치가 있었어요. 그런데 오늘은 왕이니 걸어 다니는 도시니 하는 것들이 나타나고, 내가 잠이 들면 바위로 변한다는 것 같아요. 그래도 최소한 예쁜 바위 겠죠? 게다가 아저씨는 들쥐가 깨지 않게 하려고 핫케이크를 먹어야 한다니.”

“그레이트 들쥐야.” 왕이 말을 바로잡았다. “이빨은 흑요석 같고, 가죽에는 칼들이 솟아 있고, 입에서는 모스파이어가 뿜어져 나와. 그래서 내가 핫케이크를 먹는 거다. 그래, 맞아. 엄청 고맙지?”

“배 속이 텅 빈 채로 깨어난 뒤에 이런 이야기를 삼 분 이상 참고 들어줄 수 있는 사람은 없어요! 핫케이크도 못 해요! 아무도 못 한다고요! 그 차랑 샌드위치는 어디서 났어요? 말해봐요! 일단 그 얘기를 한 뒤에 도시가 일어나서 걷는 이야기나, 왕이 숙제에 치여서 우울하게 돌아다니는 이야기를 하자고요. 도대체 모스파이어가 뭔지에 대해서도요.”

우리가 토머스의 태도에 대해 섣불리 판단을 내리면 안 된다. 토머스가 트롤의 위장을 얻은 첫날이기 때문이다. 트롤의 위장은 정중하고 예의 바른 인간의 위장과 다르다. 트롤의 위장은 항상 배가 고프다. 우리가 깨어 있는 것처럼 자연스러운 일이다. 트롤의 위장은 흑표범의 다리 한 짝이나 딸기 아이스크림 창고 하나가 통째로 눈앞에서 어른거리지 않을 때만 제정신을 유지할 수 있다. 트롤의 위장을 무시하거나 피해 다니거나 흥정을 하려고 들면 안 된다. 무엇이든 조금만 맛보는 것으로는 만족하지 못하기 때문이다. 트롤의 위장은 무엇이든 통째로 삼켜야 한다. 그리고 트롤의 심장도 다르지 않다.

"왕에게 그런 식으로 말하면 안 될…… 것 같은데……." 탬벌레인이 말했다. 그녀는 기분이 나쁠 때 천둥처럼 호통을 치거나, 주먹질을 하거나, 고함을 질러대는 왕이 나오는 희곡을 아주 많이 읽어보았다. 그래서 왕들은 뇌우와 같다고 항상 생각했다. 그들은 엄청난 소란을 피우며 왔다가 가지만, 그 전과 그 후에 크게 달라지는 것은 없었다. 그저 어쩌다 한 번씩 사람들의 집 지붕을 뜯어버리고, 그 집에서 키우는 고양이를 전기로 감전시켜 죽일 뿐이었다.

"괜찮다." 크런치크랩 왕은 어깨를 으쓱했다. "누구나 그러는데, 뭐. 왕의 최고 덕목은 여러 사람이 한꺼번에 고함을 질러대는 상황을 오랫동안 참아내는 거야. 적어도 나 정도는 참아야지."

"저기 찻쟁반 나무가 있어." 탬벌레인이 숲속의 오솔길 저편을 가리켰다. 웜뱃, 트롤, 생령이 한자리에 모여 이미 일요일 만찬 나무에서 손이 닿는 높이의 가지를 완전히 알몸으로 만들어버린 뒤였다. 그녀는 살짝 웃었다. 이 숲에 이렇게 쓸모 있는 것들을 많이 그려 넣은 자신이 뿌듯해지는 것을 어쩔 수 없었다.

톰 손은 몸을 일으켜 그 나무를 찾으러 갔다. 그 어느 때보다 본연의 모습에 가까운 상태였다. 나팔총이 터덜터덜 뒤를 따라왔다.

"웜의 나라에서는 왕이나 여왕한테 신경을 안 써." 그녀가 쾌활한 목소리로 말했다.

"그럼 누가 규칙을 만들어?"

"담배 장수지, 당연히. 우리 모두 자기가 원하는 규칙을 적어. '자신보다 덩치가 큰 웜뱃 앞을 건너갈 때는 먼저 양쪽을 살핀다.' '망고를 발견하면, 모두들 조금씩 먹을 수 있게 이 사이로 휘파람을 분다.' '모든 웜뱃은 평등한 피조물이다. 그레고리만 빼고.' '그 어떤 웜뱃도 노예가 되거나, 뒤에 남겨지거나, 버림받거나, 사랑받지 못하는 존재가 되지 않는다. 심지어 그레고리도.' '캥거루는 캥거루라는 이유로 모든 재화와 서비스에 대해 오 퍼센트의 세금을 내야 한다.' 이런 것들이지. 우린 이런 규칙들을 전부 담배 장수한테 가져가(이름이 예인선이야). 담배 장수는 자기 집 포치에 앉아 규칙들을 잘근잘근 씹다가 자기 가게 창문에 뱉어. 그때 뭐가 됐든 맞은편 벽에 착 달라붙어서 떨어지지 않는 규칙이 바로 법이 되는 거야. 얼마나 공평한데. 하루 일이 끝난 뒤에 신발에서 의회의 먼지를 닦아낼 필요도 없어. 예인선은 규칙들을 씹을 때 분칠을 한 가발을 써. 그래야 모든 것이 멋지고 공식적이 되니까. 웜은 민주주의 우주에서 선망의 대상이야!"

톰은 배 속의 대질주 때문에 사실 다른 소리가 거의 들리지 않았다. 허기가 무시무시한 분노를 품고 그의 머리를 쾅쾅 두드렸다. 어찌 감히 허기에게 깨어난 때로부터 아침 식사까지 꼬박 오 분을 기다리라고 말할 수 있을까? 그의 위장이 거칠고 무서운 생각들을 머리로 보내기 시작했다. 찻쟁반 나무가 너무 멀었다. 그렇지, 완벽하고 훌륭한 웜뱃이 바로 옆에 있잖아!

"아! 어이! 그런 생각은 저리 치워, 귀염둥이야." 나팔총이 고함을 질렀다. "나도 배고파. 항상 배가 고프다고. 나도 트롤의 맛이 어떨지 생각해본 적이 얼마나 많은데. 축음기 맛도, 생령의 맛도 생각했어. 기름에 튀긴 다음에 끓여 먹을까, 아니면 구워 먹을까, 응? 케밥은 어때? 수플레는? 이건 나도 어쩔 수 없는 일이니까 부끄럽지 않아! 하지만 난 3분의 2가 털실이라고. 그러니까 풍선껌처럼 네 몸속에 들러붙을 거야. 게다가 난 아직도 널 소유하고 있어. 너도 네 배를 운전하는 법을 곧 배울 수 있을 거야. 공부를 하는 동안에는 아무 죄도 없는 유대류를 간식으로 꿀꺽하면 안 돼."

"웜뱃은 초식동물 아니야?" 톰은 미간을 찌푸리며 숲 안쪽을 바라보았다.

"우리가 그 아침 식사 덤불을 빨리 찾아내지 못한다면, 내가 네 왼발을 풀처럼 먹어버릴 거야." 나팔총이 으르렁거렸다.

마침내 찻쟁반 나무가 톰의 눈에 들어왔다. 커피잔, 찻주전자, 잼을 넣는 유리병, 우유 잔, 설탕 그릇이 은식기 가지에 대롱대롱 매달려 짤랑거렸다. 태양을 향해 쭉 뻗어 반짝이는 은제 찻쟁반 위에서는 엉긴 크림이 이슬처럼 반짝였다. 하지만 이것은 그저 찻쟁반 나무에 불과했다. 그러니 그가 먹을 수 있는 차도 음식도 전혀 없었다. 오로지 도자기와 은과 유리로 된 그릇들뿐이었다. 가지에 매달린 잔에는 물기가 없었고, 잼을 넣는 유리병은 빨래처럼 깨끗하게 반짝였다. 하지만 저기, 저기! 식탁보 뿌리 주위 사방에 부드럽고 굵은 버섯이 솟아 있었다. 겨자, 양갓냉이, 저민 악어 고기 샌드위치와 상당히 닮아 보이는 버섯들이었다. 톰은 털썩 주저앉아 양손으로 버섯을 뜯어 먹으며 눈으로는 계속 버섯을 찾았다. 그의 위장이 비로소 조용해졌지만, 불평과 불만이 아주 사라진 건 아니었다.

"우리가 여기 온 지 얼마 되지도 않았는데 벌써 곤란한 문제가 생겼어, 나팔총아." 그가 말했다. 방금 음식을 먹은 뒤라서 만족스러운 기분이었다. "걱정스러워. 왕은 선생님이나 교장 선생님보다 훨씬 더 하단 말이야. 왕은 우리를 볼펜 잉크처럼 싹 써버릴 생각뿐이야. 누군가를 왕의 자리에서 몰아내는 일에 대해 내가 뭘 알겠어? 그리고…… 그리고…… 여기라고 더 낫지도 않아. 내가 여기서도 계속 이상한 취급을 받으면 어쩌지?" 목이 메었다. "여긴 내 고향이라며?"

"누구나 다 이상해." 나팔총이 샌드위치 버섯을 앞발로 잡고 말했다. "어디서든 누구나 다 이상한 법이야. 사회적인 동물이 되는 요령은 바로 이상하지 않은 척하는 거야. 하지만 그렇게 해서 누굴 속이겠어? 이야기 상대로 삼을 만한 사람들은 속일 수 없어."

웜뱃과 트롤이 일요일 만찬 캠프로 돌아왔을 때는 크런치크랩의 길고 진심 어린 투정이 이미 시작된 뒤였다. 그는 할아버지처럼 투덜댔고, 새들의 노랫소리와 왕이 차를 후루룩거리는 소리가 아침 공기를 채웠다. 그의 잔에서 기다란 실 한 가닥이 대롱거렸다. 그 실에 달린 꼬리표에는 '코끼리의 불같은 심장'이라고 적혀 있었다.

"아, 이것도 처음에는 훌륭했지! 후작이 잠에 빠진 뒤에 암스의 담비가 보리빛자루 강변으로 나를 만나러 왔어. 암스의 담비는 지금까지 세상에 태어난 생물 중에 가장 불쾌한 놈이다. '해충' 같은 단어는 쓰고 싶지 않지만, 그놈이 바로 그거야. 말을 해봐도 소용없어. 다리가 여덟 개 달린 수다쟁이 동물원 같으니. 유니콘과 작은 인간 소녀가 은색 별들과 검은 수평아리와 해바라기를 어지럽게 저글링하듯 주거니 받거니 하는 모습을 상상해보려무나. 머리 위에는 아이스크림에 버찌를 장식으로 올리듯이 못된 요정 하나를 얹고서 말이지. 모두 글로리아나와 렉스라는 거대 담비 두 마리가 끄는 가마에 타고 있어. 모두 한꺼번에 떠들어대는 바람에 쇠지레를 동원하더라도 어느 놈이 어느 놈인지 구분해서 떼어놓을 수 없는 상황이지. 따지고 보면 전부 같은 동물이거든! 심지어 해바라기까지도. 왕의 옷이 흰담비의 모피로 되어 있는 건, 아주아주 오래전 어느 한심한 놈이 담비를 도저히 견딜 수 없어서 가죽을 벗겨버린 탓일 거다. 확실해. 그놈이 그런 짓을 한 것도 무리가 아니지. 암스의 담비는 페어리랜드가 나를 원한다고 우는소리를 해댔다. 그러면서 잠깐 웃기는 춤을 췄는데, 아마 그게 대관식에 꼭 필요한 절차였던 것 같아. 유니콘은 모자를 쓰고 있었고. 크고 아름답고 검은색 비슷한 모자였다. 그런데 그 모자가 나를 보더니 부르르 떨면서 자신을 집어삼켜 집게발로 변해버린 거야. 지금 내 멍청한 두개골을 꽉 쥐고 있는 게 바로 그거다. 그때는 남아 있는 요정이 다섯밖에 되지 않았어. 다른 요정들은 암스의 담비가 찾아온다는 말을 듣고 전부 도망쳐버렸지. 난 너무 늙어서 빨리 움직일 수 없었던 것 같지만. 대관식에 대해서는 말하지 않으마. 그건 개인적인 이야기라서. 남자 또는 숙녀와 그의 나라 사이의 일이야. 그럼 내가 내 나룻배 대신에 뭘 얻었느냐고? '그런 척하는 것' 두 접시가 곁들여진 쓰레기를 얻었지! 궁궐에는 옷과 티아라와 성난 사람들이 가득했다. 그 상처받은 사람들은 어떤 사람한테 불만이 있었는데, 난 그 사람에게 고함을 지를 줄도 몰랐어. 암스의 담비는 계속 내 옆에 붙어 있었다. 글로리아나가 말했어. '말하는 법을 좀 배워요! 그림에 나오는 영주들과 숙녀들처럼 훌륭하게 말해요!' 렉스는 꼬리로 나를 후려쳤어. '왕은 동사의 단수와 복수를 구분해야죠! 왕은 전치사로 문장을 끝내면 안 돼요!' 한심한 검은 닭들은 엄청 고상하고 훌륭한 척하면서 사방에서 꼬꼬댁거렸다. '왕은 언제나 자음을 산뜻하고 선명하게 발음해야 해요. 자기 좋을 대로 하면 안 된다고요! 그리고 말을 줄여서 하지 좀 마요!' 볼품없는 옷차림의 소녀는 은색 별들로 내 손가락을 두드리곤 했다. '연극에 나오는 왕처럼 걸어봐요! 그 남자한테 고개를 숙이면 안 되죠. 아무리 멋진 코트를 입은 사람이라도, 그 사람이 왕한테 고개를 숙이는 거예요!' 그리고 그 썩어빠진 유니콘, 내가 숙취보다 더 싫어하는 그 녀석은 내가 원하는 방식으로 재채기도 못하게 했어. '휘파람 진은 그만 마셔요. 앞으로는 무한의 창고에서 나온 고급 적포도주만 먹는 겁니다!' 그동안 내내 담비는 하고 싶은 말이 생길 때마다 그 멍청한 춤을 췄어. 담비들은 최악의 존재라서 주로 춤으로 이야기를 하거든. 나는 이 모든 걸 해냈다. 페어리랜드가 내게 그걸 요구했으니까. 날 욕하기도 했지만, 그래도 난 페어리랜드를 사랑해. 그런데 말이야, 그런데, 그들이 돌아왔어. 우리가 돌아왔어. 모두. 요정들이. 무슨 일이 있었던 건지 나는 모른다. 알고 싶지도 않고. 그들은 입을 닥칠 줄 모르는 무지개처럼 마구 쏟아져 들어왔어. 사방에서 날개가 펄럭거렸지. 그리고 느닷없이 내 왕 노릇에 트집을 잡기 시작했다. 전쟁은 어디 있지? 사라진 지방들은? 후작이 저지른 일 중에 남은 건? 없어? 없다고! 내가, 내가 잘못한 거라고, 실리와 언실리가 모두 밤낮으로 악을 써댔다. 이젠 이곳을 페어리랜드로 부를 수도 없을 지경이라고 고함을 질러댔어. 잡동사니랜드, 오합지졸랜드, 늙은나팔총랜드, 평범랜드가 됐다고. 그러면서 과거로 돌아가자고 외쳤지. 나더러 과거의 방식들을 기억하기나 하느냐고 묻는데, 물론 기억하지. 전부 쓰레기 같은 것들이었어. 남의 목을 짓밟으며 웃어대고, 세상을 꿀꺽꿀꺽 마셔대며 날개가 없는 자들에게는 아무것도 남겨주지 않는 방식이었으니. 그들이 원하는 건 하나였어. 제국! 자기들이 힘을 쥐고 있어서 아무도 말대꾸를 하지 못하던 시절의 그 모습 그대로. 전에 무슨 일이 있었는지 그들이 기억할 것 같지. 그 일로 그들이 모두 갈퀴와 삽과 타자기와 쇠스랑으로 변해 백 년을 보냈으니까. 하지만 아니야, 아니야. 제대로 된 왕과 제대로 된 왕국을 내놓지 않으면 날 신음하는 소용돌이 탑에 매달기세더구나. 난 용감한 사람이 아니야. 용감하다고 말한 적도 없어. 암스의 담비가 두려움과 패배의 멍청한 춤을 추기에 나도 함께 발을 움직였지. 난 최선을 다했다. 범죄자와 혁명가를 페어리랜드 전역에서 공식적인 직업으로 만들라는 명령을 내렸어. 그러면 누군가가 나타나서 전부 무너뜨려줄 줄 알았지. 하지만 그런 일은 일어나지 않았어. 난 제발 부탁이니 뱃사공으로 돌아가고 싶다. 난 한심한 요정이야. 괜찮은 왕인 줄 알았는데. 어쨌든 중간은 가는 줄 알았는데. 사실은 한심한 요정이야. 다들 그렇게 말하더라. 그리고 매일 아침 여덟 시 정각에 암살자를 보내. 혹시 내가 모든 걸 포기할 때를 대비해서 말이지. 암살자의 이름은 시몬이다. 우린 꽤 사이좋게 지내고 있어. 유머 감각이 있는 친구지, 우리 시몬은. 내 잼에 알파벳 순서로 독을 풀거든. 월요일에는 비소(arsenic), 화요일에는 벨라도나(belladonna), 수요일에는 청산가리(cyanide) 하는 식으로…… 난 오 년 동안 잼을 먹은 적이 없다."

"하지만 전하." 톰 손은 가능한 한 부드럽게 말했다. 이 늙은 요정은 확실히 무거운 마음의 짐을 많이 덜어놓을 필요가 있을 것 같았다.

"저희가 무슨 도움이 되겠어요? 이제 막 여기에 왔을 뿐인데요. 저희는 하다못해 해가 어느 쪽에서 뜨는지도 몰라요."

"어디든 제 마음 내키는 쪽에서 뜨겠지." 크런치크랩은 어깨를 으쓱했다. "그러니 당연히 모를 수밖에! 네 뒷주머니에 내 왕관을 위한 쇠지레가 들어 있지 않다는 건 나도 안다. 난 정신이 이상한 사람이 아니야. 사실은 아무도 모르지. 스핀스터만 알 뿐. 그런데 스핀스터는 입을 열지 않을 거다. 그녀에게 물어보고 싶어도 우리가 그녀를 찾아낼 수 없다는 이유가 크지만. 그래도 네가 날 위해 그녀를 찾아줄 거지? 착한 아이구나. 저 여자아이도. 죽음기도. 그리고 정체를 알 수 없는 저 털실 뭉치도."

⟅∽⟆ 13장 ⟅∽⟆

불행한 발

토머스와 탬벌레인은 팬더모니엄을 소개받고, 새 구두를 맞추고,
바꿔친 아이 무리를 만나고, 그동안 해마는 고약한 기침병에 걸린다.

모든 도시는 제 어머니와 아버지를 조금씩 닮는다. 뉴욕을 자세히
들여다보면, 그 아가씨의 귀는 네덜란드를 닮고 눈은 영국을 닮았음
을 알 수 있을 것이다. 런던은 로마를 닮은 코를 감추지 못한다. 그리
고 로마는 웃음을 터뜨릴 때 지독히 그리스를 닮았다. 그래서 여러 도
시에 같은 이름의 거리들이 있는 것이다. 한 반에 조슈아나 에이미가

두 명 있을 때처럼, 아예 도시 이름이 똑같을 때도 있다. 도시가 되는 것은 가족의 일원이 되어 서로를 닮고, 늙은 할아버지와 이모할머니를 다정하게 추억하게 되는 것이다. 그리고 그 추억은 사람들이 최초로 지은 오두막, 최초로 피운 불, 말 그림이 그려진 고독하고 이름 없는 동굴까지 이어져 있다. 아주 영리하고 은밀한 사람이라면, 한 도시에서 그 도시가 속한 세상 전체를 염탐할 수 있다. 어느 한 사람의 얼굴에서 수천 년 동안의 노래와 춤과 빵 만들기와 아기 재우기를 염탐할 수 있는 것과 같다.

내가 이런 말을 하는 것은, 팬더모니엄이 페어리랜드와 똑같이 생겼다는 내 말의 뜻을 여러분이 알아주기를 바라기 때문이다(전통적으로 모든 도시를 정중하게 일컬을 때 '그녀'라는 대명사를 쓴다. 비록 현실은 그보다 좀 더 복잡하지만. 어쨌든 우리가 도시의 치마 속을 올려다볼 수는 없는 법이므로, 전통을 따르려고 한다). 덩치 큰 비도가 예전에 우리에게 알려준 것처럼, 팬더모니엄은 페어리랜드의 수도이다. 하지만 그것이 전부는 아니다. 그녀는 지나치게 활동적으로 움직이는, 페어리랜드의 축소판이기도 하다. 모든 천, 모직과 비단, 털실과 리본, 안타와 번트를 꿰매고 묶어서 만든 축소판인 것이다.

그리고 그녀는 소화불량에 잘 걸리는 편이다. 하지만 아랍의 전설에 나오는 괴조나 익수룡처럼 공기가 별로 없어도 되고 무서울 정도로 높이 날 수 있는 짐승이 아니라면, 그 사실을 잘 알 수 없다. 지금부터 익수룡 흉내를 내보자. 그래, 저기! 북서쪽에 크리놀린 아파트들과 세관들이 보인다. 공연장은 오렌지색, 빨간색, 초콜릿의 갈색이다. 페어리랜드의 북쪽과 서쪽에 있는 가을 지역이 언제나 10월의 불길

색으로 물들어 있는 것과 같다. 도시 남쪽에는 능직 굴뚝이 있는 집들이 한데 모여 음유시인 마을과 아주 흡사한, 뭉툭하고 연기를 피워 올리는 숲을 이루고 있다. 시든 노래 구역에서는 반드시 눈을 가늘게 떠야 한다. 모든 것이 오간자* 오리가미로 만든 꽃, 새, 나비들로 덮여 있기 때문이다. 분홍색, 초록색, 보라색, 황금색 등 색깔도 다양하다. 한편 봄철 교구에서 안경을 쓰지 않으면, 행복한 초록색에 눈을 데일 것이다(조심하라. 나비들은 자비를 모르는 고대 전사 종족이라 상당히 사납다).

높은 곳에서 보면, 보리빗자루 강이 팬더모니엄을 휘감아 흐르는 것이 보인다. 예전에는 여기에 평범한 파란색 물이 흘렀다는 사실을 믿을 수가 없다. 얼마나 이상한 시절이었을까? 지금은 이곳에 다시 찻물이 흐르고, 각설탕과 레몬 껍질이 둥둥 떠 있다. 비룡과 드래건과 그리핀과 히포그리프**와 요정들이 날개를 펄럭이며 밝은 깃털이 달린 커다란 폭탄처럼 도시 안으로 휙 날아 들어와 미로 같은 네 구역(게으른 백합, 시든 노래, 무뚝뚝한 신성, 아욱 벌판)으로 흩어진다. 사람들이 지금도 오가고 있지만, 대략 일만 명이 새틴과 문직과 캘리코 탑에 살면서, 모슬린 골목과 캐시미어 대로를 걷고, 어스름 무렵 검은 레이스 가로등의 하얀 방수포 램프에 확 불이 들어오면 환성을 지른다. 이 도시에서 가장 높은 곳은 왕립발명가협회의 본부가 있는, 신음하는 소용돌이 탑이고, 가장 낮은 곳은 쟁글리나우 평지다. 흔한 수입품으로는 곡식, 소원 물고기, 자전거 부품, 아이들, 샌드위치, 브랜

* 얇고 투명한 천의 일종.
** 말의 몸에 독수리의 머리와 날개가 달린 전설 속 생물.

디와인, 은탄환, 그리고 바꿔친 아이가 있다.

톰과 탬과 나팔총과 스크래치는 그림 숲을 떠나면서 이 모든 것을 보았다. 물론 우리처럼 좋은 위치에서 도시의 놀라운 모습을 보지는 못했지만. 이제 우리도 익수룡의 날개를 접어 저녁을 위해 숨겨두자. 날개를 다시 다는 날이 올 거라고 약속한다! 톰과 탬과 나팔총과 스크래치는 팬더모니엄의 거리에서 팬더모니엄을 보았다. 햇빛 속에서 하늘로 치솟아 술이 달린 아이스크림색 둥근 지붕을 이고서 반짝이는, 흐릿하고 신통치 못한 건물들 때문에 모두들 난쟁이가 된 것 같았다. 그들은 왕과 함께 아주 조용히 걸었다. 그들이 자란 시카고는 정말로 커다란 도시였지만, 팬더모니엄에 비해 켄타우로스가 적었고 청록색 코뿔소는 아예 한 마리도 없었다. 나팔총은 거리를 즐겁게 뛰어다니며, 자투리 털실로 짠 웜뱃인 자신이 자투리 털실로 짠 도시에 와 있다는 사실에 정신을 차리지 못했다.

남들의 뒤를 따라 흥미로운 곳들을 돌아다니는 것은 몹시 지루한 일이다. 게다가 시간도 엄청나게 오래 걸린다. 우리는 눈이 바쁜 중요 인물들이므로, 내가 우리의 잡다한 일행을 재촉해 크런치크랩 왕이 원하는 장소인 비스포크 에스파드릴의 슈 임포리엄에 빨리 도착하게 해야겠다. 임포리엄은 무뚝뚝한 신성 구역에 있는 유행의 중심지인 리틀 부얀에 자리 잡은 작은 상점이었다. 그 작고 다정한 모습은 마치 이렇게 속삭이는 듯했다. '난 아주 비싸고 어디에도 없는 물건만 팔아요. 사실 여기에는 에스파드릴 씨와 당신이 들어올 수 있는 공간밖에 없어요. 오로지 당신만 보아야 할 신기한 물건들을 괜한 사람들이 입을 헤벌리고 들여다보는 건 싫으니까요.' 이 가게는 이런 말을 속삭이지만, 팬더모니엄 사람들은 모두 이 말을 무시해버리고 임포리엄 안으로 우르르 들어간다. 그래서 나중에는 창문에 양말을 신은 발과 팔이 가득 차서 금전 등록기가 발끈 화를 내며 일을 그만둘 정도다.

하지만 오늘은 다르다. 누더기를 걸친 소년소녀 몇 명만이 가게 주위에서 꾸물거리고 있다. 팬더모니엄에서는 누더기도 상당히 훌륭하다. 건물 뒤편의 구석진 곳에서 불량 가위들이 몰래 천을 잘라 만든 옷을 어렴풋이 빛나는 거리에서 찾아내 입은 것이기 때문이다. 마멋의 굴 같은 구멍들은 그대로 남아 있다. 아이들은 가게 진열창 앞에 서서 초록색 요정 불꽃을 손에서 손으로 건넸다. 그러자 불꽃이 일어나 발레리나, 마녀, 곤돌라 사공, 두꺼비 모양으로 춤을 췄다. 아이들은 키득거렸다. 한 명이 맥스와 조금 닮은 것 같다고 톰 손은 생각했다. 키가 좀 더 큰 것 같기도 했다.

"안녕." 톰은 악수를 하려고 한 손을 내밀었다. "이름이 뭐니?"

가장 나이 많은 소녀가 톰에게서 왕을 향해 휙 시선을 옮겼다. 그리고 망가진 인형처럼 어색하게 몇 번 다리를 구부리며 인사했다.

"우리한테 말을 걸면 어떻게 해, 친한 척하는 놈아." 맥스를 닮은 소년이 숨죽여 소리쳤다. 그가 손을 탁 오므리자 초록색 불꽃이 꺼졌다. "우린 바꿔친 아이들이야. 우리 같은 애들하고 어울리는 걸 남들한테 들키면 어쩌려고." 그도 다리를 구부리며 인사했다. 하지만 두 아이 모두 말을 하면서 탬벌레인을 지켜보았다. 마치 톰에게 하는 말이 아닌 것 같았다. 톰은 투명인간이 된 기분이었다.

맥스를 닮은 소년이 뭔가 다른 이야기를 시작했지만, 비스포크 에스파드릴의 슈 임포리엄 문간에 있는 커다란 덩치가 그의 말을 막

왔다. 그 사람이 바로 비스포크 에스파드릴 씨였다. 그는 사람이라기보다 해마에 가까운 모습이었으며, 긴 엄니에는 자잘한 그림이 새겨져 있고, 갈색 주둥이에는 황금색 털이 깃털 펜처럼 반짝였다. 머리는 아주 크고 아래로 늘어져 있었지만, 팔과 다리는 인간의 것처럼 두툼하고 튼튼했다. 해마의 것 같기도 하고 인간의 것 같기도 한 가슴(해마도 인간도 매일 열심히 노력한다면 위풍당당한 배를 만들어낼 수 있다)에는 온통 구두의 죔쇠로 만들어진 갑옷을 입고 있었다. 완벽하게 광을 낸 죔쇠들이 은색, 황동색, 상아색, 금색, 청동색, 양철색으로 반짝였다. 그 아래에는 뜨거운 초록색 나팔바지를 입었는데, 끝자락이 전혀 눈길을 끌지 못하는 구두 속에 쑤셔 넣어져 있었다. 수백의 페어리랜드들을 통틀어 가장 뛰어난 구두장이인 비스포크 에스파드릴 씨의 구두는 상상할 수 있는 가장 평범한 모양이었다. 요정 같은 느낌도 전혀 없었다! 톰은 실망을 감출 수 없었다. 아버지가 출근할 때 신어도 전혀 이상할 것 같지 않은 구두였다. 그런데 탬벌레인도 그 구두를 보고 숨도 쉴 수 없을 만큼 전적으로 완벽하다고 생각했다. 검은 가죽이 구름보다 부드럽게 빛나고, 구두끈은 도서관에 책을 반납하는 날짜를 지키지 못해서 벌금을 무는 일 따위는 전혀 모르는 어떤 멋진 동물의 털을 꼬아서 만든 것이었다. 굽은 아무리 엄청난 불의라도 쾅쾅 짓밟을 수 있을 것 같았고, 발등에서는 은청색의 6펜스 은화가 작은 거울처럼 빛나고 있었다.

에스파드릴 씨가 부글부글, 툴툴, 웅웅 울리는 소리로 투덜거렸다. 진열창 앞의 소년들과 소녀들은 움직이지 않았다. 그들은 톰을 새삼 다시 쳐다보지도 않았다. 팬더모니엄에 트롤이 한 명 더 새로 등장한

들 대단한 일도 아니지 않은가. 하지만 탬벌레인에게는 집을 찾아가는 다트처럼 그들의 눈이 쏠렸다. 비스포크도 그녀를 시야에 담고는 놓아주지 않았다. 탬이 얼굴을 붉히자 나무를 깎아 만든 짙은 색 뺨을 마호가니색이 스치고 지나갔다. 톰은 자신이 이곳에서 이상한 존재가 아님을 곧 알아차렸다. 하지만 탬은 그런 존재였다. 그가 한 팔로 그녀를 감쌌다. 트롤의 팔로. 튼튼한 팔로. 어머니의 보석 장신구가 탬의 나무 척추에 부딪혀 편안하게 짤랑거렸다.

"음, 그렇게 거리에 서 있으면 안 되지." 에스파드릴 씨가 말했다. 톰이 보기에 그는 무릎을 굽혀 인사하는 법을 모르는 것 같았다. 일행이 가게의 문을 통과하자 종이 딸랑거렸다. 크런치크랩 왕이 이 해마 생물을 거칠게 품에 가두고 사납게 힘을 줬을 때는 쫌쇠들도 딸랑거렸다.

"이 멍청한 친구야." 비스포크가 따스한 목소리로 왕을 나무랐다. "자네 부츠가 낡아서 곧 속이 들여다보이겠네. 이게 세 번째 부츠인가? 자네가 계속 이런 식이면 내가 만든 최고의 스틸레토로 자네를 때려줄 거야. 낡은 신발이 얼마나 위험한지 알면서 이래? 누가 자네를 키운 거야?"

"내가 직접 키웠지, 이 멍청한 바다 생물아. 내 신발은 절대 신경 쓰지 마. 내가 다 알아서 하고 있으니까. 오늘은 내 어린 친구들 때문에 온 거야. 이 친구들한테 신발이 필요할 것 같아서 말이지."

비스포크는 왕에게서 몸을 떼어내고는 해마의 눈으로 톰과 탬을 바라보았다. 가게는 최고로 깔끔했다. 구두들이 한 짝씩 진열대에서 반짝거리고, 신발을 신어볼 수 있는 긴 소파는 파란색, 초록색, 황금색이었다. 벽에는 초가지붕처럼 엮어 놓은 수천 개의 구두끈이 장식되어 있었다.

"원하는 게 뭔데? 유리 슬리퍼? 새빨갛게 달아오른 쇠 옥스퍼드화? 십 년 동안 계속 춤출 수 있는 플랫슈즈? 주인에게 가장 좋은 것이 뭔지 안다며 건방지게 구는 슬리퍼? 나한테 루비색과 은색 슬리퍼가 있네. 아니면 좋은 소식과 나쁜 소식보다 더 빨리 날 수 있다는 보증서와 날개가 달린 슬링백? 일천 리그를 갈 수 있는 덧신? 고무 악령이 벗은 첫 허물로 엉덩이까지 오는 몸통을 만들고 앞코에 강철을 붙인 방수 장화? 나한테 전부 있어. 내 사랑스러운 아이들이지. 사실 발이 없으면 몸이 뭘 하겠나? 게다가 발의 설계가 아주 형편없다는 건 자네도 인정할 수밖에 없을 거야. 그렇게 작고 부드러운 것이 평생 자네를 운반해야 한다니! 물론 신발은 모두 마법일세. 주인이 가려는 곳으로 데려다주고, 지금까지 다녀온 곳이 어딘지 알려주니까. 신발은 주인의 비밀을 말해버려. 조금이라도 말을 참을 줄 모르거든. 진흙이 덕지덕지 말라붙고 오래돼서 가죽이 갈라진 신발을 신은 남자가 멋진 옷을 입고 있다면……." 비스포크는 크런치크랩 왕을 노려보았다. "틀림없이 뭔가를 팔러 온 거야. 옷은 누더기인데 발에는 보석이 박힌 구두를 신은 숙녀는 어떤가? 앞코가 사파이어로 장식되고, 썰매 날처럼 둥글게 휘어진 은색 혀가 달려 있다면? 그렇다면 그 숙녀는 십중팔구 도둑이야. 아니면 마녀일 수도 있고. 어느 쪽이든 그냥 가만히 내버려두는 것이 최선이지. 하지만 내 신발들은 다른 무엇보다 뛰어나다네. 난 스코카즈족이고, 내 종족은 옷장의 위대한 마도사들이야. 우리 어머니는 옷의 마법을 알고, 아버지는 모자의 요술을 아셨지. 그리고 난 구두의 마술사야. 다들 내 구두를 부적처럼 원한다고! 이유가 뭘까?"

"뭔데요?" 톰이 이야기에 푹 빠져서 물었다.

"내 신발들은 자기가 신발인 걸 알기 때문이지, 아이야. 자기한테 목적이 있다는 걸 알고, 그 목적을 성취하려고 열심이야. 포부, 목표, 열정이 있어! 세상에서 가장 신발다운 신발이야. 넌 찰리의 친구니까 네게도 신발을 신겨주마."

찰리 왕은 자신의 발을 보았다. 심지어 그의 주름살조차 당황하고 있었다. "그건 아닌 것 같은데, 베시, 이보게. 이 녀석들은…… 이 녀석들은 바꿔친 아이들이야. 그냥 슬립이면 돼." 그는 미안한 표정으로 톰과 탬을 향해 양손을 벌렸다. "그게 법이란다. '바꿔친 아이들은 모두 자신의 신분을 알리는 신발을 신어야 한다.' 내가 만든 법도 아니고, 좋아하는 법도 아니지만, 이걸 지키지 않으면 내가…… 내가 병에 걸려. 손톱이 검게 변하고, 머리카락이 빠지고, 시몬은 내가 제정신을 차릴 때까지 날 지하실에 사슬로 묶어놓게 되지." 그는 손가락을 흔들어댔다. 손톱 여섯 개가 쏟아진 잉크처럼 어두운색이었다. "나도 할 만큼 해봤단다. 정말로."

탬벌레인이 그의 어깨를 두드렸다. 그의 날개가 힘없이 파닥거렸다. "끔찍한 일인 것 같아요, 왕 노릇은." 그녀가 연민의 표정으로 말했다. "틀림없이 최선을 다하고 계시는 거 알아요."

"아, 그건 왕 노릇과 상관없다." 크런치크랩이 침울한 표정으로 고개를 저었다. "그저 놈들이 재미로 하는 일이지. 내 의회 말이다. 그놈들이 내가 선을 벗어나지 못하게 억제하는 걸 즐기는 거야. 나도 마그

나카르타 같은 게 있으면 좋겠다. 놈들은 그걸 만들지 않을 테니. 지난번에도 그랬어."

다들 지켜보는 앞에서 깨끗하고 연한 색이던 그의 새끼손가락이 검게 변하기 시작했다. "아, 이런, 안 돼. 내가 너무 오래 자리를 비웠구나." 찰리 크런치크랩이 울부짖었다. "난 아무 데나 돌아다닐 수 없어. 베시가 너희를 보살펴줄 거다. 정말로 그럴 거야. 난 가봐야겠다. 가지 않으면 또 지하실에 갇힐 거야. 너희는 거기가 어떤 곳인지 몰라. 또 그곳에 갇힐 수는 없어! 도와다오, 새끼 고양이들아. 스핀스터를 찾아. 뭘 해야 하는지 그녀가 알 거야. 반드시! 미안하다! 앞으로 일어날 수밖에 없는 모든 일이 미안해!"

왕은 눈물이 글썽한 채로 비스포크 에스파드릴의 슈 임포리엄에서 뛰어나가 개버딘 대로를 달려서 사라져버렸다. 비스포크는 해마 머리를 절레절레 젓고는 카운터 뒤에서 허리를 숙이고 선반들을 뒤져 물고기를 끈에 매단 것 같은 모양의 은색과 검은색 장치 네 개를 찾아냈다. 톰은 웃음을 터뜨렸다. 그건 그가 아주 잘 아는 물건이었다. 그가 워낙 빨리 자라서 그웬돌린이 사준 신발이 한 달 만에 작아질 때마다 양말을 신은 발을 그 물건 위에 올려놓고 치수를 재야 했기 때문이다. 이 물건의 이름은 브래녹이었다. 비스포크가 꺼낸 브래녹은 양옆에 은색 날개가 달리고, 양쪽 끝에는 부채 모양의 은색 조개껍데기가 붙어 있었다. 가운데 부분은 은은하게 빛나는 검은색 바탕에 은색 글자가 적혀 있는 형태였다.

"절대 안 돼." 나팔총이 고함을 질렀다. "웜뱃한테 신발은 필요 없어! 갖고 싶지도 않아! 어차피 내 발은 워낙 훌륭해서 그 기계량은 어울리지 않아." 해마 구두장이는 어깨를 으쓱하더니 브래녹 한 쌍을 다시 카운터 밑에 넣었다.

"원래 난 이런 일을 잘 안 하는데 말이다." 비스포크가 한숨을 내쉬었다. "이거 아주 더러운 일이거든. 하지만 찰리가 너희를 돌봐주라고 했으니, 코를 막고라도 해야지." 그는 일행의 발치에 브래녹을 내려놓았다.

"그런데 왜 우리가 '신분을 알리는 신발'을 신어야 하는 거예요?" 탬벌레인이 물었다.

"아이야, 내가 아까 신발은 주인이 가려고 하는 곳으로 데려다주고, 지금 있는 곳이 어디인지 알려준다고 말했지? 아주 조금 전에 한 말이지만, 그 뒤로 흥분할 일이 하나 생겼구나." 톰 손이 고개를 끄덕였다. "그러니까, 바꿔친 아이들의 신발은…… 그것과 반대야. 너희가 아무 데도 가지 못하게 하는 신발이거든. 너희가 원래 세계로 허위허위 가버리거나, 건들건들 돌아다니며 문제를 일으키고 이야기와 모험을 들쑤시는 걸 막는 게 목적이야. 인간들은 그런 걸 정말로 동경하니까. 그러니까 아무도 너희를…… 너희를 우리와 같은 존재로 착각하지 못하게…… 하지만 너희는! 너희는 인간이 아니야! 너희는 우리와 같아! 내가 왜 이걸 해야 하는지 모르겠네. 바꿔친 아이들의 신발을 신은 트롤이 어디 있어? 생령도 마찬가지고." 그는 마치 외설적인 단어를 말하듯이 '생령'이라는 단어를 말했다. "미안하구나, 어린 묘목아. 내 입이 늙고 더러워서 그래. 다들 그렇게 말한단다."

탬은 어깨를 으쓱했다. "그게 제 정체인걸요."

비스포크는 웃음을 터뜨렸다. "너희 단단한 나무들이 얼마나 솔직한지 내가 잊었군. 그래, 맞다. 하지만 예의를 차리는 자리에서 생령들은 자신이 도끼질로 잘려 나오기 전에 붙어 있던 나무의 이름으로 자신을 소개해. 넌 원한다면 자신을 호두나무라고 소개해도 된단다. 호두나무는 아주 훌륭한 생물이야."

"저 같은 존재들이 또 있다는 말씀이에요? 생령들이요? 호두나무도?"

"물론이지. 스프리건족이 가을마다 숱하게 만들어내는걸. 그런데 스프리건의 땅에서는 매일이 가을이지. 나도 몇 주 전에 휴일에 신을 나막신으로 멋진 튤립나무 쌍둥이 세트를 얻었단다. 이런, 미안하구나, 미안해. 이제 발을 여기랑 여기에 놓아주겠니, 내 어린 양들아?"

두 사람은 동시에 브래녹의 틀 안에 발을 집어넣었다. 탬이 생각에 잠긴 표정으로 말했다. "아저씨의 신발들이 포부를 갖고 있고 어디로 가야 하는지 알고 있다면, 스핀스터를 찾아가는 법을 아는 신발도 만들 수 있어요? 스핀스터가 누군지는 모르지만요. 아마 왕이 그 부분을 저희한테 말해주는 걸 깜박하신 모양이에요."

비스포크는 브래녹의 측정 장치를 조작했다. 톰은 아래를 내려다보며 브래녹의 은색 글자들을 읽었다. 둥글게 휘어진 글자들이 발가락 쪽의 측정 장치 위로 아치처럼 휘어졌다. 내용은 '구두장이 신조'였다. '내가 가는 곳이 어디든, 물집도 슬픔도 없이 나를 감당하라.' 그 아래에는 검은색 발 모양 위에 가장 작은 것부터 가장 큰 것까지 크기가 표시되어 있었다. 이상향, 언덕 아래, 계곡 아래, 가장 많이 다닌 길, 황무지를 통해서, 사랑 이후, 모두 끝나기 전에 가기에는 먼, 방랑벽, 일곱 번의 세계일주, 너머의 뒤편, 긴 휴식은 절대. 이제 트롤의 발이 된 톰 손의 발이 브래녹의 끝을 지나 한참 더 튀어나왔다. 그는 학교 양말 속에서 발가락을 꼼지락거렸다. 양말은 너무 심하게 늘어나서 올이 두 군데 갈라져 있을 정도였다. 탬의 발은 '모두 끝나기 전에 가기에는 먼'에 간신히 닿을 정도였다. 그녀는 안절부절못했다.

비스포크가 왼쪽 구두끈 벽으로 다가갔다. 그가 끈 하나를 잡아당기자 여름날의 창문처럼 벽이 열리면서 반짝이는 가죽, 염소가죽, 색색의 토끼털 묶음들이 나타났다. 그는 커다란 턱의 황금빛 깃털 같은 수염을 한 손으로 어루만지며 다른 손으로는 엄니를 잡아당겼다. "그쪽 주소를 모르면 나도 할 수 없다, 사랑스러운 아이들아. 난 스핀스터를 직접 만난 적이 없어. 화려한 신발을 좋아하는 여자가 아니거든. 엄청난 능력을 지닌 늙은 여자라서. 하기야 늙은 여자들은 전부 엄청난 능력을 지니고 있지, 안 그래? 직업상 재해 같아. 그 여자는 시선이 무시무시한 스트레가 마녀다. 지하의 천을 통해 들은 적이 있는데, 항상 파란색 옷만 입는다더군. 그 여자가 내뱉는 저주는 황소만큼 강하고 검고 한이 없다. 대개는 얼마쯤 시간이 흐르고 나면 저주가 지루해져서 이리저리 돌아다니는데 말이지. 스핀스터의 주문은 달라. 가장 먼저 출근해서 가장 늦게 퇴근하거든. 전에는 시내에서 그 여자가 빵이랑 양파 소스랑 까마귀 눈 같은 걸 사는 모습을 본 적이 있는데, 요즘은 사라져버렸어. 원래 노처녀*들이 가끔 그런 짓을 하지. 고양이랑 뜨개질감을 가지고 어딘가에 처박혀서 잔디밭에서 노는 아이들에 대해 투덜거리는 짓. 신발은 '분별 있는' 걸로 신고. 말이 되나? 찰리도

* 'spinster'가 '노처녀'라는 뜻.

불쌍하지. 그 여자가 자기를 저주해서 나룻배로 돌려보내줄 줄 아는 모양인데. 그 여자의 저주는 안 되지. 안 돼. 그 여자가 가장 최근에 후려친 상대는 두 번 다시 햇빛을 못 봤으니까. 찰리는 만나는 사람마다 붙들고 물어본단다. 처음 만나는 사람을 볼 때마다. '스핀스터를 찾아주면 뭐든 원하는 걸 주겠다' 하고."

비스포크 에스파드릴은 진하고 어두운 초록색 가죽과 서양자두 같은 자주색 가죽, 그리고 밝고 폭신폭신한 하늘색 토끼 모피를 골랐다. "이거, 이거, 저거." 그가 큰 소리로 말했다. 아마 벽 뒤에 조수가 있는 모양이었다. 나팔총이 모피에 코를 대고 킁킁거렸다.

"그 할머니를 찾아야 해." 톰 손이 말했다.

"응. 약속했으니까." 탬이 고개를 끄덕였다.

하지만 비스포크는 두 사람의 말을 듣지 않고 커다란 가슴에 고개를 박은 채 생각에 푹 빠져 있었다.

"신발도 없이 너희를 내보낼 수는 없어." 그가 한숨을 내쉬었다. "조정에서 내 엄니를 가져갈 거다. 하지만 내가 해줄 수 있는 일이 있긴 하지. 있어. 대단한 일은 아니지만 내가 편한 잠을 자는 데는 도움이 될 거야."

해마 구두장이는 콜록콜록 기침을 했다. 그의 목이 우르릉 울리면서 배에서부터 나오는 깊은 기침 소리를 냈다. 감기가 막바지에 이르렀을 때 나오는 기침, 모든 걸 속에서 끌어올려 마침내 감기를 물리치게 되었다고 알려주는 기침과 같았다. 그가 한 번 더 기침을 하자 예쁜 연보라색 구두 한 켤레가 목에서 튀어나왔다. 쥠쇠가 있고, 검은 모피로 가장자리를 두른 신발이었다. 그리고 그 구두의 뒤를 바짝 따라서 회색을 띤 황록색 신발 두 짝이 더 튀어나왔다. 그들이 시끄러운 소리를 내며 바닥으로 떨어진 뒤 비스포크는 또 목을 울리며 기침을 하기 시작했다. 이번에는 진한 황록색 윙팁 구두 한 켤레가, 그다음에는 밝은 보라색 로퍼 한 켤레가 튀어나왔다. 그들도 바닥에 있는 동료들에게 합류했다. 해마는 마지막으로 만족스러운 기침을 한 번 더 하고 나서 벌떡 일어섰다. 생각보다 큰 키였다. 그가 예쁜 구두들을 쿵쿵 밟고 지나가자 신발이 모두 산산이 부서져버렸다.

그는 아이들의 발치에 한쪽 무릎을 대고 앉아 긴 갈색 손가락으로 브래녹을 톡톡 두드렸다. "너, 일어나." 그가 고함을 질렀다.

은색 브래녹이 꿈틀꿈틀 몸부림치기 시작하더니 톰과 탬의 발을 중심으로 모습을 바꿨다. 은색 금속이 두 사람의 발가락 위로 기어 올라가고, 발목을 감싸 움켜쥐었다. 탄산음료처럼 시원하고 찌릿찌릿한 금속이었다. 아이들은 몸을 꼼지락거리며 걱정스러운 시선을 교환했다.

"꾸물거리지 마." 구두장이가 나무랐다.

그러자 은색 금속이 아이들의 피부 위에 자리를 잡고 최대한 빨리 분별 있는 구두 두 켤레가 되었다. 바닥은 튼튼하고 평평하며, 색은 상상할 수 있는 가장 깊은 초록색과 자주색이었다. 메리제인*과 비슷했지만, 달리고 싶어 안달하는 것처럼 보인다는 점이 달랐다. 메리제인이라면 그런 갈망을 결코 용납하지 않을 터였다.

비스포크가 두 아이에게 긴 거울을 보여주었다. 톰 손은 자신의

---

* 앞코가 둥글고 발등으로 두꺼운 끈이 지나가는 여자 구두.

모습을 빤히 바라보았다. 그는 아직 자신의 트롤 얼굴을 본 적이 없었다. 그럴 기회가 없었기 때문이다. 그는 눈부신 모습이었다. 팔꿈치, 빗장뼈, 귀 뒤의 피부를 통해 자수정과 에메랄드 조각들이 비쳤다. 코는 바다에 솟은 바위처럼 울퉁불퉁하고 둥글게 휘어 있었으며, 눈은 엄청나게 크고 깊고 부드럽게 변해 있었다. 머리카락은 니트 모자 아래로 늘어져 재킷에 박힌 보석들 위를 지나갔다. 황금 사슬 위에 드리워진 이끼 가닥 같았다. 이제야 자신의 모습을 찾은 것 같았다.

스크래치는 기뻐서 나팔을 흔들어대며 바늘을 판에 올렸다.

그 지친 블루스는
내 마음을 몰라

"자." 비스포크 에스파드릴이 한숨을 내쉬었다. "이게 내가 너희에게 만들어준 세 번째 신발이다."

"그게 왜 중요해?" 나팔총이 물었다. 그녀는 신발 같은 하찮은 것을 원하지도 않고 필요로 하지도 않기 때문에 상당히 지루해하고 있었다.

"너희는 분별을 아주 빠르게 장착해야 할 거다. 너희 모두. 너희가 지도도 없이 돌아다니는 여행자라는 걸 훤히 알려주는 질문을 하면서 돌아다니면 안 돼. 너희 뉴스 영화 본 적 있니? 바로 지난주에 독일의 어떤 젖 짜는 처녀가 쇠구두 세 켤레가 닳도록 사랑하는 남자를 찾아 돌아다니다가 두 번째 구두가 아예 부서진 뒤에야 남자를 찾아냈어. 무슨 일이든 해내려면 신발 세 켤레가 닳아야 한다. 그건 누구나 아는 사실이야. 세 번째 신발까지 닳고 나면, 너희가 어떤 이야기 속에 들어가 있을지라도 그 이야기가 서둘러 일을 마무리해야 하지. 그래야 다음 이야기가 시작될 수 있으니까. 이런 걸 유리한 스타트라고 하지." 그는 코를 훌쩍거렸다. 눈물이 크고 촉촉한 해마의 눈을 가득 채웠다. "그래서 내 친구 찰리가 신발을 바꾸려고 하지 않는 거야. 지금 신고 있는 게 세 번째 신발이거든. 그 신발도 닳아버리면, 자기도 그렇게 되기를 바라고 있는 거지."

톰과 탬은 임포리엄을 나섰다. 금융지구가 있는 북쪽과 수수께끼 길이 있는 남쪽을 바라보았지만, 사실은 어디가 어딘지 전혀 알지 못했다.

"자." 나팔총이 깊게 울리는 목소리로 말했다. "빙고 게임장은 어때? 할머니들은 빙고를 좋아하잖아. 여기에도 빙고 게임이 있을까? 웜의 나라에서는……."

"저……." 작은 목소리가 끼어들었다. 비스포크의 가게 앞에서 초록색 불꽃을 가지고 놀던 바뀌친 아이들 중 한 명이 골목에서 낸 소리였다. 따뜻한 갈색 눈과 빨간 머리를 지닌 소녀는 오십 개나 육십 개쯤 되는 페이즐리 무늬의 크라바트를 긴 스카프처럼 매고 있었는데, 그것이 어느 지점부터는 원피스로 변해 있었다.

"내가 알아." 소녀가 말했다. "스핀스터가 어디 있는지 알아. 나한테 좋은 걸 주면 내가 말해줄게."

"우린 아무것도 없어." 톰이 한숨을 내쉬었다.

하지만 스크래치가 상대를 즐겁게 해주고 싶다는 의욕이 넘쳐서
앞으로 튀어나왔다. 자신이 할 수 있는 일은 하려고 열심이었다. 그의
손잡이가 돌아가고, 하늘색 양복의 목소리가 부드럽게 흘러나왔다.

쉿, 귀여운 아가야, 아무 말도 하지 마
아빠가 네게 흉내지빠귀를 사주실 거야……

"와, 그거 좋다!" 빨간 머리 소녀가 손뼉을 치며 외쳤다. "이제 가
자!" 그녀가 탬벌레인의 나무 손을 잡았다.

"어디로 가는데?" 탬이 수줍게 물었다.

"걱정하지 마. 난 너희 친구야. 너희도 우리랑 같잖아." 그녀는 두
사람의 신발을 흘깃 내려다보았다. "뭐, 비슷하긴 하지. 그러니까 우
리 비밀을 너희한테 보여줘도 돼. 사실은 꼭 해야 하는 일이야. 바꿔
친 아이들을 시내에 혼자 풀어놓는 건 잔인한 일이거든. 강아지들을
여우 우리에 풀어놓는 거랑 같단 말이야. 우리는 너희한테 그런 짓을
할 생각이 없어. 너희가 닻을 얻어서 나오면 데려가려고 내가 남아 있
었던 거야." 또 신발 얘기였다. 소녀는 두 사람의 것과 크게 다르지 않
은 장밋빛 구두를 신고 있었다. 다만 그녀가 이미 오래전에 신발보다
크게 자라버린 듯, 신발이 아플 정도로 꼭 끼는 것 같았다. "얼른! 내
가 너희를 어디로 데려가는지 말해주는 게 무슨 의미가 있어? 우리
가 주간고속도로 5번을 통해 아틀란티스로 갈 거라고 말하는 거랑 똑
같을 텐데. 난 너희를 친구들에게 데려갈 거야." 그녀가 살짝 웃었다.
"친구가 뭔지는 알지?"

"이름이 뭐야?" 톰 손이 물었다. 그는 또 낯선 사람의 손에 휙 이끌려가기 전에 무엇이라도 알아내고야 말겠다고 마음을 다지고 있었다.

"페니." 그녀는 이렇게 말하고 나서 눈부신 미소를 지었다. "페니 파딩이 여러분을 모시겠습니다."

오마하를 잃어버린 소녀

사건에는 결과가 따른다.

팬더모니엄에서 아주 먼 곳 어딘가에서 여자가 울고 있다. 그녀의 이름은 수전 제인. 아주 어른스러운 이름이라서 그녀는 이 이름을 처음부터 별로 좋아하지 않았다. 하지만 수전 제인은 어른이다. 내가 그녀의 이름을 이제야 여러분에게 알려주는 것은, 원래 트롤이 아닌 대부분의 아이들은 부모를 그들의 어른스러운 이름으로 부르지 않기 때문이다. 하지만 여러분은 이미 전에 그녀를 만난 적이 있다.

수전 제인의 자매와 남편이 차를 끓이고 그녀에게 매달렸다가 자리를 바꾼다. 둘 다 눈이 새빨갛다, 가엾게도.

"그 애한테 무슨 일이 생긴 거지? 어디로 가버린 거야? 사흘이 지났는데, 내 딸이 없어. 어떻게 사람이 그렇게 사라져? 어느 날 아침 갑자기 해가 아이를 지워버린 것처럼 사라지다니." 수전이 속삭인다. 작고 상냥한 그녀의 개는 그 무엇도 잘해내지 못하지만 결코 노력을 멈추지 않고 그녀의 힘없는 손을 핥는다.

"돌아올 거야, 여보." 그녀의 남편이 속삭인다. 이름은 오언이다. "틀림없이. 아주 영리한 아이잖아. 괜찮을 거야. 어딘가에 잘 있을 거야. 나도 그 힘든 곳에서 돌아왔잖아. 안 그래?"

수전 제인은 자매에게 손을 뻗는다. 두 사람의 검은 눈이 마주친다. 똑 닮은 눈이다. 늦은 오후 네브래스카의 태양이 혹시 도울 일이 있을까 하고 안을 들여다본다.

"아, 마거릿. 셉템버가 우리한테 돌아오겠지? 네가 그렇다고 말해 주면, 난 그 말을 믿을 거야."

마거릿 이모는 차를 마신다. 차마 대답해줄 수가 없다.

화자 노릇이 항상 즐겁지만은 않다. 그냥 옆에 서서 아무 말도 하지 말아야 할 때가 아주 많기 때문이다. 모두의 눈물을 말려주고, 집을 깨워줄 사실을 알고 있을 때도 말하면 안 된다.

우리 모두를 위해 새로 물을 끓여야겠다. 마음 단단히 먹어요, 수전 제인. 울지 마요, 오언. 이제 쉿.

14장

바뀌친 아이들의 방

톰 손이 누군가를 만나고,
비밀스러운 은신처를 만나고, 발의 재앙을 겪는다.

페니 파딩은 그들을 데리고 나사처럼 구불구불한 거리를 걸었다. 호박 색깔 거리 곳곳의 어둠 속에서 술들이 버섯처럼 솟아 길을 막고 있었다. 그들은 범포가 빗장처럼 둘려 있는 문, 깨진 창문과 멀쩡한 창문을 여러 개 뛰어서 지나쳤다. 아무도 뛰어가는 그들을 바라보지 않았다. 사실 모두들 그들을 보지 않으려고 열심히 애쓰는 것 같았다.

오팔 같은 색깔이 흩뿌려진 길고 검은 날개의 어떤 요정 부인은 그들을 향해 고개를 홱 돌리고 굶주린 시선으로 그들을 계속 따라왔지만, 그들에게 다가오지는 않았다. 도시 중심부가 점점 가까워졌다. 페니는 단 한 번도 망설이지 않고 이쪽저쪽으로 방향을 꺾었다. 걸음을 멈추고 여기가 어딘지 살핀 적은 한 번도 없었다. 마침내 면으로 만든 작은 막다른 골목에서 그녀가 걸음을 멈췄다. 작은 호텔의 종업원 출입구가 베개석으로 포장된 거리를 향해 나 있었던 것 같은데, 지금은 호박단 벽돌들이 다소 엉성하게 그 문을 막고 있었다. 거리 한복판에 소화전과 비슷하게 생긴 놋쇠 덩어리가 뭉툭하고 웃기게 솟아 있었다. 거기에 커다란 새틴 끈이 둥근 고리처럼 매달려 있고, 놋쇠 뚜껑에는 '여기를 묶어주세요'라고 적혀 있었다. 털이 하얗고 갈기가 검은색인 늙은 말 한 마리가 말뚝에 매인 채 햇빛 속에서 졸린 표정으로 눈을 깜박였다.

"모든 길은 얼음처럼 차가운 코카콜라로 통한다." 페니가 속삭이자 놋쇠 소화전 안에서 마주 속삭이는 소리가 들렸다.

"잠에서 깼을 때 네 구레나룻이 나뭇조각 두 개보다 굵은가? 버마-셰이브!"

페니 파딩은 다시 씩 웃더니, 여전히 탬의 손을 붙잡은 채 허공으로 뛰어올라 늙은 말의 귓속으로 곧장 들어가버렸다. 어찌 된 영문인지는 모르겠지만, 페니가 뛰어올랐을 때 말의 귀가 엄청나게 커진 덕분이었다. 커진 귀는 문과 같은 크기였다. 톰 손 일행은 그것이 이상하다는 생각을 하기도 전에 그 문을 통과했다. 문 안쪽은 말의 몸속이 아니라 아늑하고 작은 방이었다.

극장 뒤편의 분장실과 흡사했다. 커다란 전구들이 가장자리에 죽 붙어 있는 거울이 벽에 점점이 걸려 있고, 밝은 천과 깃털과 외투와 드레스와 반쯤 쪽모이 세공이 된 모자가 사방의 탁자와 의자 위에 놓여 있었다. 가구들은 아무 데서나 가져온 것이라서 짝이 맞는 것이 하나도 없었다. 빨간색 회전목마 벤치는 여기에, 물방울무늬가 있고 다리 하나가 없는 기절 소파는 저기에, 줄무늬 책상은 한쪽 구석에, 유리 바느질 탁자는 다른 쪽 구석에 놓여 있었다. 벽에는 온통 콘서트 프로그램, 메뉴판, 기차 시간표, 화가 나서 훌륭한 필체로 휘갈긴 단편적인 메모 등이 붙어 있었다. '애나, 한 번만 더 동이 트기 전에 불을 꺼뜨리면, 내가 널 사향 수소로 만들어버릴 거야!' '버나드, 이 암소 같은 놈, 시장에서 참새 심장을 구해 오는 것 같은 간단한 일도 기억 못 해?' '티타임 때 응접실로 와서 벌을 받도록!' '딜리아, 블루벨 님이 오늘 저녁 너더러 춤을 추라고 하셨어. 형편없는 모습을 보이지 않게 노력해봐.'

모든 벤치와 소파와 등받이 없는 의자와 등받이 있는 의자와 바닥에는 스무 명쯤 되는 인간 아이들이 널브러져 있었다. 어떤 아이들은 페니처럼 톰과 탬보다 나이가 많아서 어른이 되기 직전이었고, 그보다 훨씬 더 어린 아이들은 서로 속삭이면서 웃어대고 있었다. 버찌처럼 새빨간색의 이상한 담배를 피우고, 각진 병에서 어렴풋하게 가물거리는 초록색 액체를 마시는 아이들도 있었다.

모두들 새로 들어온 일행을 보고 입을 다물었다. 혼자 옷을 입기도 힘들 만큼 어린 소년 하나는 놀라서 새된 비명을 지르며 기절 소파 아래로 숨었다.

"아, 허버트, 멍청하기는, 무섭지 않아!" 페니가 아이를 달랬다. "우리랑 같은 아이들이야! 바뀌친 아이들이라고! 애들이 요정처럼 보이는 건 나도 알지만, 왕이 직접 베시에게 데려가서 신발을 맞추게 했어. 애들도 우리랑 같아. 그러니까 우리를 물지도 않을 거고, 우리 얘기를 하지도 않을 거야."

"난 물어." 자투리 실로 짠 웜뱃이 친절하게 말했다. "하지만 정말로 그러고 싶을 때만 그래."

나팔총의 털실 목소리를 듣고 허버트가 소파 아래에서 빼꼼 내다보았다. 완두콩색과 귤색의 양쪽 귀, 파란색과 초록색 줄무늬가 있는 배, 색이 맞지 않는 양쪽 눈이 차례로 눈에 들어오자 그는 다시 꺅 하고 비명을 지르며 무서운 속도로 뛰어나와 웜뱃에게 달려들어 기뻐하며 꼭 끌어안았다. 톰은 조금 흡족한 기분으로 그 모습을 지켜보았다. 처음 만났을 때 웜뱃이 자신에게 거의 똑같은 짓을 했기 때문이었다. 하지만 조금 슬프기도 했다. 그때 자신이 마법을 시험하느라 너무 바빠서 그녀를 제대로 안아주지 못했다는 생각이 들어서였다. 그는 조금 여유가 생기면 그녀를 안아줘야겠다고 속으로 다짐했다.

"그렇게 눌러대지 마, 이 원숭이야!" 웜뱃이 벌컥 화를 냈다. "웜의 나라에서는 이렇게 목을 졸라대기 전에 결투를 먼저 신청하는 게 예의라고!" 하지만 웜뱃은 기쁜 얼굴이었다.

"바뀌친 아이들의 방에 잘 왔어." 페니 파딩이 적잖이 자랑스러운 목소리로 말했다. "우리가 만든 우리의 방이야. 물론 팬더모니엄에는 바뀌친 아이들이 만든 게 많지만, 우리는 이 방을 가장 좋아해. 이 방은 오로지 우리만 사랑하거든. 페어리랜드 주민들은 들어올 수 없어.

저기 키 큰 애, 베일리프 보여? 납치되기 전의 황당한 일을 기억해내서, 요정들은 절대 짐작도 할 수 없는 멋진 암호를 만들어줬어. 여긴 우리가…… 바쁘지 않을 때 오는 곳이야."

"얘네는 페어리랜드 사람이야." 베일리프가 말했다. "잰 트롤이잖아. 그리고 그 옆에는…… 성냥개비 소녀나 뭐 그런 거고. 바뀌친 아이들이 아니라고. 너, 어디서 머리라도 다쳤어?"

페니는 자세를 똑바로 했다. "바뀌친 아이들이야. 멍청하게 굴지 마. 모르겠어?" 베일리프는 모르겠다는 얼굴이었다. 페니 파딩은 펄쩍펄쩍 뛰면서 크게 웃어대고 싶은 것을 엄청난 의지력으로 참고 있었다. "얘들은 우리랑 반대편의 바뀌친 아이들이야. 여기서 태어나서 화요일의 소포처럼 우리 요람에 떨어뜨려진 애들이라고. 얘들이 존재할 거라고 우리도 항상 생각했잖아! 이젠 확실히 알게 됐어! 그리고 얘들은 자기가 있던 곳으로 돌아가는 방법을 알아! 더 이상 바랄 수 없는 일이 일어난 거야."

하지만 다른 바뀌친 아이들은 환호하지 않았다. 그들은 톰과 탬을 빤히 바라보기만 했다. 표정도 별로 좋지 않았다. 모피 모자를 쓰고 과자가게에 들어가서 매주 한 번씩 케이크 하나를 온전히 골라서 살 수 있는 아이를 바라보는 말썽꾸러기의 시선이었다.

"안녕." 톰 손이 말했지만 아무도 대답하지 않았다. 몸집이 허버트와 거의 비슷하게 작은 아이가 손을 뻗어 톰의 팔을 찔렀다. 그가 정말로 존재하는지 확인하려는 것 같았다. 톰이 헛기침을 했다. "그런데 여긴 어디야? 요정들은 아무 데나 갈 수 있는 거 아냐? 여긴 요정들의 도시잖아."

"바로 그 점이 굉장한 거지." 베일리프가 끼어들었다. 그는 검은 머리카락이 사방으로 뻗치고, 몸에는 조끼를 적어도 세 개나 입고 있었다. "여긴…… 양복 재킷의 비밀 주머니 같은 곳이야. 아니면 속이 빈 지팡이라고 해도 되고. 팬더모니엄에 있지만 팬더모니엄이 아니거든."

스크래치가 손잡이를 돌리자 긁히는 듯하면서도 달콤한 목소리가 흘러나와 모두를 깜짝 놀라게 했다.

내 사랑에게 버찌를 주었네
씨가 없는 것으로
내 사랑에게 닭고기를 주었네
뼈가 없는 것으로
내 사랑에게 이야기를 주었네
끝이 없는 것으로……

"맞아, 맞아!" 페니가 웃음을 터뜨렸다. "우리가 커다란 버찌 같은 팬더모니엄에서 씨앗 같은 돌을 들어내고 빈 공간으로 들어온 거야. 전부 호텔 덕분이지. 그랜드 쿡스콤 호텔. 방이 천 개하고도 하나가 더 많은데, 똑같은 방이 하나도 없어. 그리고 매일 밤 방이 달라져! 화려한 마리 아스포델 스위트룸은 한밤중에 세련되고 현대적인 안토니아 히숍 룸이 돼! 고양이 눈 연회장은 주방이 되고! 주방은 전신실이 되고! 하지만 호텔은 말이지, 설사 평범한 호텔이라 해도 자연스러운 곳이 아니야. 호텔은 수천 개의 집이 안에 있는 한 채의 집이야. 각각의 방은 호텔 물리학의 작은 거품이자 시간의 상자지. 그 안에서 사람들은 자기 인생의 축소판을 살다가 올 때처럼 순식간에 빠져나가. 호텔방은 누구에게나 집이 되어주는 법을 터득해야 해. 그리고 그걸 배우는 과정에서 조금 깨어나지. 사실 호텔을 짓는 최고의 방법은 비밀스러운 일들이 일어난 방 몇 개를 동원하는 거야. 그러면 그걸 중심으로 호텔이 민들레처럼 꽃을 피울 테니까. 그래서 쿡스콤 노부인이 싹을 틔웠을 때, 우리는 그냥…… 거품 하나를 터뜨려 해방시킨 뒤에 잘 달래서 공감할 줄 아는 말(馬)로 만들었어. 그리고 호텔방들이 좋아하는 걸 잔뜩 먹였지. 눈물, 침대에서 방방 뛰기, 박하, 텅 빈 룸서비스 쟁반, 비밀 회합, 볼품없고 서로 어울리지도 않는 가구, 개별 포장된 비누, 한꺼번에 너무 많이 몰려와서 비좁게 들어찬 손님들 같은 것. 그러니까 우리는 정말로 호텔에 들어와 있지만, 그 '안'에 있는 건 아니야. 큰 호텔이 문을 닫았을 때 우리는 여기 남았거든. 아무도 일부러 여길 살펴볼 생각을 하지는 않을 거야. 호텔 물리학은 복잡하지만 이게 그 결과야!"

"너희는 모두 인간이었구나. 인간으로 태어났지만 어렸을 때 이리로 끌려왔어." 톰 손이 작게 말했다.

아이들 중에 어른이 되기 직전인 소녀가 고개를 끄덕였다. 풍성한 빨간 머리를 굵게 땋고, 긴 벨벳 화장 옷을 입은 그 소녀의 이름은 세이디였다. "우리 모두 그래. 아주 오래전에 온 애도 있고, 어제 온 애도 있어. 기억해둬. 우리 모두 스스로 여기에 남았다는 걸. 우리는 페어리랜드를 한 번 보고는 '네, 여기 있을래요!'라고 말했어. 처음 여기에 왔을 때 나는 뭐든 하고 싶은 대로 했지. 톡톡스카치풀을 너무 많이 먹어서 고블린처럼 취해가지고 가장 어두운 곰팡이 거리의 민들레 홀씨 파라솔 밑에서 잠이 들었어. 펄펄 끓는 우유 호수에 사는 커다란 먹장어랑 친구가 되어 일 년 동안 숨을 참는 법을 배우기도 했고. 나만의 거대 자칼을 타고 브리틀길의 버섯 사냥꾼들과 함께 달린 적도 있어. 겨우 여덟 살 때 내 동료들과 함께 고대의 육식 크럼블캡을 죽이기도 했어! 탑에서 처녀 네 명을 구하고, 수수께끼 풀기에서 불도마뱀 인간 열두 명을 무찌르고, 파충류 여섯 명을 소귀족으로 만들어줬지. 그중 한 명이 스피어민트라는 작은 공룡이야. 나는 심술궂은 소녀 세이디 스플린워트, 늪의 공포였어! 그런 게 바뀌친 아이의 삶이었다고! 모험이 스스로 찾아오는 삶. 모험을 피해 도망칠 수는 없어. 열 살 때 피스타치오 숲에서 잠들었다가 깨어났더니 허시라는 단도, 광대의 모자로 만든 배가 생겼지. 공중부양 하이에나 스무 마리도 지휘할 수 있게 됐어. 걔들은 제브라의 칸에게 저주를 받아서 '네'라는 말을 못 했어. 학교에 갔다가 집에 와서 여덟 시에 잠자리에 들고 산수를 공부해서 어른이 되어 산수를 가르치는 인생보다 그런 게 더 낫지 않아? 물론이지, 물론이지!"

톰의 눈이 반짝였다. 그의 심장이 행복하게 쿵쿵거렸다. 탬벌레인을 흘깃 바라보며 그는 자신도 그녀와 똑같은 표정을 짓고 있을 거라고 생각했다. 그녀가 환하게 웃으며 가슴에 양손을 모았다. 그래, 이거야, 이거! 거대 자칼과 제브라 칸과 버섯 사냥꾼! 이런 게 페어리랜드지! 바로 이런 걸 위해서 여기에 온 거야!

"후작이 등장한 뒤에도 그렇게 나쁘진 않았어." 베일리프가 한숨을 내쉬었다. "우린 모두 시골에 있다가 도시로 와야 했어. 물렁뼈초가 장원의 괴조를 공중에서 습격할 계획을 짜느라 바빴는데도." 그가 콜록거렸다. "예를 들면 그렇다는 거야. 하지만 후작은 우리가 다닐 학교를 만들었어. 우리는 음악, 시, 기하학, 회화체 푸카어를 배웠지. 주말은 운동을 하는 자유시간이었어."

빰이 둥글고 양쪽 귀에 귀걸이를 여러 개 걸고 있는 버지니아라는 소녀가 손뼉을 쳤다. "아, 운동시간이 그리워! 그 시간에는 얼마든지 장난을 칠 수……."

"냉혹 체육관!" 다른 바꿔친 아이들 여러 명이 한꺼번에 소리쳤다.

"그건 비밀이었어. 시든 노래 구역에 있는." 베일리프가 말을 이었다. "가시덤불에서 그리 멀지 않았지. 후작은 진짜 웃겼어. 우리한테 사슬을 채웠지만, 삼 주나 사 주마다 한 번씩 목요일이 되면 그걸 안쓰러워하는 것 같았거든. 후작이 우리를 위해서 냉혹 체육관을 만들어줬어. 단번에 만들어내더라고. 고래 갈비뼈만큼 긴, 유리 부는 막대기를 불어서. 롤러스케이트장만큼, 서커스장만큼 커다랗고 둥글게 휘어진 건물이 생겨났어. 전체가 스모키글래스와 초록색 등불로 돼 있고, 가장자리에는 에메랄드를 두르고, 지붕은 비취로 된 건물이었지. 후작은 뿔이나 비늘이나 날개나 꼬리가 있는 생물들을 그물로 닥치는 대로 잡아서 전부 그곳에 풀어놓았어. 물레의 가락과 거울과 지푸라기와 가면과 돌과 왕관과 갑옷과 칼과 그 밖에 사람들이 좋아하는 모든 것을 양동이에 담아서 계단 사방에 던져버리기도 하고. 어떤 때는 그 안에 들어가보면 얼음 코끼리가 사방에서 약탈을 하고 있는 사막 같았어. 멜론 펀치 같은 거대한 바다가 폭풍에 날뛰는 것 같을 때도 있었고. 우리는 거기서 다리를 쭉쭉 펴면서 운동을 했어." 그의 목소리가 쓸쓸하게 변했다. "그러니까, 자연스럽게 꾸며진 우리의 서식지에서 우리가 타고난 행동을 하는 모습을 전시한 거야. 종이 반죽으로 만든 부빙 위에 올라가 있는 애완 표범이랑 같았지."

"그래도 정말 좋았어." 버지니아가 한숨을 내쉬며 말했다.

"후작이 착해서 그런 걸 해준 게 아니야. 자기가 착한 사람이라고 말하고 싶어서 그렇게 한 거지." 베일리프가 쏘아붙였다. "학교도 우리가 매일 밤 기하학 콘서트를 열고 시립 오케스트라에서 그러멜폰을 연주하고 푸카*의 변신 요리법을 훔쳐 올 수 있게 해주는 곳이었을 뿐이야."

"지금 그러멜폰이 있으면 좋겠다." 세이디가 망치처럼 짧고 무섭게 웃으며 말했다. 그녀는 누가 자기 말을 들을지도 모른다는 듯이 불안한 표정으로 한 손에 땋은 머리를 감았다.

"우리를 원하는 사람이 있다면 우리가 함께 떠날 수도 있었어." 페니 파딩의 입술이 가늘게 떨렸다. "옛날에는 우리에게 친절하게 모든 것을 물어봤는데. 난 요정 어머니가 있었어. 우린 매일 야생 자전거를 타고 다니며 모닥불에 둘러앉아 타이어 육포를 먹었어. 요정 어머니는 나를 사랑하는 일이 불가능해질 때까지 날 사랑해줬어."

"네 멍청한 어머니 이야기를 누가 듣고 싶대!" 허버트가 소리쳤다. 그는 크고 파란 눈을 지니고 있었다. 무엇보다도 크고 파란 눈물로 가득 차도록 만들어진 눈. "너 말고는 아무도 어머니가 없었어! 불공평해! 난 네 어머니가 미워!"

---

* 아일랜드 민담에 등장하는 생물로 변신이 가능하다고 함.

"시끄러워." 페니가 이를 악물고 소리쳤다.

"알 만하네." 나팔총이 으르렁거렸다. 괴로움에 빠진 허버트 때문에 그녀의 한쪽 귀가 거의 떨어지기 직전이었다. "요정들이 돌아와서 다시 이곳의 주인이 되었군. 요정은 누구의 엄마 노릇을 할 사람들이 아니니, 애가 여기 떨어지면 멍청한 놈들만 걔들을 맡는 거야. 그렇지? 맞지?"

"대기 명단이 있어." 세이디가 속삭였다. "게으른 백합의 관청에서 우리를 맡겠다고 신청할 수 있지. 우리는 건강한 마차용 말과 값이 같아. 아니, 더 쌀 때도 있어." 그녀는 벽지가 벗겨지고 있는 천장을 바라보며 이를 갈았다. "난 세이디 스플린워트야." 그녀가 이를 악물고 말했다. 그리고 주먹으로 자기 가슴을 쳤다. "그게 나라고. 난 말보다 더 귀해!"

"그럼 그건…… 그건 하인으로 취직하는 것과 같아?" 탬벌레인이 기분을 상하게 하지 않으려고 부드럽게 물었다. "책에서 보면 영국에는 집사나 하녀나 마구간지기 같은 게 있다잖아."

"그런 경우도 있지." 베일리프가 고개를 끄덕인 뒤 모두들 갑자기 아주 조용해졌다.

페니 파딩이 뭐라고 말을 하려 했지만, 세이디가 끼어들었다. "미안해, 펜. 난 널 사랑하지만, 넌 쟤들한테 그 얘기를 하면 안 돼. 넌 잘 모르잖아. 너희 집은 너를 부리지만, 너는 반드시 그걸…… 그걸 할 필요는 없어. 캘퍼니아는 너한테 절대 억지로 시키지 않을 테니까. 넌 행운아야. 정말 운이 좋아."

"이미 아는 얘기는 하지 마." 페니가 소리쳤다. "요정들이 돌아왔을 때 캘퍼니아 파딩이 날 지키려고 어떻게 했는지 알아? 캘도 옛날에는 두 손이 다 있었어, 세이디 스플린워트. 너만 옛날에 용감했던 게 아니라고! 나는 자전거 갱을 앞에서 이끌었고, 황소도 불러낼 수 있었어. 캘과 나는 페어리랜드 최초로 이륜 자전거를 타고 심술궂고 위험한 바다를 건넜어! 우리가 마침내 마른 땅에 착륙했을 때 사람들은 대척점에서 퍼레이드를 열어줬다고! 네가 그렇게 잘 안다면 어디 계속 얘기해보시지!"

"쟤들도 곧 알게 될 거야." 딱딱한 과자를 닮은 커다란 갈색 눈의 소년이 끼어들었다. "쟤들도 자기 신발이 있으니까. 관청이 곧 쟤들을 잡으러 오겠지. 우리가 모두 그랬던 것처럼 쟤들도 구석에 설 수밖에 없을 거야!" 그가 눈물을 터뜨렸다.

그 순간 톰과 탬은 몸을 반으로 접으며 털썩 무릎으로 주저앉아 함께 소리를 질렀다. 위장이 타는 듯하고, 머리카락이 모두 한꺼번에 뽑혀 나가는 것 같고, 이는 상아 총알처럼 쏘아져 나가려는 듯이 아파왔다. 나팔총은 울부짖었다. 겨자색 입이 드러났다. 스크래치에게서는 끔찍하게 비명을 질러대는 연기처럼 잡음이 터져 나왔다. 윔뱃은 숨이 막히게 몸을 조여대는 허버트의 품에서 뛰어나와 이리저리 펄쩍거리며 뭔지는 모르겠지만 자신의 트롤을 물어뜯고 있는 것을 막아서려고 했다. 스크래치는 날카롭게 비명을 질러댔다. 바늘이 날아다니고, 손잡이는 팽팽 돌아갔다. 톰과 탬은 필사적으로 서로를 붙들었다. 뚝 하고 뭔가 부러지는 것 같은 소리가 속이 뒤틀릴 것 같이 기분 나쁘게 허공에 울렸다. 탬의 나무 왼발이 쪼개지더니 황금이 쏟아져 나오기 시작했다. 황금이 메이플 시럽처럼 뜨겁게 반짝이며 스며 나왔다. 톰 손은 자신의 발을 내려다보았다. 그의 신발에서도 역시 끈적거리는 황금이 넘쳐흐르고 있었다.

두 사람만 그런 것이 아니었다. 뺨이 둥글고 귀걸이가 많은 소녀도 옆에서 비명을 질러대며 쓰러지지 않으려고 거울 옆구리에 매달렸다.

"그게 작업 종소리야." 베일리프가 말했다. 그는 신참들이 예전의 다른 사람들처럼 고통받는 것을 보고 조금 기쁜 기색이었다. "얼른 가봐. 게으름을 피워봤자 힘들어지기만 할 뿐이야." 그는 바지를 걷어 그들에게 보여주었다. 한쪽 다리가 무릎에서부터 발까지 황금이었다. "우리들 중에도 거부하려고 해본 사람들이 있거든. 얼른 가."

페니 파딩이 톰과 탬의 팔꿈치에 팔을 집어넣어 둘을 일으켜 세웠다. 톰은 그녀의 손에 팔이 빠져나가는 줄 알았다. 뼈에 불이 붙은 것 같았다.

"관청이야! 관청이야!" 가장 어린 아이들이 울면서 말했다.

"어서 가자." 페니가 말했다. "내가 같이 가줄게. 요정들은 우리를 잘 구분하지 못하거든. 누가 나타나기만 하면 바로 황금을 거둬들여. 지니?" 뺨이 둥근 소녀가 고마운 표정으로 고개를 끄덕이고는 발을 질질 끌 듯이 힘들게 페니에게 다가왔다. 두 사람이 손을 잡자 페니의 빨간 머리가 얼음이 녹듯 변해서 지니의 갈색 곱슬머리가 되었다. "우린 많은 것을 교환해. 많이 지친 동료를 위해서. 빨래 안식일에도 그렇고. 넌 쉬어, 진. 좀 자. 내가 싱크대에 코코아를 남겨뒀어."

톰 손은 앞이 잘 보이지 않았다. 발이 무섭고 끔찍하게 무거웠다. "스핀스터." 그가 숨을 몰아쉬며 말했다. "너희는……." 그는 말을 끝낼 수 없었다.

 "그런 말라빠진 옛날 비극으로 뭘 하게?" 세이디 스플린워트가 코웃음을 쳤다. "너희 일이나 신경 써. 아니면 머리까지 황금으로 변해 버릴 테니까. 스핀스터는 레드캡들이랑 같이 있어. 럼주 창고로 재빨리 숨어들었지. 레드캡들이 스핀스터를 절대 내보내지 않을 거야. 그러니까 너희는 그저 고개를 숙이고 무조건 '네, 알겠습니다'라고만 말하는 법을 배워."

15장

빨래 큰사슴

톰과 탬은 관청에 가고, 겸손한 공무원을 만나고,
알비노 큰사슴 여러 마리와 싸우고, 빨래를 조금 한다.

관청이 그들을 데리러 왔다.

관청은 그들의 머리 위에 탑처럼 우뚝 서서 햇빛을 가리고, 작은 흰색 카드들을 연기처럼 푸푸 허공으로 뿜어냈다. 관청은 무두질 공장보다 키가 큰 남자였으며, 자판의 온갖 기호들이 페매인 널찍한 검은 로브를 입고 있었다. 아주 가끔 사용되는 고독한 기호들, &, %, [],

* 관청이 타는 듯한 빨간 눈으로 그들을 이글이글 바라보았다.

"들어와라." 그것이 웅웅 울리는 소리로 크게 말하고는 로브를 열어 가슴을 드러냈다. 통 모양의 도서관 대출카드 함이었다. 놋쇠 손잡이가 긴 서랍들에 나사못으로 고정되어 있고, 그 위에는 주소가 깔끔하게 인쇄된 작은 크림색 카드들이 있었다.

'사랑-거짓말-피 길 17번지' 카드가 그들을 향해 부드럽게 굴러왔다. 관처럼 널찍했다.

"안녕, 루퍼트." 페니 파딩이 힘없이 웃으며 한숨을 내쉬었다. "잘 지내요?"

"안녕하다." 관청이 천둥 같은 소리로 말했다. "미스 미그놈. 편안한 일이었다, 그것. 나는 가끔 목이 아프지만 네가 뭘 할 수 있나."

"아마 당신이 하는 일 때문이겠죠." 페니가 고개를 끄덕였다. 톰과 탬은 혼자 힘으로 서 있으려고 애썼지만 소용없었다. 그들이 달려온 길에 황금 발자국이 남았다. "그렇게 고함을 질러댄 대가예요."

"난 요령이 있다." 루퍼트의 목소리가 포효처럼 울렸다. "일이 원할 때 일을 받아야지, 응?"

"맞아요." 탬이 작게 말했다. 이 말이 관청의 관심을 눈앞의 일로 홱 돌려놓은 것 같았다.

"그럼 가자. 앓는 소리 하지 말고. 난 시간이 많지 않다."

그들은 가엾은 몰골로 최선을 다해 대출카드 함을 기어 올라갔다. 루퍼트는 스크래치를 가장 먼저 올려 서랍에 집어넣고는, 털실 입으로 항의를 해대는 나팔총을 뒤이어 서랍에 떨어뜨렸다. 페니는 톰과 탬을 데리고 사랑-거짓말-피 길 17번지를 향해 올라갔다. 그들이 절반쯤 올라갔을 때, 루퍼트가 놀라울 정도로 부드러운 손길로 그들을 끝까지 올려주었다.

톰과 탬은 어두운 서랍 가장자리에서 시소처럼 비틀거렸다. 바닥에는 아무것도 없었다. 아무것도. 오로지 어둠뿐이었다. 하지만 페니가 두 사람을 밀어버리는 바람에 그들은 관청의 깊은 곳을 향해 볼품없이 떨어져 내렸다. 떨어지는 동안 내내 황금이 뚝뚝 떨어졌다.

집을 하나의 행성이라고 가정하자. 복도와 층계참은 거실, 응접실, 부엌, 서재라는 커다란 대륙들을 이어주는 강과 바다다. 우리는 그곳들을 항해하다가 아침 식사 항구, 책꽂이 항구에서 닻을 내린다! 거대한 산맥인 계단은 침실, 화장실, 세탁실, 재봉실, 이불장이라는 고산마을까지 이어져 있다. 지금까지 한 말이 모두 사실이라고 가정하자. 톰 손과 탬벌레인이 사랑-거짓말-피 길 17번지의 작은 문을 통과한 뒤 본 광경이 정확히 이런 것이었기 때문이다. 17번지는 포플린 포플러가 늘어선 널찍하고 쾌적한 거리에서 똑같이 생긴 두 집 사이에 샌드위치처럼 끼어 있는, 멋진 트위드 사암 주택이었다.

톰 손은 문을 밀어 열었다. 문은 갈색 단추 손잡이가 달린 달걀형 벨벳 팔꿈치 천이었다. 뼈와 살갗과 이와 발에 느껴지던 끔찍한 통증은 증기처럼 사라져, 어딘지는 모르지만 원래 있던 곳으로 가버렸다. 그는 야생화들이 점점이 피어 있는 널찍한 초록색 초원에 발을 들여놓았다. 친구들이 그의 뒤를 따라 와글와글 들어왔다. 페니만 빼고 모두들 비탈길을 멍청히 바라보았다. 밝은 제비꽃, 달리아, 마구 뒤엉킨 달곰쌉쌀한 열매들이 달콤 풀 위에서 서로를 맹렬히 뒤쫓고 있었다.

아몬드와 귤과 빵 열매 나무숲들이 가장 완벽한 장소에 솟아 있었다. 작은 언덕들의 움푹 들어간 곳이 서로 만나는 지점이나 시골길을 걸으면서 그늘이 가장 아쉬울 만한 지점 같은 곳. 태양은 터진 포도처럼 빛을 쏟아냈다. 둥글고 매끈한 돌들이 가득하고, 즐겁게 졸졸 흐르는 개울 네 개가 비옥한 검은 땅을 빠르게 흘렀다. 구름들은 아주 이상한 가지색으로 꽃을 피웠지만 여기 하늘에는 그 색이 맞는 것 같아서 왠지 사랑스럽게 보였다. 그들이 나온 곳은 달걀형 벨벳 문이 아니라 아주 깔끔한 관리인 오두막이었다. 벽은 새하얗고 지붕은 파란 기와였다.

어떤 여자가 가장 가까운 귤나무 숲에서 성큼성큼 걸어 나왔다. 페니가 뻣뻣하게 굳었고, 톰 손과 탬벌레인은 입을 헤벌렸다. 톰은 이렇게 완벽한 아름다움을 지닌 사람을 본 적이 없었다. 어찌나 완벽하게 아름다운지 완전히 잘못된 사람 같았다. 여자에게 잘못된 점이 손톱만큼도 없기 때문이었다. 여자는 그림이나 여자의 설계도처럼 보였다. 하지만 그녀는 사실 여자가 아니라 요정이었다. 머리카락은 포도주와 포도색의 작은 고리 모양을 이루어 멋대로 늘어져 있고, 살아 있는 검은 찌르레기들이 그 고리들을 부리로 꽉 물고 있었다. 길고 날씬한 등에 거의 검은색에 가까운 날개가 단정하게 접혀 있었다. 색이 아주 진하고 농밀했다. 피부는 창백했으며 나이를 가늠할 수 없었다. 오래돼서 살짝 초록색으로 변한 구리와 같은 색이었다. 그런데 옷차림은 난감하기 그지없었다. 어깨에서부터 끝자락까지 온통 쇠로 만들어진 짧은 티타임용 드레스. 말굽과 바퀴의 둥근 고리와 망치 머리와 도끼날과 수갑을 한꺼번에 망치로 두드려서 만든 옷이었다. 옷이 닿은 섬세한 살갗에는 빨간 자국과 이슬처럼 작은 물집이 생겼다. 하지만 그 요정 여자는 그것들을 전혀 신경 쓰지 않고, 오히려 자랑스러운 루비처럼 몸에 두르고 있었다.

"요정들은 전부 쇠에 알레르기가 있는 것 아니었어?" 탬벌레인이 속삭였다.

"그런 편이지." 요정이 무뚝뚝하게 말했다. 그녀의 목소리가 탬벌레인 일행과 충돌하더니 폭발해서 검은 꿀의 소나기가 되었다. "하지만 어떤 물건을 무서워하는 이유로는 어리석은 것이지. 안 그래? 난 아침 아홉 시부터 오후 네 시 삼십 분까지 성실하게 내 옷을 입어. 전에는 그 시간 동안 내내 피를 흘렸지. 그렇게 지저분한 몰골은 어디서도 못 봤을 거야! 하지만 지금은 그 어느 때보다 강해졌어. 저녁에는 크리놀린을 입고, 커다란 징을 휘둘러도 아무렇지도 않아. 그거 파티에서 상당히 쓸모 있는 재주야, 확실히. 하지만 내 개인적인 이야기는 그만!" 그녀는 양손을 짝 부딪쳤다. 샛노란색의 눈이 반짝였다. "어쩌면 발작이 일어난 것 같아. 너희와 알게 된 것이 기뻐서 어쩔 줄을 모르겠거든! 내가 특별히 너희 둘을 요구했다. 난 내 집에 아주 특이한 점이 있는 걸 아주 좋아해. 그리고 사람들은 내 지시를 잘 따르는 귀여운 버릇을 갖고 있고. 정말 유용하지. 날 마담 타나퀼이라고 부르렴. 너희…… 동물들은 내 동물들과 같이 마구간에서 자면 된단다." 그녀는 서쪽에 튀어나와 있는 파란 바위를 가리켰다. 버드나무 한 그루가 거기에서 살아보려고 용감하게 애쓰고 있었다. "얼른, 내 귀여운 강아지들아!"

"난 누구의 강아지도 아니야, 녹슨 반지 여자야. 그리고 난 마구

간에서 안 자. 하나도 안 고맙네요!" 나팔총이 쏘아붙였다. 스크래치
는 자신을 동물이라고 부른 이 사람을 위해 노래하는 것을 고집스레
거부하며 나팔을 아래로 내려 바닥만 바라보았다. 하지만 마담 타나
퀄은 차분한 무심함이 물결치는 사람이었다.

"내 양치기 개들을 부르기는 싫지만, 불러야겠구나." 그녀가 단조
롭게 읊조리듯이 말했다.

스크래치와 나팔총은 불같이 화를 내며 마구간으로 갔다. 스크래
치는 분노에 차서 손잡이를 단단하게 감았다. 이제는 저 여자에게 노
래를, 아니 침을 뱉어주고 싶었다! 하지만 말이든 노래든 적당한 것
을 찾을 수 없는 모양이었다. '난 탬벌레인을 사랑해. 당신이 날 그녀
와 떼어놓는다면 난 나나 당신 중 하나가 폭발해버릴 때까지 소리를
한껏 키워서 존 필립 수자의 음악을 틀 거야'라는 가사의 노래가 아직
만들어지지 않았기 때문이다.

"자, 전부 정리됐구나! 훌륭해. 그럼 이제 빨래를 시작할까? 저녁
식사 후에는 내가 일이 좀 있어. 너희는 적절한 옷을 차려입고 아홉
시 십오 분에 크랜베리 습지에 오도록 해. 난 꾸물거리는 녀석을 참아
주지 않아! 빨래실로 가는 길은 지니가 알고 있어. 내 정규직원이 벌
써 자리를 지키고 있으니, 쓸데없이 그 애가 혼자 일하게 하지 마."

"타나퀄." 탬벌레인이 천천히 말했다. "요정 여왕이야."

톰 손은 고개를 끄덕이고 그녀의 손을 꼭 쥐었다. "맞아! 스펜서!
어쩐지 친숙하게 들리더라니! 요정들의 여왕이구나!"

광대뼈가 도드라진 그녀의 뺨에 이 세상의 것 같지 않게 보일 만큼
예쁜 홍조가 올라왔다. "그럴 리가, 얘들아. 날 민망하게 만드는구나.

세상에! 그건 정말 옛날 일이야! 기억하는 사람이 어디 있겠니? 들판에서 팔이 네 개인 터무니없는 조각상으로 몇백 년을 보내다 보면 사람의 정신이 무섭게 변하게 마련이지. 아냐, 이쑤시개 아가씨, 난 그무엇의 여왕도 아니란다. 옛날 젊었을 때는 혹시 내가 엉겅퀴와 회향풀을 가지고 다녔는지도 모르지. 배고픈 왕관을 썼는지도 모르고. 누가 알겠니? 내가 황소개구리 군단을 지휘하며, 미친 공작새 열한 마리가 끄는 은색 호두껍데기를 타고 다녔을지도 모르는 일이야. 하지만 과거만 생각하면 그 무엇도 될 수 없어! 나는 나 자신을 생각하는 마음이나 야망 없이, 왕이 편리한 때에, 겸허하게 봉사할 뿐이란다."

그녀는 새침하게 턱을 아래로 기울였다. "옥좌는 아무것도 어울리지 않고 방을 망가뜨리는 화려한 의자에 불과해. 나는 온화하고 근면한 영혼에 불과하고. 소박한 총리지. 봉사와 희생에 헌신하는 겸손한 공무원이라고. 찰스 크런치크랩은……." 그녀는 이 이름을 말하며 싫어서 얼굴이 섬세하게 찡그려지는 것을 잘 감추지 못했다. "나의 군주야. 그리고…… 좋아. 매력적인 남자야. 너희가 운이 좋으면 언젠가 그를 만나게 될지도 모르겠다." 그녀가 능글맞게 웃었다. "골드마우스 왕이 돌아오지 않는다면 말이야!"

저 아줌마가 알고 있나? 톰은 사람들의 말에 정반대의 뜻이 들어 있을 때, 그런 것을 알아차리는 데에는 영 재주가 없었다. 그는 항상 자신의 속내를 정확히 말했다. 원래 생각과 다른 말을 할 이유가 없지 않은가.

"자, 어서. 빨래는 기다리지 않아요! 나의 뒤처지고 거꾸로 뒤집어진 바퀴친 아이들이 정직한 노동을 어떻게 해내는지 한번 보자꾸나."

마담 타나퀼은 휙 가버렸다. 그녀의 쇠원피스가 뒤에서 철컹철컹, 찰캉찰캉 소리를 냈다. 그녀는 귤나무들 사이로 다시 사라졌다. 찌르레기들이 그녀의 머리카락 속에서 노래를 불렀다.

페니가 눈을 굴렸다. "이젠 좀 지겨워. 저 여자 말을 들어주는 건 바닥을 닦는 일보다 더 힘들다고! 저 여자는 진짜 최악이야. 도무지 참아줄 수 없는 당나귀 발굽 자루 같으니. 어떻게 저런 거짓말을!" 그녀는 초원의 접힌 부분을 향해 걸어가기 시작했다. 개울 네 개가 거기서 만나 우당탕 뒤섞였다. 히비스커스와 난초가 골짜기의 입술을 붉게 물들였다. 톰과 탬은 페니의 뒤를 따라 뛰었다. "저 여자가 너희를 원하리라는 것을 내가 짐작해야 했는데. 저 여자의 음식은 한 숟가락도 먹지 마. 저 여자는 너희를 계속 지켜보면서 너희가 무슨 일을 저지르지 않게 감시하고 싶어 하는 거야. 요정들은 아무 일도 일어나지 않는 것에 관심이 아주 많거든. 이걸 요정 논리의 첫맛이라고 생각해 둬." 페니는 자신의 목소리를 높고, 달콤하고, 짓궂고, 화려하게 바꿔서 마담 타나퀼의 목소리를 꽤 훌륭하게 흉내 냈다. "옛날에는 이런저런 일들이 일어났지요. 그래도 상관없었어요. 우리한테 이런저런 일들이 일어나기 전까지는. 그거 정말 지긋지긋했죠, 버터넛 씨? 물론이죠, 사리풀 부인! 세상에, 나는 꼬박 오 분 동안 똥삽이었어요! 어떻게 그런 일이. 그건 아무것도 아니에요, 버터넛 씨. 나는 돈으로도 살 수 없는 멍청이라서 휴가를 모자로 보냈지 뭐예요! 절대 그 충격을 잊어버리지 못할 것 같아요! 아, 사리풀 부인, 걱정하지 마세요. 이제는 그 어떤 일도 일어나지 않게 확실히 조치를 취할 거니까요. 좋죠? 저들이 그걸 부르는 이름이 그거야. 휴가! 백 년을 쓰레기로 살다 왔는데,

그 어느 때보다 더 못되게 굴고 있어. 골드마우스 왕에 대해서도 항상 난잡하고 못된 소리를 해. 자기들이 강했을 때 그 왕이 대장이었다나. 어떤 여자애가 칼 대신 바늘을 들고 그 왕을 납작하게 깔아뭉개고는 시원하게 치워버렸대. 그런데 지금은 모두들 찰스 왕을 싫어하면서 골드마우스가 돌아오면 어쩌고저쩌고하며 떠들어대. 골드마우스 왕이 들으면 그 건방진 주둥이를 철썩 때려줄 거라나 뭐라나."

골짜기 아래로 내려가니 하얀 큰사슴 한 무리가 차가운 물속에서 분노의 물장구를 치고 있었다. 발굽이 분노의 포효를 하고, 푸른 눈이 사납게 돌아가고, 발굽이 물을 휘저어 하얀 거품을 일으켰다. 꼬리는 뱀처럼 구불구불 위를 향했는데, 눈부신 빨간색 가시들이 돋아 있었다. 로빈 후드와 비슷한 옷을 입은 소년이 양손에 검은 노를 하나씩 들고 휘두르며 기회가 생길 때마다 큰사슴들의 옆구리를 후려쳤다.

"빨래의 날이야." 페니 파딩이 쿡쿡 웃었다. "이렇게 먼 길을 와서 빨래판이 된 것이 기쁘지 않아?"

"입은 그만 놀리고 좀 도와줘!" 로빈 후드가 노로 알비노 큰사슴 한 마리를 또 찰싹 때리며 고함을 질렀다.

톰 일행은 난초들 사이로 서둘러 내려가 큰사슴 수프로 급속히 변해가는 차가운 연못에 이르렀다.

"석궁을 들어!" 소년이 숨을 몰아쉬며 말했다. 톰이 주위를 둘러보자 풀밭에 활이 놓여 있는 것이 보였다. 화살에서는 잿물 냄새가 났다. 눈이 따끔거렸지만, 그는 영국의 위대한 전투들에 대해 읽은 내용을 떠올리며 간신히 화살을 쟀다. 자신이 제대로 했기를 바랄 뿐이었다. 탬벌레인과 페니는 떡갈나무 줄기 여러 개를 구해서 가장 앞에서 있는 큰사슴을 힘차게 후려치는 중이었다.

"눈을 쏴!" 로빈 후드가 재촉했다. 톰 손은 가장 덩치 큰 사슴의 광기 어린 푸른 눈을 향해 활을 들어 올렸다. 화살을 쏘는 순간 자기도 모르게 눈이 감겼다. 화살은 짐승의 이마에 박혔다. 그래도 충분한 것 같았다. 화살이 폭발해서 축축한 초록색 빛으로 변해 흘러내리자 사슴이 무릎을 꺾으며 털썩 무너졌다.

다른 큰사슴들도 위험을 깨닫고 빨간 꼬리를 채찍처럼 휘둘렀다. 꼬리의 가시가 물에 박힐 때마다 지글거리는 소리가 나고, 어두운 빨간색 얼룩들이 개울 전체로 퍼져 나갔다. 탬과 페니와 톰은 그 얼룩들을 재빨리 피했다. 톰은 그것이 독이라고 확신했다. 한 번만 몸에 닿으면, 오늘의 빨래가 그에게는 마지막이 될 터였다. 그는 무시무시하고 재빠른 꼬리를 피해 고개를 숙이며 물속을 굴렀다. 그 와중에 활을 큰사슴의 배로 밀어 올려 다시 화살을 쏘았다. 그리고 주위를 둘러보았다. 탬은 무슨 수를 썼는지 큰사슴 한 마리를 타고 앉아서 가지로 녀석의 머리를 미친 듯이 두드려대고 있었다. 두려움과 혼란으로 거의 울고 있는 것 같았다. 꼬리가 올라와 그녀의 어깨를 찌르려고 하자 그는 그녀에게 알리기 위해 새된 비명을 질렀다. 페니가 칼을 들어 그 꼬리를 잘라버렸다. 사슴은 비명을 지르며 물속으로 떨어져 엄청난 물보라를 일으켰다. 탬도 함께 떨어졌다. 로빈 후드가 톰에게 검은 노 하나를 던져주었다. 톰은 한 바퀴 휙 돌면서 마지막으로 남은 큰사슴의 머리를 정통으로 때렸다. 녀석은 마른 풀밭에 쓰러졌다. 네 명 모두 숨을 몰아쉬고 몸을 덜덜 떨면서 큰사슴 난장판 속에 서 있었다.

그때 큰사슴들이 한 마리씩 차례로 일어섰다. 녀석들은 상당히 차분한 모습으로 초록색 벌판을 향해 가버렸다.

"뭐야? 이거 뭐였어? 이게 어떻게 빨래야?" 탬벌레인의 손가락이 겨울 가지들처럼 함께 덜걱거렸다.

페니가 기묘한 얼굴로 두 사람을 바라보았다. "모르겠어? 아……그건……." 그녀는 심하게 웃음이 터지는 바람에 앉을 수밖에 없었다. 그녀가 설명하는 동안 로빈 후드는 고개를 절레절레 저었다. "그래, 너희는 모르겠구나, 그렇지? 우리는 오자마자 땅속 요정 연고 한 덩어리를 눈에 발랐는데, 너희는 뒷문으로 왔으니까. 너희한테는 이게 모두 아름다운 시골 풍경으로 보이는 거지? 여기에 마을이라도 하나 만들면 좋을 것 같지? 여긴 그냥 집이야. 우리가 타나퀼과 이야기하던 곳은 응접실이고, 귤나무 숲 안에는 타나퀼의 옷방이 있어. 침실은 저기 하얀 언덕 위에 있고. 요정들이 생각하는 실내장식이라는 게 이런 거야. 우리한테는 커튼과 어울려야 한다면서 젖 짜는 아가씨와 귀족 도둑의 옷을 입힌다고. 네가 제대로 볼 수 있다면, 지금 있는 곳이 빨래방이라는 걸 알 텐데."

"그러니까 저게 그냥 엄청 많은 침대보와 페티코트일 뿐이라고. 네 눈엔 그렇게 보인단 말이야? 독을 품은 꼬리가 달린 침대보로?" 톰이 콧김을 내뿜었다.

"아니, 사실 그건 독 꼬리가 달린 하얀 큰사슴 무리였어." 로빈 후드가 끼어들었다. "요정 빨래가 원래 딱 그렇게 생겼거든. 그것들은 우리를 미워해서 우리를 골탕 먹이려고 해. 정확히 말해서 요정들이 옷을 입는다거나, 우리 눈에 침대로 보일 만한 곳에서 잠을 자는 건 아냐. 요정들의 빨래는…… 그들의 속마음이야, 알겠어? 분노가 가장 많아. 거기에 약간의 쏩쓸함과 식탐과 권력에 굶주린 질투심이 섬세함과 함께 섞여 있지. 요정들은 일주일 내내 그것들을 힘들게 굴리고, 안식일이 되면 우리가 그것들을 다시 입을 수 있게 빨아주는 거야. 어쨌든 우리 눈에도 아직 초원과 히비스커스와 골짜기가 보여. 다만 빨래판도 같이 보일 뿐이야."

"사람들이 그 꼬리에 찔리지는 않아?" 탬벌레인이 물었다.

"물론 찔리지. 내가 아는 어떤 여자애는 팔을 잃었어." 로빈 후드가 대답했다. 그러고 나서 그는 로빈 후드 모자를 벗었다. 톰의 눈에도 조금 어색하게 보이던 모자였다. "미안. 내가 내 소개를 안 했네. 여기서는 어째 예의를 잊어버리게 된다니까. 낡은 양말처럼." 그가 한 손을 내밀고 기묘하지만 무서울 정도로 친숙한, 비뚤어진 미소를 지었다.

"난 토머스 루드야." 그가 말했다.

❧ 16장 ❧

크랜베리 습지

트롤이 자신을 만나고, 바꿔친 아이가 주머니에 흰족제비를 숨기고,
나무로 만들어진 소녀가 투르크 황제에 대해 상당히 많은 말을 하고,
요정 무도회가 크랜베리 습지에서 시작된다.

"아냐, 그럴 리가 없어." 톰 손이 고집스레 말했다.

"그래도 내가 토머스 루드인 걸." 토머스 루드가 대답했다.

톰 손은 우스꽝스러운 초록색 타이츠와 몸에 꼭 끼는 윗옷을 입
고 긴 꿩 깃털이 꽂힌 모자를 쓴 소년을 빤히 바라보았다. 자신의 얼

굴이 보이는 것 같았다. 거의. 그의 인간 얼굴이. 만약 그가 그웬돌린의 미소를 흉내 내지 않고 자신만의 미소를 지을 줄 안다면, 니컬러스의 시선을 흉내 내지 않고 자신만의 시선으로 상대를 쏘아볼 줄 안다면, 그런 사람으로 자랐다면 이런 모습이 되었을 터였다. 그가 머리를 한 번도 자르지 않고 수염이 나기도 전에 근육이 생길 만큼 열심히 일했다면, 고개를 숙이고 턱에 힘을 준 채 평생의 절반을 보냈다면 이런 모습이 되었을 터였다. 하지만 톰은 그와 자신 모두 그런 것을 조금씩 해보았다고 생각했다. 세이디의 말이 떠올랐다. 바꿔친 아이는 페어리랜드의 이야기에서 도망칠 수 없다는 말. 세이디는 이야기들이 사라졌다 돌아온 주인을 만난 개처럼 바꿔친 아이들에게 곧장 달려온다고 말했다. '내가 여기서 살아갈 거라면, 농담의 일부가 되는 것이 좋겠지.' 그는 속으로 생각했다.

"만나서 반가워." 톰은 이렇게 말하면서 최고의 미소를 지었다. 자신이 아닌 또 다른 토머스 루드가 알아볼 수 있을 만한 미소를 짓고 싶었다. "내가 토머스 루드야."

"아냐." 토머스가 말했다. 그에게는 이것이 결코 농담이 아니었다. "넌 토머스 루드가 아니야. 아니야!"

톰 손은 조금 뒷걸음질을 쳤다. "맞아." 그가 부드럽게 말했다. "네 말이 맞아. 난 토머스 루드가 아니야. 난 톰 손이야……." 그는 여기서 말을 멈추고 고개를 흔들었다. 톰 손의 시간도 끝났다. "아냐, 아냐, 난 둘 다 아니야. 나는…… 내 이름은 호손이야." 그가 이 이름을 소리 내어 말한 것은, 그림 숲에서 처음으로 이 이름을 기억해낸 뒤로 처음이었다. "난 트롤이고 내 이름은 호손이야." 그는 참을 수 없었다. 웃음이 터져 나오면서 눈에 눈물이 글썽해졌다. "난 트롤이고 내 이름은 호손이야." 그가 소리쳤다. 홍학 한 무리가 멀리 늪에서 화들짝 놀라 푸드덕거렸다. 하지만 사실 저들은 홍학이 아니라 피아노일 것이라는 생각이 들어서 그는 또 키득거렸다. "미안. 내가 말도 안 되는 소리를 하고 있네. 네가 나라서 그래. 아니, 내가 넌가? 우린 우리야! 톰, 우린 우리야! 진짜 굉장하지 않아?"

"난 톰이 싫어." 토머스 루드가 말했다. "이름을 줄이면 흥미도 줄어들어."

탬벌레인이 반짝반짝 광을 낸 난간처럼 빛을 냈다.

"우린 우리야. 우린 바꿔친 아이들이야, 토머스. 하지만 우린 서로의 바꿔친 아이들이야. 넌 멍청한 야구선수처럼 나랑 트레이드되었어. 아파트 7호에서 자라면서 348 공립학교에 다니고, 맥스라는 아이와 친구가 되고, 월코트 선생님이 숙제로 내준 에세이를 쓰는 사람이 네가 되었어야 하는데. 우리 엄마가 털실로 동물 인형을 만들어준 사람이 너였어야 하는데. 우리 아빠가…… 아빠는 아마 널 더 좋아했을 거야. 누구든 나보다 더 좋아했을 거야. 난 정말 그렇게 생각해. 아빠는 널 어깨에 태우고 해군 부두로 가서 놀다가 사격장에서 포수 미트를 따줬을 거야. 그러면 너는 아마 그걸 어떻게 다뤄야 하는지 금방 알아차렸겠지! 그리고 나는…… 뭐가 됐든 트롤이 할 만한 일들을 했을 거야. 그러면 아무도 큰사슴을 데리고 분노의 빨래를 하지 않아도 되었을 텐데. 하지만 그렇게 되지 않았지. 그래서 너는 너고 나는 나고 너는 복도의 그림 속에서 난초와 함께 있는 여자애를 만나거나 환하게 켜지지 않는 난로를 미워한 적이 없어. 무슨 말인지 알겠어?"

토머스 루드는 울고 있었다.

"응." 그가 목멘 소리로 말했다. "네가 내 삶을 훔쳤어."

"난 네 역할을 끔찍하게 못 했어. 이게 위로가 될지는 모르겠지만."

토머스는 로빈 후드 모자로 코를 훔치고는 모자를 바닥으로 던졌다. 그리고 주먹을 쥐었다 폈다. 얼굴이 검게 상기된 채로 그는 무섭고 잔인한 표정을 지으며 호손에게 달려들어 그를 품에 가뒀다. 토머스 루드는 윽 하는 소리가 날 만큼 호손을 세게 끌어안았다. 트롤을 그렇게 안는 것은 쉬운 일이 아니었다. 바위는 바싹 끌어안아도 윽 하는 소리를 낼 때가 별로 없다.

"괜찮아." 토머스가 호손에게 귓속말을 했다. "괜찮아. 나도 네 삶을 훔쳤으니까. 페어리랜드에서는 무엇이든 훔쳐야만 내 것이 돼. 난 포수의 미트가 뭔지 모르지만, 너도 투명해지는 법은 모를걸. 그러니까 우린 비긴 거야. 바뀌친 아이들끼리는 서로를 원망 안 해, 형제." 그가 몸을 떼어냈다. "좀 웃기고 엉망진창이긴 하지만 넌 정말로 내 형제야. 나한테 형제가 있을 줄은 몰랐는데. 기분이 이상하다. 새로운 말(馬)이 생긴 것 같아. 안녕, 토머스."

"아냐, 아냐. 그건 너 가져. 그건 한 번도 내 것이었던 적이 없어. 난 그저…… 그걸 깔고 앉아 있었을 뿐이야." 호손이 말했다. "그것이 식지 않게."

모두들 이제 무슨 말을 해야 할지 전혀 알 수 없어서, 상냥한 표정으로 가만히 서 있기만 했다.

"쟤들은 스핀스터를 찾고 있어." 페니 파딩이 갑자기 말했다. "최소한 관청이 우릴 찾아왔을 때까지는 그랬어."

"스핀스터는 레드캡의 지하실에 있어."토머스 루드가 어깨를 으쓱했다. '오늘 날씨 진짜 화창하지?'처럼 아주 간단한 말을 한다는 듯한 태도였다.

"응. 쟤들도 이제 그걸 알게 됐네."

"그럼 그게 주제야?"토머스가 어깨를 으쓱했다. "오늘 밤 습지에 가야 하니까 몸에 분을 좀 바르는 게 좋겠어. 우리들의 방은 저기 언덕 바로 뒤에 있는 작은 사막이야. 하인들의 숙소지. 야자나무 한 그루랑 천막이 있고, 그 위에 예쁜 별도 몇 개 있어. 나쁘지 않아. 난 그보다 심한 데서도 자봤으니까."

"그게 주제라니, 무슨 뜻이야?"탬벌레인이 눈을 가늘게 뜨며 말했다. "그것 말고도 할 이야기가 꽤 많은데."

"할 이야기는 없어. 너희가 이제 찾는 걸 그만둬도 되니까."토머스 루드는 벌써 골짜기를 올라가 나지막하고 그림자가 진 언덕을 향해 가고 있었다. "레드캡을 만나본 적 있어? 그 종족이 애당초 왜 레드캡이라고 불리는지는 알아?"호손은 자신의 반쪽을 허둥지둥 쫓아갔다. 레드캡이라니! 저 애는 레드캡을 본 적이 있어! 게다가 살해 아내들도 봤을 거야! "레드캡의 모자가 빨간색으로 물든 건 순무 즙 때문이 아니야. 모자가 피에 흠뻑 젖었기 때문이라고. 레드캡은 심장을 먹어. 심장 말이야. 징그러워."루드는 숨결 하나 흐트러지지 않은 채 말을 계속했다. "레드캡은 모자를 쓴 피의 토네이도야. 스핀스터가 요정들의 일에 끼어들어 요정들에게 저주를 내리려고 애쓰면서 온갖 말썽을 부리니까, 레드캡이 스핀스터를 먹어버리려고 했지. 타나퀼이 레드캡들에게 스핀스터를 야식으로 먹으라고 했거든. 하지만 늙은 스피니가 너무 빨라서 못 잡았어. 레드캡들은 어차피 남의 지시를 받는 걸 좋아하지도 않고. 그래서 스핀스터를 가둬버리고, 불을 내뿜는 무시무시한 뭔가와 결코 잠을 자지 않는 충성스러운 전사에게 지키라고 했어. 손가락 열 개를 모두 동원해서 요정들을 찔러대다 보면 맞닥뜨리게 마련인, 상당히 평범한 상황이지. 하지만 스핀스터가 갇힌 게 이미 아주 오래전의 일이기 때문에 다들 자기가 할 수 없는 일들을 스핀스터가 해낼 수 있을 거라고 생각해. 아, 배고프다! 아참, 그 얘기 들었어? 스핀스터는 황금을 빙빙 돌려서 밀로 만들 수 있어. 요정들이 지겨워 죽겠다고? 뭐, 스핀스터는 눈만 깜짝해도 요정 열 명을 죽일 수 있어. 가엾은 늙은 암소 같으니. 내 생각에 스핀스터는 그저 하늘을 다시 보고 싶어 하는, 슬픈 할머니일 뿐이야. 하지만 하늘을 보지 못하겠지. 다시는. 페어리랜드는 때로 그런 곳이니까. 절대…… 착하게 굴지 않는 곳."

그들은 산등성이를 넘어갔다. 황금빛이 도는 오렌지색 사막이 작은 원 모양으로 아래에 펼쳐져 있었다. 털이 파란색이고 혹이 세 개인 낙타 한 마리가 작은 야자나무의 이파리를 우적거렸다. 화려한 태피스트리로 만든 천막이 그들을 기다리고 있었다. 토머스 루드는 언덕을 뛰어 내려가 야자나무 위쪽을 향해 펄쩍 뛰어올라서 코코넛을 땄다. 낙타는 침을 뱉었다.

"거기 땅 위에 이걸 놓고 깨." 그가 일행을 재촉했다.

탬은 자기 몫의 코코넛을 돌투성이 사막 바닥에 세게 내리쳤다. 그러자 촉촉하고 짙은 색의 빵 한 덩이, 치즈, 물 한 병, 박하사탕 세 개가 쏟아져 나왔다. 호손은 자기 몫의 코코넛을 힘차게 쳤다. 닭다리

하나, 검은 포도, 차가운 사과즙, 그레이비 한 그릇이 나왔다.

"어차피 우리는 스핀스터가 있는 곳으로 가볼 거야." 탬벌레인이 자신의 음식을 바라보며 말했다. 이렇게 이상한 일들에 이렇게 빨리 익숙해지다니. 이젠 놀랍지 않았다. "설사 우리가 약속한 일이 아니라 해도, 거기서 아무것도 얻지 못한다 해도, 착한 할머니가 그렇게 썩어가는 걸 어떻게 그냥 내버려둬? 여긴 좋은 곳이라며. 더 나은 곳이라며. 아가씨가 감옥에 갇히면 사람들이 가서 구해줘야 하는 곳이라며. 적어도 내가 생각하는 페어리랜드는 그런 곳이어야 해. 페어리랜드는 누구도 될 대로 되라는 식으로 내버려두면 안 되는 곳이라고. 여기서는 누구나 항상 구원받을 수 있어. 구조가 필요한 사람을 우리가 구해줄 수도 있고. 만약 여기가 그런 곳이 아니라면, 우리가 그렇게 만들어야 한다고 생각해. 탬벌레인, 그러니까 내 이름의 원조인 진짜 탬벌레인은 위대한 왕이었어. 크리스토퍼 말로가 그 왕에 대한 희곡도 썼다고. 왕은 투르크의 황제를 철창에 가둬두었지. 나는 방을 숲으로 바꿔놓았고. 틀림없이 우리가 페어리랜드를 페어리랜드로 만들 수 있을 거야. 누구도 철창에 갇히지 않는 곳으로."

탬은 벽을 통과해 이쪽으로 넘어온 뒤로 자신이 단번에 이렇게 많은 말을 한 것은 처음이라는 사실을 갑자기 깨달았는지 입을 다물어 버렸다. 토머스 루드는 커다란 회색 눈으로 그녀를 빤히 바라보았다. 커다란 회색 눈은 호손 역시 얼마 전까지 지니고 있던 것이었다.

"너희 세상에는 이야기책이라는 게 있지." 그가 말했다. "거기에는 우리들이 등장하는 이야기가 실려 있어. 바꿔친 아이들이니 뭐니 하는 이야기. 맞지?"

탬벌레인은 고개를 끄덕였다.

"페어리랜드가 그렇게 그려져 있는 거야, 그런 책에?"

"꼭 그런 건 아니야." 탬벌레인이 인정했다. "가끔 그런 책도 있지만. 대개는 사람들이 발가락을 잘리거나 죽을 때까지 춤을 춘 뒤에야 모든 것이 바로잡힌다는 식의 이야기들이야."

"지금 여기에는 우리 넷이랑 웜뱃, 축음기가 있어. 그 정도면 무슨 일을 하든 충분할 것 같은데." 호손이 말했다. 그리고 자신의 커다란 손을 탬벌레인의 무릎에 올려놓았다. 그의 엄지손가락 두툼한 부분에서 자수정이 빛을 냈다. '허, 이걸 미처 못 봤네.' 그는 속으로 생각했다. 탬의 무릎은 따뜻했다.

"내가 몇 가지 훔친 게 있어." 토머스 루드가 천천히 말했다. "스핀스터처럼 대단한 건 아니야."

"그래도 넌 지하 창고 대초원으로 가는 길을 알잖아." 페니가 자신의 코코넛을 깨고는 무척 흡족한 표정을 지었다. "난 관청의 주소를 보자마자 팬더모니엄이 우리를 위해 푸짐한 식사를 준비해줄 생각이라는 걸 알아차렸어. 타나퀼은 항상 습지를 위해 슬로 진과 수레 국화 샴페인을 가져오는 걸 허락해주잖아. 틀림없이 이미 거기 열쇠를 너한테 줬을걸."

토머스 루드는 주머니에서 잠든 흰족제비를 꺼냈다. 녀석은 가볍게 코를 골면서 그의 손바닥 위에서 기분 좋은 표정으로 몸을 둥글게 말고, 작은 분홍색 코를 하얀 꼬리에 파묻었다.

"그게 뭐야?" 호손이 이끼 같은 머리카락을 긁적였다. "레드캡이 사는 곳을 네 애완동물이 알기라도 해?"

"요정들의 지하 창고는 모두 서로 잘 아는 사이야." 토머스가 설명했다. "집집마다 창고가 하나씩 있는 게 아니라, 모든 창고가 서로 연결되어 있어서 모든 요정들의 집 아래에 크고 늙은 문어가 잠들어 있는 것과 같다고나 할까. 지하 창고들은 서로 이야기를 나누고, 소문을 교환하고, 오래된 물건들과 피클을 교환하고, 감자를 저장해둬. 요정들이 무도회를 열면, 우리가 곧바로 진과 샴페인과 젤리와 럼을 가지고 올라와야 해. 지하 창고들이 집에서 도망쳐 시외에서 자기들끼리 춤을 추며 놀거든. 발가락을 구르듯이 떡갈나무 통과 구리 파이프를 앞뒤로 굴리면서 말이야. 진짜 이상해. 그러니까 지하 창고 한 곳에 들어가면 모든 지하 창고에 들어갈 수 있어. 빨래가 큰사슴처럼 보이는 것과 마찬가지로, 지하 창고가 지하 창고처럼 보이지 않는 건 어쩔 수 없지만. 지하 창고는 한없이 뻗은 대초원처럼 보여. 그리고 거기에 스키타이인들이 있지. 난 언젠가 맨티코어를 본 적도 있어. 아까 불길을 내뿜으며 거길 지키는 존재에 대해 말한 거 기억나? 필요한 것이 열쇠뿐이라면, 스핀스터는 지금쯤 가시덤불에 예쁘게 앉아 있을 거야. 지하 창고들은 질투가 심해. 그래서 우리조차 꿰뚫어 볼 수 없는 마법으로 물과 포도주를 감추지. 우린 모두 갈증 아니면 스키타이인 아니면 맨티코어 때문에 죽을 거야. 아니면 그냥 몸이 불길에 휩싸이거나. 아마 그게 우리한테는 최선일걸. 불길에 휩싸이는 것 말이야."

"그럼 이야기할 것도 없네." 탬벌레인이 씩 웃었다.

"사실은 많아." 토머스 루드가 한숨을 내쉬고는 황금빛 모래를 발로 찼다.

"습지 중에는 우리가 최대한 빨리 살짝 빠져나갈 수 있어." 호손이 열심히 말했다.

페니와 토머스 루드는 입을 딱 다물고 간청하듯 서로를 바라보더니 땅바닥으로 시선을 돌렸다. 상대방에게 먼저 말하라고 미루는 모양새였다. 결국 페니가 입을 열었다. "아…… 아냐…… 아냐…… 호손. 우린 살짝 빠져나갈 수 없어. 그게 가장 중요한 문제야. 만약 우리가 살짝 빠져나간다면, 습지가 끝나. 습지는 우리를 위한 거야."

토머스 루드가 태피스트리 천막의 입구 천을 들어 올렸다. 옷 네 벌이 네 개의 침낭 위에서 그들을 기다리고 있었다.

"웜뱃이 뭐야?" 토머스 루드가 갑자기 물었다.

그들은 명령대로 아홉 시 십오 분에 크랜베리 습지에 나타났다. 검은 크리스털 같은 넓은 호수가 땅 위를 흐르고, 별들이 물속에서 샹들리에처럼 반짝였다. 밝은 진홍색 크랜베리가 수천 개나 물 위에 떠 있는 모습이, 보석을 박은 파티용 풍선들처럼 화려하고 생생했다. 하늘거리는 베일 지느러미가 달린 자그마한 다이아몬드 물고기들이 물에서 뛰어올랐다가, 우아한 간격을 두고 다시 물속으로 뛰어들었다.

요정들은 어디서나 신나게 날뛰었다. 습지에서 물장구를 치는 바람에, 그들의 고급스러운 드레스와 정장에 한밤의 진흙이 튀었다. 크랜베리를 한 움큼 잡아서 서로에게 던지며 비명처럼 웃음을 터뜨리기도 하고, 진흙 속에서 서로의 얼굴에 줄무늬를 그려놓기도 하고, 서로의 품을 향해 뛰어들기도 하고, 별이 총총한 하늘을 향해 휘리릭 돌면서 올라갔다가 전부 한데 엉켜서 물속으로 철썩 떨어지기도 했다. 여자들의 머리카락은 호수의 수초와 으깨진 크랜베리와 잉크처럼 새까만 진흙이었지만, 여자들의 태도는 마치 파리의 모델들 같았다.

호손과 탬벌레인은 사막의 천막 안에 준비되어 있던 옷을 입었다. 페니와 토머스의 옷과 마찬가지로, 그들의 옷 역시 얇은 종이, 그러니까 기껏해야 신문지 두께의 종이로 되어 있었다. 거기에 기분 좋은 농촌 풍경이 찍혀 있었는데, 마치 누군가가 한번 노력을 해보자고 생각한 것 같았다. "이것들의 원료가 무엇인지는 중요하지 않아. 어차피 찢어질 테니까. 좋은 모직을 낭비할 필요는 없잖아?" 페니는 어두운 목소리로 이렇게 말했었다.

스크래치와 나팔총은 함께 행동하는 것을 허락받았다. 마담 타나퀼은 이번뿐이라며 뒤로 물러났다. 나팔총은 호손의 정장 한 귀퉁이를 한가로이 씹어댔다. 옷에는 여자 목동이 그려져 있었다.

"다시는 안 돼." 나팔총은 일행 각자와 차례로 눈을 마주치며 다들 자신의 말을 제대로 알아들었는지 확인했다. "마구간도 안 되고, 헛간이나 애완동물들이 있는 동물원이나 초원 같은 것도 안 돼. 스크래치도 마찬가지야. 우리는 장난감이 아니야." 그녀가 '장난감'이라는 단어를 아주 원망 가득한 목소리로 뱉듯이 말했기 때문에 호손은 자신이 더 편히 베고 잘 수 있도록 나팔총을 짜부라뜨리거나 반으로 접던 순간들을 떠올리고 창피해지는 것을 숨길 수 없었다. 나팔총이 토머스 루드를 향해 놋쇠 눈을 찡긋했다. "웜뱃은 나야, 웃기는 면상아. 나 멋지지?"

스크래치는 습지의 물속에 조심스레 발을 들어놓았다가 정말 싫다는 듯 긴 다리들을 물속에서 들어 올렸다.

"여긴 실제로 뭐야?" 호손이 부드럽게 물었다. 진흙 속에 들어가 있는 발이 벌써 축축하게 젖어서 차갑게 식어 있었다.

"바닥은 흙이고 벽은 평범한 나무로 되어 있는 빈방이야. 창문 세 개를 통해 달빛이 들어오고 있어." 페니 파딩이 속삭이는 소리로 대답해주었다.

"끔찍해라." 탬벌레인이 말했다.

"꼭 그렇지는 않아." 토머스가 말했다. 왜 끔찍하다는 거지? "요정들은 모든 걸 마법으로 만들어. 그들에게 마법은 나무나 돌이나 회반죽만큼 유용하다고. 응접실에서 윙크 한 번이나 입맞춤 한 번으로 자신이 생각해낼 수 있는 모든 것을, 이곳과는 다른 우주를 만들어낼 수 있는데, 굳이 어떤 가엾은 사람에게 평생을 벽돌공으로 보내라고 강요할 이유가 없잖아."

요정들이 야생 앵무새 무리처럼 습지로 쏟아져 들어왔다. 그들이 잔뜩 겹쳐 선 채 아주 빠르게 빙빙 돌면서 춤을 추었기 때문에 호손은 그들의 수가 수천 명인지 수백만 명인지 알 수 없었다. 수많은 색깔과 소리가 존재하고, 요정들의 날개가 반짝이고, 발은 보이지 않고, 웃음소리는 종소리가 있으면 안 되는 곳에서 뎅뎅 들려오는 종소리 같았다. 그렇게 혼란한 와중에 타나퀼이 둥둥 떠서 다가왔다. 검은 오팔 날개는 상상조차 할 수 없는 새의 날개보다 더 넓게 펼쳐지고, 얼굴에는 검댕과 진흙과 크랜베리 속이 줄무늬를 그리고 있었다. 하지만 그녀의 얼굴이 완벽했기 때문에, 그런 것조차 이번 계절 최고의 화장법처럼 보였다. 그녀의 눈은 거친 야생동물처럼 이글거렸지만, 그녀의 입에서 나오는 목소리는 여전히 콧소리 같았고, 기분 좋은 고양이처럼 듣는 사람들의 귀에 착 감겼다.

"모두 굉장한 모습이구나!" 그녀가 외쳤다. "너희들의 가축도 먹이를 잔뜩 먹은 것 같고."

"당신은 오래된 과학 잡지 한 양동이를 훌륭한 먹이라고 부르는지 몰라도 난 아니야." 나팔총이 고함을 질렀다.

스크래치는 여전히 돌덩이 같은 모습으로 고집스레 침묵을 지켰다. 냉대당했다는 생각이 들 때는 그것이 좋은 무기였다. 유일한 무기이기도 했다. 그는 가진 것이 전혀 없었다. 마구간의 소녀들은 탬벌레인과 달리, 축음기가 비닐 접시에 담은 악보 샐러드를 먹는다는 사실을 모르는 모양이었다. 그 밖에는 어떤 것도 그에게 영양분을 주지 못했다. 스크래치는 요정들이 싫었다. 특히 음악도 없이 춤추는 걸 고집한다는 점이 나빴다. 그가 보기에 그것은 무엇보다 편안한 최고급 안락의자를 변소로 사용하는 것과 똑같았다. 그는 요정들의 총리를 빤히 바라보며 저 여자가 숨이 막혀 고생했으면 좋겠다고 생각했다.

"자리에 앉아라, 얘들아!" 그녀가 지저귀듯이 말했다. "귀퉁이마다 한 명씩 앉아. 저기 양고기가 있다. 나중에 너희들 모두에게 초콜릿을 줄게, 반드시! 심지어 특별히 일을 잘하는 아이들에게 주려고 슬로진도 조금 준비해두었어." 그녀는 두 번 손뼉을 치고는 계속 웃어대면서 미친 듯이 춤을 추는 요정 무리 속으로 들어갔다.

"뭐가 어떻게 돌아가는 거지?" 탬벌레인은 덜덜 떨었다.

토머스 루드가 그녀의 어깨를 꽉 잡았다. "괜찮아, 성냥개비 아가씨. 아무 일도 없을 거야."

그는 주머니에서 잠든 흰족제비를 꺼내 그녀의 딱딱한 나무 손바닥에 조심스레 쥐여주었다. "음악이 시작되면 도망쳐. 있는 힘껏 뛰어서 험한 바위들을 넘어 복판에 스케이트장 연못이 있는 눈밭으로 가. 그리고 그 여자를 깨워." 그가 발을 움직였다. "어떻게 될지는 모르는 일이잖아. 어쩌면 스핀스터가 우리에게 필요한 일들을 무엇이든 해줄 수 있을지도 몰라."

"우리가 사라진 걸 타나퀼이 알아챌 거야!"

"금방 알아채진 못해. 슬로 진은 아주 독한 술이야. 게다가 저들은 이제 주위를 잘 지켜보지도 않아. 우리는 손님들이 소란스러운 음악 소리를 무시하고 자기들끼리 떠들어대는 주점에서 바이올린을 연주하는 가엾은 사람들과 비슷해."

"그럼 너는? 너는 어떻게 되는 거야?" 호손은 자기 자신이기도 한 토머스, 자신이 그렇게 살아오지 않았다면 자신의 삶을 살았을 토머스가 상처를 입고 자신은 갈 수 없는 곳으로 가서 고생하게 될지도 모른다는 생각에 갑자기 견딜 수가 없었다.

페니가 빙긋 웃더니 손가락으로 호손의 코끝을 건드렸다. '마법이구나.' 그는 속으로 생각했다. 그웬돌린과 똑같았다. "우리가 어떻게 되는 거냐고? 우리는 다른 사람들과 똑같이 할 거야. 우리에게 걸맞은 행동을 할 거야. 바꿔친 아이들이니까 바꿔야지."

페니 파딩과 토머스 루드는 다리를 질질 끌 듯이 물과 열매들 속을 움직여 습지의 가까운 귀퉁이들로 뛰어갔다. 호손과 탬벌레인은 물을 첨벙첨벙 튀기며 가장 먼 귀퉁이들로 갔다. 호손은 요정들을 피하면서 나팔총을 미식축구공처럼 들고 움직였고, 스크래치는 놋쇠 다리를 왜가리처럼 섬세하게 들어 올렸다. 날개들이 그들의 얼굴을 건드리며 스쳐 지나갔다. 마치 깊은 강물 속에서 헤엄치다가 우연히 물고기와 스칠 때 같은 느낌이었다. 그들이 겨우 자신의 자리로 지정된 작은 돌 받침대에 도착했을 때, 툭툭 끊어지고 흩어진 음악이 시작되었다. 호손은 어디에서도 악기를 볼 수 없었다. 크랜베리들 속에서 음악이 흘러나오는 것 같았다. 그래서 음악이 크랜베리들처럼 시큼하고 진홍색이었다.

호손은 뛰기 시작했다. 탬도 그와 나란히 달렸다. 호손은 그쪽을 돌아보지 않고 그저 그녀가 따라오고 있을 것이라고 믿는 편을 택했다. 토머스가 뛰라고 했으니 그는 뛰었다. 스크래치도 옆에서 성큼성큼 뛰면서 거칠고 난폭한 음악에 몸을 떨었다. 축축한 풀밭이 그들의 발밑에서 짜부라졌다. 머리 위의 별들이 그의 두개골 속으로 파고들어오고, 겉옷에 달린 보석들은 요정들의 왈츠에 맞춰 끔찍한 리듬으로 짤랑거렸다.

뒤를 돌아본 것은 나팔총이었다. 그리고 그 뒤를 이어 그들 모두 돌아보는 수밖에 없었다. 그럴 수밖에 없었다. 웜뱃은 털실 목을 쭉 뻗으며 뒤를 돌아보았다. 호손은 달리기와 보기를 동시에 해내려고 애쓰면서 그녀의 시선을 따라갔다. 탬이 보였다. 바로 뒤에. 그녀도 뒤를 돌아보았다. 아마 속으로는 돌아보고 싶지 않다고 생각했을지도 모르지만.

페니 파딩과 토머스 루드가 보이지 않았다. 그들이 있던 자리에는 흑표범 두 마리가 웅크리고 앉아 어둠 속에서 초록색 눈을 빛내며 고함을 질러대고 있었다. 그런데 이내 흑표범들도 사라지고, 그들의 몸이 꿈틀거리더니 키가 크고 우아한 기린 두 마리로 바뀌었다. 그 뒤로도 그들은 몸을 제대로 유지할 수 없을 만큼 빠른 속도로 변하기 시작했다. 토머스는 번쩍하고 야생마가 되었고, 페니는 바실리스크였다가 미노타우르스였다가 피투성이 엄니가 달린 멧돼지가 되었다. 토머스는 쪼그라들어서 딱정벌레가 되었다가 한껏 부풀어서 아메리카들소가 되었다가, 히드라,* 그리핀,** 검은 당나귀로 변했다. 순간적으로 둘 다 비룡이 되기도 했다. 그다음에는 사슴, 그다음에는 코끼리, 그다음에는 밤하늘을 향해 울부짖는 푸른 사자 두 마리가 되었다.

*   *   *

그들이 눈밭과 얼어붙은 연못 위를 스치듯이 움직일 때도 여전히 음악 소리가 들렸다. 저건 뭐지? 파티? 비밀 책꽂이? 탬벌레인은 손에 쥔 흰족제비를 내밀었다.

"야." 그녀가 녀석에게 속삭이며 꼬리를 조금 잡아당겼다. "업시-데이지?"

흰족제비가 여전히 졸린 얼굴로 눈을 뜨고 하품을 했다. 그리고 탬의 손에서 스르르 빠져나와 얼음 위로 깡충 뛰어내렸다. 녀석은 얼음의 냄새를 킁킁 맡아본 뒤 무서운 식욕으로 얼음을 씹어댔다. 도끼에서 나무 조각들이 튀듯이 얼음 조각들이 튀어 올랐다. 녀석은 몸 하나가 빠질 수 있을 만큼 커다란 구멍이 생겨날 때까지 빙빙 돌며 계속 얼음을 갉았다. 그리고 기대에 찬 표정으로 구멍을 바라보았다.

"아무것도 아니네." 호손이 말했다. 그들 뒤의 눈 덮인 산등성이에

---

*   그리스 신화에서 머리가 아홉 개인 뱀.
**   그리스 신화에서 사자의 몸에 독수리의 머리와 날개를 지닌 괴물.

불빛들이 나타나 있었다. 목소리도 들리고, 으깨진 크랜베리의 악취도 났다.

호손은 거대한 코를 붙잡고 질척거리는 물속으로 뛰어들었다. 그리고 밖으로 나와보니 따귀처럼 뜨거운 햇볕이 내리쬐고 있었다.

⟨ 17장 ⟩

웜뱃과 성냥개비의 점핑빈 인생

호손은 편지를 쓰고, 탬벌레인은 레드캡을 그리고,
나팔총은 자라나고, 옛 친구가 아주 조금 늦게 홀연히 나타난다.

지하 창고 대초원이 무한한 하늘 아래에 뻗어 있었다. 탬의 허리
높이까지 오는 뜨거운 오렌지색 풀들이 커다랗게 하품하는 입처럼
벌어진, 깨진 코발트색 공터 주위에서 대양의 파도처럼 움직였다. 하
늘은 밝은 빨간색으로 깊이 타올랐다. 뱃사람들이 항상 보면서 몸을
떠는, 피투성이 석양이었다. 나무는 하나도 없고 돌멩이만 몇 개 있

었다. 구운 고기에 꽂아놓은 포크처럼 평원에 탑처럼 우뚝 솟은, 껑충한 파란색 돌산들이었다. 바람 냄새가 좋았다. 배가 고플 때를 위해 따로 챙겨둔 좋은 감자 냄새였다.

"타나퀼의 지하 창고와 다른 지하 창고의 경계선이 어디인지 우리가 어떻게 알아? 레드캡의 럼주 창고는 어디서 찾지? 초원만 한없이 뻗어 있잖아!" 탬은 더위 속에서 목덜미를 긁적였다.

호손은 주위를 둘러보았다. 초원은 적막했다. 달콤한 오렌지색 풀밖에 보이는 것이 없었다. 하지만 토머스 루드의 말에 따르면, 지하 창고 비슷한 모든 것이 잘 숨겨져 있다고 했다. 구름 한 점 없는 하늘을 향해 혹처럼 솟은 파란 돌산같이 눈에 뻔히 보이는 것일 리는 없었다. 사실 어쩌면 하늘이 아니라 천장일 수도 있었다. 그가 사물의 진짜 모습을 제대로 볼 수만 있다면 좋을 텐데. 초원은 너무나 커 보였다. 한없이 뻗어 있었다. 그리고 트롤은 민첩한 생물이 아니었다.

나팔총이 그를 올려다보며 히죽 웃고 궁둥이를 흔들어댔다. 자투리 실로 짠 입은 멋대로 튀어나와 외투 쥠쇠로 만든 이빨에 걸린 실조각들 때문에 지저분했다.

"해봐." 그녀가 깊게 울리는 목소리로 말했다. "너 아직 연필을 갖고 있잖아, 멍청이야. 난 이제 작은 몸에 질렸어. 넌 왜 지금도 수업에 지각한 7학년 애처럼 굴어? 우리 같은 사람들은 학교까지 걸어가지 않아. 뭘 타고 가지."

호손은 가방에서 허둥지둥 연필과 공책을 꺼냈다. 미처 생각을 하지 못했다. 전혀 생각하지 못했다. 손을 쓸 줄 아는 원숭이로 평생을 살다 보면, 자신은 그렇게 영리한 원숭이가 아니라고 생각을 바꿔 산처럼 굵게 되기가 쉽지 않다. 그는 풍선 경감의 마지막 페이지를 금 간 코발트색 흙 위에 펼치고 최고의 필체로 글을 적었다.

안녕 나팔총아

코뿔소처럼 크고 튼튼하고 험악하게 변해서 우리를 태워줘. 그리고 코뿔소처럼 든든한 갑옷을 입은 몸이 되어줘. 네가 커지면 사람들은 널 더 무서워할 거야. 너한테 아무 일도 없었으면 좋겠어. 힘이 아주 강한 등뼈도 잊지 마. 내가 옛날보다 훨씬 더 무거워졌으니까.

"저기, 내가 날 수 있게 될 거라고 써." 웜뱃이 속삭였다. "내가 원하면 투명해질 수 있게 될 거라고도."

"그게 효과가 있을지 모르겠어, 나팔총아. 내가 널 크게 만들 수 있을지도 모르겠는데. 지금까지 내가 한 건 램프랑 화덕이랑 야구공이 살아나게 한 것뿐이야. 게다가 넌 투명해지면 고작해야 남들을 물고 돌아다니기나 할 거잖아."

"그럼 나는 것만. 웜의 나라에서는 초록 앵무새만 공중을 날 수 있는데, 걔들이 그걸 가지고 얼마나 잘난 척을 한다고. 걔들이 한 번만 더 내 귓가로 폭탄처럼 급강하하면, 난 그대로 폭발해서 걔들이 심장발작으로 콱 죽어버릴 때까지 고래고래 소리를 질러댈 거야. 날게 해줘! 나도! 어서! 해줘!"

날 수 있게 되어줘. 네가 코뿔소 웜뱃이 되어서 몸무게가 일천 파운드가 된 뒤에 물리적으로 너무 힘들지만 않다면.

고마워

호손

그는 종이를 공처럼 뭉쳐서 공중으로 던졌다. 나팔총은 짧고 뭉툭한 다리로 뛰어올라 사냥개처럼 그것을 입으로 붙잡더니 사납게 씹어대며 환성을 질러댔다. 나팔총이 바닥에 내려앉기 전에, 대초원의 풀들이 불의 채찍처럼 위로 휙 솟아올라 나팔총의 앞발, 목, 꼬리를 붙잡았다. 풀들은 단단하게 꼬아진 호박 색깔 밧줄처럼 그녀를 몇 겹이나 감고 또 감았다. 그러더니 풀들이 그녀의 다리에서 밝은색 정강이받이로 변했다. 배에서는 풀들이 가슴과 배를 덮는 갑주로 변하고, 등에서는 둥글게 휘어진 오렌지색 안장이 되었다. 갈비뼈에는 밀 다발로 된 긴 등자가 생기고, 머리에는 투구가 생겼다. 귀가 있는 부분이 혹처럼 튀어나오고, 무섭게 생긴 멋진 쇠못이 몇 개 박혀 있는 투구였다. 이렇게 저절로 생겨난 풀의 갑주가 나팔총의 살갗, 뼈, 내장, 심지어 단추 눈까지도 잡아당기며 반죽처럼 치대서 몸을 좌우로, 대각선으로 쭉쭉 늘렸다.

"좋았어!" 웜뱃이 가슴이 훨씬 커진 덕분에 새롭게 달라진 목소리로 외쳤다. "나는 팬더모니엄의 웜뱃 공주다! 이 멍청이들아!"

나팔총은 엄청나게 큰 쿵 소리를 내며 바닥에 떨어지더니 즐거운 말처럼 고개를 흔들어댔다. "이랴, 트롤두푸스! 모든 성냥개비와 악기는 이 엄청나고 훌륭하고 놀랍고 환상적인 전투 웜뱃에 오르라!"

"어디로 가야 하는지 우리는 아직 몰라!" 호손이 자기도 모르게 웃음을 터뜨리며 양손을 들어 올렸다. 그가 그웬돌린에게 부탁하고 부탁해서 얻어낸 낡은 털실 인형인 웜뱃이 시청보다 커진 몸으로 그의 앞에 서서 뭉툭한 발로 기쁨의 춤을 추고 있었다.

"나한테 생각이 하나 있어." 탬벌레인이 붓을 들어 올렸다. "풀을 좀 뜯어줄래?"

호손은 밀을 여러 주먹 잡아 뜯었다.

"자, 나팔총아, 네가 톰…… 아니 호손의 야구공에게 던지던 그 시계꽃 열매 몇 개 어때? 아니면…… 그냥 한 개라도." 자신이 거대한 시계꽃 열매에 깔리는 모습이 갑자기 그녀의 머릿속을 가득 채웠다.

"음, 화난 거 아니야, 진짜로. 난 화났을 때만 시계꽃 열매를 던질 수 있어." 나팔총이 난처한 표정으로 갑주에 싸인 귀를 늘어뜨렸다.

"아직 투명해지는 것도 못 하냐?" 호손이 탬벌레인을 도우려고 말했다. 어떻게 하면 나팔총을 발끈하게 만들 수 있는지 알기 때문이었다. "그리고 너 헛간에서 잤지?"

갑주를 입은 거대한 전투 웜뱃이 고함을 지르며 작은 테리어 개만 한 시계꽃 열매 하나를 풀 더미 위로 발사했다. 열매가 조금 튀어 올랐다.

"그걸 좀 씹어줄래? 그게 아주 흐물흐물해지면 그냥…… 뱉으면 돼."

"역겨워!" 나팔총이 마음에 든다는 표정으로 고개를 끄덕였다. "다음에는 내가 담배 장수가 될 거니까 잘 봐둬! 이걸 규칙으로 삼을 거야. '헛간은 최악의 것이므로, 웜의 나라에서 모조리 추방될 것이다.'" 그러고 나서 그녀는 열매와 풀을 게걸스레 입에 넣고 털실 입 속에서 이빨로 갈았다. 나중에는 풍선껌을 불 때처럼 뺨이 볼록하게 나올 정도였다. 그러더니 초록색과 오렌지색이 감도는 빨간색의 걸쭉한 것을 흥건하게 토해놓고는 칭찬을 바라듯이 꼬리를 흔들어댔다.

"완벽해!" 탬벌레인이 웜뱃의 정지신호 크기만 한 코를 긁어주었다. "너랑 내가 언젠가 메트로폴리탄 무대에 서야겠다. '성냥개비와 웜뱃의 정물 쇼'라는 제목으로."

"정물은 지루해. 난 절대 가만히 서 있지 않아. 점핑빈* 인생!"

"점핑빈 인생이라." 탬은 깊이 숨을 들이쉬었다. 그리고 침이 섞인 그 걸쭉한 것에 붓을 적셔 허공에 길고 대담한 선들을 그리기 시작했다. 토사물 물감은 산들바람 속에서 은은히 빛나며 허공에 그대로 남아 있었다. "이건 사실 공기가 아냐, 알겠지? 벽이나 계단이나 양파 상자 같은 거야." 그녀가 설명했다.

"지금 뭘 그리는 거야?" 호손이 물었다.

"음, 난 럼주 창고가 어떻게 생겼는지 알아." 탬이 웃음을 터뜨렸다. "그러니까 한번 시도해볼 가치가 있어."

그녀는 재빨리 손을 움직였다. 초록빛이 도는 황금색 럼주 통들이 허공에 둥둥 떠 있었다. 불그스름한 서까래와 판석도 생겨났다. 마침내 그녀가 레드캡 한 명을 그려 넣었다. 적어도 그녀가 책에서 본 레

---

* 멕시코산 식물의 씨앗으로, 안에 든 나방의 애벌레가 펄쩍펄쩍 뛰듯이 움직이기 때문에 점핑빈이라는 이름이 붙었다.

드캡과 닮은 모습이기는 했다. 이 레드캡은 럼주 통에 몸을 기대고 잠들어 있었다. 안전한 레드캡은 정신을 잃은 레드캡뿐이라는 것이 그녀의 생각이었다. '친애하는 웜뱃 토사물아, 문이 되어줘.' 그녀는 열심히 생각했다. '우리가 찾는 럼주 창고로 곧장 가줘. 제발 어지르지 말고.'

"준비됐어?" 탬은 양손을 엉덩이에 얹었다. "이제 곧 나는 아주 으쓱해지든지 아니면 무지 창피해질 거야."

모두들 나팔총의 널찍한 풀밭 등에 올라탔다. 호손이 앞에, 탬벌레인이 뒤에 앉고, 섬세한 스크래치는 둘 사이에 샌드위치처럼 끼어 앉았다. 그의 손잡이가 신나게 돌아갔다.

우리는

우리는

우리는 재미있지 않아?

일찍이 어떤 지하실도 들어보지 못했을 씩씩한 포효를 내지르며 나팔총은 시계꽃 열매 그림을 향해 펄쩍 뛰어올랐다. 축축한 것이 그들의 몸에 부딪히고, 꼴꼴거리는 소리가 많이 났다. 문을 넘어서자 당밀과 이스트와 훌륭한 초록색 숲의 냄새가 멋진 인사처럼 그들을 맞이했다.

지하 창고 대초원은 풀밭에 싫증이 나서 긴 소금 들판이 되었다. 빨간 결정들이 발밑에서 바삭거렸다. 하늘은 한낮의 하늘답게 제대로 된 파란색으로 다시 물들었지만, 달이 백 개나 떠 있었다. 모두 별 마개가 달린 하얀 돌 같은 럼주 통 모양이었다. 크고 작은 통들이 소금 들판에도 점점이 놓여 있었다. 빨간 바위는 빨간 금과 한 패가 되었고 안에서 빨간 럼주가 출렁거렸다. 진한 술이 석판에서 사막으로 가끔 한 방울씩 뚝뚝 떨어졌다. 특히 기운찬 통들의 원 안에 화려한 빨간 벨벳 안락의자와 빨간 등불과 빨간 탁자 여러 개가 놓여 있고, 탁자 위에는 시음을 위한 빨간 잔들이 있었다.

믿을 수 없을 만큼 커다란 소음이 허공을 가득 채웠다. 고함, 부엉이 소리, 매애거리는 소리, 웃음소리, 올빼미 소리…… 그리고 돌과 금속이 서로를 후려갈기며 긁히는 소리.

레드캡들이 오고 있었다.

그들은 진홍색 소음과 함께 대초원을 지나 쏟아져 들어왔다. 자기 발로 아무렇게나 뛰는 레드캡도 있고, 돼지나 두꺼비에 올라탄 레드캡도 있었다. 그들의 박차와 안장은 마구 날뛰는 긴 모자와 마찬가지로 빨간색이었다. 모자에 달린 술들이 허공에서 펄럭거렸다. 호손은 아직도 외투 주머니 안에 있는 털실 모자를 꼭 쥐었다. 땅속 요정 같은 그들의 작은 얼굴이 황홀한 기쁨에 젖었고, 그들의 발은 파란색과 오렌지색 흙먼지를 구름처럼 피워 올렸다.

그들 뒤에서 호손과 탬벌레인이 지금까지 본 가장 커다란 자전거가 굴러왔다. 코끼리 같은 자전거였다. 앞바퀴가 거대한 접시처럼 생긴 구식 자전거. 그 위에서 파란 옷을 입은 여자가 레드캡들과 함께 소리를 질러댔다. 그녀는 주먹을 들어 올리고 그들을 향해 무자비하게 달려왔다.

스핀스터가 군대를 앞세우고 대초원을 질주하고 있었다.

"꺼져!" 그녀가 소리쳤다. "가버려! 날 건드리지 마!"

흑백 줄무늬가 있는 머리카락이 갈색 열매 같은 머리에서 휘날렸다. 그녀의 구식 이륜 자전거 바퀴들이 사납게 굴렀다.

"여긴 어떻게 들어왔어?" 그녀가 자전거가 넘어지지 않게 강한 힘으로 페달을 앞뒤로 돌리며 고함을 질렀다. "이 늙은 여자를 좀 가만히 내버려두면 안 돼?"

"찰리 왕이 우리를 보냈어요!" 호손은 두 손을 컵처럼 오므려 입에 대고 있는 힘껏 소리쳤다.

스핀스터가 고개를 한쪽으로 기울였다.

"저놈들을 케밥으로 만들어버릴까요?" 버섯 모양 모자를 요리사의 모자처럼 쓴 커다란 레드캡이 긴 진홍색 창을 쥐고 빙빙 돌리며 말했다. 그녀의 모자는 너무 진한 빨간색이라서 거의 검은색처럼 보였다. 그녀가 환하고 명랑하게 웃었다. 그 둥근 얼굴에 악의라고는 눈곱만큼도 보이지 않았다.

"오늘이 채소만 먹는 목요일이라는 걸 잘 알잖아요, 생귄 경. 갑옷은 벗어버려요. 필요할 것 같지 않으니. 너희는 거기 가만히 있어. 내가 곧 내려갈 거야."

생귄 경은 우거지상이 되었다. 그녀의 투지가 조금 새어 나오는 것 같았다. 그러다 순식간에 창고에 레드캡이라고는 생귄 경만 남았다. 레드캡이 방패를 내려놓자 그 시끄러운 무리가 그냥 획 사라져버린 것이다.

"와, 굉장한 갑옷이다!" 전투 웜뱃이 새된 소리를 질렀다. 갑자기 갑옷에 몹시 흥미가 생긴 모양이었다.

스핀스터는 허리띠에서 집게와 밧줄을 분리한 뒤, 밧줄을 타고 이륜 자전거의 옆을 깔끔하게 내려왔다. 자전거는 코웃음을 치며 핸들을 흔들고, 뒷바퀴의 받침대를 모래 속으로 불쑥 내밀었다. 결정들이 사방으로 흩뿌려졌다.

"할머니치고는 상당히 민첩하신데." 탬이 호손에게 속삭였다.

"그렇게 말라빠진 노인네 같지는 않은걸." 나팔총이 탬보다 훨씬 큰 목소리로 고함을 질렀다. 그녀는 무엇에든 이렇다 할 예의를 지키는 법이 없었다. 그녀는 파란 옷을 입고 자신들을 향해 성큼성큼 걸어오는 사람을 내려다보았다.

스핀스터가 입은 옷은 원피스가 아니라, 드지니*들이 입는 것처럼 천이 물결치는 하늘색 바지였다. 기모노처럼 생긴 웃옷의 긴 소매는 한밤중의 색이었고, 보디스는 코르셋이 될지 파란색 강철 흉갑이 될지 계속 고민 중인 것 같았다. 스핀스터의 얼굴은 널찍하고 친절했으며, 햇볕에 갈색으로 그을려 있었다. 눈가, 입가, 고집스러운 눈썹 사이에는 살아오면서 생겨난 주름들이 가득했다. 그녀는 결코 노인이 아니라, 사람들이 흔히 정정하다거나 건강하시다고 말하는 나이였다.

"너희들 여기서 뭘 하는 거냐?" 스핀스터가 다그치듯 물었다. "난 바쁜 사람이다. 내가 얼마나 바쁜지 너희는 전혀 모를 거야! 내가 거의 알아냈는데. 너희가 이런 식으로 계속 날 방해하면 안 돼. 난 이런 허튼짓에 쓸 시간이 없다."

---

* 이슬람 신화에 등장하는 정령. 예를 들어 알라딘 이야기에 나오는 램프의 정령도 여기에 속한다.

"우린 할머니를 구하러 왔어요." 호손이 말했다. 하지만 지금은 그 자신도 전혀 확신할 수 없었다.

"보다시피 난 아무 문제 없어. 기병대가 침대에서 일어나는 속도 보다 더 빨리 내가 박차를 가해서 얻어낼 수 없는 구원이라면, 난 전혀 필요하지 않다."

"하지만 레드캡은…… 그 끔찍한 괴물들이 할머니를 포로로 잡고……."

"아, 생퀸 경? 경이 얼마나 다정한데! 우리는 아주 잘 지내고 있어. 난 항상 빨간 것들을 잘 다뤘지."

탬벌레인이 입을 열었다. "우리가 할머니를 구하러 온 건, 그래야 할머니가 왕을 구하러 갈 수 있기 때문이에요."

"이건 또 뭐야." 스핀스터가 한숨을 내쉬었다. "찰리가 오늘로부터 구해달라고 하더냐?"

"이제 왕 노릇을 하기 싫다고 했어요."

"그게 나랑 무슨 상관인지 모르겠군. 찰리는 처음부터 왕이 되는 걸 원하지 않았어."

"시몬한테 암살당할 필요 없이 그냥 양위하는 데 할머니가 도움이 될 거라고 단단히 믿고 계세요." 호손이 용기를 내서 말했다.

"그렇군."

"도와주실 수 있어요?"

"나도 어떻게 해야 하는지 전혀 모르겠다."

"그러면 왕은 당신이 그 일에 딱 맞는 사람이라고 왜 그렇게 꼭 믿는 거지?" 나팔총이 소리쳤다.

스핀스터는 웜뱃과 그 위에 올라탄 사람들을 향해 빙긋 웃었다. 그녀의 왼뺨에 난 점에 햇빛이 부딪혀 반짝였다.

"내가 전에도 그걸 해낸 적이 있으니까." 스핀스터가 말했다. "두 번이나."

쪽빛 불길 한 줄기가 모두의 머리 위 허공을 폭발하듯 가로지르며 꼬리를 길게 남겼다. 뭔가가 엄청난 속도로 그들을 향해 우당탕 돌진해왔다. 엄청나게 크고, 밝은색이고, 날개가 있는 것이었다. 거대하기 짝이 없는 빨간색 비룡이 수백 개의 럼주 통 달을 배경으로 날갯짓을 했다. 온통 파란색과 검은색뿐인 남자가 비룡의 긴 진홍색 목을 꽉 붙들고 있었다.

"우리가 늦었어?" 비룡이 소리쳤다. "발소리를 듣자마자 왔는데, 그래도 늦은 거지? 아, 난 정말 구제 불능이야! 늦었다(late)는 L로 시작하는데!"

18장

누군가가 온다

많은 것이 드러난다.

"비밀 하나 알려줄까?" 스핀스터가 화려한 빨간색 의자에 앉아 몸을 앞으로 기울이며 말했다. 그녀의 옆에는 조각으로 장식된 작은 탁자가 있고, 그 탁자 위의 빨간 크리스털 잔들에 빨간 럼주가 채워졌다. 하지만 그녀는 자신의 잔에 손도 대지 않은 상태였다. 아무도 손대지 않았다. 스핀스터의 햇빛처럼 밝은 얼굴에서 눈이 반짝였다. 마치 그녀가 지금부터 굉장한 장난을 치려고 마음먹기라도 한 것처럼, 눈가에 아주 미세한 잔주름이 생겨났다.

"네." 호손이 말했다. "저는 항상 비밀을 알고 싶어요. 아는 것과 모르는 것 중 하나를 고를 수 있다면 말이에요."

"잘 말했다." 스핀스터가 사서처럼 손가락을 입술에 갖다 댔다. 쉿. 그리고 이쪽저쪽을 바라보았다. "난 열다섯 살이야." 그녀는 이렇게 속삭이고서 여학생처럼 키득거렸다.

"그럴 리가." 나팔총이 코웃음을 쳤다.

"그럼 난 어제 태어났게."

진홍색 비룡이 비늘이 있고 턱수염이 난 턱으로 그녀에게 파고들었다. 사실상 그녀가 앉은 안락의자 전체에 얼굴을 비벼대는 꼴이었다. 우리 모두 아주 조용히 움직인다면, 살금살금 몰래 들어가서 비룡의 품을 파고들 수 있을지도 모른다. 아, 우리를 이렇게 기다리게 만들다니!

"사실이야." 비룡이 하릉거렸다. "달에 갔다 온 사람은 거짓말을 못해. 그건 그냥 사실이야."

파란색과 검은색의 남자, 피부가 바다처럼 은근한 빛을 내고 온몸이 확 솟아나는 검은 연기 같은 문신으로 뒤덮인 그 남자가 스핀스터의 손을 꼭 쥐었다. "웃기는 일이지." 그가 말했다. "난 그녀보다 나이가 많기도 하고 어리기도 해. 그녀 역시 나보다 어리기도 하고 나이가 많기도 해. 시간은 권태를 견뎌내지 못해."

"그래도 어떻게 열다섯 살이에요?" 호손이 말했다. "불쾌한 말씀을 드릴 생각은 없는데요, 할머니, 우리는 겨우 열두 살인데 학교에서 형들을 봤어요. 그런데 형들 중에 할머니처럼 생긴 사람은 거의 없었다고요."

"걔들은 틀림없이 예티와 유익한 시간을 보낸 적이 없을걸." 스핀스터가 아주 자랑스럽게 말했다. 파란색과 검은색의 남자가 생귄 경에게 뭐라고 속삭이자, 그녀는 모자를 비스듬히 기울여 벗더니 거기서 커다란 빨간색 상자를 꺼냈다. 모자보다 훨씬, 훨씬 더 큰 상자였다.

"군주제나 예티나 형들처럼 '어른들'의 일에 관해 이야기하려면, 먼저 우리가 제대로 친구가 되어야 해. 생전 처음 보는 사람들이 친구가 되는 데에는 게임만 한 것이 없지." 그가 말했다. 정수리로 올려 묶은 그의 길고 검은 머리카락이 어깨 위로 미끄러졌다. "너희 브라우니 백개면 하는 법 아니? 우리는⋯⋯ 음, 우리가 원래 계획보다 조금 더 오래 여기 머물게 되었는데, 사람들은 감옥에 있을 때 게임을 가장 열심히 하는 법이지. 우린 그걸 잘 알아, 엘과 나는." 그는 빨간 짐승의 거대한 옆구리를 자신의 머리로 쾌활하게 두드렸다. 엘과 나팔총은 호기심에 차서 서로를 향해 코를 쿵쿵거렸다. 서로 크기가 비슷하기 때문이었다. 그들은 아주 거대한 짐승들끼리 말없이 주고받는 인사로 번갈아가며 눈썹을 치뜨고 발을 쿵쿵 굴렀다.

"저도 알아요." 호손이 말했다. 일단 말을 하고 나니 확신이 들었다. 그는 정말로 알고 있었다. 그 게임을 한 적이 있었다! 어머니의 트롤 손이 자신의 손을 잡고 말을 움직이는 법을 가르쳐주던 것이 기억났다. 어머니의 체취도 기억났다. 석회석과 눈(雪)의 냄새였다. 대단한 것은 아니었지만, 그는 이 기억에 죽어라 매달렸다. 스핀스터가 빨간 상자를 열자 게임 판이 되었다. 그녀는 정해진 자리에 말들을 놓았다.

"예티의 문제는 그들이 혐오스러울 정도로 빠르다는 거야." 그녀가 둥근 유리 주사위를 던지고, 그 결과에 맞춰 자신의 구리 말을 움직이면서 생각에 잠긴 목소리로 말했다. 말은 위치에 도착하자 곧바로 드지니의 램프가 되었다. "예티들은 장기판 위의 말처럼 시간을 움직일 수 있어. 앞발만 흔들면 돼. 너희가 보기에는 아마 내가 때가 되기도 전에 여왕이 되어버린 것 같겠지. 하지만 나는 나를 앞질렀어." 그녀가 우아하게 고개를 끄덕였다. 하얀 머리카락 한 줌이 뺨으로 흘러내리자, 순간적으로 그녀가 정말로 같은 반 아이들에게 놀랍고 재미있는 소문 같은 이야기를 들려주려 하는 십 대 소녀처럼 보였다. "내 이름은 셉템버야. 인간 여자아이지. 이쪽은 바다 요정인 새터데이, 이쪽은 비도인 에이부터 엘까지야. 비도란 반은 비룡이고 반은 도서관이라는 뜻이야. 생귄 경은 이미 만나봤지? 이 아름다운 도도새는 오버진이야."

호손은 자기 차례가 되자 주사위 두 개를 던졌다. 좋은 결과는 아니었지만 창피할 정도도 아니었다. 그는 뼈로 된 자신의 말 하나를 셉템버 쪽으로 밀었다. 말은 몸을 떨더니 휙 뒤집어져서 아주 작은 브론토사우르스로 변해 물구나무를 섰다.

"난 탬벌레인이에요. 이쪽은 축음기인 스크래치고요. 축음기를 종족의 이름이라고 할 수는 없을 것 같지만요."

"난 나팔총(Blunderbuss)이야!" 목소리를 낮추는 법을 아직 제대로 배우지 못한 전투 웜뱃이 으르렁 소리를 질렀다.

"넌 B로 시작하는구나!" 엘이 기뻐서 소리쳤다. 그 순간 그는 그녀가 상당히 괜찮은 존재라는 결론을 내렸다.

"맞아! 완전히!"

셉템버는 친구들에게 미소를 짓고는 주사위를 굴렸다. 호손은 미처 딸꾹질도 하기 전에 너구리가 되어 있었다. 그는 코를 문지르고, 줄무늬 꼬리를 쿵 내리쳤다. 너구리 모습에서 벗어나려면 뭘 해야 하더라? 기억이 나지 않았다.

셉템버는 럼주를 한 모금 마셨다. "나는 직업 말썽꾼이야. 사실 내 공식 직함이 전문 혁명가, 범죄자, 왕국의 무법자니까. 하지만 한꺼번에 전부 소화하기는 힘든 일이지. 나도 그럴 생각이 없고. 정말로. 하지만 나는 아침에 눈을 뜨자마자 짓궂은 장난부터 시작해. 일 년인가 이 년 전에는 달에서 '아무짝에도 쓸모없는 일'(이건 요정들의 표현이야)을 했어. 달이 아기를 낳는데 아무도 그걸 몰랐거든. 그냥 예티가 어슬렁거리고 돌아다닌다는 거랑 월진만 알고 있었지. 이런저런 일들이 이어져서 우리는 결국 달의 산파 노릇을 하는 예티와 조금 너무 오래 같이 있게 되었어." 호손이 굴린 주사위에서 이번에는 높은 숫자가 나왔다. 그는 자그마한 도적의 손으로 자신의 말을 밀었다. 말은 옆으로 쓰러져서 점점 빨리 빙글빙글 돌다가 나중에는 달과 비슷한 모양이 되었다. 자그마한 브론토사우르스가 펄쩍 뛰어올라 드지니의 램프를 발로 콱 부쉈다. 램프가 터지자 너구리 호손은 털을 바짝 곤두세우며 다시 완전한 트롤이 되었다. 탬벌레인이 손뼉을 쳤다. 하지만 셉템버는 주사위를 집어 들지 않고, 늙어버린 자신의 손을 내려다보고 있었다. 그녀가 아주 조용한 목소리로 말했다. "사실 너무, 너무 오래 같이 있었어. 그때는 별생각이 없었는데. 어딜 봐도 있는 거라고는 달과 또 다른 달과 커다란 검은 개와 괴물과 피와 소다수밖에 없었어. 나는 발을 헛디뎌서 넘어졌지. 내가 한 건 그것뿐이야. 발을 헛디뎌서 넘어진 것. 그런데 요정들이 되돌아왔어. 그중 한 명이 작은 파리를 손에 쥐고 날개를 뜯어버리려고 할 때처럼 날 손에 쥐었지. 그 요정은 날 계속 한곳에 묶어두었어. 나는 오마하에 있는 내 집, 어머니와 아버지에게 돌아가야 했는데. 몸도 깨끗이 씻어야 했는데. 아마 그 요정은 정말로 날 죽일 작정이었을 거야. 그러다 보게 됐지. 예티가 도망친 뒤에 내가 어떻게 됐는지 그 요정이 봐버렸어."

"자기야." 새터데이가 부드럽게 말하며 그녀의 얼굴에 손을 갖다 댔다. "그렇게 나쁘진 않았어. 정말로." 셉템버가 말을 이었다. "어린 달이 혼자서 살아갈 수 있을 만큼 빨리 자라게 하려고 예티가 시간을 움직일 때 나는 바로 옆에 서 있었어. 그래서 내 시간도 움직인 거야. 난 갑자기 열다섯 살이 아니라 마흔 살이 되었고, 요정은 웃음을 터뜨렸어. 요정들의 기준으로는 그게 아주 재미있는 일이었거든. 그 요정은 나를 페어리랜드의 배 위에 다시 떨어뜨렸어. 그래서 더욱더 재미있어졌지." 셉템버는 잠시 손으로 얼굴을 덮었다. "하지만 난 조금도 달라지지 않았어! 난 지금도 셉템버야. 이제야 간신히 운전하는 법을 배운 셉템버. 다만 어느 날 갑자기 거울을 보니 내가 다른 사람이 되어 있고, 다시 돌아갈 길이 없어졌을 뿐이야!"

아, 셉템버. 나의 가장 귀한 아이. 내가 네게 끔찍하고 굉장하고 불행하고 즐거운 비밀을 말해줄까? 너뿐만 아니라 모두가 그렇단다. 어느 날 정신을 차리고 보면 자신이 자라서 어른이 되어 있는 거야. 하지만 속은 전혀 나이를 먹지 않았지. '당장 어른이 되면 얼마나 좋을까' 하고 생각했던 그 순간에 비해서.

섭템버는 코를 훌쩍거리며 소매로 콧물을 닦고 주사위를 던졌다. 그리고 말 세 개를 한꺼번에 앞으로 밀었다. 세 개의 말은 구리 날개를 펄럭이며 세 마리 성난 콘도르가 되었다. "하지만 요정들은 나에 대해 알고 있었어. 나에 대한 모든 것을. 그래서 내가 이리저리 돌아다니며 발을 헛디디고 넘어져서 문제를 일으키게 놓아두느니 완전한 갑주를 차려입은 레드캡과 함께 나를 가둬두는 편이 안전하다는 결론을 내렸지. 나는 군주를 둘이나 굴복시켰으니까, 요정들은 날 옆에 두고서 자기들의 운을 시험할 생각이 없어."

엘이 커다란 진홍색 머리를 아이들의 눈높이까지 내렸다. 그의 오렌지색 눈이 매력적으로 춤을 추었지만, 거기에는 걱정도 들어 있었다. "그래서 요정들이 작은 파티를 여는 거야." 그가 슬픈 얼굴로 고백했다. "바꿔친 아이들을 데리고. 여기엔 말이야, 법이 있어. 비록 법(law)은 L로 시작하지만, 사실 누구의 친구도 아니야. '도둑질을 하지 말라'는 식의 법 말고, '모든 작용에는 같은 힘의 반작용이 있다'는 식의 법을 말하는 거야. 법은 모든 이야기가 '누군가가 온다'는 말로 시작되어야 한다고 말해. '누군가' 대신 '뭔가'가 될 때도 있지만, 뭔가와 누군가와 섭템버와 호손과 탬벌레인과 나팔총과 스크래치와 엘과 새터데이와 글림과 오버진이 새로운 곳에서 계속 모습을 드러내지 않았다면 모든 것이 항상 똑같이 굴러갔을 거야. 하지만 바꿔친 아이들은 계속 나타날 수밖에 없어. 그것 역시 법이니까." 새터데이가 고개를 끄덕였다. 스크래치는 새터데이의 옆에 자리를 잡고 있었다. 스크래치는 새터데이가 아주 마음에 드는 모양이었다. 축음기의 눈에 새터데이는 음악처럼 보였다. 파란색 음악. "페어리랜드의 질량은 항상 똑같아야 해. 그래서 인간이 여기에 오면, 여기의 누군가가 그쪽으로 넘어가야 하는 거야. 바뀌친 아이들은 페어리랜드를 변함없이 유지해주지만 문제를 아주 많이 일으키기도 하지. 이야기를 가져오니까. 요정들은 자기들이 말하는 이야기만 좋아해. 그래서…… 바뀌친 아이들을 전부 흘려보내는 거야. 바뀌친 아이들이 페어리랜드를 바꿀 수 없게 될 때까지 개들을 수천 가지 것으로 바꿔버리는 거지. 무시무시해. 요정들은 그걸 아주 좋아하고."

"우리도 봤어." 호손이 속삭였다. 그는 손에 주사위를 꽉 쥐고 있었지만, 게임에 대해서는 이미 잊어버린 뒤였다. "페니와 토머스. 개들을 봤어."

셉템버가 움찔했다. "미안. 미안해. 요정들이 날 여기에 두었어. 내 친구들이랑 같이. 내 차는 고물상에 가둬버렸고. 그래야 우리가 요정들에게 손을 대서 다시 냄비와 프라이팬으로 바꿔버리지 않을 테니까. 내 머리를 한 대 세게 후려치는 것만으로도 요정들이 통제할 수 없는 새로운 이야기가 확실히 시작될 테니까." 스핀스터가 빙긋 웃었다. 길고, 느리고, 찬란한 미소였다. 그녀가 아주 오래전 어느 날부터, 처음으로 표범을 본 날부터 짓던 미소였다. 탬벌레인은 그 미소가 좋았다. 자기도 그런 미소를 짓는 법을 배우고 싶었다. "요정들 덕분에 나는 법과 정리(定理)에 대해 생각하고, 어머니가 엔진의 구조를 이해할 때처럼 페어리랜드를 정확히 이해하려고 애쓸 수 있는 시간이 많았어. 아, 처음에 생긴 경은 날 먹어버리려고 했지만 내가 아주 세게 나갔지. 그게 벌써 아주 오래전 일이야. 그때 나는 내가 내 방정식을 끝내자마자 당신이 날 먹어치워도 좋다고 약속했어요. 그렇죠, 생귄 경?"

"난 벌써 냄비를 준비해뒀어요, 셉템버 양."

셉템버의 눈이 반짝였다. "학문이 먼저, 식사는 나중! 봤지? 우린 아주 좋은 친구야. 포커 게임을 함께 하고 있고, 전쟁 퀼트도 함께 만들고 있어."

탬벌레인은 가슴에서 입까지 자신의 생각을 끌어내는 데 오랜 시간을 들였다. 너무 오래 걸린 나머지 셉템버의 이야기보다 상당히 뒤처져버리고 말았다. "언니도 바꿔친 아이구나." 그녀가 말했다. "우리랑 똑같아. 언니는 다만 바꿔친 대상이 바로 자신이었을 뿐이야."

비도가 코웃음을 쳤다. "너희는 바꿔친 아이들이 아니야. 난 그 아이들에 대해 모르는 것이 없어. C로 시작하니까. 바꿔친 아이들(Changelings)은 인간이야. 모두 감상적이고 작고 고집 세고 절대 입을 다무는 법이 없어."

"우린 다른 종류야." 호손이 말했다. "우린 시카고에서 살다가 돌아왔어."

셉템버가 두 사람을 날카로운 시선으로 바라보았다. "돌아왔다고? 언제? 얼마나 됐어?"

"한 사흘 전일 거야. 그 뒤로 많은 일이 있었어."

셉템버, 새터데이, 엘이 똑같은 얼굴로 이마에 주름을 잡았다.

"아무래도……." 새터데이가 말했다. "찰리를 만나러 가야 할 것 같다."

19장

스핀스터와 페어리랜드의 왕

알, 왕관, 작은 새 한 마리가 대단히 많은 사람들의 운명을 결정한다.

셉템버는 주사위를 허공에 던졌다가 입으로 잡았다. 그리고 엄청난 힘으로 게임 판에 주사위를 뱉어냈다. 어찌나 힘이 센지 유리가 터져, 중요 지점들과 말들에서 뻗어 나온 커다란 유리 손으로 들어갔다. 그 손아귀에서 페어리랜드와 그 안에 속한 모든 종족들의 왕인 찰스 크런치크랩 1세가 잠옷 차림으로 꿈틀거리고 있었다.

우리의 셉템버는 우리가 떨어져 있는 동안 한두 가지 배운 것이 있었다.

"여기 있었구나." 왕이 그들을 보고 소리쳤다. "네가 이 늙은 찰리를 잊지 않을 줄 알았다. 네가 아주 어렸을 때 물을 건너는 걸 내가 도와줬지."

셉템버는 고개를 저었다. 엘이 목으로 으르렁거리는 소리를 냈다. 으르렁거리기 실력이라면 나팔총도 빠지지 않았다. 둘의 소리가 멋진 화음을 이루었다. "생각할 수 있는 게 그것뿐이에요, 찰리?" 스핀스터는 한숨을 내쉬었다. "페어리랜드가 스스로 부서지고 있는 마당에? 당신은 왕이에요! 무릎뼈로 그게 느껴지지 않아요?"

"난 육백 살이야. 그러니 무릎뼈로 느끼는 게 한두 개가 아니라고!"

"왕은 이야기의 질량 교란을 무릎뼈로 느끼죠." 새터데이가 쏘아붙였다. "럼주 창고에 그림이 있어요. 군주가 페어리랜드의 복통과 잔경련을 어디로 느끼는지 보여주는 그림. 당신도 언제 그 그림을 한번 봐야겠네요!"

셉템버는 요정들의 왕을 유리 주사위 손에서 끌어냈다. 그는 소심하게 자신의 몸을 털었다. 컵을 깨뜨리고서 잔소리를 들을 각오를 한 아이 같았다. "세상의 톱니바퀴들이 분해되고 있어요! 그런데 당신은 고작해야 일을 그만두고 여름 나라의 아늑한 집에 자리 잡을 생각이나 하다니. 몇 달이나, 몇 달이나 걸렸지만 내가 결국 알아냈어요. 모든 게 질량의 문제예요. 바꿔친 아이 두 명이 돌아왔기 때문에 페어리랜드의 질량이 인간 세계의 질량보다 커졌다고요. 그래서 흔들리고 있어요. 당신이 입으로 내는 신음소리보다 무릎뼈에 더 귀를 기울였다면, 당신도 알았을 거예요!"

"그럼 저 애들을 돌려보내면 되지." 왕이 투덜거렸다.

"싫어요!" 호손과 탬벌레인이 함께 소리쳤다. "우리가 여기에 온 지 얼마나 됐다고요. 우리가 있을 곳은 여기예요. 너무해요." 호손이 탬벌레인의 몫까지 말을 마쳤다.

"당신은 우리한테 강요할 수 없어." 나팔총이 속삭이듯 말했다. 하지만 그 속삭이는 목소리조차 이제는 작지 않았다. "난 원래 아파트 7호에 살면 안 돼. 난 원래 뛰거나 물거나 날아다녀야 해. 이젠 당신이 날 억지로 베개로 만들 수 없어. 내가 당신보다 크거든. 그러니까 당신이 시키는 대로 할 필요 없어."

스크래치가 손잡이를 돌려 지저귀듯 노래했다.

내게 땅콩과 크래커잭을 사줘
우리가 돌아가지 못해도 상관없어!

"언제나 이런 식이지." 셉템버가 부드럽게 말했다.

"난 안 가." 트롤이 고집을 부렸다. "뛰고, 싸우고, 무는 건 해도 돌아가는 건 안 해."

나팔총은 눈물을 참으려고 눈을 마구 깜박였다. 비도가 긴 빨간색 꼬리로 나팔총의 털실 턱을 들어 올렸다.

"나도 안 가." 탬벌레인이 작게 말했다.

커다란 침묵이 허공을 채웠다. 호손과 탬벌레인은 침묵이 이렇게 소란스럽고 강렬해질 수 있을 거라고는 한 번도 생각해본 적이 없었다.

"저⋯⋯." 호손이 말했다. "거기 뒤쪽에 도도새가 있어. 처음부터 도도새가 거기 있었어?"

정확히 말하자면, 조용하고 몸집이 큰, 밝은 자주색 도도새였다. 도도새는 조용한 눈으로 바꿔친 아이들을 빤히 바라보다가 둥근 부리로 셉템버의 옆구리를 파고들었다.

"오버진!" 셉템버의 얼굴에 기쁨이 가득해졌다. "네가 들어오는 소리를 못 들었어!"

"바로 그거야." 밤의 도도새 오버진이 속삭이는 것 같기도 하고 깃털 같기도 한 목소리로 반박했다. "난 생각하고 있었어. 내가 아는 게 좀 있거든. 나는 알고 너희는 모르는 것. 하지만 너희한테 알려줘야 할지 마음을 정할 수 없었어. 아무한테도 알리고 싶지 않으니까. 하지만 너희가 알아야 할 것 같아."

"괜찮아, 오버진." 엘이 조용히 중얼거렸다. "그게 뭔지 모르지만, 우리가 잘 돌봐줄게."

도도새는 고개를 수그리고 깃털을 잡아당겼다. 그리고 강철처럼 푸르스름한 빛이 도는 보라색 공 하나를 조심스레 꺼냈다. 공의 표면은 기름처럼 소용돌이치고 있었다. 그녀는 그것을 스핀스터의 발, 왕의 발, 그리고 생면부지의 다른 네 사람 발 앞에 놓았다. 모르는 사람들 앞에서는 불안감 때문에 그녀의 깃털이 부풀어 올랐다.

"도도새의 알이 어떤 건지 내가 말해준 적 없지?" 닭이 우는 것 같은 소리로 그녀가 말했다. "왜 다들 이 알을 원하는지도 말해주지 않았을 거야. 옛날에는 도도새들이 페어리랜드를 마음대로 돌아다녔는데, 다들 우리의 알을 너무나 탐내는 바람에 우리는 세상의 끝까지 밀려났어. 오로지 평화로운 곳에 숨어 알을 부화시키려고."

"그래, 나도 탐이 난다." 찰리 왕이 굶주린 눈으로 알을 바라보았다. "나도 알아. 하지만 알이 남아 있다는 건 몰랐군. 저 알은 잃어버린 것을 회복시켜주지."

오버진이 그를 노려보았다. "그건 알을 깨뜨린 사람한테만 그래요. 하지만 일이 계획대로 풀리는 경우는 드물죠. 그래도 맞는 말이긴 해요. 그러니까 손대지 마요, 척."

호손은 자신이 메모를 쓸 때 아주 정성을 들였던 걸 떠올렸다. 그런데도 야구공에게 납치당하고 말았다. 알은 럼주 창고 한복판에 폭탄처럼 놓여 있었다. 아무도 거기에 다가가지 않았다. 탬벌레인이 그의 손을 꼭 쥐었다.

셉템버는 당장 알을 열어버리고 싶었다. 알을 단단히 움켜쥐고 자신이 직접 열어버리고 싶었다. 그러면 원래 자신의 모습으로 돌아갈 터였다. 잃어버린 것들을 되찾아 다시 열다섯 살이 되어서 아침이면 학교에 가고, 어머니는 오트밀을 만들어주고, 멍청한 개는 떠오르는 해를 보며 컹컹 짖어대고, 아버지, 가엾은 아버지는 그냥 잠에서 깨어 안경을 찾아 더듬거리는 생활로 돌아갈 터였다. 흔들리는 페어리랜드의 문제에는 다른 방법으로 대처할 수 있을 것이다. 셉템버는 이런 것을 바랄 자격이 있었다. 그렇지 않은가.

하지만 셉템버의 심장이 상당히 어른이(그리고 적어도 조금은 예티가) 되어 있었기 때문에, 손보다 더 빨리 움직였다.

"모두 함께." 셉템버가 말했다. "바꿔친 아이들과 찰리와 나. 모두

함께하는 거야." 도도새가 반발했지만 셉템버는 자신이 옳다는 확신
이 있었다. "모르겠어? 왕이 함께하지 않으면 페어리랜드 전체에 영
향을 미칠 수 없어. 왕의 무릎뼈가 이 나라와 알에 연결되어 있어야
한다고. 왕은 비밀을 지켜줄 거야. 다시는 아무 말도 하지 않으려고
할 거야."

"하지만 우리는 되돌아가고 싶지 않아!" 탬벌레인이 애원했다.

"아냐, 탬. 괜찮을 거야. 우린 잃어버린 물건이 아니야. 그런 적 없
어. 우리가 잃은 것은 많지만, 우리는 어디에도 가지 않을 거야. 우리
는 스스로 회복됐으니까."

넷이 모두 자주색 알을 둘러싸고 무릎을 꿇었다. 나팔총은 그 광경
을 지켜볼 수 없었다. 흉갑을 두른 가슴속에서 털실 심장이 천둥 같은
소리를 냈다. 스크래치는 손잡이를 부드럽게 돌리고, 나팔 입을 탬벌
레인에게 기울였다.

벚꽃이 피었을 때 버쩌는

씨가 없어

꽥꽥 울어댈 때 닭은

뼈가 없어

내가 너를 사랑하는 이야기는

끝이 없어……

밤의 도도새가 반들거리는 부리로 알의 꼭대기를 톡톡 두드렸다.
그러자 그곳이 부서졌다. 한참 동안 침묵이 흐른 뒤, 알껍데기의 깨진

틈새로 부리 하나가 대답처럼 삐죽 나왔다. 자그마한 도도새였다. 온통 검은색 몸에 길고 하얀 부리를 지닌 이 새는 밧줄처럼 몸에 감겨 반짝이는 노른자를 털어내고 럼주 창고의 따스하고 푸른 하늘을 향해 갑자기 픽 솟아올랐다. 그리고 찢어지는 듯한 소리를 지르며, 별의 마개가 달린 럼주 통 달들을 향해 치솟았다. 그들 모두 오랫동안 그 새를 지켜보았다. 녀석은 나선형으로 빙글빙글 돌면서 그들이 볼 수 없는 멀고 화려한 천장을 향해 올라갔다.

창백한 럼주 통 달 하나가 부서지면서 달의 파편들이 땅으로 비처럼 쏟아졌다. 크고 창백한 형체가 망가진 천장에서 펄쩍 나타나더니 아래로 떨어지면서 비명을 질러댔다. 그 형체는 무섭고 신비로운 기호들이 검은색으로 사방에 휘갈겨져 있는, 길고 하얀 모피 외투를 입고 있었다. 커다란 머리는 대머리고, 입은 황금이었다. 그가 바닥에 떨어지더니, 크런치크랩과 셉템버를 주먹 한 방으로 날려버렸다. 새터데이와 엘이 볼품없이 쓰러진 두 사람에게 달려갔다.

"나는 그래츨링 구어드본 골드마우스다." 거인이 고함쳤다. "페어리랜드와 그 안에 속한 모든 종족들의 왕인 내가 너희를 모두 먹을 것이다!"

"웃기시네." 나팔총이 손톱으로 한쪽 엉덩이를 긁으며 호통쳤다. "넌 야구공이잖아."

"그 입 다물라, 쥐새끼!" 그가 다시 고함쳤다. "나는 왕이다!"

"그건 정말 믿기 힘든걸." 호손이 말했다. "내가 널 방망이로 때린 적이 얼마나 많은데. 원래 왕은 야구방망이로 때리라고 있는 게 아니잖아."

"게다가 네 등에는 스폴딩*이라고 쓰여 있어." 탬벌레인이 말을 덧붙였다.

골드마우스는 겉옷을 휙 잡아당기며 자신의 거대한 등을 보려고 몸을 비틀었다. 그의 온몸에 적혀 있는 신비한 기호들, 초자연적인 봉인들, 고대의 악마적인 언어들 사이에 '스폴딩'이라는 얌전한 단어가 우아하고 흥분된 글자체로 섞여 있었다.

'날 야구장으로 데려가줘요.' 스크래치가 경쾌한 노래를 연주했다. 그의 놋쇠 다리가 진흙 속에서 폴짝폴짝 뛰었다. '날 사람이 많은 곳으로……'

"입 다물어! 조용히 해! 내게 절을 해! 바닥을 기어!" 하지만 그들은 이 말에 따르지 않았다. 따를 수 없었다. 그들은 색색으로 눈부시게 빛나는 흙 속을 구르며 무기력하게 키득거렸다. 두려움과 피로와 흥분에 압도당한 그들은 호손의 야구공에게 휘둘리고 있었다.

"너무 까다롭게 굴지 마." 호손은 배를 쥐고 웃어댔다. 그의 배도 예전보다 좀 더 커져 있었다. "네가 착하게 굴면 내가 또 방망이로 쳐줄게! 네가 원하는 만큼 실컷!"

"시끄러워, 시끄러워, **시끄러워**!" 그래츨링 구어드본 골드마우스가 악을 썼다. "난 결코 잊지 않을 것이다, 이 땅딸보야." 그가 호통을 쳤다. "내가 너희 모두를 데려온 건 놋쇠 냄비 산맥에 있는 내 웅장한 궁전 본캐스크에서 내 집사로 삼기 위해서였다. 예전에는 너희가 세탁기라고 부르는 무시무시하고 절망적인 습지에서 내가 무기력한 존

---

* 미국의 스포츠용품 브랜드.

재였는지 몰라도, 여기에는 내 옥좌가 있으니 나는 그것을 되찾을 것이다. 내가 너희를 왕자와 공주로 만들어줄 수도 있었는데. 그 비참한 운동선수의 감옥에서 날 꺼내준 너희들에게 감사할 수도 있었는데. 너희는 에메랄드 속에서 헤엄치고, 고주망태 뚱보 노인이 되어 죽을 때까지 매일 밤 백조의 눈알을 먹을 수도 있었다. 내가 나의 모든 적, 친구들 몇 명, 그리고 전혀 중요하지 않은 자들의 나라 전체를 먹어치우는 동안 너희가 지켜보게 해줄 수도 있었다. 그리고 너희는 먹지 않았을 거다. 너희는 먹지 않았을 거라고. 너희가 없었다면 내가 절대 내 소유인 이 나라로 돌아올 수 없었을 테니까. 하지만 이제 너희는 아무것도……."

"집사가 뭐야?" 나팔총이 자주색 코를 흔들어대면서 지저귀듯이 물었다. "그거 맛있는 거야?"

"집사는 가장 나중에 먹히는 자야!"

두 번째 토네이도가 가시덤불의 천장-하늘의 이음매를 갈라놓았다. 천장-하늘은 마법의 힘을 잃고 깜박거리며 검은 돌로 변하기 시작했다. 토네이도가 계속해서 몰려왔다. 온 세상에 신체들이 무시무시한 혜성처럼 쏟아져 내렸다. 쇠와 사랑스러운 팔다리들이 잔뜩 엉킨 채로 대초원의 풀들에 끽 하고 떨어져 우지끈 소리를 만들어냈다. 고함을 질러대는 이빨과 검은 깃털 더미가 멀리서 땅에 떨어졌다. 점점 더 많은 것들이 마구 떨어지더니, 마침내 털과 레이스와 비단과 밝은 피투성이의 새빨간 고수머리로 만들어진 검은 공이 돌과 하늘을 뚫고 쾅 떨어졌다. 공은 반쯤 떨어지다가 몸을 쭉 펴고 발들을 움직였다. 마치 그동안 내내 낮잠을 잤을 뿐이라는 듯이. 물론 낮잠을 잔 것이 맞았다. 거친 폭풍우의 흑표범 이아고가 하품을 하며 비단처럼 부드러운 등을 둥글게 구부리더니 이제 상당히 북적거리는 바닥으로 날아 내려왔다. 널찍하고 검은 등에는 후작과 그녀의 아들인 머어 왕자를 태우고 있었다. 후작은 머리가 엉망으로 헝클어지고 치맛자락이 마구 엉킨 채 여전히 자고 있었다. 얼굴에 셉템버의 것과 다르지 않은 주름살이 있었지만, 무려 오 년 동안이나 꿈을 꾸며 누워 있던 침대보 때문에 생긴 자국이라는 점이 달랐다. 머어 왕자는 어머니의 머리를 보호하듯이 무릎에 안고 있었다. 그는 자신을 공처럼 던져 페어리랜드 반대편으로 날려버리는 일이 어디 있느냐면서 항의하려고 입을 열었지만 그럴 기회가 없었다. 온 세상이 바로 아래에서 변하고 있는 와중에 뭔가 말을 하기는 몹시 힘든 일이기 때문이다.

호손과 탬벌레인은 이 모든 생물들이 도대체 누군지 도저히 알 수 없었다. 물론 셉템버는 그들 중 하나와 아주 잘 아는 사이였다. 그들이 여기저기서 정신을 차리고, 몸에 묻은 먼지와 멍 자국들을 털어버리고 있었다. 과거에 페어리랜드를 자기 것이라고 생각했으나 이 땅을 잃고 사라졌던 모든 왕들과 여왕들이 깨어나 회복되고 있었다. 골드마우스, 마담 타나퀼, 티타니아, 갈가마귀의 군주 허시나우, 땅속 요정 공주 아니스 등 수십 명이 벌써 눈으로 서로를 경계하며 옷 속에서 무기를 찾고 있었다.

"너희는 올라타는 게 좋겠다." 나팔총이 말했다. "쟤들 샘에 모여든 사자들 같아."

찰리 왕이 휘청거리며 일어섰다. 손으로 머리를 만져보았지만, 머리에는 아무것도 없었다. 그의 멀리에서 굴러떨어진 페어리랜드의 왕관은 이 순간, 고함과 천둥소리, 죽음에서 되살아나 고함을 질러 대는 역사와 몰락한 군주들이 가득한 이 끔찍한 순간에 바닥에 떨어진 동전처럼, 백개먼 놀이판의 말처럼 빙빙 돌면서 골드마우스에게 다가가고 있었다. 하지만 셉템버도 깨어나고 있었다. 셉템버는 신음 소리와 함께 흔들흔들 일어서며 자신의 머리와 머리카락을 만져보았다. 눈앞이 흐릿했다. 얼굴을 만져보았더니 주름이 모두 사라지고 없었다. 뼈가 삐걱거리지도 않았다. 하지만 제대로 설 수가 없었다. 셉템버는 넘어지지 않기 위해 한쪽 무릎을 바닥에 댔다. 그러자 왕관이 멈췄다. 왕관은 마치 셉템버를 쳐다보듯이 잠시 앞뒤로 흔들거렸다.

"네가 감히!" 골드마우스가 이 사이로 소리쳤다. "넌 내 거야. 옛날부터 항상 내 거였어, 이 불충하고 헤픈 쓰레기 조각 같으니! 당장 이리 오지 못해!"

하지만 왕관들은 가장 큰 목소리로 소유권을 주장하는 사람들의 말을 듣는 법이 거의 없다. 왕관은 앞뒤로 흔들흔들하다가 셉템버의 숙인 머리를 둥글게 늘어선 황금색 집게발들로 꽉 붙들었다. 집게발들은 오래된 얼음처럼 녹아버렸고, 그들의 황금색 흔적이 사라진 자리에는 보석이 박힌 열쇠들이 둥글게 매달려 셉템버의 풍성하고 검은 곱슬머리 위에서 반짝이고 있었다. 흰 머리는 한 가닥도 보이지 않았다.

"아, 셉템버." 엘이 날개로 셉템버를 감싸며 외쳤다. "너 괜찮은 거지?"

"셉템버 만세!" 새터데이가 속삭였다. "페어리랜드의 여왕이시여!"

후작의 눈이 깜박이며 떠졌다. 그녀는 우아한 손 하나를 자신의 이마에 대고 있었다. 다른 손은 몸의 균형을 잡기 위해 커다란 표범을 짚었다. 그녀는 자신의 궁전에 들어와 있는, 상상조차 하지 못하던 것들을 모두 둘러보았다.

"무슨 일이야?" 후작이 놀라서 소리쳤다.

20장

사라진 소년, 발견된 소녀

토머스가 깨어난다.

그웬돌린과 니컬러스 루드는 모임에 갔다가 늦게 집으로 돌아
왔다. 피곤해서 눈 밑에 그늘이 지고, 팔에는 겉옷이 힘없이 걸쳐져 있
었다. 집이 너무나 조용했다. 있는 힘껏 숨을 죽이고 있는 것 같았다.
그웬돌린은 우산을 치웠다. 아까 나갈 때는 우산이 문의 반대편에 있
었던 것 같은데. '웃기는 생각이야, 그웬.' 그녀는 속으로 생각했다.
'네가 지금 너무 지쳐서 그래. 조금만 자고 일어나면 괜찮을 거야.'

그래도 그녀는 잠을 자기 전에 아들을 먼저 살펴보러 갔다. 우산이야 어찌 되더라도, 아이가 별로 변하지 않은 모습으로 있다는 것을 확인할 때까지 어머니는 제대로 쉴 수 없는 법이다. 그웬돌린은 소리를 내지 않으려고 주의하면서 토머스의 방문을 열었다. 그리고 이불을 덮고 누워 있는 친숙한 모습을 찾아 침대를 바라보았다.

그런데 토머스는 거기 없었다. 아이는 방 한복판에 멍하니 서 있었다. 몽유병 환자 같았다. 달빛이 창문을 통해 흘러 들어왔다. 아이는 옛날에 입던 의상으로 가장 놀이를 했는지, 우습게도 로빈 후드 복장이었다. 그가 깜짝 놀란 얼굴로 시선을 들어 그녀를 바라보았다. 이제야 막 잠에서 깬 것 같은 모습이었다. 아이는 갈증을 달랠 것이라고는 이슬밖에 없는 사막에서 몇 년을 보낸 사람이 물을 마시듯, 그녀의 얼굴을 벌컥벌컥 들이켜는 것 같았다.

"안녕하세요, 엄마." 아이가 작디작은 목소리로 말했다.

시카고에서 그리 멀지 않은 또 다른 도시, 대초원 바로 너머 강 하류의 도시에서 또 다른 어머니와 또 다른 아버지가 또 다른 거실에 앉아 있었다. 그들은 눈을 비비고 서로의 손을 꼭 잡은 뒤 토스트를 만들었다. 사람이란 누구나 뭐든 먹어야 하기 때문이다. 오마하의 그 이상한 밤, 오언과 수전 제인의 나무 탁자 주위에서 황혼이 아주 선명한 분홍색과 빨간색으로 빛났다. 그림자가 모든 구석에서 춤을 추었다. 달은 빨리 등장하고 싶어서 서둘러 나와 있었다.

셉템버의 아버지가 격자무늬 담요를 덮고 소파에서 잠이 든 뒤, 그 집의 작은 개가 그의 가슴에서 몸을 동그랗게 말았고, 마거릿은 자신의 자매를 옆으로 끌어당겼다. 아주 비슷하게 생긴 그들은 부엌에 함께 서 있었다. 두 사람은 어렸을 때부터 아주 비슷한 모습이었다. 똑같이 생긴 검은 머리와 검은 눈, 사나운 턱. 셉템버의 눈과 머리카락과 턱도 그들과 판박이었다. 마거릿은 자매의 뺨을 부드럽게 만졌다. 그녀가 미소를 지었다. 놀라움과 놀림이 배어 있는 미소가 춤을 추었다.

"있잖아, 수지." 마거릿 이모가 두 사람만 들을 수 있게 속삭였다. "셉템버가 어디에 있는지 내가 알아. 내가 너를 그리로 데려다줄 수 있어."